A Duquesa

Obras da autora publicadas pela Record

Acidente
Agora e sempre
A águia solitária
Álbum de família
Amar de novo
A amante
Um amor conquistado
Amor sem igual
O anel de noivado
O anjo da guarda
Ânsia de viver
O apelo do amor
Asas
O baile
Bangalô 2, Hotel Beverly Hills
O beijo
O brilho da estrela
O brilho de sua luz
Caleidoscópio
A casa
Casa forte
A casa na rua Esperança
O casamento
O chalé
Cinco dias em Paris
Desaparecido
Um desconhecido
Desencontros
Um dia de cada vez
Doces momentos
A duquesa
Ecos
Entrega especial
O fantasma
Final de verão
Forças irresistíveis
Galope de amor
Graça infinita
Um homem irresistível
Honra silenciosa
Imagem no espelho
Impossível
As irmãs
Jogo do namoro
Joias
A jornada
Klone e eu
Um longo caminho para casa
Maldade
Meio amargo
Mensagem de Saigon
Mergulho no escuro
Milagre
Momentos de paixão
Uma mulher livre
Um mundo que mudou
Passageiros da ilusão
Pôr do sol em Saint-Tropez
Porto seguro
Preces atendidas
O preço do amor
O presente
O rancho
Recomeços
Reencontro em Paris
Relembrança
Resgate
O segredo de uma promessa
Segredos de amor
Segredos do passado
Segunda chance
Solteirões convictos
Sua Alteza Real
Tudo pela vida
Uma só vez na vida
Vale a pena viver
A ventura de amar
Zoya

DANIELLE STEEL

A Duquesa

Tradução de
Andréia Barboza

4ª edição

EDITORA RECORD
RIO DE JANEIRO • SÃO PAULO
2019

CIP-BRASIL. CATALOGAÇÃO NA PUBLICAÇÃO
SINDICATO NACIONAL DOS EDITORES DE LIVROS, RJ

S826d
4ª ed.

Steel, Danielle, 1947-
    A duquesa / Danielle Steel; tradução de Andréia Barboza. – 4ª ed. –
Rio de Janeiro: Record, 2019.

    Tradução de: The Duchess
    ISBN 978-85-01-11356-6

    1. Ficção americana. I. Barboza, Andréia. II. Título.

18-46939

CDD: 813
CDU: 821.111(73)-3

Título em inglês:
The Duchess

Copyright © 2017 by Danielle Steel

Texto revisado segundo o novo Acordo Ortográfico da Língua Portuguesa.

Todos os direitos reservados. Proibida a reprodução, no todo ou em parte, através de quaisquer meios. Os direitos morais da autora foram assegurados.

Direitos exclusivos de publicação em língua portuguesa somente para o Brasil adquiridos pela
EDITORA RECORD LTDA.
Rua Argentina, 171 – Rio de Janeiro, RJ – 20921-380 – Tel.: (21) 2585-2000, que se reserva a propriedade literária desta tradução.

Impresso no Brasil

ISBN 978-85-01-11356-6

Seja um leitor preferencial Record.
Cadastre-se no site www.record.com.br
e receba informações sobre nossos
lançamentos e nossas promoções.

Atendimento e venda direta ao leitor:
sac@record.com.br ou (21) 2585-2002.

Caros leitores,

Durante séculos, as leis britânicas de herança favoreceram os filhos mais velhos em detrimento dos mais novos e das filhas. Com frequência, isso criava situações terríveis com filhos mais velhos ricos e os mais novos desesperados para conseguir o suficiente para viver, pois o dinheiro e a propriedade eram atribuídos a um único herdeiro. Ainda hoje, não só na Inglaterra, como também em outros países, as desigualdades em uma herança podem ser desesperadoras para algumas pessoas e gerar conflitos entre irmãos.

Foi fascinante escrever A duquesa, *tanto pela história como pelos dramas envolvidos em situações inesperadas e soluções pouco ortodoxas. Uma jovem é expulsa de seu mundo seguro, familiar e extremamente confortável. Nem mesmo seu adorado pai é capaz de protegê-la das leis e de seu irmão mais velho e cruel. O que fazer quando tudo o que você conhece está perdido e não há nada nem ninguém que possa ajudá-lo? Para onde ir quando todas as portas se fecham de forma estrondosa? Então, outra porta se fecha, e de repente você se vê tentando se equilibrar em uma corda bamba? O que fazer quando está frente a frente com um membro da família que detém todo o poder e opta por usá-lo contra você? E o que acontece quando um empregador o acusa de algo que você não fez, quando não há para onde correr e você acaba perdendo o emprego do qual depende? A jovem duquesa perde tudo e todos aqueles que costumavam protegê-la.*

A desenvoltura e a coragem do espírito humano sempre me fascinaram, e eu adoro escrever sobre isso. A duquesa escolhe o caminho mais incomum e inimaginável, criando um mundo com o qual ela nem podia sonhar, tampouco nós. Um mundo fascinante, cheio de pessoas importantes e homens poderosos, com os quais ela convive, intocável, ilesa, no controle do próprio destino e, inclusive, ajudando outras pessoas. O rumo para o qual a vida a levará irá intrigá-lo, espero. E, por trás de tudo isso, está a minha crença de que o bem certamente deve triunfar sobre o mal. O caminho dela não é claro no início, como não é para nenhum de nós, e o caminho para a salvação pode ser muito complicado, mas espero que os bons, os corajosos, os honestos e os fortes vençam no final. Esta história poderia ser muito verdadeira nos dias de hoje. Espero que gostem de lê-la tanto quanto eu gostei de escrevê-la.

Com amor,
Danielle Steel

Para meus filhos amados,
Beatrix, Trevor, Todd, Nick,
Samantha, Victoria, Vanessa,
Maxx e Zara,
Lutem sempre pelo que vocês sabem
que é certo. Busquem justiça e tudo
que vocês merecem.
Deus e o destino farão o restante.
Eu amo vocês com todo o meu coração e
com cada fibra do meu ser.

Com todo o meu amor,
Mamãe/d.s.

*A coragem não é a ausência de medo ou desespero,
e sim a força para dominá-los.*

Capítulo 1

O Castelo Belgrave estava localizado, em todo o seu esplendor, no coração de Hertfordshire havia 11 gerações, fazia quase trezentos anos, desde o século XVI. E, à exceção de algumas características mais modernas e alguns toques decorativos, praticamente nada havia mudado em sua história. Seus proprietários seguiam as mesmas tradições havia mais de duzentos anos, o que era reconfortante. O lugar era o porto seguro da família de Phillip, o duque de Westerfield. A família Latham havia construído o Castelo Belgrave, um dos maiores da Inglaterra e, devido à fortuna do duque, também um dos mais bem-conservados.

A terra à sua volta era vasta, estendendo-se a perder de vista, com florestas, um grande lago — que os camponeses mantinham abastecido para a pesca — e fazendas de arrendatários, que eram administradas por fazendeiros cujos antepassados haviam sido escravos. O duque supervisionava tudo desde a juventude, depois da morte de seu pai em um acidente quando estava caçando em uma propriedade vizinha. E, sob sua diligência, Belgrave e todas as suas terras e propriedades prosperaram. Aos 74 anos, ele vinha ensinando ao filho mais velho, Tristan, administrar a propriedade havia um bom tempo. Phillip sentia que o rapaz já estava pronto para assumir essa responsabilidade e lidar com a questão de forma responsável, mas ele também tinha outras preocupações em relação ao filho. Tristan estava com 45 anos, era casado e tinha duas filhas. O filho mais novo do duque, Edward, tinha 42 anos, nunca se casara e não tinha filhos legítimos, embora houvesse inúmeros ilegítimos. Ninguém sabia quantos, nem mesmo o próprio Edward. E ele era chegado a bebidas fortes, jogos de azar e todo tipo de deleite imaginável, de preferência envolvendo cavalos velozes e mulheres. Teria sido um desastre se Edward fosse o mais velho, mas, felizmente, ele não era. E nenhum dos filhos de Phillip havia tido um herdeiro homem.

Os dois eram filhos da primeira esposa do duque, Arabella, filha de um conde e prima de segundo grau de Phillip, além de dona de uma bela fortuna. Ela viera de uma tradicional família, de linhagem aristocrática, e era bem jovem quando se casou. Foi uma união aprovada pelas duas famílias — Phillip tinha 28 anos, e Arabella, apenas 17, e era incrivelmente bela. Ela havia sido a estrela de sua primeira temporada em Londres, onde esperava encontrar o futuro marido, e acabou fazendo muito sucesso. Mas, à medida que a esposa envelhecia, Phillip descobriu que ela tinha uma personalidade fria e que estava muito mais interessada em atividades sociais e em desfrutar dos benefícios de ser duquesa do que no próprio marido. Arabella demonstrava menos interesse ainda pelos filhos. Embora muito admirada por sua beleza, tratava-se de uma mulher egocêntrica. Morreu de *influenza* quando os meninos tinham 4 e 7 anos, respectivamente, e, com a ajuda de preceptoras, de seus empregados e de sua mãe, a duquesa viúva, que ainda estava viva na época, Phillip criara seus meninos.

As jovens das famílias vizinhas e as anfitriãs londrinas que o entretinham quando ele ia à cidade fizeram seu melhor para despertar o interesse do duque nos anos seguintes. Porém, os meninos já estavam com cerca de 20 anos quando Phillip encontrou a mulher que realmente o encantou e que se tornou o amor de sua vida no momento em que ele a conheceu. Marie-Isabelle era filha de um marquês francês, primo de primeiro grau do último rei da França, que havia morrido na Revolução Francesa. Ela era Bourbon de um lado da família e Orleans do outro, com reis de ambos os lados. Nasceu durante o primeiro ano da Revolução, e seus pais foram mortos pouco depois. Seu *chatêau* queimou por completo, e todos os bens foram destruídos ou roubados. Ao perceber que a filha poderia não sobreviver, seu pai a enviou, ainda criança, para ficar com amigos na Inglaterra, com provisões destinadas a ela caso o pior acontecesse na França. Ela cresceu feliz no seio da família inglesa, que concordou em cuidar dela. Marie-Isabelle era uma jovem encantadora e tinha uma beleza impressionante, com cabelos loiros quase brancos e enormes olhos azuis. Era uma figura elegante e tinha a pele delicada como porcelana. A jovem ficou tão envolvida pelo duque quando o conheceu quanto ele por ela. Os dois eram bem-nascidos, ambos aparentados com monarcas, e Marie-Isabelle se apaixonou por ele imediatamente. Resolveram se casar quatro meses depois, assim que ela completou 18 anos, e, pela primeira vez na vida, Phillip conheceu a verdadeira felicidade com uma mulher que adorava. Eles se tornaram um casal impressionante. Ele era alto, de compleição vigorosa e elegante, e Marie-Isabelle combinava os hábitos aristocráticos dos ingleses — entre os quais crescera — com o encanto dos franceses, devido à sua própria ascendência. Ela provou ser um complemento maravilhoso para a vida do duque e amou Belgrave tanto quanto ele a amava, ajudando-o a adquirir belas peças decorativas para acrescentar às suas relíquias de família. O castelo brilhava com sua presença, e todos a admiravam por seus modos alegres. Era óbvia a adoração do marido por Marie-Isabelle. Phillip tinha 55 anos quando eles se casaram e, quando estava com ela, sentia-se um menino.

A vida de casado foi como um conto de fadas que terminou muito rápido. Marie-Isabelle concebeu uma criança no primeiro ano de casamento e morreu dois dias depois de dar à luz uma filha que eles chamaram de Angélique, pois ela parecia um anjo e tinha o cabelo louro claríssimo e os olhos azuis da mãe. Sem a esposa,

Phillip dedicou a vida à filha, que era sua maior alegria. Ele a levava para todos os lugares e ensinou tanto a ela quanto aos irmãos sobre a propriedade, talvez até mais. Ela nutria a mesma paixão do pai por sua terra e seu lar e havia herdado os mesmos instintos dele. Os dois passavam várias noites de inverno conversando sobre o funcionamento de Belgrave e das fazendas; e, no verão, cavalgavam juntos enquanto ele mostrava as mudanças e as benfeitorias que havia feito, explicando por que tinham sido importantes. A menina possuía total compreensão do funcionamento da propriedade, era boa em cálculos e finanças e lhe dava bons conselhos.

Angélique foi educada em casa e falava fluentemente francês, ensinado por uma preceptora francesa que Phillip contratara especialmente para ela. Ele queria que a filha falasse o idioma da mãe. Marie-Isabelle também falava francês e inglês, graças à família que a criou.

E, à medida que Angélique crescia, passava mais tempo com o pai, estava sempre preocupada com ele e cuidava dele quando o mesmo adoecia. Era uma filha perfeita, e Phillip se sentia culpado por não levá-la a Londres com mais frequência, pois ele ficava cansado quando ia até lá e havia muito perdera o interesse em participar de bailes e de grandes eventos sociais, embora tivesse levado Angélique para a coroação de seu primo, George IV, na Abadia de Westminster, em 1821, quando a menina tinha 12 anos. Ela fora uma das poucas crianças presentes no evento, e sua entrada havia sido permitida devido ao fato de o rei ser próximo de sua família. Angélique ficara entusiasmada com toda aquela pompa e circunstância, e também com as comemorações que aconteceram depois. Então, aos 68 anos e com a saúde debilitada, Phillip ficara aliviado ao voltar para o país, e feliz por ter levado a filha. Angélique dissera ao pai que jamais iria esquecer aqueles dias e, muitos anos depois, ainda se lembrava deles nos mínimos detalhes.

Desde então, o duque refletia constantemente sobre a primeira temporada de Angélique, o baile que ele deveria oferecer na casa de

Londres, na Grosvenor Square, e os homens que ela iria conhecer nesse evento. Mas ele não conseguia suportar a ideia de expô-la ao mundo tão cedo e perdê-la para um marido que, certamente, a levaria para longe dele. Ela era muito bonita, e Phillip sabia que isso ia acabar acontecendo mais cedo ou mais tarde e temia esse dia.

Muitos anos antes, ele permitira que Tristan, a esposa e as duas filhas do casal se mudassem para a casa de Londres, já que ele mesmo não ia mais para lá. Phillip se sentia mais confortável e à vontade em Belgrave e considerava Londres, e todo o seu turbilhão social, bastante exaustiva. Angélique sempre dizia que era feliz em Hertfordshire com ele e não demonstrava interesse em ir para Londres. Ela preferia estar em casa com o pai.

A esposa de Tristan, Elizabeth, poderia facilmente assumir os deveres de acompanhante de Angélique durante sua primeira temporada na cidade e até mesmo organizar um baile para ela, evento que o duque teria custeado. Mas Tristan morria de ciúmes de Angélique desde o dia em que a meia-irmã nasceu. Esse sentimento começou com o ódio que ele nutria pela mãe da menina e sua raiva em relação ao fato de o pai ter voltado a se casar. Apesar da ascendência real de Marie-Isabelle, Tristan e o irmão mais novo se referiam a ela como "a prostituta francesa". O pai deles sabia desse fato, e isso lhe causava um enorme sofrimento. E a hostilidade visível de seus dois filhos em relação a Angélique, desde sempre, o deixava cada vez mais preocupado.

De acordo com a lei, o título, sua propriedade e a maior parte da fortuna estavam destinados a Tristan, com uma provisão consideravelmente menor para Edward, como filho mais novo. O jovem iria herdar a propriedade Dower House — um lindo e extenso solar que fora ocupado pela mãe de Phillip por muitos anos, até a sua morte. E o duque estabelecera uma renda para o filho, o que iria lhe proporcionar conforto, desde que não se entregasse a todas as suas loucuras. Porém, se isso acontecesse, ele sabia que o filho mais velho cuidaria de Edward, pois os dois sempre foram muito próximos, e Tristan nunca deixaria o irmão ir à ruína. Mas Phillip não podia deixar nada para sua única filha além de um dote, caso ela se casasse. Por várias vezes, em conversas com Tristan, ele manifestara o desejo de que a filha morasse no castelo pelo tempo que quisesse e, quando ficasse mais velha, se mudasse para uma casa na propriedade que eles chamavam de "Chalé", se assim o quisesse, mesmo se estivesse casada.

O Chalé era quase tão grande quanto Dower House e também exigia uma grande quantidade de serviçais para mantê-lo. Phillip sabia que Angélique teria uma vida confortável lá, mas a decisão final caberia a Tristan, e dependia de sua generosidade. Na verdade, ele não tinha nenhuma obrigação legal de sustentar a irmã. O pai também pediu a Tristan que a apoiasse financeiramente e que desse à irmã uma boa quantia quando ela se casasse, condizente com sua posição no mundo e seu nascimento nobre. Phillip não queria que Angélique ficasse desprovida de recursos ou fosse deixada de lado quando ele morresse, mas não havia nenhuma lei que pudesse garantir isso. Ela ficaria à mercê dos irmãos e não poderia herdar nada do pai diretamente. Com frequência, ele conversava sobre o assunto com a filha, e ela insistia para que não se preocupasse. Angélique afirmava que não precisava de muito para ser feliz, e que poder viver em Belgrave para sempre era tudo o que queria. Mas, conhecendo bem os caminhos do mundo, os perigos da herança vinculada ao filho mais velho, a dureza do caráter de Tristan e a ganância de sua esposa, Phillip passara muitas noites em claro, preocupado com a filha. E isso se agravara recentemente, agora que tinha ficado mais velho e que sua saúde não andava nada boa.

Havia um mês que Phillip estava com uma infecção pulmonar que piorava gradualmente, e Angélique se mostrava muito preocupada. Ela recebeu o médico várias vezes para consultar o pai que, na semana anterior, tivera febre. Era novembro, estava excepcionalmente frio, e ela pedira às criadas que mantivessem a lareira do quarto de Phillip acesa, a fim de deixá-lo confortável.

Belgrave tendia a ser um local gelado no inverno, e o clima estava um pouco mais frio aquele ano. A neve havia começado a cair em outubro. Angélique podia ouvir o vento uivando lá fora, sentada à cabeceira da cama a fim de ler para o pai. Naquela tarde, ele caíra no sono várias vezes e, sempre que acordava, parecia agitado, e suas bochechas brilhavam devido à febre. A governanta, a Sra. White, que estava cuidando de Phillip, concordou com Angélique que deveriam chamar o médico mais uma vez. Seu valete, John Markham, também pensava o mesmo. Markham servia ao duque havia muito tempo, desde antes do nascimento de Angélique, e era quase tão idoso quanto seu empregador, a quem era profundamente dedicado. Ele ficou muito triste com a doença do patrão. O duque tinha uma tosse profunda e constante, e não queria comer nem beber, embora Markham levasse várias bandejas de comida para ele no quarto.

Um mordomo chamado Hobson cuidava da casa e, com frequência, disputava a atenção do duque com Markham, mas, por ora, com o patrão tão doente, Hobson deixou que Markham cuidasse dele. Angélique sentia-se agradecida pela devoção que os dois tinham em relação ao pai, muito amado por todos e um dos homens mais gentis que ela conhecia. Ele cuidava de cada um deles como um empregador atencioso e responsável. E havia ensinado Angélique a também tratá-los bem.

Ela conhecia cada um de seus criados e de suas criadas pelo nome, bem como suas histórias e origens. Também sabia tudo sobre os jardineiros e cavalariços dos estábulos, assim como conhecia os fazendeiros arrendatários e suas famílias. Ao longo do dia, ela conversava com todo mundo conforme realizava suas tarefas pelo castelo, verificando os lençóis com a Sra. White ou ouvindo conversas na cozinha. A cozinheira, Sra. Williams, era uma mulher durona, mas de bom coração, que cuidava de tudo com mãos de ferro e dava ordens às outras criadas como um sargento do Exército. E as refeições que preparava eram deliciosas e dignas de qualquer grande lar. Ela vinha tentando seduzir o duque com alguns de seus pratos favoritos, mas, havia três dias, as bandejas voltavam intocadas. Ela chorou quando viu aquilo e temia que fosse um mau agouro, assim como os outros que viam o que estava acontecendo. Ele parecia muito doente, e Angélique também estava ciente da gravidade do caso. Aos 18 anos, ela era madura para sua idade, sabia como comandar a casa do pai e cuidara dele muitas vezes nos últimos anos. Mas dessa vez era diferente. Ele estava doente fazia um mês, sem nenhuma perspectiva de melhora. Depois de quase uma semana com febre, Phillip não estava respondendo aos cuidados e aos medicamentos que lhe eram ministrados. Mesmo aos 74 anos, sempre se mostrava um homem vigoroso e interessado em tudo.

O médico voltou quando foi chamado e disse que estava preocupado com o estado de saúde do duque. Então, depois que ele partiu, Angélique tentou convencer o pai a tomar um caldo, acompanhado de finas fatias de frango cozido que a Sra. Williams havia preparado, mas ele não quis comer nada e dispensou a refeição com um aceno de mão enquanto Angélique o observava com lágrimas nos olhos.

— *Papa*, por favor... tente tomar um pouco da sopa. Está uma delícia. Você vai ferir os sentimentos da Sra. Williams se não provar pelo menos um pouco — pediu a filha.

Ele tossiu por cinco minutos quando tentou discutir com ela e afundou a cabeça nos travesseiros, parecendo exausto. Angélique notou que o pai parecia estar definhando, ficava cada vez mais magro e sem forças, e não se podia negar que ele havia se tornado frágil, embora, em geral, ela tentasse fingir o contrário. Ele começou a pegar no sono, enquanto a filha segurava sua mão e se sentava para observá-lo. Markham foi várias vezes ao quarto, mas se limitava a olhar o patrão da porta e, em seguida, lhe dava as costas em silêncio.

Hobson, o mordomo, viu Markham descer as escadas da cozinha e perguntou-lhe discretamente:

— Como está Sua Graça?

— Na mesma — respondeu Markham, com o olhar preocupado ao notar que a Sra. White prestava atenção na conversa.

A cozinha estava em constante atividade, embora nem Angélique nem o pai estivessem comendo. Eles serviram a ceia de Angélique em uma bandeja, mas ainda havia 25 criados na casa para serem alimentados. Belgrave era um lugar que não parava nunca, principalmente na ala dos criados.

— O que vai acontecer com a menina? — perguntou a Sra. White ao mordomo quando Markham foi se juntar aos outros para a ceia. — Ela ficará à mercê dos irmãos se algo acontecer com Sua Graça.

— Não se pode evitar isso — respondeu ele, desejando não estar tão preocupado quanto a governanta, mas estava.

Hobson havia conseguido o emprego como mordomo fazia alguns anos, quando a esposa e a filha morreram em uma epidemia de *influenza*. Descobrira que servir a alguém era algo que se adequava a ele e acabou abraçando o trabalho. Agora, acreditava que a solução mais segura para Angélique quando o pai morresse seria se casar e ganhar a proteção de um marido, com um arranjo de seu pai. Mas ela ainda era muito jovem, e não comparecera à temporada de Londres naquele verão — que seria a primeira da qual iria participar e não quis. Agora, caso o pai não se recuperasse, seria tarde demais para ela, a menos que Tristan tomasse tal providência no verão seguinte, mas isso parecia algo não muito provável. O futuro de Angélique não lhe interessava, e o meio-irmão havia deixado isso bem claro. Ele tinha duas filhas, uma de 16 e outra de 17, não tão bonitas quanto a jovem tia, que era apenas um ano mais velha. Angélique seria a estrela de qualquer temporada em Londres e roubaria todas as atenções só para si, e isso era a última coisa que Tristan e a esposa queriam.

A Sra. White e Hobson se reuniram aos outros para a ceia e logo Markham subiu as escadas para dar mais uma olhada no duque. Ele subira e descera as escadas durante o dia todo. Quando chegou ao quarto, Sua Graça estava dormindo e Angélique apenas pegou a bandeja que ele havia levado. Markham viu que a jovem estava chorando. Ela sentia que o pai estava indo embora. Sempre soube que esse dia iria chegar, mas não estava pronta para isso.

O duque permaneceu estável por mais três dias, sem apresentar piora ou melhora. Quando o pai abriu os olhos certa noite, Angélique percebeu que eles brilhavam, em função da febre, mas, ao mesmo tempo, ela podia ver que o pai estava mais alerta e parecia mais forte.

— Quero ir ao meu gabinete — disse ele com firmeza, com uma voz mais parecida com o normal, e ela torcia para que aquilo fosse um sinal de recuperação, que a febre finalmente estivesse cedendo. Mesmo preocupada, tentava não demonstrar, assumindo uma postura corajosa.

— Não esta noite, papai. Está muito frio.

As criadas não haviam acendido a lareira na biblioteca ao lado do quarto, onde ele, muitas vezes, tarde da noite, examinava os livros contábeis da propriedade. Mas, como o duque não saía da cama havia mais de uma semana, Angélique dissera que não precisavam acender o fogo, e ela não queria que o pai deixasse o conforto do quarto.

— Não discuta comigo — disse ele em um tom severo. — Tem uma coisa que eu quero dar a você. — Angélique se perguntou, por um momento, se o pai não estava delirando, mas parecia completamente lúcido e desperto.

— Pode fazer isso amanhã, *papa*. Ou me diga o que é que eu pego para você.

Ela já estava de pé quando Phillip afastou as cobertas, sentou-se na cama e se levantou com um olhar determinado. A jovem correu para o lado dele, com medo de que caísse depois de tantos dias deitado. Ao ver que não ia conseguir detê-lo, colocou um braço em volta de seu corpo para ajudá-lo a se equilibrar, e ele se apoiou na filha enquanto os dois caminhavam em direção ao gabinete, com Angélique tentando sustentá-lo usando todas as suas forças. Assim como a mãe, ela era muito delicada e teria tido dificuldade para levantá-lo se ele por acaso caísse.

Logo depois, eles se viram no pequeno gabinete, e estava tão gelado quanto ela temia. Sabendo exatamente o que fora buscar ali, Phillip caminhou até a estante de livros, tirou um grande exemplar de couro dela e se jogou em uma cadeira. Angélique havia acendido uma vela em cima da mesa e, à luz da chama, viu o pai abrindo o livro e percebeu que o exemplar estava cortado. Ele tirou uma bolsa de couro e uma carta de dentro do livro, olhando de forma bastante séria para a filha. Então, levantou-se, guardou o livro e, ainda segurando o que havia removido dele, virou-se na direção do quarto, novamente apoiado em Angélique e exausto por causa do esforço.

Angélique, às pressas, apagou a vela e o ajudou a voltar para a cama enquanto ele segurava os papéis e olhava para a filha que tanto amava.

— Quero que você guarde isso em um lugar seguro, Angélique, onde ninguém possa encontrar. Se algo acontecer comigo, quero que isso fique com você. Reservei isso para você há algum tempo. Não conte a ninguém. Você deve mantê-lo consigo. Quero acreditar que posso confiar em seu irmão para cuidar de você depois que eu me for, mas, de acordo com a lei, ele não tem nenhuma obrigação de fazer isso. Você pode precisar disso algum dia. Mantenha-o em segurança, guarde-o e não o use, a menos que seja necessário. Não use isso agora, pois poderá ser útil mais tarde, se algo lhe acontecer. Você pode comprar uma casa com isso quando estiver mais velha, ou usá-lo para viver de forma confortável se não quiser mais ficar em Belgrave, ou descobrir que não pode mais morar aqui — falou Phillip com bastante seriedade e clareza. Angélique não podia sequer imaginar aquele cenário, nem queria pensar nisso, pois nunca havia precisado de ajuda. Mas o pai não pensava em nada mais além daquilo.

— *Papa*, não diga isso — pediu a jovem, sentindo as lágrimas se formarem em seus olhos. — Por que eu não iria querer ficar aqui ou precisaria comprar uma casa para mim? Belgrave é o nosso lar. — Ela parecia confusa em relação àquele assunto e não estava gostando nada disso. As palavras do pai a deixaram arrepiada, e ela parecia uma criança assustada enquanto ele estendia a bolsa com uma carta para ela.

— Não precisa ler a carta agora, minha filha. Apenas quando eu partir. Quando isso acontecer, esta casa será de Tristan e Elizabeth. Você terá que viver da generosidade dos dois e de acordo com as regras deles. Eles têm duas filhas em quem pensar, e elas têm quase a sua idade. A primeira preocupação deles não será você. Mas você é a minha preocupação. Há 25 mil libras aqui, o suficiente para você viver por um longo tempo caso precise e se souber usar esse dinheiro com sabedoria. Por ora, você deve guardar essa quantia. É o suficiente para oferecer como dote a um homem respeitável que a ame ou para cuidar de si mesma até se casar, caso seja necessário, ou até mesmo se optar por não se casar. Espero que Belgrave seja sua casa para sempre, minha querida, ou até o seu casamento, mas não posso garantir isso. Pedi a Tristan que deixasse você morar aqui ou no Chalé quando ficar mais velha. É tão confortável quanto Dower House, que eu dei a Edward. E gostaria muito que você permanecesse nesta casa por um bom tempo. Mas dormirei mais tranquilo à noite sabendo que seu futuro está garantido. Dou-lhe isso com todo o meu amor. A carta confirma que lhe entreguei esse dinheiro em vida, e que ele é seu para fazer o que bem entender. — Lágrimas escorriam pelas faces de Angélique enquanto ela ouvia o discurso do pai, mas a jovem podia ver que ele parecia mais calmo e aliviado por ter lhe dado a bolsa e a carta. Parecia uma enorme fortuna para ela, e realmente representava uma soma muito grande. O futuro da filha, evidentemente, o estava preocupando muito e consumia todos os seus pensamentos. O duque se acomodou nos travesseiros com um sorriso cansado quando ela pegou a bolsa com as mãos trêmulas.

— Eu não quero, *papa*. Não vou precisar disso. E você não deveria me dar isso agora. — Aquele era o primeiro passo de Phillip para deixá-la para sempre, ela sabia disso e não queria ajudá-lo a tomar esse rumo. Mas também não queria decepcioná-lo, embora não conseguisse imaginar o que poderia fazer com 25 mil libras. Era uma quantia impressionante, e em espécie. E, na verdade, era tudo o que ela possuía. Caso seu irmão mais velho não lhe desse dinheiro suficiente para se sustentar, ela seria menos dependente dele. Aquele generoso presente significava uma proteção de seu pai. — Obrigada, *papa*. — Foi tudo o que ela conseguiu dizer enquanto se inclinava e o beijava, as lágrimas ainda escorrendo pelo seu rosto enquanto Phillip fechava os olhos.

— Vou dormir agora — disse ele calmamente e, instantes depois, já havia caído no sono, enquanto Angélique continuava sentada ao seu lado, olhando para o fogo, com a bolsa ainda no colo. Era como se o pai pensasse em tudo e fizesse o que estivesse ao seu alcance por ela. Se ele ficasse fraco ou enfermo agora, ela teria o suficiente para viver de forma confortável, se não muito generosa, pelo resto da vida. Mas tudo o que ela queria, enquanto o observava dormindo, era que o pai vivesse por muito, muito tempo. Isso significava mais para ela do que qualquer bem que ele pudesse lhe dar. Seu pai era um homem generoso e amoroso.

Então, ela leu a carta, que confirmava o que o duque havia acabado de lhe dizer, garantia o presente e também que ela ficasse com todas as joias que ele havia comprado para sua mãe no breve período em que permaneceram casados. Angélique sabia que, se Tristan desejasse, teria de devolver-lhe a herança da família que o pai lhe dera, mas as lindas peças que Phillip comprara para segunda esposa pertenciam a ela. Não havia nada mais que o pai pudesse fazer por ela agora, exceto rezar para que Tristan fosse gentil com ela e a honrasse como irmã, de acordo com seus desejos. Angélique estava certa de que Tristan faria isso, pois, apesar do ressentimento que o irmão nutria em relação à sua mãe, os dois eram parentes de sangue, e ele certamente respeitaria os desejos do pai. Angélique confiava nisso.

Ela dormiu na cabeceira do pai naquela noite, com a carta e a bolsa enfiadas no bolso fundo de sua saia. Não pretendia deixá-lo nem mesmo para guardar os pertences em seu quarto, e o dinheiro estava seguro com ela. Angélique caiu em um sono profundo, curvada na cadeira ao lado da cama. Estava tão consolada pela presença do pai quanto ele estava pela dela.

Capítulo 2

Na parte da manhã, quando Markham e a Sra. White concordaram com Angélique que seu pai parecia ter piorado, eles chamaram o médico. O duque passara uma noite tranquila, mas, quando acordou, a febre estava mais alta. Tossia tanto que mal conseguia respirar e tremia embaixo dos cobertores que Angélique havia colocado sobre ele, a fim de mantê-lo aquecido. Nada parecia ajudar. Ele tomou um pouco de chá no café da manhã, mas só isso.

O médico o examinou e saiu do quarto franzindo a testa e dizendo sem rodeios que Sua Graça havia piorado. Angélique ficou apavorada, achando que ele podia ter contraído uma pneumonia por ter ido ao gabinete na noite anterior, mas o médico explicou que era a infecção nos pulmões que o estava deixando assim tão doente. O médico teria feito uma sangria no duque, mas não achava que ele estava forte o suficiente para o procedimento. Pensou em mandar chamar os filhos do duque, mas não queria deixar Angélique ainda mais assustada. A moça entrou em pânico ao ver o estado crítico do pai e o deixou com seu valete apenas por tempo suficiente para ir ao próprio quarto, guardar a bolsa em uma gaveta com tranca da escrivaninha, se banhar e trocar de roupa, voltando ao quarto do pai o mais rápido que pôde. Ele estava dormindo profundamente e, ao toque dela, parecia ainda mais quente do que antes. Tinha os lábios ressecados por não estar ingerindo líquidos, e ela percebeu quanto suas mãos pareciam finas e pálidas, apoiadas nas cobertas. De repente, Phillip pareceu um homem muito, muito velho. Angélique não saiu do seu lado durante todo o dia e ficou observando-o de perto enquanto ele lutava para respirar.

O duque acordou no fim da tarde e conversou com a filha por alguns minutos. Perguntou se ela havia guardado a bolsa em um lugar seguro, e a jovem lhe assegurou que sim, que estava em uma gaveta trancada. Então, ele fechou os olhos com um sorriso e voltou a adormecer. Era quase meia-noite quando acordou, abriu os olhos e sorriu novamente para ela. Parecia melhor do que nunca, embora a febre não tivesse cedido, mas ele aparentava estar confortável quando pegou a mão dela e beijou seus dedos. Então Angélique se inclinou para beijar sua bochecha.

— Você tem que ficar bom, *papa*. Eu preciso de você.

O duque assentiu, fechou os olhos e dormiu de novo enquanto a filha o observava durante a noite. Ele não se mexeu mais e, enquanto Angélique lhe segurava a mão, com uma expressão serena no rosto, ele, aos poucos, parou de respirar. Angélique percebeu imediatamente, beijou sua testa e tentou chamá-lo, despertá-lo com gentileza, mas ele já havia partido, depois de 74 anos comandando a vida para a qual havia nascido, cuidando daqueles que dependiam dele e da propriedade que lhe fora confiada. Exercera maravilhosamente as funções de pai, marido e senhor da propriedade que lhe havia sido dada, deixara tudo em ordem para o filho mais velho e dera a Angélique um presente inacreditável em seus últimos momentos de vida. Agora que ele havia partido, Tristan se tornara duque de Westerfield, mesmo que ainda não soubesse disso.

Angélique ficou sentada ao lado do pai a noite inteira e, pela manhã, foi comunicar a Hobson o que acontecera. Ele, então, pediu a um dos cavalariços que fosse chamar o médico, que chegou pouco depois e confirmou que Phillip, o duque de Westerfield, morrera durante a noite. O médico ofereceu suas condolências a Angélique e foi embora, enquanto a notícia se espalhava discretamente pela casa e pela ala dos criados. Para Angélique, era como se estivesse em um pesadelo. Ela então foi ajudar Markham a banhar e vestir o pai. Os criados o levaram para a biblioteca, no andar de baixo, para que seu corpo fosse velado até que o filho mais velho chegasse. Outro criado foi despachado para Londres de carruagem, a fim de avisar Tristan da morte do duque. Angélique ficou sentada ao lado do corpo do pai na biblioteca durante a maior parte do dia. O criado voltou de Londres ao anoitecer para dizer que Sua Graça chegaria pela manhã. Ouvir Tristan ser chamado de "Sua Graça" a afligiu, mas esse era seu título agora. Ele se tornara o novo duque de Westerfield e mestre do Castelo Belgrave e da propriedade.

Durante boa parte da noite, Angélique velou o pai na biblioteca, fazendo companhia a ele até que a Sra. White veio encorajá-la a descansar um pouco. A jovem se sentia atordoada ao sair da biblioteca para tomar o caldo que a Sra. Williams havia preparado para ela. Angélique não conseguia se lembrar da última vez que havia se alimentado e não se importava com isso. O pai, a quem tanto amava, havia partido. Para ela, não importava o que iria acontecer dali em diante: simplesmente não conseguia imaginar a vida em Belgrave sem ele, nem em qualquer outro lugar. Inúmeras lembranças inundaram sua mente. Ela era órfã agora e havia perdido seu principal parente. Sabia que ninguém jamais poderia ocupar seu lugar — irmão, marido ou homem. Seu mundo, de repente, transformara-se num lugar vazio.

Por insistência da Sra. White, pela primeira vez em dias, Angélique descansou em sua cama naquela noite, e se sentia tão exausta que dormiu profundamente até a manhã seguinte, quando, então, ouviu uma carruagem chegar e uma gritaria do lado de fora. Parecia que os cavalariços estavam tentando segurar os cavalos. Então ela ouviu os criados chamarem uns aos outros e, depois, distinguiu a voz do irmão, Tristan. Ele havia chegado. Ela olhou através das cortinas do quarto e o avistou pouco antes de ele entrar. Suas roupas anunciavam um luto solene, e ela sabia que os criados haviam pendurado uma coroa de flores na porta principal no dia anterior. Não havia nenhum sinal de Elizabeth; Tristan viera sozinho. Angélique se apressou em se vestir e pentear os cabelos para recebê-lo adequadamente no andar de baixo. Os dois estavam sofrendo a perda de um parente amado, e ela queria dar os pêsames ao irmão.

Tristan estava na sala de jantar tomando o café da manhã tranquilamente e olhou para a irmã quando ela entrou. A jovem usava um vestido preto formal, de gola alta, um traje de luto, que ressaltava sua cintura fina. Seu rosto parecia tão arrasado quanto ela se sentia em seu íntimo. Angélique, então, se aproximou do irmão e o abraçou. Tristan permaneceu sentado à cabeceira da mesa como se estivesse gravado em pedra. Vê-lo na cadeira do pai, em seu lugar habitual, deixou Angélique um pouco abalada, pois ele parecia bem à vontade ali, mas ela não fez nenhum comentário. Era seu lugar legítimo agora. Tristan era o senhor do Castelo Belgrave e de toda a propriedade.

— Bom dia, Tristan — cumprimentou ela em voz baixa enquanto se sentava ao lado dele. — Já foi ver o *papa*? — Ele balançou a cabeça e depois se virou para voltar a olhá-la.

— Vou fazer isso depois do café da manhã. Estava faminto quando cheguei. — Angélique assentiu, sem saber o que dizer. Ela andava com pouco apetite, pois se sentia muito desolada, e ficou surpresa pelo irmão não ter ido ver o pai primeiro. — Elizabeth chegará hoje à noite. Pedi a Hobson que mandasse a Sra. White preparar os quartos. As meninas estão vindo com ela. Edward chegará amanhã. Pensei em fazermos o velório no domingo — disse ele com naturalidade, como se estivesse planejando um simples jantar, e não o enterro do próprio pai.

O duque seria sepultado no mausoléu da família, o que era uma sorte, já que o chão estava congelado demais para se cavar um túmulo. A mãe de Angélique também estava lá, juntamente com a mãe de Edward e Tristan, e várias gerações dos Lathams.

Depois do café da manhã, Angélique foi para o andar de cima e ficou chocada ao ver várias empregadas abrindo as janelas do quarto do pai para arejá-lo e trocando as roupas de cama. Inicialmente, ela pensou que estivessem apenas arrumando o cômodo, mas, então, as viu trazerem vasos de flores da estufa e acenderem a lareira e percebeu que elas estavam preparando o quarto para alguém usá-lo ainda naquela noite.

— Por que estão fazendo isso tudo? — perguntou a jovem. — Não há necessidade. — Manter o quarto como se o pai fosse ocupá-lo, uma vez que ele nunca mais iria dormir ali, fez com que tudo parecesse ainda mais triste.

— A Sra. White nos disse para prepará-lo para Sua Graça e a duquesa — explicou Margaret, a criada, deixando Angélique sem palavras, tentando compreender o que acabara de ouvir e o que isso significava.

— Eles vão dormir aqui esta noite? — perguntou ela em um sussurro, e Margaret assentiu com a cabeça, sentindo pena por ela.

O irmão mais velho não perdera tempo em assumir o lugar do pai, iria dormir até mesmo em sua cama. Aquele pensamento fez Angélique estremecer. Ela descobriu também que os criados estavam preparando uma das duas melhores suítes para suas sobrinhas, que era muito mais bonita do que aquelas em que costumavam ficar quando visitavam Belgrave. Aqueles quartos, geralmente, ficavam reservados para os dignitários reais em visita à propriedade. Eles não haviam perdido tempo em se estabelecer na casa.

Ela seguiu para sua própria suíte. Agitada, ficou sentada, por algum tempo, em uma cadeira e se deu conta de que teria de se mostrar útil e ajudá-los com a mudança que queriam fazer, mas tudo parecia estar acontecendo cedo demais. O pai ainda não havia nem sido sepultado e estava sendo velado na biblioteca. Ele estava morto fazia apenas um dia. Angélique desceu as escadas novamente e viu o irmão saindo da biblioteca com uma expressão séria depois de ter visto o pai.

— A propósito — abordou-a Tristan, imediatamente, com o olhar frio. — Elizabeth pensou que você poderia se mudar para um dos quartos menores. Ela quer que as meninas se sintam à vontade aqui, e a Gwyneth sempre gostou da vista da sua suíte. — Ela não conseguia acreditar no que estava ouvindo. Aquela era a sua casa, ou fora até então. Agora pertencia a ele, a Elizabeth e às filhas. Ela, literalmente, se tornara uma hóspede do dia para a noite. As mudanças que o pai temia já estavam começando a acontecer.

— Sim, claro. Vou preparar o quarto para ela — disse Angélique com modéstia. — E a suíte amarela é para a Louisa? — perguntou ela.

Aquela era a melhor. Tristan sabia disso, já que ele e a esposa normalmente dormiam lá nas breves e raras visitas ao pai. Elizabeth sempre dissera que o campo os deixava entediados. Pelo visto, isso também estava prestes a mudar.

Angélique não perguntou em que quarto deveria dormir, mas pensou no menor, no final do corredor, para ter alguma privacidade e não interferir na rotina da família. Mas, antes que pudesse colocar seu plano em prática, Tristan continuou:

— Elizabeth pensou que você pudesse preferir um dos quartos no andar de cima.

Havia um andar inteiro de quartos menores, com pouca decoração e para onde iam os móveis mais antigos. Apesar de haver lareira em todos os quartos, eles eram úmidos e frios. Ela estava começando a ter uma amostra de como seria seu destino nas mãos daquelas pessoas. Mudar-se para o Chalé, como o pai havia pedido nos últimos anos, estava começando a parecer um plano sábio. Ela esperaria para ver como as coisas se desenrolariam quando Elizabeth e as meninas chegassem, mas achava que se fosse logo embora para o Chalé seria melhor para todos.

Era impossível esvaziar seu quarto em poucas horas, mas imediatamente começou a trabalhar, abrindo espaço para Gwyneth nos armários, tirando tudo de uma cômoda e organizando alguns de seus papéis para arrumar espaço na mesa. Ela pegou a bolsa com sua fortuna e a trancou em uma gaveta no quarto do andar de cima. Era um espaço pequeno e apertado, com mobiliário deprimente e uma vista precária da propriedade. Os jardins ficavam bem abaixo, e ela podia ver as primeiras fazendas dos arrendatários à distância, já que as árvores que normalmente as ocultavam estavam sem folhas naquela época do ano. E o lago tinha congelado. A jovem poderia sugerir patinar no gelo com as sobrinhas na semana seguinte ao velório, é claro, se eles planejassem ficar um pouco mais em Belgrave. Ela se perguntava agora em quanto tempo poderia voltar para o seu quarto. Faria o que Elizabeth quisesse enquanto ela estivesse lá. Não havia por que mostrar-se contra eles tão cedo, ou mesmo em qualquer momento. Tinha de respeitar o fato de que a casa pertencia a eles agora e precisava se adaptar à nova rotina da melhor forma possível.

Depois de guardar seus pertences no andar de cima com a ajuda de uma das criadas, ela desceu, a fim de inspecionar os quartos que Tristan e a família iriam ocupar. A Sra. White havia supervisionado tudo, e os cômodos estavam impecáveis. Ela hesitou na entrada do quarto do pai. Angélique não conseguia entender por que Elizabeth poderia querer dormir ali. Afinal, o sogro havia acabado de falecer. E, a cada vez que um dos criados se dirigia a Tristan como "Sua Graça", ela precisava se segurar para não se encolher. Era difícil pensar nele como o senhor de tudo agora. Mas, gostando ou não disso, ele era. Ela sempre soube que isso aconteceria um dia, mas não imaginou que pudesse ser tão cedo. Tristan era um homem digno, um pouco arrogante e não tinha nada da bondade do pai. Teria sido uma tragédia se Edward herdasse o título e a propriedade, precisava, ele teria acabado com tudo.

O irmão mais velho estava planejando passar a semana após o funeral com o gerente da propriedade para entender melhor como tudo funcionava. Passara horas conversando com o pai, mas queria descobrir, até o último detalhe, como realmente andavam as coisas. Ele tinha a intenção de manter tudo em funcionamento de um modo responsável, bem diferente do pai. Tristan achava Phillip bondoso demais e muito gentil e generoso com os criados. Angélique notara, muitas vezes, a rispidez do irmão com os empregados e a maneira como falava com eles, bem diferente do pai, que era bastante reverenciado. O irmão preferia governar pelo medo. E já tomara a decisão de reduzir os gastos com a administração da propriedade, esses eram seus planos havia bastante tempo. Ele achava que o pai tinha muitos criados e que pagava salários muito altos.

Com o novo duque em nítida evidência, havia uma sensação óbvia de mal-estar no andar de baixo. Naquele dia, ele ficou perambulando por todos os cantos e fez inúmeras perguntas sobre o funcionamento da casa a Hobson. O mordomo tentou ao máximo não parecer ressentido, mas Angélique percebeu que o devotado e antigo mordomo se sentia irritado, embora estivesse escondendo isso de Tristan e se mostrasse irrepreensivelmente bem-educado.

Era fim de tarde quando Elizabeth chegou em uma carruagem enorme e muito vistosa com o teto abaixado, puxada por quatro cavalos pretos e dois cocheiros. As filhas a acompanhavam, e todas usavam vestidos exuberantes com saias amplas, largas e pretas, assim como as luvas. Elizabeth usava um chapéu preto com um véu enorme e uma estola de pele de raposas escura em volta dos ombros. E os chapéus pretos das meninas pareciam ter sido feitos em Paris. A mãe não poupava em suas roupas e adorava andar sempre na moda.

Ela atravessou o corredor principal parecendo ser alguém muito importante enquanto olhava ao redor, de cara feia. Todos os criados estavam enfileirados, aguardando do lado de fora, com uniformes de tecido fino e no frio. Ela não parecia se importar com isso e os deixou de pé ali depois de entrar. Em seguida, falou em voz alta para que a Sra. White pudesse ouvi-la:

— Eu me pergunto quanto tempo vamos levar para arrumar este lugar. — A casa estava impecável, e a Sra. White sentia muito orgulho da forma tão meticulosa que eles mantinham a propriedade.

Assim como os criados, Angélique saudou a nova senhora de Belgrave na porta, e Elizabeth passou por ela sem cumprimentá-la ou oferecer suas condolências. Gwyneth e Louisa lhe lançaram um olhar arrogante, como se dissessem que não a consideravam mais importante. Angélique estava começando a se sentir assim.

Angélique levou Gwyneth até a sua suíte e disse que esperava que ela gostasse das acomodações. A moça olhou para ela e riu.

— Estou me mudando para esses aposentos agora. Minha mãe disse que eu podia fazer isso. Pode levar o resto das suas coisas amanhã.

Angélique não falou uma palavra. Ela iria conversar com Elizabeth sobre o assunto. Seria muita humilhação se a nova duquesa pretendesse mantê-la no quarto pequeno e triste do andar de cima, que não havia sido redecorado nos últimos quarenta anos, ao contrário de seu quarto, que fora completamente refeito três anos antes, no seu 15º aniversário, uma surpresa feita pelo pai. Eles haviam ido à Itália para visitar um velho amigo de Phillip em Florença e, quando voltaram, tudo estava redecorado e todos os móveis de infância haviam sido removidos. Era um conjunto muito elegante, tudo feito em cetim cor-de-rosa com móveis franceses comprados pelo pai em Paris.

Louisa entrou no quarto e lançou à jovem tia, apenas dois anos mais velha que ela, outro olhar arrogante e cheio de desdém. Mudar-se para o Chalé estava se tornando uma ideia cada vez mais atraente. Elizabeth trouxera consigo a própria criada, e mais uma serviçal para cuidar das roupas das filhas. Quando Angélique desceu, um pouco mais tarde, a cunhada estava dando ordens a Sra. White e mudando o cardápio do jantar, o que seria difícil para a Sra. Williams administrar àquela altura. Embora a cozinheira fosse muito criativa, não era capaz de fazer mágica, e todos os criados ainda estavam abalados e tristes com a morte do patrão, razão pela qual não estavam trabalhando em sua melhor forma. Elizabeth mostrava-se indiferente aos sentimentos deles e queria ter seus desejos imediatamente atendidos. Ela estava explicando que todos eles tinham estômago sensível e não podiam consumir comida rural, o que fez com que a Sra. Williams ficasse quase roxa de raiva quando ouviu esse comentário, uma vez que ela se orgulhava de sua comida sofisticada, muitas vezes aprendida com outros cozinheiros que conhecia e que haviam trabalhado em grandes casas de Londres.

Além disso, também cozinhava receitas francesas que copiava de revistas. Ela não servia "comida rural".

Parecia que a mudança também não seria fácil para os criados, e não havia nada que Angélique pudesse fazer em relação a isso. Enquanto Tristan e a família estivessem na residência, ela sentia que não podia dar ordens. Aquela já não era mais a sua casa. Ela tornara-se apenas uma hóspede que eles toleravam, naquele que fora seu domínio até apenas algumas horas antes.

Naquela noite, Angélique ficou tensa durante todo o jantar, enquanto ouvia Elizabeth dissertar abertamente sobre todas as mudanças que iria fazer, os planos de redecoração e o mobiliário que queria trocar. Ela estava incomodada com aquilo, parecia presa em areia movediça. As duas sobrinhas mostraram-se rudes com os criados durante a refeição, e os pai não as repreenderam. Depois da ceia, as meninas subiram para a antiga suíte de Angélique sem nem mesmo lhe desejar boa noite. Tristan e Elizabeth se retiraram para o gabinete sem a convidar para se juntar a eles e fecharam a porta com firmeza na frente dela depois de dizerem que tinham assuntos particulares a discutir.

Angélique entrou na biblioteca, a fim de ficar mais um pouco com o pai, tocou a mão dele com delicadeza, beijou sua face fria e cinzenta, depois subiu as escadas em direção ao quarto que lhe haviam cedido e começou a chorar. Estava deitada na cama soluçando quando ouviu uma batida à porta. Era a Sra. White, que fora ver como ela estava. Os criados haviam conversado bastante sobre as mudanças dos quartos à mesa de jantar, e a Sra. White pedira discretamente às criadas mais jovens que tivessem cuidado quando Sir Edward chegasse, no dia seguinte. Elas haviam compreendido o significado daquela advertência, e várias delas deram risadinhas. Edward já havia encurralado algumas criadas antes e até provocara a demissão de uma ou outra, depois de partir de Belgrave, por elas terem se entregado aos caprichos dele. Apesar de não se portar bem, ele era um homem bonito. A Sra. White não tolerava esse tipo de comportamento por parte das criadas, embora nunca houvesse explicado isso a Sua Graça, nem precisasse fazê-lo.

— Você está bem? — perguntou a Sra. White à jovem, com profunda preocupação.

As duas sabiam quanto isso era difícil: perder o pai e ter de lidar com Tristan, a esposa e as filhas, que a haviam desrespeitado tão abertamente, ressentidas por sua existência e por sua posição privilegiada junto ao falecido duque. Phillip não podia fazer nada para protegê-la agora, nem os criados poderiam apoiá-la. Só lhes restava sentir pena dela. Angélique sempre se mostrara gentil com eles, assim como o pai, e todos gostavam muito dela. Naquela noite, os criados conversaram em seus aposentos sobre como a nova duquesa era uma fera arrogante.

Angélique assentiu e tentou sorrir bravamente através das lágrimas. A Sra. White, que sempre fora como uma mãe para ela, estava em Belgrave antes mesmo de o duque se casar com Marie-Isabelle, e achava Angélique uma jovem encantadora. A governanta fora uma das primeiras a segurar a menina nos braços assim que ela nasceu e lhe dava um abraço caloroso sempre que podia.

— Está tudo muito diferente — disse Angélique com cautela, envergonhada por reclamar, pois não queria parecer rude.

— Tudo deveria mesmo ser diferente — disse a Sra. White, parada ao lado da cama e acariciando o cabelo da jovem com gentileza —, mas não assim tão cedo. Estão com uma pressa terrível para nos deixar cientes de que agora Belgrave pertence a eles. — Angélique concordou em silêncio e ficou olhando para a mulher mais velha, grata pela visita. Para Fiona White, aquela menina era a criança que ela nunca tivera. A governanta abrira mão de se casar e ter filhos por uma vida de trabalho. Ela era filha de um dos fazendeiros arrendatários, sua família servia aos duques de Westerfield havia gerações, e ela se sentia orgulhosa de fazer o mesmo. Conseguir o cargo de governanta fora um grande feito e significava muito para ela. — Eles vão se cansar daqui em breve e logo voltarão para Londres

— disse ela, com um sorriso. — Não consigo vê-los no campo por muito tempo. Ficarão entediados. — Mas, pelo que as meninas haviam dito no jantar, Angélique teve o terrível pressentimento de que eles estavam planejando ficar.

— Espero que você esteja certa.

— Sim, estou. Em breve, tudo voltará ao normal — garantiu a governanta.

Exceto pelo fato de que Angélique sabia que não poderia mais contar com a presença do pai, o que mudava tudo para ela, muito mais do que para os criados. O novo duque e a família precisavam deles, mas já haviam deixado bem claro que não precisavam de Angélique nem a queriam por perto. Ela era apenas a irmã de Tristan, filha de uma mulher que ele odiara desde sempre. Tudo o que eles queriam era colocá-la em algum lugar no sótão — e não haviam perdido tempo nem mesmo em solicitar sua suíte.

A Sra. White ficou com ela por mais alguns minutos e, em seguida, voltou para o andar de baixo. Hobson a interpelou assim que a viu.

— Como ela está? — perguntou ele, com evidente preocupação. O mordomo nutria um sentimento paternal pela jovem desde que a conhecera bebê.

— Está chateada. E quem pode culpá-la? — retrucou a Sra. White. — O pai mal esfriou na biblioteca, e eles já estão tratando a menina como uma de nós. — Hobson concordou com a cabeça. Estava horrorizado pelo fato de Angélique ter sido tirada de seus aposentos, e mais ainda por Tristan e Elizabeth planejarem dormir no quarto do duque, que falecera havia tão pouco tempo.

— Sua Graça não iria gostar disso — comentou Hobson. Porém a Graça a quem ele se referia havia partido, e a pessoa que tomara seu lugar parecia não ter coração, principalmente no que se referia à sua meia-irmã.

Naquela noite, Angélique ficou deitada na cama por horas, tentando absorver tudo o que havia acontecido nos últimos dois dias.

O quarto onde estava alojada era gelado, e as janelas não fechavam direito. Um vento frio soprou sobre seu corpo a noite toda e, pela manhã, quando desceu, estava completamente gelada.

Angélique se juntou a Tristan na sala de jantar para o café da manhã, e ele não disse uma palavra enquanto lia o jornal. Elizabeth e as filhas tomaram o café na cama, algo que Angélique nunca fizera. Ela tomava o desjejum na sala de jantar com o pai todos os dias, onde eles conversavam e riam, falavam sobre os livros que estavam lendo, sobre que estava acontecendo no mundo e seus planos para o dia. Tristan não dissera nada até terminar sua refeição, quando, então, lembrou a irmã de devolver as joias da família que o pai havia lhe dado, exceto aquelas que ele havia comprado para sua mãe. Angélique as entregou meia hora depois, com uma expressão aturdida.

Depois disso, ela passou a manhã quieta, certificando-se de que a casa estava funcionando bem e tentando se manter longe de Elizabeth e das meninas, o que conseguiu fazer até a refeição do meio-dia, chamada por eles de banquete. Elizabeth pediu uma refeição complicada, que a Sra. Williams conseguiu fazer à perfeição. Angélique ficou satisfeita. Eles não eram os caipiras que Elizabeth julgava serem.

Pouco depois do banquete, Edward chegou em uma elegante carruagem, puxada por quatro cavalos rápidos, com dois de seus melhores animais logo atrás. Ele carregava um estojo de espadas. Seu irmão não confiava no estábulo do pai, cujos cavalos, em sua opinião, eram mansos demais, e planejava cavalgar enquanto estivesse por lá. O rapaz detestava a vida no campo, mais do que o irmão e a cunhada. Achava tudo entediante e, por isso, raramente aparecia em Belgrave. Tinha muito com o que se divertir em Londres.

Ele ignorou Angélique por completo e ficou satisfeito com o luxuoso cômodo que sua cunhada lhe reservara. Passou o restante da tarde cavalgando e não parava de ouvir um fluxo constante de pêsames dos moradores locais. Havia dois criados na porta de entrada do castelo e mais dois na biblioteca com o falecido duque, enquanto as pessoas entravam para se despedir dele. Os fazendeiros arrendatários vinham com suas melhores roupas para oferecer os pêsames. Eles permaneciam ao lado do corpo de Phillip por um longo tempo, sussurrando, e muitos choravam ao ir embora.

Em suma, foi outro dia exaustivo, e Angélique se retirou para seu quarto com vários tijolos quentes enrolados em toalhas para deixar o cômodo mais confortável, pendurou cobertores na janela e acendeu a lareira para se aquecer, mas a noite não foi melhor que a anterior. Na manhã seguinte, fizeram o velório do pai na capela da propriedade. O vigário local realizou o serviço, e Phillip Latham, duque de Westerfield, foi colocado no mausoléu com os pais, os avós e as duas esposas. Angélique ficou lá por mais alguns minutos depois que os outros voltaram para a casa em busca de algo para comer. Vários amigos de Phillip vieram para o velório e compartilharam uma refeição com eles. Quando tudo acabou, ela se sentia exaurida. Quando o último convidado foi embora e Elizabeth e as filhas se retiraram para seus aposentos, Tristan pediu-lhe que o acompanhasse até a biblioteca, onde o pai estivera até poucas horas antes. Edward estava se divertindo com as sobrinhas, ao subir as escadas. Ele ignorou completamente a existência de Angélique, desprezando todas as chances de falar com ela e agindo de uma forma bastante grosseira. Elizabeth orientou a Sra. White sobre as refeições do dia seguinte, cujos pedidos deveriam ser transmitidos a Sra. Williams. A duquesa ainda não estava satisfeita com as refeições e já havia mencionado a Sra. White que poderia substituir a cozinheira e trazer alguém de Londres, embora a Sra. Williams trabalhasse no castelo havia vinte anos.

— Eu gostaria de falar com você por um momento — disse Tristan em um tom casual enquanto Angélique tentava não pensar no pai deitado naquele cômodo.

Ela se perguntou o que o irmão queria lhe falar e, por um instante, pensou que ele ia sugerir que se mudasse para o Chalé. Eles haviam passado a impressão de que achavam sua presença incômoda. E transferi-la para o Chalé, mesmo que antes do tempo que havia sido planejado pelo pai, poderia ser uma solução plausível para ela também. Angélique não conseguiria continuar dormindo naquele quarto gelado por muito mais tempo sem ficar doente, e não havia espaço para suas coisas nem onde guardá-las. Ela tivera de colocar suas roupas em um quarto menor, já que Gwyneth insistira para que esvaziasse os armários da antiga suíte, a fim de abrir espaço para seus vestidos.

— Elizabeth e eu conversamos — começou ele. — Sei que essa deve ser uma situação incômoda para você e, para ser honesto, também é confuso para os criados. Nosso pai deixou que você comandasse a casa para ele, mas não há mais necessidade disso. Elizabeth vai reorganizar tudo e deixá-la em ordem. — Ouvir aquilo, para Angélique, era como uma bofetada no rosto, como se ela não soubesse o que estava fazendo, porque tinha apenas 18 anos. Mas ela havia feito um bom trabalho por vários anos, mais do que muitas mulheres de sua idade que já eram casadas e nunca tinham estado em uma casa como aquela ou comandado um número de serviçais tão grande. — Será embaraçoso se você continuar aqui, sem nada para fazer, e não queremos que eles fiquem confusos por serem leais.

— Tenho certeza de que eles não irão se confundir — disse Angélique, nervosa. — Eles estão cientes de que esta casa é sua agora, e que Elizabeth irá comandá-la. Eles sabiam que isso iria acontecer. E *papa* esteve mal de saúde por um longo tempo. — Ao dizer aquelas palavras, ela reconheceu que a morte do pai fora dolorosa, mas não uma surpresa. Angélique simplesmente não queria ver o fim chegar. — E, claro, eu não irei interferir.

— Precisamente. É isso que temos em mente também.

— *Papa* achava que, eventualmente, eu deveria me mudar para o Chalé. Talvez eu devesse fazer isso logo — sugeriu ela de maneira hesitante, pensando que seria um alívio para todos, e que Elizabeth e as meninas ficariam satisfeitas por livrar-se dela.

— Claro que não. — Tristan rejeitou a ideia sumariamente. — Uma garota da sua idade não pode viver sozinha em uma casa, e nós temos planos para aquele lugar. A mãe de Elizabeth está doente, e o ar do campo pode ser bom para ela. Minha esposa quer reformar a casa para a mãe. Na verdade, temos outra ideia em mente para você. Como sabe, Angélique, nosso pai não deixou bens em seu nome. Ele não podia fazer isso. Ele sugeriu que eu lhe desse um montante como rendimento, mas, sendo muito honesto, eu seria irresponsável se o fizesse. Nosso pai estava envelhecendo, e algumas de suas ideias não passavam de divagações de um velho. Não consigo diluir o que preciso para administrar a propriedade, e dar a você um rendimento seria injusto com minhas próprias filhas. Ele reservou uma soma para Edward, mas, de fato, não podia deixar nada para você. A herança da propriedade não permite isso, tudo veio para mim. E tenho certeza de que você não quer se tornar um fardo para nós.

— Não, de modo algum — respondeu Angélique, constrangida e sem saber aonde ele queria chegar com aquela conversa, já que descartara a possibilidade de ela morar no Chalé.

— O triste fato, minha querida, é que mulheres jovens em sua posição não têm escolha a não ser trabalhar. E não há muita coisa que você possa fazer. Você não foi treinada para ser professora. E jovens mulheres bem-nascidas, que não dispõem de meios próprios, tornam-se preceptoras e vivem sob a proteção das famílias para as quais trabalham. Você não tem experiência nessa função, mas não há razão para que não possa ser babá, e tenho certeza de que, com o tempo, você pode se tornar uma boa preceptora, à medida que for amadurecendo. Elizabeth e eu queremos ajudá-la. Falei com algumas pessoas muito agradáveis que conheci quando nosso pai ficou doente, ao ver que essa eventualidade poderia se tornar uma realidade. E eles estão dispostos a nos fazer um grande favor. Concordaram em contratá-la como babá, por um pequeno salário no começo, porque você não tem experiência.

"Eles moram em Hampshire, têm quatro filhos pequenos e são pessoas muito agradáveis. O pai dela era um barão, e o marido não tem título, mas a casa deles é bastante respeitável. Não é tão grande quanto essa, claro, mas eles estão dispostos a pagar um salário para você cuidar das crianças. E, realmente, minha querida, não há mais nada que você possa fazer. Já avisei a eles que você estava disposta a aceitar. Estou muito satisfeito por você. Acredito que esta é a solução ideal para todos nós. Sei que será bem cuidada, não será um fardo para nós e não terá uma vida estranha aqui, sem o nosso pai. Eu realmente acho que você vai ser muito feliz."

Tristan sorriu, como se tivesse acabado de dar a Angélique um presente maravilhoso, e ela devesse estar muito agradecida.

Por um momento, ela achou que ia desmaiar, mas não queria dar esse gosto ao irmão. Então endireitou a postura e se sentou mais ereta, embora estivesse muito pálida. Seu pai tinha razão em não confiar no filho mais velho para cuidar dela depois de sua partida. O irmão era uma cobra. Prometeu ao pai que proveria seu sustento e, em vez disso, expulsava-a de sua casa e a mandava trabalhar como babá para estranhos, pessoas que ela nem mesmo conhecia. Era quase inacreditável saber quanto Tristan, Edward e Elizabeth sempre a odiaram e se ressentiam do relacionamento que ela tinha com o pai. Eles foram para cima delas como lobos.

— Está tudo arranjado — disse ele, e Angélique estava certa de que era verdade. — Você não vai precisar da maioria das suas coisas e pode, inclusive, deixá-las aqui. Vamos guardar todos os seus pertences no sótão. Você pode mandar suas roupas para a nova casa, se quiser, mas duvido que vá usá-las. Seus vestidos não seriam úteis lá. Você usará um vestido simples, adequado a uma babá, e um avental quando estiver trabalhando. Íamos lhe dizer isso só daqui a uma semana ou duas, mas, aparentemente, a babá deles está indo embora, então eles precisam de você mais cedo. O momento é perfeito, na verdade. Você não precisa ficar sofrendo com a morte do nosso pai. Estará ocupada com os Fergusons e terá outras coisas nas quais pensar.

Segundo Tristan, aquilo era perfeito, exceto pela triste realidade do que ele estava fazendo. Ele estava traindo a própria irmã e mandando-a para o mundo sem um centavo, até onde sabia, para trabalhar como babá. Ele estava se vingando do pai por amar a filha. Tristan finalmente vencera, depois de toda uma vida de ressentimento. O momento havia chegado, e ele simplesmente estava se livrando dela sem nem sequer pensar duas vezes.

— Quando eles esperam que eu comece? — ela conseguiu dizer enquanto o encarava, horrorizada.

— Amanhã. Você vai embora pela manhã. Vou mandá-la para Hampshire no pequeno *cabriolet*, não na carruagem do nosso pai, é claro. Você não iria gostar de deixar todos constrangidos ao chegar em uma carruagem. A partir de agora, você é uma mulher trabalhadora, Angélique. Tenho certeza de que fará um ótimo trabalho e acabará como preceptora um dia. Você pode ensinar francês às crianças.

Ele sempre odiara o fato de que ela falava outro idioma e ele não, mas Tristan nunca fizera questão de aprender. Ele sentira ciúmes de tudo o que a irmã era e que possuía, e havia esperado vários anos para tirar tudo dela, uma vez que agora possuía o poder de fazê-lo. A herança fora diretamente para as mãos dele, que ficara com tudo e optara por não dar nada a ela. Agora ela compreendia por que o pai havia lhe entregado a bolsa com o dinheiro antes de morrer. Phillip temia que algo assim acontecesse, e era a única maneira que tinha de ajudá-la, já que não confiava em Tristan para fazê-lo. Mas nem o pai podia livrá-la de ter de trabalhar como babá agora, de ser uma criada na casa de outra pessoa. Ele dissera a ela para usar o dinheiro de forma consciente, e só se precisasse mesmo, então, por enquanto, não o usaria. Iria guardá-lo até achar que precisava de uma casa para si mesma ou para a hipótese de não dispor de outra forma de renda, o que também poderia acontecer se eles a demitissem ou ela os deixasse. Angélique ainda era muito jovem para comprar uma casa e não tinha ideia de como fazer isso. Eles a estavam mandando embora em questão de horas, sem lhe dar tempo para se preparar ou pensar em um plano alternativo.

Por enquanto, graças às artimanhas do irmão, havia um emprego para ela como babá e, provavelmente, estaria segura na casa de seus empregadores. Ela faria isso pelo tempo necessário e, então, encontraria outro meio de se sustentar. Tinha de haver mais para a vida e para seu destino do que isso. Ela sentia como se estivesse sendo forçada à escravidão.

— Bem, estamos combinados então — disse ele, levantando-se para indicar que a reunião havia terminado. — Você terá muito a fazer esta noite. Não há necessidade de se despedir de Elizabeth e das meninas. Elas pediram que eu me despedisse de você em nome das três, pois não estarão acordadas quando você sair.

Aquilo era o fim, eles a haviam banido. Ela fora descartada. Sua vida em Belgrave havia acabado. O castelo pertencia a eles agora. E não havia espaço na vida deles ou naquela casa para ela. Tristan sempre achou que o pai havia estragado a filha e agora encontrara uma forma de colocá-la em seu devido lugar. Ela sabia, enquanto lhe desejava boa noite, que nunca mais voltaria àquele lugar. Nunca mais veria sua casa. Belgrave seria como um sonho distante, com as lembranças do pai e os momentos maravilhosos que haviam passado juntos. Tudo isso havia acabado. Tristan e a esposa malvada a haviam descartado, e Angélique não tinha escolha a não ser tentar sobreviver no mundo e na vida em que a haviam lançado. Talvez eles pensassem que perder tudo poderia destruí-la, mas Angélique sabia que isso não iria acontecer. Ela iria lutar por sua sobrevivência, independentemente do que fosse necessário.

Tristan subiu as escadas e foi até o quarto do pai enquanto a irmã o observava. Elizabeth o estava esperando, e ele agora podia dizer a ela que "havia cuidado do problema". A questão de Angélique tinha sido resolvida, e eles haviam chegado ao resultado que queriam. Ela nunca odiou ninguém como odiava o próprio irmão naquela noite.

Em vez de subir depois que Tristan se retirou, ela desceu as escadas para falar com a Sra. White. A mulher estava prestes a trancar seu quartinho perto do de Hobson, e eles estavam desejando boa noite um ao outro quando Angélique veio correndo pela escada, com os olhos arregalados e o rosto pálido. Precisava dizer a eles que estava indo embora, e a Sra. White pôde ver, naquele instante, que algo terrível acontecera a ela.

— O que houve, criança? — Ela não parecia Lady Angélique naquele momento, e sim a garotinha que a Sra. White conhecera por toda a vida.

— Eles estão me mandando embora para trabalhar como babá — Angélique deixou escapar, ainda tremendo por tudo o que acabara de ouvir. A Sra. White parecia chocada, e Hobson não pôde deixar de ouvi-la.

— Eles vão fazer *o quê*? Isso é impossível! Sua Graça nunca permitiria algo assim! — disse ele com um tom horrorizado, mas o mordomo e a governanta sabiam o que significava se envolver nos problemas dela, bem como todas as implicações que decorreriam disso. Angélique estava realmente à mercê de Tristan, e ele havia traçado um plano inteligente para se livrar da irmã em vez de cuidar dela. Ele havia esperado 18 anos por esse momento. Os dois criados devotos não podiam acreditar em tamanha crueldade: perder o pai que a amava tanto e, apenas alguns dias depois, também o seu lar.

— Eles irão mudar de ideia e trazê-la de volta em algum momento — disse a Sra. White, esperançosa, mas nem mesmo ela acreditava que isso fosse provável. Tristan era um homem ruim, e a esposa, uma mulher gananciosa, de coração duro e egoísta.

Angélique começou a chorar nos braços da mulher mais velha quando Hobson se virou para que nenhuma das duas visse as lágrimas escorrendo pelo seu rosto. Ele não podia suportar o que Tristan e a esposa estavam fazendo, mas não havia como ajudar aquela criança que nunca tinha ficado desamparada. E, de alguma forma, ela teria de encarar aquilo.

— Vou ficar bem — disse ela, bravamente, pensando no dinheiro que o pai lhe dera. Mas ela não tocaria nele por enquanto. O pai dissera para não fazê-lo, embora ele não soubesse o que o filho tinha em mente quando herdasse tudo. Mesmo Phillip, em seus piores pesadelos, nunca poderia imaginar uma traição dessas.

— Você vai mandar notícias, não vai? — perguntou a Sra. White, parecendo preocupada.

— Claro. Vou escrever para a senhora assim que chegar. Também vai escrever para mim? — perguntou Angélique, com o olhar suplicante.

— Você sabe que sim.

As duas se abraçaram de novo, e Angélique subiu as escadas para tocar sua nova vida. Ela colocou tudo em um baú, exceto alguns de seus lindos vestidos, junto com os livros e algumas coisas de que gostava muito, mas sabia que não poderia levar tudo. Nas sacolas que estava planejando levar, colocou um pequeno retrato do pai e uma miniatura da mãe pintada em marfim, alguns livros preciosos, a maior quantidade possível de vestidos sérios que conseguiu guardar em suas valises, uma caixa de chapéu cheia de gorros e um leque que havia sido da mãe e que ela sempre amara desde criança. Sua mente estava girando quando terminou de fazer as malas, então ficou deitada na cama gelada durante a noite toda, no quarto congelante, sentindo-se como se fosse para a guilhotina pela manhã, como os antepassados da mãe.

Ela tomou o café na sala de jantar dos criados. Apenas alguns estavam de pé. E, quando foi embora, Hobson e a Sra. White a acompanharam até o pequeno *cabriolet*, como pais carinhosos. Eles eram os únicos que restavam. E, enquanto a carruagem se afastava do Castelo Belgrave sob a névoa da manhã, o irmão mais velho observava a cena da janela do quarto com ar de satisfação. Ele havia conseguido. A filha da prostituta francesa havia ido embora e, agora, Belgrave pertencia só a ele. Esperava a vida inteira por isso.

Angélique ficou olhando para o contorno de sua casa contra o céu da manhã quando partiu, e tanto Hobson como a Sra. White choraram no momento em que o *cabriolet* se pôs em movimento.

Eles se perguntaram como Tristan e Elizabeth explicariam sua partida repentina.

Quando Angélique seguiu seu caminho em direção a Hampshire e aos Fergusons com um cocheiro e sem criados, a filha do último duque de Westerfield estava enfrentando seu futuro com medo, dignidade e coragem. Ela havia trancado o dinheiro que o pai lhe dera em um pequeno baú que levava consigo. E, mais uma vez, agradeceu em silêncio pelo presente inacreditável que ele lhe dera. Um dia, isso lhe proporcionaria uma casa, se precisasse e, se fosse econômica, ela viveria daquela quantia por bastante tempo. Talvez precisasse mesmo daquele dinheiro, mas não no momento. Por ora, ela teria o trabalho de babá nos Fergusons e um teto para morar.

Angélique não tinha ideia de para onde o futuro a levaria ou como sua vida seria, mas, independentemente do que acontecesse, estava determinada a sobreviver.

O Castelo Belgrave estava estranhamente silencioso naquela manhã, como se a vida e a alma da casa tivessem saído de lá. Todos os que trabalhavam na propriedade sabiam que haviam entrado em uma era muito sombria, sem o amado duque e sua filha. E, quando perguntavam para onde a jovem tinha ido, Hobson e a Sra. White não diziam nada além de "Ela se foi". E Tristan Latham, o novo duque de Westerfield, não comentou absolutamente nada sobre o assunto. Somente os criados do Castelo Belgrave sabiam que estavam de luto tanto pelo pai como pela filha enquanto continuavam trabalhando, usando braçadeiras pretas, com os corações pesados e lágrimas nos olhos. A amada Lady Angélique havia partido, e eles sabiam que nunca mais voltariam a vê-la. O irmão orquestrara tudo à perfeição.

Capítulo 3

Wilfred, o cocheiro mais jovem de Belgrave, a conduziu na viagem de Hertfordshire a Hampshire, e eles passaram por St. Albans no caminho. Pararam numa taberna simples em Slough, e retomaram viagem depois de uma refeição com salsichas e cidra. Angélique se sentira desconfortável comendo sozinha enquanto Wilfred fazia sua refeição com os outros cavalariços no celeiro. Ela se sentou quieta a uma mesa no canto. Era a primeira vez na vida que ficava sozinha e tinha muito em que pensar. A morte do pai, a súbita e inesperada perda de seu lar, a traição do irmão, o dinheiro que o duque lhe dera e o futuro à sua frente, trabalhando como babá para estranhos. Era óbvio que o irmão havia planejado isso fazia algum tempo, a fim de se livrar dela. Angélique nunca esperou que algo assim pudesse acontecer, ou mesmo que fosse jogada no mundo sem nenhuma proteção. E, em vez de viver na atmosfera rarefeita do andar superior do Castelo Belgrave como a amada filha de um duque, ela agora fazia parte do mundo dos criados. Estava familiarizada com isso por comandar a casa do pai, mas jamais imaginara que um dia essa seria a sua vida. Tudo seria bem diferente a partir de agora. E ela só poderia esperar que os Fergusons fossem pessoas decentes, que tivessem criados amáveis e que a tratassem bem.

Angélique nunca se portara com arrogância, e sua criação e linhagem eram muito perceptíveis. Dava para ver que ela era uma dama nobre de nascimento por sua forma de falar e seus modos, independentemente dos trajes simples que estivesse vestindo. Naquele dia, estava usando um vestido preto liso e trouxera as roupas mais simples que possuía, mas tudo o que tinha eram trajes de uma lady, não de uma babá. E as roupas pretas indicavam que estava de luto por alguém próximo. Ela perdera não só o pai, mas também todo o seu mundo, e chorou mais de uma vez no caminho para Hampshire. Angélique sabia que teria de ser corajosa quando chegasse ao seu destino, mas, enquanto estivesse naquela carruagem simples, poderia se lastimar pelos últimos resquícios do que conhecia. Tudo havia desmoronado em questão de dias, conforme os planos de Tristan e Elizabeth, e ela tinha certeza de que, se o pai soubesse que isso iria acontecer, teria ficado desesperado. E não havia ninguém a quem ela pudesse recorrer agora. Angélique nunca mais procuraria os irmãos. Mal vira Edward, mas tinha certeza de que ele estava ciente daquele plano e se perguntou se eles estariam comemorando em Belgrave. E sabia que o único lugar onde sentiriam sua falta era na ala dos criados, onde Hobson e a Sra. White estariam de luto por sua partida, juntamente com a Sra. Williams e os outros que a conheciam desde seu nascimento. Eles haviam perdido o duque e sua filha de uma só vez, e agora teriam de lidar com Tristan e Elizabeth, duas pessoas frias, exigentes, malvadas, sem coração, que adoravam se exibir e eram grosseiras com os criados.

Era final da tarde, estava quase anoitecendo, quando chegaram a Alton, em Hampshire. Eles estavam viajando havia 11 horas, sacolejando no *cabriolet*. Fora uma viagem exaustiva para os cavalos também, mas eles tinham levado dois animais fortes que não precisavam descansar tanto. E, seguindo as instruções que Tristan dera a Wilfred, eles encontraram facilmente a casa, um lindo solar com terrenos bem-cuidados em uma bela propriedade, embora não fosse nada tão grandioso quanto o Castelo Belgrave. Percebia-se tratar-se de uma residência de pessoas ricas, e a casa parecia relativamente nova, assim como a fortuna do homem que a construíra. Tristan havia insinuado que a Sra. Ferguson se casara com o marido por dinheiro, coisa que ele lhe dava em abundância. Ela vinha de uma família aristocrática, embora o pai não tivesse um título hereditário e houvesse desperdiçado sua fortuna em investimentos fracassados. Então, Ferguson se casara com ela por sua posição social, e ela, pela vida que ele poderia lhe oferecer.

A casa parecia aconchegante e convidativa. Um serviçal apareceu e os conduziu até os fundos, em direção à entrada dos criados. Wilfred achava que Lady Angélique iria entrar com suas malas pela porta da frente. Ele não tinha ideia da razão pela qual a filha do duque estava ali, e ela também não havia lhe contado nada. Tudo o que ele sabia era que Angélique ficaria ali por um tempo e achava que os patrões deveriam ser amigos da família que a estava recebendo para que se recuperasse da morte do pai. Ele tentou explicar que ela era uma convidada, mas o criado, de rosto severo, continuou a direcioná-los até a entrada dos fundos da casa grande.

— Desculpe-me, Vossa Senhoria — disse Wilfred em voz baixa, parecendo envergonhado. — Este turrão quer nos fazer seguir pela entrada dos criados. Posso acompanhá-la até a porta da frente — disse ele quando parou, e um cavalariço segurou as rédeas dos cavalos para que o cocheiro descesse.

— Está tudo bem — retrucou ela baixinho para que apenas ele pudesse ouvi-la, enquanto outro criado apareceu e parou para observá-los, apontando para dentro.

— Pode entrar — ele a direcionou. — A Sra. Allbright pediu à senhora que esperasse aqui. Ela é a governanta. Vamos jantar em alguns minutos. — Ele não fez nenhuma tentativa de ajudar Wilfred com as malas e estava usando um uniforme impecável. O homem parecia muito elegante e instruiu ao cavalariço que deixasse as coisas lá fora. — Ela pode pegá-las mais tarde — falou, enquanto Wilfred olhava, confuso, para Angélique. Ela estava sendo tratada como uma criada, e não como a lady que era. Ela sorriu gentilmente para ele e assentiu:

— Está tudo bem. Alguém vai me ajudar — ela o tranquilizou, mas ele duvidava que isso fosse acontecer. Ninguém estava sendo simpático ou acolhedor com ela, e ele não a abandonaria ali, com aquele criado engomado e grosseirão tratando-a como uma criada. — Vou ficar bem. — Angélique queria que ele fosse embora o mais rápido possível, sem chamar atenção.

— A senhora tem certeza? — Wilfred não queria que Hobson o repreendesse por não cumprir seu dever de cuidar dela corretamente quando voltasse a Belgrave. Mas Angélique parecia ansiosa para que ele fosse embora.

— Tenho, sim. E obrigada por me trazer até aqui. — Ele estava planejando ficar em uma taverna ali perto naquela noite. Tristan lhe dissera onde ficava. E Wilfred parecia conhecer bem a região.

Enquanto observava o jovem cocheiro voltar ao assento do *cabriolet*, manobrá-lo e seguir na direção de onde tinham vindo, percebeu que a última evidência de Belgrave estava sendo arrancada de si e pôde sentir um soluço crescente em sua garganta, mas tentava se controlar a todo custo. Enquanto ela o observava, começou a nevar e, um instante depois, a moça seguiu o criado e entrou em um salão repleto de outros criados. A casa era muito menor, mas parecia ter tantos serviçais quanto aquela onde crescera. E os uniformes pareciam mais novos e sofisticados que aqueles com os quais estava acostumada. Tinham aparência francesa, e vários dos criados usavam perucas empoadas, algo que nunca haviam feito em sua casa, exceto quando a família real os visitara. Os olhos de Angélique se arregalaram enquanto ela observava tudo. Uma mulher muito magra e alta, com cabelo grisalho, se aproximou dela. Tinha o rosto de um grande pássaro e parecia um diretor de prisão, com seu anel de chaves preso à cintura indicando sua posição.

— Sou a Sra. Allbright, a governanta — apresentou-se a mulher, sem sorrir. — E você deve ser a nova babá, Angela Latham?

— Angélique — ela a corrigiu com todo o cuidado. Estava aterrorizada diante daquela mulher, mas determinada a não demonstrar seu pânico.

— Parece estrangeiro — disse, com ar de desaprovação.

— É francês — confirmou Angélique.

— A Sra. Ferguson vai gostar disso — disse ela com os lábios franzidos, mas não pareceu aprovar. — Estão todos sentados para jantar agora. Uma das criadas irá mostrar seu quarto mais tarde. Será só por esta noite. Você ficará no berçário com as crianças, mas a babá atual só vai embora amanhã. Então você poderá ocupar o quarto. Soube que tem muitas malas — comentou a mulher, franzindo a testa. — Não sei por que as trouxe. Vai usar o vestido que a Sra. Ferguson dá a todas as babás. É bastante simples. Você só vai usar a própria roupa em seu meio período de folga, uma vez por mês, se as crianças não estiverem doentes.

Não havia motivo para tentar explicar a essa mulher de aparência severa por que trouxera três malas e um pequeno baú. Resumia-se a todos os seus pertences. Angélique trouxera algumas coisas do pai, alguns dos livros que os dois haviam lido juntos e a maior quantidade de pequenas lembranças pessoais que pôde. E o baú trancado guardava suas joias e o dinheiro. Ela abriria espaço para tudo da melhor forma possível, não importava quanto o quarto fosse minúsculo, e suspeitava de que seus aposentos não seriam nada grandes.

O refeitório dos criados era limpo e espaçoso, e a cozinheira parecia eficiente e estava ocupada com três criadas nos afazeres. Angélique contou vinte funcionários ao redor da mesa. Alguém apontou para uma cadeira vazia, e ela se sentou, observando-os com calma enquanto serviam a ceia. A comida era abundante, e todos estavam concentrados em seus pratos, famintos e apressados.

— Eles irão oferecer uma festa neste fim de semana. Está bastante agitado por aqui. Enviaram os convites hoje. Estão dando uma grande festa para os amigos da vizinhança esta noite. Eles costumam se divertir bastante, especialmente em Londres. Mas você não irá muito para lá. Em geral, eles deixam as crianças aqui quando vão para a cidade — explicou a criada ao seu lado. — A propósito, eu sou a Sarah. Sou uma das criadas do andar de cima. Cuidado com a Sra. Allbright. Ela é terrível e vai demiti-la mais rápido do que você pode piscar — avisou em um sussurro.

— A babá que está aqui foi demitida? — perguntou Angélique, parecendo preocupada.

— Não, ela vai voltar para a Irlanda. E está feliz por ir embora daqui. As crianças são agitadas. — Angélique assentiu e disse seu nome. Sarah sorriu para ela e depois a apresentou aos outros: o mordomo-chefe, o Sr. Gilhooley, estava sentado à cabeceira da mesa, havia também um segundo mordomo ao lado dele. A Sra. Allbright se sentou na outra ponta, observando as criadas e a equipe de serviçais da casa como a diretora de uma escola. A atmosfera ao redor da mesa era agradável, embora não houvesse tempo para se demorar com a comida, e Angélique estava muito tensa para comer. — Onde foi seu último emprego? — indagou Sarah enquanto se levantavam da mesa e a criada da senhora Ferguson flertava com o segundo valete até que o Sr. Gilhooley interveio e fez um comentário depreciativo. Ele e a Sra. Allbright pareciam ser grosseiros e mantinham todos em rédeas curtas.

Por um instante, Angélique pensou no que deveria dizer a Sarah em resposta à pergunta sobre seu último emprego e decidiu dar uma versão modificada da verdade.

— Em lugar nenhum. Este é meu primeiro emprego — respondeu Angélique com timidez, e Sarah sorriu.

— Quantos anos você tem?

— Dezoito — admitiu ela. Sem o cabelo bem-arrumado e com o vestido preto, parecia ainda mais jovem.

— Que bom! Eu tenho 26 — falou Sarah, pesarosa, e depois baixou a voz em tom conspiratório. — Já tem dez anos que trabalho. Costumo sair com um dos cavalariços. Vamos nos casar quando conseguirmos guardar o suficiente. Talvez em breve. — Ela parecia esperançosa ao fazer esse comentário, e Angélique se sentiu tocada. De repente, vislumbrou quanto as coisas eram difíceis para alguns deles. O dinheiro era pouco, as tarefas, muito pesadas. Casamento e bebês não eram prioridade, e, para que isso pudesse acontecer, precisavam poupar e, às vezes, durante anos.

— Você vai conhecer a Babá Ferguson amanhã de manhã — disse a Sra. Allbright quando saíam da sala de jantar, enquanto os criados, juntamente com os dois mordomos, se preparavam para subir as escadas e servir na festa. Como era de costume, as babás e criadas eram nominadas pelo sobrenome da família para a qual trabalhavam, e não pelo seu.

As criadas se encaminhariam para os quartos depois que os convidados e a família se vestissem. Muitas delas se dirigiram para as escadas dos fundos.

— Por favor, esteja aqui embaixo para o café da manhã às seis — pediu ela a Angélique, mais uma vez parecendo uma professora. — Sarah irá lhe mostrar o quarto que você ocupará esta noite, Babá Latham. — Angélique sabia que, quando assumisse seus deveres, na manhã seguinte, iria se tornar a Babá Ferguson também, até o dia em que partisse. Ela seguiu Sarah em silêncio até uma escadaria.

— Ele é bom — falou Sarah a respeito de Ferguson em um sussurro. — O olhar dele é estranho, mas ele não é tão ruim assim. No meu último emprego, todas as noites eu precisava arrumar uma forma de bloquear a porta para manter Sua Senhoria do lado de fora. Mas tenha cuidado com o irmão dela. Ele é um demônio. Bonito, se você desejar um pouco de emoção. Mas, se fizer isso, tenha cuidado com a Sra. Allbright. Se ela souber, irá escorraçar você daqui.

— Não, não, eu nunca faria uma coisa dessas — disse Angélique, horrorizada. Ela também tinha um irmão assim, mas não disse nada. — Como ela é? — perguntou, referindo-se à dona da casa.

— Muito mimada. Ele dá tudo que ela quer. Nossa patroa tem roupas bonitas e joias. Mas não sei por que tem filhos. Nunca os vê. Você deverá descer com eles aos domingos, para o chá, mas, em geral, ela encontra algum motivo para não estar junto das crianças. Alega que estão sempre doentes e que ela tem medo da gripe. E quanto aos seus pais? Onde moram? — indagou Sarah, curiosa sobre a nova babá, e Angélique prendeu a respiração antes de responder.

— Eu... meu pai acabou de falecer... minha mãe morreu quando eu nasci... agora sou órfã. — Dizer isso a afligiu, mas era verdade.

— Sinto muito — falou Sarah com sinceridade quando as duas chegaram ao quarto que Angélique ocuparia naquela noite até se mudar para o berçário. O cômodo era minúsculo, tinha uma cama estreita e uma cômoda pequena. Havia uma bacia para se lavar, lençóis ásperos, um cobertor e uma única toalha sobre a cama. A casa podia ser nova e moderna, mas os aposentos dos empregados, não. O quarto correspondia à metade do tamanho dos aposentos mais simples na ala dos criados em Belgrave. A Sra. Ferguson não tinha interesse em proporcionar conforto aos seus serviçais.

— O quarto da babá no berçário é um pouco maior — tranquilizou-a Sarah —, mas não muito. As crianças compartilham o quarto, mas há um grande berçário no qual você pode se sentar à noite, se elas dormirem. Bridget diz que o bebê acorda de madrugada aos berros. Ela não está triste por ir embora.

Angélique ouvia aquilo assentindo com a cabeça, perguntando-se como iria dar conta de tudo. Ela não sabia nada sobre cuidar de crianças. Nunca tivera experiência com uma em toda a sua vida, exceto por alguns instantes quando visitava as fazendas dos arrendatários, mas as crianças eram mantidas afastadas, de modo a não incomodá-la nem sujar seu vestido. Aquela seria uma experiência totalmente nova, além de um desafio. Ela não tinha ideia do que esperar. Tudo o que sabia era que cuidaria de quatro crianças pequenas que, de acordo com Sarah, eram muito malcriadas.

Angélique voltou para o corredor dos criados depois que Sarah lhe mostrou o quarto onde passaria a noite e subiu com suas malas pelas escadas. Fez três viagens e ninguém se ofereceu para ajudá-la. Depois de fazer isso, só lhe restava energia para se lavar na bacia em seu aposento, depois de trazer um jarro de água e ir para a cama. E ficou ali por algumas horas, perguntando-se o que o dia seguinte traria para ela e simplesmente rezou para ter coragem e força o suficiente para fazer seu trabalho e causar uma boa impressão em seus empregadores. Durante toda a sua vida, ela nunca esperara se tornar uma criada. Tentou não pensar nisso para conseguir dormir. Acordou várias vezes naquela noite, com medo de não despertar no horário exigido. Às cinco, finalmente se levantou, se lavou, se vestiu e arrumou o cabelo no quarto frio; às seis horas, já estava no refeitório, como a governanta da casa lhe pedira que fizesse.

Uma das criadas da cozinha preparou uma xícara de chá para ela e, antes que pudesse tomar o café da manhã, uma das arrumadeiras entrou e disse que ela era esperada no berçário e que deveria acompanhá-la até o andar de cima. Elas subiram a escada dos criados até o terceiro andar e emergiram logo na entrada do berçário, onde Angélique pôde ouvir um bebê chorando. A arrumadeira apontou para uma pesada porta de madeira enquanto a jovem olhava através de um longo salão acarpetado com portas para vários quartos de outros criados. O quarto da Sra. Allbright ficava naquele andar, assim como o da criada da Sra. Ferguson, da cozinheira e das arrumadeiras mais antigas. O berçário, a salinha de estar e os quartos ocupavam a maior parte do andar, e havia uma escadaria elegante que levava ao segundo piso e que os criados não podiam usar, apenas a família.

Angélique bateu à porta, mas ninguém pareceu ouvi-la com o bebê chorando. Ela bateu novamente algumas vezes e, finalmente, abriu a porta e viu uma garota ruiva e cheia de sardas que tentava confortar o bebê, enquanto outras duas crianças estavam reunidas ao redor dela, tentando chamar sua atenção e mais outra estava parada junto a uma mesa, jogando brinquedos para o alto. Parecia um pandemônio e, por um instante, Angélique se sentiu tentada a correr. Ela se perguntou se não haveria algum outro tipo de trabalho que pudesse fazer e que fosse mais fácil que esse.

— Olá, sou Angélique! — falou ela em voz alta, por cima do barulho, enquanto o bebê gritava e puxava as próprias orelhas. A bela ruiva com o uniforme de babá se virou para ela.

— Você é a nova babá? — perguntou, olhando para Angélique, esperançosa.

— Sou. O que posso fazer para ajudar?

— Tire o Rupert de cima da mesa. — Ela sorriu com gratidão, apontando para o menino de 2 anos. Depois, quando colocou o bebê no berço, o volume de seus gritos se intensificou. Ela caminhou em direção a Angélique, que levantava Rupert pela camisola de dormir. No momento em que o soltou, ele saiu correndo, tropeçando, pelo berçário e foi para longe delas, fazendo com que as moças rissem. As outras duas crianças ficaram quietas e olharam para Angélique. Simon parecia ter cerca de 4 anos, e Emma, 3, e tinha cachos loiros. Charles, o bebê, estava com 6 meses. — Bem-vinda ao hospício — disse a babá, rindo, enquanto Angélique sorria e tentava não demonstrar quanto estava nervosa. — A Sarah veio até aqui na noite passada. Ela disse que é o seu primeiro emprego. Você é corajosa. Eles só tinham dois filhos quando comecei. Nunca pensei que teriam mais dois. — A moça tinha um forte sotaque irlandês, um jeito amigável e não parecia intimidada diante daquelas crianças agitadas e que não paravam nunca. — Sou a quinta babá deles. Venho de uma família grande, então as crianças não me incomodam tanto.

— Sinto muito por você estar indo embora — falou Angélique com sinceridade, soando mais como uma lady do que como uma criada.

— Não sinta, você conseguiu o trabalho — disse a babá, com um sorriso, olhando para Angélique mais de perto. — Como você é elegante.

Em seus anos de babá, ela cuidara de outras meninas cujas famílias haviam perdido suas fortunas e que acabaram sendo forçadas a assumir empregos nas casas de outras pessoas. Mas aquelas moças eram como aristocratas; Angélique parecia um nível acima disso, embora se mostrasse amigável e receptiva. Ela, obviamente, precisava daquele trabalho. Angélique não respondeu ao comentário, esperava não aparentar tanta elegância. Apenas seu comportamento e a maneira de falar demonstravam quanto ela era bem-nascida. A moça nunca teria suspeitado de que ela era filha de um duque, e Angélique estava decidida a não contar isso a ninguém. Não fazia diferença agora e só faria com que se ressentissem do infortúnio dela, o que era a última coisa que desejava. Ela queria se misturar ao restante dos criados.

Quando Bridget serviu uma xícara de chá, o bebê parou de chorar, e ela sorriu.

— Deus misericordioso, obrigada por isso. O pobrezinho está sofrendo com os dentes. Rupert — continuou ela, apontando para o outro menino — era assim também. Então, que loucura traz você aqui para cuidar de quatro crianças em seu primeiro emprego?

— Um amigo dos Fergusons me recomendou. Preciso trabalhar.

— Angélique não disse nada sobre ter sido traída pelo irmão ou que ele mesmo havia arranjado o trabalho para ela.

— Todos nós precisamos — concordou Bridget com um sorriso. — Vou para casa, em Dublin, para ajudar a minha irmã durante alguns meses com os gêmeos. Mas, depois, volto para Londres e vou procurar outro emprego. O campo é muito calmo para mim, e os Fergusons não nos levam muito à cidade.

— Cresci no campo, eu gosto — disse Angélique, sentando-se por um minuto e tomando o chá antes que Bridget preparasse o café da manhã delas na copa do berçário. As demais refeições eram mandadas pela cozinha em bandejas.

— Então você será feliz aqui — falou Bridget, confiante —, se conseguir fazer esses monstrinhos se comportarem. Tem a Helen, a criada do berçário, mas você realmente precisa de outra babá para ajudá-la. Quatro é demais para uma pessoa só. Mas Simon vai embora para Eton daqui a um ano, quando completar 5. É o mais rápido que podem levá-lo. A madame mal pode esperar para mandá-lo para lá. Isso pode ser bom para você, se conseguir aguentar por tanto tempo, desde que ela não tenha outro bebê. Nunca se sabe. É o Sr. Ferguson quem os quer, embora também não venha vê-los. E ela não parece se importar com isso. A Sra. Ferguson os tem com muita facilidade e os deixa, como um fazendeiro em um campo. — Era uma descrição interessante a de seu novo empregador, que, aparentemente, preferia os cavalos e a vida social às crianças, mas as tinha mesmo assim. Bridget disse que, desde que ela não tivesse de vê-los ou cuidar deles, e que as gestações fossem fáceis, a patroa não se importava. E, assim, mantinha o marido feliz e grato, mimando-a por ela lhe dar filhos. — Você não vai vê-la aqui com frequência. Nós descemos com as crianças aos domingos para o chá. Ela fica com eles por cerca de dez minutos e depois manda você embora. — Não era a visão que Angélique tinha da maternidade, embora soasse familiar para ela. Sua cunhada, Elizabeth, também não se interessara pelas filhas até que elas chegaram à idade de entrar em um mundo mais adulto. — Acho que temos um vestido para você no armário, embora você seja muito pequena. Mas pode ajustá-lo. Pode usar os uniformes de babá, mas ficarão muito grandes em você. — Ela riu. A jovem irlandesa tinha uma compleição generosa, quadris largos e seios fartos, e era mais alta que Angélique. O vestido de babá era cinza, com um avental branco comprido e engomado, que Bridget dizia ser trocado três vezes ao dia, com um chapéu engomado e cortado com dobras plissadas e punhos brancos para combinar. Era menos austero que os vestidos pretos usados pelas arrumadeiras e as criadas, e também um pouco mais claro. — Pareço um saco de pano no fim do dia, depois de correr atrás deles. A criada do berçário me ajuda a lavar toda a roupa aqui. — Ela continuou a explicar sua rotina e disse que as crianças costumavam dormir de manhã e à tarde, que eles se levantavam cedo, almoçavam ao meio-dia, tomavam um chá reforçado às cinco e meia e comiam uma porção de fruta antes de dormir. E gostavam quando ela lia histórias para eles. — Não leio muito — falou ela, com sinceridade —, mas é o suficiente para eles. E, quando não posso fazer alguma coisa, finjo que faço. Eles são muito novos para saber a diferença. Angélique gostou da ideia de ler para os pequenos. Adorava essa atividade desde pequena e era algo que sabia que podia fazer e que parecia menos complicado que todo o restante.

— Quando você vai embora? — perguntou Angélique, ainda nervosa.

— Na hora do jantar. Vou quando as bandejas chegarem.

— Eles vão sentir sua falta — comentou Angélique com tristeza, lembrando que se sentiu perdida quando sua babá foi embora. Ela fora como uma mãe e, com sua partida, Angélique se aproximara da Sra. White, a governanta, que sempre se mostrara gentil com ela.

— Acho que por um dia ou dois. Eles vão se acostumar muito rápido com você. São muito pequenos para se lembrar de mim por muito tempo. Você vai conhecer a Sra. Ferguson amanhã, durante o chá na biblioteca com as crianças. Helen, a criada, vai lhe mostrar o que eles devem usar. A lady gosta que eles estejam apresentáveis para os amigos. E o Sr. Ferguson adora os cachos da Emma. Certifique-se de escová-los até que eles brilhem, mesmo que ela chore enquanto você faz isso. Vai ser um horror se descer com ela com os cabelos cheios de nós.

Então, a babá se levantou para preparar o café da manhã das crianças. Havia um pequeno fogão para fazer mingau de aveia, e ela besuntou o pão com marmelada e geleia. Uma jarra de leite estava apoiada em um bloco de gelo. Ela colocou o café da manhã na mesa assim que Helen entrou. Helen pareceu desconfiada com a presença de Angélique e tinha quase a sua idade. Assim como Bridget, ela trabalhava para aquela família havia dois anos. A jovem queria ser babá, mas disseram que ela havia sido preterida por alguém que os Fergusons haviam contratado por intermédio de amigos. Então, para Helen, Angélique representava uma grande ameaça e ela não parecia estar inclinada a ajudá-la. Ela e Bridget eram amigas, e Helen estava triste com a partida da babá. Helen tivera a mesma reação que Bridget no começo e achou que Angélique parecia muito aristocrática para ser contratada como criada, perguntando-se o que aquela jovem estava fazendo ali.

— Ajude-a e diga o que ela precisa saber — recomendou Bridget. — Nada de fazer gracinhas para fazê-la parecer despreparada. Todos nós começamos em algum lugar, e ela vai precisar da sua ajuda — disse Bridget com gentileza, e Helen assentiu, olhando para Angélique mais uma vez. A nova babá ainda se sentia tímida quando a menininha se aproximou dela, fitando-a por um minuto, e depois pediu colo, segurando uma boneca. Seu cabelo era uma massa de cachos macios e loiros.

Bridget mostrou-lhe como vestir as crianças. Depois de tomarem o café da manhã, lavou as mãos e os rostos de todos eles. Uma hora depois de Angélique ter chegado ao berçário, tudo estava em ordem. Eles comeram, estavam com roupas limpas, as camas haviam sido arrumadas, o bebê, que havia acordado, não estava chorando. Ele sorriu quando ergueu os braços para Bridget, e ela o pegou no momento em que Rupert tentou jogar um cavalo de madeira na cabeça de Emma, mas não a acertou. Ela deu alguns brinquedos a eles e se sentou com o bebê no colo para trocar sua roupa. Parecia um ritmo incrível de organização e trabalho. Era preciso ser rápida para olhar nas quatro direções ao mesmo tempo e saber onde todos eles estavam. Helen lavava a roupa, mas não cuidava das crianças, que era tarefa da babá. Angélique não tinha ideia de como Bridget fazia tudo aquilo — ela era uma mágica com dez mãos. Obviamente, ter crescido em uma família grande a ajudou.

— E tenha cuidado com o irmão da Sra. Ferguson. Ele não é bom — disse ela enquanto Angélique sorria.

— Já fiquei sabendo. A Sarah me avisou. — Ele tinha uma reputação ruim na casa, aparentemente bem merecida.

— Ele foi atrás de uma criada na primavera passada enquanto estava aqui. É um galanteador. Eles a demitiram quando a Sra. Ferguson descobriu. A moça vai ter um filho dele daqui a dois meses, mas ninguém fala no assunto. Os pais dela trabalham em uma das fazendas, então ela foi para a casa deles. Vai ser um bebê bonito, mas ela não voltará a trabalhar aqui, nem receberá referência. Lembre-se disso se ele se aproximar de você e tranque a porta à noite. O Sr. Ferguson não vai incomodá-la, embora comentem que ele tem seus casos na cidade, quando a esposa fica por aqui. Não acredito que ela se importe com isso. Está muito ocupada gastando o dinheiro dele para se preocupar. E ela também flerta bastante quando eles recebem convidados.

Angélique estava visualizando pessoas com muito dinheiro, uma mulher mimada e indulgente que se casara pela fortuna do marido. Dois infiéis que não se preocupavam com os filhos. Não eram o tipo de pessoas que ela admirava e não a surpreendeu que seu irmão e a esposa fossem amigos daquele casal. Tudo aquilo parecia muito superficial e um desperdício de vida para ela. Seu pai fora um tipo diferente de homem, mas seu irmão parecia preferir essa vida vazia e tudo o que vinha com ela. De certa forma, a Sra. Ferguson parecia uma versão mais jovem de Elizabeth. Bridget disse que o Sr. Ferguson tinha 34 anos, e a esposa, 25. Era fácil lidar com ela, desde que você não despertasse seu lado ruim, a elogiasse ocasionalmente e mantivesse as crianças longe dela. Não parecia um trabalho complicado, apenas cansativo.

Elas conversaram durante toda a manhã, e Bridget explicou a Angélique tudo o que ela precisava saber. O tempo estava ruim, então elas ficaram no berçário, embora a babá tivesse dito que costumavam passear nos jardins, desde que o clima estivesse bom. E, depois que Angélique leu uma história para as crianças, na qual só os dois mais velhos prestaram atenção, Helen trouxe as bandejas para o jantar. Bridget, Helen e Angélique comeram com eles. Foi uma refeição saudável de legumes e frango, com sorvete e frutas como sobremesa.

— A Sra. Ferguson sempre pede para darmos menos comida a Emma do que aos meninos. Ela não quer que a menina engorde, mas eu a deixo comer o pudim de qualquer maneira. Coitadinha. Não queremos que ela morra de fome, não importa o que a mãe fale. Ela é muito bonita, mesmo depois de quatro filhos, mas é claro que usa um espartilho apertado. A criada da lady disse que ela desmaia, às vezes, quando o apertam. Sua cintura é da finura do meu braço.

Olhando para Bridget, Angélique achou fácil acreditar naquilo. Angélique realmente havia gostado daquela garota receptiva e amigável e esperava que ela também trabalhasse e conduzisse as coisas com a mesma facilidade de sua antecessora. Seria difícil, e Angélique sentiu uma onda de pânico tomar conta dela enquanto Bridget recolhia suas coisas e se preparava para ir embora. Havia uma lágrima em seus olhos quando a antiga babá se despediu das crianças, abraçando cada uma delas, e em seguida olhou para Angélique.

— Boa sorte. Espero que as coisas deem certo para você aqui. Eles são tolos às vezes, mas não são pessoas ruins, e é um bom trabalho. Se passassem mais tempo em Londres com as crianças, eu voltaria, mas não para cá. — Era exatamente o que Bridget havia dito antes.

— Você vai se despedir da Sra. Ferguson agora? — perguntou Angélique, mais curiosa do que nunca sobre a patroa, depois de tudo o que Bridget lhe contara naquela manhã.

— Não, nós nos despedimos na semana passada. Ela não é uma mulher sentimental. Só se preocupa consigo mesma. Sabe que é fácil encontrar outra babá. Somos facilmente substituídas, você sabe, então lembre-se disso e leve o trabalho a sério ou ela vai demitir você e arranjar outra pessoa.

— Vou manter isso em mente — falou Angélique em tom sério, percebendo, de repente, que tivera sorte de conseguir aquele emprego. Tristan poderia tê-la enviado para um lugar bem pior só para livrar-se dela.

Bridget a abraçou e foi embora no minuto seguinte. Angélique colocou as crianças na cama, enquanto Helen recolhia as bandejas e as mandava lá para baixo no elevador de comida. O bebê era mais difícil de fazer dormir, mas, por fim, ele ficou quieto no berço, segurando a mamadeira que a nova babá lhe deu e, em poucos minutos, dormiu.

Ela remexeu o armário de uniformes que as babás usavam, encontrou os dois menores e pediu a Helen que olhasse as crianças enquanto ela descia até a lavanderia e tentava ajustar os vestidos. Angélique, então, correu pelas escadas dos fundos com os dois vestidos e encontrou a criada da Sra. Ferguson conversando com as outras enquanto lavavam as roupas de seus empregadores. Todas olharam, surpresas, para a nova babá.

— Sinto muito incomodá-las — disse ela, hesitante. — Preciso ajustar meus vestidos. Vocês poderiam me ajudar a conseguir uma linha cinza e uma agulha?

Mildred, que estava no comando da lavanderia, olhou para ela com um sorriso brilhante e pegou os vestidos com boa vontade.

— Eu faço isso para você. É a nova babá, não é?

— Sim, sou. Meu nome é Angélique.

Mildred balançou a cabeça em tom de repreensão quando pegou a agulha, a linha e um dedal depois que Angélique explicou onde estava muito grande, e ficou olhando para ela.

— A Sra. Ferguson não vai querer que você seja chamada pelo primeiro nome aqui. Agora é Babá Ferguson — lembrou ela. Angélique parecia repreendida, mas Mildred sorriu. — Prazer em conhecê-la — falou ela, levantando-se e colocando os vestidos na frente do corpo delgado da nova babá, para medi-los. Em seguida, colocou alguns alfinetes para marcá-los e prometeu devolvê-los pela manhã. — O que está achando do berçário até agora? — perguntou ela com interesse.

Angélique hesitou e depois sorriu com cautela.

— Um pouco assustador — admitiu. — Bridget foi embora há uma hora. Este é o meu primeiro trabalho como babá. Nunca cuidei de quatro crianças. — Ela estava sem fôlego quando falou, e as outras mulheres riram.

— Também não tenho certeza se eu conseguiria fazer isso — disse a criada da Sra. Ferguson em voz baixa. Angélique ouviu uma delas chamá-la de Stella. — Não com tantos monstrinhos. — Ela riu.

— Eles acabam com a mãe em cinco minutos. Fico feliz por nunca ter tido filhos. — Ela estava segurando com todo o cuidado um vestido para aquela noite e sorriu para a nova babá. — Já conheceu a Sra. Ferguson?

— Ainda não. Cheguei ontem à noite.

— De Londres? — perguntou uma das outras criadas da lavanderia.

— Hertfordshire. A casa e os terrenos parecem muito bonitos aqui.

— A casa de Londres é melhor — disse Stella, com orgulho. — Eu prefiro, mas é melhor para as crianças ficarem no campo. A Sra. Ferguson gosta de ficar aqui. É mais saudável para as crianças do que na cidade.

Angélique assentiu e viu que estava na hora de voltar para o berçário. Ela se despediu das outras e voltou para o andar de cima. A jovem lamentava não poder fazer as refeições com elas e ter de permanecer no berçário com as crianças o tempo todo. Seria bom conhecer outras pessoas. Mas tinha consciência de que ficaria isolada a maior parte do tempo cuidando de suas obrigações. Porém tinha Helen. Pelo menos havia alguém com quem conversar.

Angélique foi até a estante de livros quando chegou ao andar de cima e encontrou alguns que amava quando criança e que gostaria de ler para os pequenos. Depois, ela desceu para pegar suas coisas e subiu as escadas com suas bolsas e o baú. Havia pouco espaço para tudo em seu quarto no berçário, mas ela empilhou as coisas umas em cima das outras e deslizou o baú para baixo da cama. Ele estava trancado, e ela o deixou assim, com as joias da mãe e o dinheiro do pai. Todo o seu futuro estava escondido ali.

— Por que você trouxe todas essas roupas? — perguntou Helen. — Você nunca vai usá-las. — Então Angélique percebeu que não havia espelho no quarto. Helen explicou que a Sra. Ferguson achava que as babás e o pessoal da cozinha não precisavam de espelho.

— Talvez eu possa usar um bom vestido um dia — falou Angélique, com melancolia, enquanto Sarah aparecia no berçário para uma visita rápida em seu intervalo.

— Você parece uma babá adequada — comentou Sarah, sorrindo para ela, e Angélique ficou feliz em vê-la.

Sentia que tinha pelo menos uma amiga ali. As duas conversaram por alguns minutos e, depois que Sarah foi embora, as crianças acordaram e a deixaram ocupada. Angélique leu para eles, ensinou Simon e Emma a jogar um jogo que encontrou em um armário e, em seguida, encheu uma banheira com água e a carregou com a ajuda de Helen para dar banho nos pequenos. Quando terminou, Helen trouxe as bandejas de chá. O dia passou rápido e, quando ela os colocou na cama, às sete, depois de ler outra história, estava pronta para dormir. O dia seguinte seria um grande dia. Ela ia levar as crianças à biblioteca para ver os pais e iria conhecer os Fergusons. A jovem estava curiosa a respeito deles e, enquanto deslizava por entre os lençóis depois de ler por um tempo à luz de velas no quarto do berçário, perguntou-se o que o futuro lhe reservava. A filha do duque de Westerfield se tornara a Babá Ferguson, e era difícil adivinhar o que viria pela frente.

Capítulo 4

Levou mais tempo do que Angélique esperava para que as crianças ficassem prontas para ver os pais na tarde seguinte, mesmo com a ajuda de Helen. Ela ajudou a arrumar o bebê enquanto Angélique vestia os outros irmãos e escovava os cachos de Emma até eles ficarem brilhando, amarrando, em seguida, uma fita cor-de-rosa em seus cabelos. Os meninos estavam impecáveis, e o bebê ria enquanto a babá brincava com ele e o vestia com uma delicada bata branca e um suéter combinando. Ele era um garoto robusto e pesava nos braços de Angélique enquanto descia as escadas com ele, segurando a mão de Emma. As crianças estavam ansiosas para descer — chovera durante todo o dia, e elas tiveram de ficar em casa sem poder sair outra vez.

Angélique não via a hora de explorar os jardins e o parque, e Helen disse que havia um labirinto. Ela estava ansiosa para ver o terreno, embora soubesse que não era tão vasto quanto o da propriedade onde nascera. Mas os Fergusons eram conhecidos por terem um dos jardins mais bonitos de Hampshire. E, quando cruzou as portas dos criados com as crianças, no piso principal, Angélique ficou repentinamente deslumbrada com um enorme candelabro com todas as velas acesas. Já estava escuro lá fora, e os cristais brilhantes eram espetaculares. Ela olhou ao redor e notou uma decoração grandiosa. Lembrou-se do comentário de Sarah sobre a existência de um salão de baile na ala leste.

O mobiliário era um misto de inglês e francês, e a família possuía pinturas famosas. Havia um longo corredor vermelho no salão principal, e Angélique notou que era mais um local para apreciação dos convidados do que uma casa propriamente dita. Ela ouviu vozes na biblioteca e viu cerca de vinte pessoas lá dentro, conversando, rindo e jogando cartas, então ficou parada na porta com as crianças, perguntando-se qual daquelas elegantes mulheres era a mãe delas. Emma foi a primeira a correr na direção de uma mulher requintada com um vestido de veludo azul pesado, que vinha caminhando ao encontro deles. Os dois meninos se agarraram na saia de Eugenia Ferguson, enquanto ela segurava a mão da filha e olhava para Angélique com seus olhos frios e azuis. O cabelo castanho-escuro avermelhado estava preso em um penteado elegante no alto da cabeça que Stella fizera nela. Ela usava brincos de safira e um grande broche combinando na cintura. A visão da patroa roubou o ar de Angélique enquanto ela se curvava em uma saudação que sabia ser esperada, não por sua posição social, tão insignificante, mas porque agora era uma criada, e aquela mulher, sua patroa. A jovem parecia recatada e desempenhara bem seu papel. Todas as mulheres repararam em sua beleza. A mãe das crianças não esperava que a nova babá fosse tão bonita.

— Você é a jovem Latham, não é? — perguntou Eugenia com arrogância enquanto as crianças brincavam em volta dela, deixando-a em seguida para ir em direção ao pai e envolverem os braços ao redor das pernas dele. O homem era muito alto, e tinha o cabelo liso e loiro. Era muito bonito e, evidentemente, muito rico. — Seu primo falou muito de você — disse Eugenia, de forma agradável. — Ele vem me prometendo você há meses. — Angélique ficou atônita com o que a mulher havia acabado de dizer.

— Meu primo? — Angélique não tinha primos, a não ser alguns bem distantes e o rei George, mas ela duvidava muito que Sua Majestade a recomendasse a essa mulher. Ela encarou sua patroa, com um olhar bem ingênuo, sem entender.

— Sua Graça, o duque de Westerfield, é claro, Tristan Latham. Ele disse que você era uma prima distante e uma menina encantadora. — A boca de Angélique quase se abriu quando ela ouviu que o próprio irmão havia afirmado que eles eram primos, o que, naturalmente, parecia mais respeitável do que oferecer a própria irmã a ela, algo que ele certamente não queria admitir. E, se ele vinha sugerindo-a para o cargo havia meses, então estava esperando uma oportunidade, como seu pai imaginara, ganhando tempo até poder de fato mandá-la para lá. Foi por isso que ele conseguiu fazer tudo tão rápido assim que o pai morreu. Angélique se sentiu atordoada ao saber disso. Tristan era ainda pior do que ela pensava.

— Ah... Tristan, é claro...

— A esposa dele, a duquesa, e eu — disse ela para impressionar os que estavam à sua volta — somos muito amigas. Nós nos encontramos em Londres sempre. — Angélique assentiu enquanto tentava manter os olhos nas crianças, que estavam abraçadas ao pai e sendo apresentadas aos convidados. Estar com os pais era um grande deleite para elas.

— Sou muito grata pela oportunidade, madame — disse Angélique educadamente, embora não fosse grata ao irmão por planejar aquilo pelas suas costas, antecipando a morte do pai e talvez até mesmo esperando por isso, para que pudesse chegar a Belgrave e então herdar o título, a propriedade e ser detentor de uma enorme fortuna. E Eugenia Ferguson gostou de ter a prima pobre de um duque como criada, principalmente pelo fato de o duque ficar em dívida com ela por ajudar sua parente. Ela contou que perguntara por que ele mesmo não empregava a menina, e Tristan respondeu que seria muito embaraçoso para ela trabalhar para a própria família como criada. Ele assegurou a Eugenia que ela era bem-educada, comportada e poderia até mesmo ensinar francês às crianças se a família desejasse. Dissera que a mãe da menina era uma francesa de baixa classe, com quem um primo distante se casara, e a menina ficara órfã e sem dinheiro. Angélique teria ficado horrorizada ao ouvir sua mãe ser descrita como alguém de "baixa classe", quando tinha parentesco com o rei da França, o que significava que a jovem babá era parente do atual, Charles X, sem mencionar o monarca britânico, George IV, pelo lado do pai. Mas, mesmo com o pouco que sabia, Eugenia ficou satisfeita. Ela apreciava ter uma babá aristocrata para cuidar dos filhos e achava que isso lhe daria mais prestígio. O fato de seu pai ser um simples barão, porém um nobre, sempre a incomodou, razão pela qual seu irmão não poderia herdar o título. E Harry Ferguson não tinha nenhum. Mas a fortuna do marido mais do que compensava o que lhe faltava de berço.

Eugenia achou Angélique muito apropriada e digna, e, assim que a jovem atravessou a sala para pegar as crianças com o pai, ela sussurrou a uma amiga que a nova babá era uma prima pobre do duque de Westerfield. Isso quase fez Angélique querer se virar e corrigi-la, explicar que ela era irmã dele, e não prima, que fora banida de casa apenas alguns dias depois da morte do pai. Mas ela não disse nada e manteve os dois meninos sob controle. Enquanto ainda segurava o bebê nos braços, viu que Emma estava com a boca cheia de doces que pegara de um prato de prata sem que a mãe visse.

— Pode levá-los de volta agora — disse Harry Ferguson, parecendo aliviado. — Você é a nova babá, não é? — perguntou ele, e ela assentiu com a cabeça, fazendo uma reverência para o patrão em seguida.

Eugenia não se opôs quando Angélique conduziu as crianças em direção à porta dos criados, levando os filhos embora. As crianças não pareciam surpresas com a visita tão breve — estavam acostumadas com isso. A babá e os pequenos ficaram na biblioteca por pouco mais de dez minutos, assim como Bridget havia previsto. E os pais não voltariam a vê-los por mais uma semana. Angélique sabia que essa era a norma na maioria das famílias, mas, ao pensar no relacionamento próximo que tivera com o pai, sentiu-se triste pelos pequenos, que perderiam muito com isso. Então, ela sentiu a estranha obrigação de compensar as crianças, especialmente Simon, que iria embora para a escola em menos de um ano. Mesmo aos 4 anos, ele ainda parecia um bebê para ela. E ir para o internato aos 5 parecia ainda pior do que o que acontecera a ela aos 18. Pelo menos, ela cresceu sendo amada pelo pai. Ele nunca se separara da filha quando ela era criança, e Angélique teria sentido muito a sua falta se o tivesse feito. E mesmo o pequeno Rupert, que mal podia falar, seguiria, assim como o irmão, para Eton dentro de três anos. Angélique achava que eles eram muito jovens para serem mandados para longe de casa e sentia pena dos dois.

Quando voltaram lá para cima, ela leu uma história para ajudá-los a se acalmar depois da animação por ver os pais e os convidados. Eles pareciam gostar de ouvir Angélique lendo para eles, particularmente Emma, que a abraçava forte e perguntava, com um olhar melancólico, onde Bridget estava. Ela cuidou deles por dois anos, o que significava muito tempo. Era a única babá de quem se lembravam e a pessoa mais próxima deles.

— Foi visitar a irmã — explicou Angélique. Ela não prometeu a eles que a veriam de novo, porque não tinha certeza de que isso iria acontecer. A jovem não sabia se os Fergusons deixariam Bridget fazer uma visita às crianças, já que alguns pais não permitiam esse tipo de relacionamento. Angélique se comprometeu a tentar compensá-los. Mesmo não pretendendo ficar ali para sempre, queria fazer o melhor que pudesse.

Sem a ajuda de Helen, pegou uma criança de cada vez, as roupas de dormir e se sentiu orgulhosa de si mesma por ter feito tudo sozinha. Colocou Charles, o bebê, para dormir primeiro, depois Rupert, que se levantou da cama duas vezes enquanto ela cuidava de Emma e Simon em seguida. Então, Angélique pegou Rupert novamente e o colocou mais uma vez na cama. Os dois meninos mais novos compartilhavam um quarto, Emma e Simon tinham cada um o seu.

— Você vai voltar se eu tiver um pesadelo? — perguntou a garotinha. Angélique prometeu que sim e deu um beijo de boa-noite nela. Deixou as portas abertas porque eles pediram e foi relaxar lendo um livro na sala do berçário. A jovem ficou surpresa ao ver como o dia havia transcorrido bem e como as crianças eram doces, apesar de não parecerem. Ela estava pensando na calma visita aos pais quando Sarah bateu suavemente à porta e entrou no quarto.

— Tudo terminado? Como foi hoje? — Sarah ficou feliz em ver sua nova amiga e se sentou em uma das cadeiras confortáveis em frente à babá.

— Correu tudo bem. Fomos até a biblioteca para o chá. Ela é muito bonita — disse Angélique sobre sua empregadora, e Sarah assentiu.

— Mas é fria como gelo e só pensa em si mesma — comentou Sarah. — Acho o Sr. Ferguson um homem muito bonito — acrescentou ela, sorrindo. — Ele poderia ter encontrado alguém melhor, mas talvez tenha ficado impressionado com o fato de o pai dela ter um título. Isso não o ajudou muito, e ela lhe custa uma fortuna. Você deveria ver os vestidos que Stella leva à lavanderia para passar e consertar. Ela os compra em Paris. Eu adoraria usar um vestido daqueles um dia! — Em seguida, mudou de assunto. — Todos estavam falando sobre você esta noite, no andar de baixo, durante a ceia. É uma pena que não possa jantar conosco quando as crianças estão dormindo. Talvez Helen pudesse ficar de olho nelas por uma noite, pelo menos para que você possa se juntar a nós para comer pudim e tomar uma xícara de chá.

— Eu bem que gostaria — confessou Angélique, ansiosa. Ela ficava sozinha no berçário com Helen, sua única companhia adulta. As duas ainda não haviam se aproximado, e Angélique não tinha certeza de que isso iria acontecer.

Pelo pouco que viu, Angélique gostou da movimentação na sala de jantar e na cozinha dos criados. Isso a fazia se lembrar da cozinha de Belgrave e dos criados de lá. Ao sentir saudades de casa e pensando nas pessoas que trabalhavam lá, ela se perguntou como Hobson, a Sra. White, a Sra. Williams e todos os outros estariam.

Jurou a si mesma que escreveria para a Sra. White no dia seguinte contando como estava e o que fazia no trabalho.

As duas jovens conversaram durante meia hora, até que Sarah se levantou e foi para a cama. Depois de ler um pouco, Angélique fez o mesmo. Bridget a avisara que o bebê acordava antes das seis todas as manhãs e, se ela não dormisse cedo, teria uma noite curta. Mas havia sido bom aproveitar a paz na sala do berçário à noite. Isso deu a ela uma pausa de correr atrás das crianças o dia todo. Eles eram mais bem-comportados do que esperava e do que as pessoas lá embaixo haviam dito. Eram apenas crianças e eram quatro. Isso os fazia parecer pior do que realmente eram.

O dia seguinte amanheceu ensolarado e frio, e Angélique explorou o terreno com as crianças depois do café da manhã. Elas correram pelo jardim, e a babá pôde dar uma espiada no labirinto, mas não se arriscou nele, pois teve receio de não conseguir sair de lá e se separar dos pequenos. Enquanto passeava com o bebê no carrinho, viu que tudo ali fora era muito bonito. As bochechas das crianças estavam vermelhas por causa do frio quando entraram na casa pela cozinha, e todos comentaram sobre isso, prestando especial atenção em Emma. O cozinheiro fez a gentileza de dar um biscoito a cada um deles. O cheiro na cozinha era delicioso. Os empregados estavam preparando o jantar e assando vários bolos para servir na ceia daquela noite. Os hóspedes iriam embora no dia seguinte, para grande alívio dos criados. As festas de caça, nas quais os convidados ficavam por três ou quatro dias, eram muito trabalhosas. Três das hóspedes haviam trazido as próprias criadas, e as outras confiavam nas arrumadeiras para vesti-las. Mas os empregados visitantes também geravam mais trabalho para os da casa e representavam mais bocas para serem alimentadas. Um dos amigos próximos de Harry trouxera seu valete, que era muito arrogante com os outros e conseguia irritá-los com seu jeito pedante.

Angélique notou que o mordomo-chefe, o Sr. Gilhooley, ficou olhando para ela enquanto estavam na cozinha. Em seguida, ela conduziu as crianças para o andar de cima e viu que o homem ainda a observava quando saíram, embora não pudesse imaginar o porquê. Ele parecia ríspido e hostil, mas Angélique sabia que, em Belgrave, Hobson também poderia ser assim quando queria impressionar os criados mais novos. Mas o mordomo dos Fergusons parecia particularmente hostil com ela, que se sentiu quase contente por não poder fazer as refeições no andar de baixo. E a governanta dos Fergusons, a Sra. Allbright, não parecia tão calorosa quanto a Sra. White. Mas Angélique também percebeu que nunca havia trabalhado para ela, então não sabia o que era estar sob seu comando. E, mesmo entre os criados de Belgrave, um novo rosto sempre era mantido à distância no início, até que todos conseguissem conhecê-lo. E ela era a nova babá entre os criados agora. Considerava tudo aquilo que estava acontecendo tão absurdo que quase tinha vontade de rir. Angélique se perguntou o que mais, além de expressar sua revolta a Tristan, o pai diria ao vê-la lá de uniforme. Ela esperava que ele se orgulhasse dela por lidar com a situação da melhor forma possível. E sabia também que o que Tristan fez com ela teria partido o coração do pai.

Assim que as crianças foram tirar uma soneca após a refeição que o cozinheiro mandou, Angélique as deixou sob os cuidados de Helen e foi à cozinha a fim de pegar uma xícara de chá. No caminho, viu o Sr. Gilhooley em seu gabinete, e ele fez sinal para que ela entrasse.

— O berçário está satisfatório? — perguntou ele em um tom formal, mas pareceu que realmente se importava, e, em seguida, baixou a voz de forma conspiradora para que ninguém os ouvisse. — Vossa Senhoria, queria que soubesse... trabalhei para o seu pai em Belgrave há muito tempo, e queria lhe dizer que sinto muito pela sua perda. Ele foi um grande homem.

— Sim, ele foi mesmo — disse Angélique com tristeza. — Sinto muito a falta dele. Mas aconteceu.

— Não sei como você veio parar aqui, Vossa Senhoria — continuou ele, enquanto a jovem o encarava pela forma como se dirigia a ela. Era exatamente o que ela não queria que os criados dali soubessem a seu respeito: que havia nascido no seio da sociedade aristocrática e que era detentora de um título. Angélique não queria que nada a separasse dos outros. Se teria de viver e trabalhar ali, queria ser um deles, não importava quanto sua presença fosse improvável. Ainda parecia estranho, mas, pelo menos, ela conhecia alguns integrantes da equipe e estava tocada pelo que o mordomo dissera sobre o pai.

— Acho que seria melhor se o senhor não se dirigisse a mim dessa forma, Sr. Gilhooley. Isso só tornará as coisas mais difíceis para mim com os outros criados. Eles podem até decidir que não gostam de mim só por esse motivo. Ninguém precisa saber quem era o meu pai, e, de fato, nem deveriam. Isso ficou no passado — disse ela, de uma forma séria.

— Está claro que há razões para estar aqui e deve ser muito difícil para você — falou ele, soando simpático, e não mais ríspido.

— Nada mais me surpreende — observou ela, honestamente. — Mas agora que estou aqui, percebi que é melhor do que eu pensava. Todo mundo tem sido muito gentil comigo.

— Estou feliz em ouvir isso. Se houver algo que eu possa fazer... — Seus olhos procuraram os dela, e a jovem balançou a cabeça. Não queria receber tratamento especial. Precisava seguir em frente e fazer seu trabalho como todos os outros empregados. Ela não esperava nenhum favorecimento, e ele a respeitava por isso. Angélique era muito jovem para experimentar essa mudança. — Os Fergusons sabem? — Ele estava curioso a respeito de como ela fora parar lá.

Angélique balançou a cabeça.

— Não, não sabem. Foi o meu irmão quem arrumou esse emprego para mim, e acredito que tenha dito que somos primos. Provavelmente é melhor assim. Por favor, não conte a ninguém, Sr. Gilhooley. — Os olhos dela imploraram a ele e tocaram seu coração.

— Certamente que não, se esse for o seu desejo. Tenho certeza de que também seria um choque para os Fergusons descobrir que a filha de um duque está na casa deles e trabalhando como babá no berçário. — Mas ele suspeitava de que os dois iriam gostar.

— Não faz nenhuma diferença agora — disse ela, lutando contra as lágrimas que ameaçavam dominá-la. — Meu irmão, a esposa e filhas estão em Belgrave. Não há lugar para mim lá. — O mordomo pareceu lamentar ao ouvir esse comentário e suspeitou de alguma armação no tal arranjo, especialmente se o novo duque estava fazendo-a se passar por sua prima, e não sua irmã. Mas não ficaria bem para o nobre explicar a alguém que havia mandado a própria irmã embora, forçando-a a trabalhar como babá sem que isso parecesse errado. Isso estava claro para Gilhooley.

— A vida funciona de maneira misteriosa, Vossa Senhoria — disse ele, com delicadeza. — Estou certo de que você vai voltar para casa um dia.

Ela assentiu, sem conseguir falar enquanto o mordomo acariciava sua mão. Pelo menos havia um amigo ali além de Sarah, e tinha certeza de que Hobson, em Belgrave, ficaria satisfeito pelo fato de um antigo mordomo do falecido duque decidir tomar conta dela e protegê-la. E era reconfortante para Angélique saber que Gilhooley cuidaria dela. A jovem se levantou — já estava longe do berçário por mais tempo do que havia planejado.

— Preciso voltar — disse ela em voz baixa e lhe lançou um olhar grato.

— Venha se juntar a nós novamente — ele a convidou, e ela sorriu.

— Virei, sim — garantiu ela —, embora as crianças me mantenham ocupada o tempo todo.

Ele riu.

— Tenho certeza de que sim, Vossa Senhoria. E espero que você seja feliz aqui e fique por muito tempo. — Embora o que ele realmente desejasse fosse que ela retornasse para o Castelo Belgrave, seu lugar de direito. Ele achou algo quase criminoso o fato de o irmão tê-la mandado embora de casa, obrigando-a trabalhar como babá. Isso o deixou chocado. Um instante depois, Angélique corria de volta para o quarto do berçário, onde Helen estava impaciente à sua espera.

— Por que demorou tanto? — Helen estava aborrecida quando ela chegou.

— Sinto muito. O Sr. Gilhooley queria falar comigo e eu não consegui fugir.

— O que ele queria? — perguntou ela, desconfiada.

— Descobri que ele conhecia o meu pai — respondeu ela e, então, lamentou.

— Seu pai também era mordomo? Ou um criado?

— Não — respondeu Angélique em voz baixa, sem saber o que dizer a ela. — Não era. Eles simplesmente se conheciam. — E, com isso, o bebê acordou, fazendo as outras crianças despertarem pouco depois.

Na tarde seguinte, todos brincaram, e Angélique levou Simon para montar em seu pônei. O pai do menino estava percorrendo os estábulos enquanto ele montava e acenou para o filho, mas não parou para falar com as crianças. Ele ia montar mas nem sequer lhe ocorreu a ideia de cavalgar com os filhos. Eugenia estava descansando, então ele resolveu pegar um pouco de ar. E, quando voltou, mais tarde, as crianças já haviam retornado a casa, e estavam de banho tomado.

A vida seguia de forma pacífica, uma vez que Angélique se acostumara com as crianças. Cuidar de quatro pequenos era quase um malabarismo, mas ela ficou surpresa ao descobrir que gostava disso e se sentia útil, além de a tarefa fazer com que o tempo passasse rápido. As crianças precisavam de alguém que lhes oferecesse cuidados e que tornasse suas vidas interessantes. Ela começou a lhes ensinar francês e ficou impressionada ao descobrir que Emma aprendia com facilidade. Simon também estava aprendendo, embora mais devagar. E, quando ela completou um mês no trabalho, as crianças já haviam feito um grande progresso, tendo aprendido muitas palavras e várias músicas no novo idioma. O Natal se aproximava, e os Fergusons ficaram em Londres o mês todo, comparecendo a festas enquanto os filhos os esperavam em Hampshire. No dia anterior à véspera de Natal, o casal finalmente retornou. Uma árvore de Natal enorme fora colocada no salão principal, e as crianças ajudaram a decorá-la e ficaram entusiasmadas com o resultado final.

Na semana anterior, havia nevado muito, e Angélique fizera um boneco de neve com eles. Estava cheia de ideias para entretê-los e parecia mais uma criança junto dos pequenos. Porém ela havia amadurecido muito no último mês. Trabalhar e morar na casa de outra pessoa, cuidar dos filhos dos patrões e ter de se dar bem com os outros criados, tudo isso a fez amadurecer muito. E, quando os Fergusons se encontraram com os filhos na manhã de Natal para lhes dar os presentes antes de uma festa que estavam oferecendo, tinham notícias importantes para compartilhar. Eles teriam um novo irmão ou irmã em alguns meses, o que foi uma notícia surpreendente para Angélique também. O Sr. Ferguson dissera a ela que, quando o bebê nascesse, em algum momento do mês de maio, uma enfermeira ficaria com a família por um mês e, em seguida, Angélique passaria a cuidar de cinco crianças em vez de quatro. Pelo menos por alguns meses, até que Simon fosse para Eton, no final do verão. A Sra. Ferguson deixou perfeitamente claro que considerava desnecessário contratar uma segunda babá, já que Simon logo iria embora e uma vez que Angélique estava se saindo muito bem com as quatro crianças. Ela não tinha absolutamente nenhuma ideia do que isso implicava, nem queria saber, já que nunca passara mais do que poucos minutos com os filhos. A patroa disse a Angélique que ela estava fazendo um trabalho esplêndido e entregou-lhe um pequeno presente de Natal. Em seguida, ela e as crianças foram dispensadas, pois os convidados haviam começado a chegar. Os pequenos tiveram de retornar ao berçário, onde Eugenia disse ser o lugar deles, e o marido concordou.

Ao voltarem para lá, Angélique os ajudou a abrir os presentes. Simon ganhara um jogo e queria brincar com ela; Rupert, um urso que passou a carregar para todos os lados; Emma, uma nova boneca; e Charles, um chocalho de prata, que imediatamente levou à boca. As crianças ficaram muito satisfeitas com os presentes e observaram Angélique abrir o dela. A jovem ganhara um par de luvas que seria útil em suas caminhadas. Eram de couro cinza para combinar com o uniforme e pareciam aquecer bastante. Serviram perfeitamente quando Emma a convenceu a experimentá-las. A Sra. Ferguson acertara.

Em janeiro, os Fergusons decidiram levar as crianças a Londres com eles por duas semanas, e Angélique ficara entusiasmada com a notícia. Haveria muito para ver com os pequenos. Então, em um dia gelado, eles partiram. Helen e a babá foram na grande carruagem da família, e a Sra. Ferguson, na carruagem *barouche*, semelhante à do irmão de Angélique, enquanto o Sr. Ferguson andava em sua luxuosa charrete. Outra carruagem seguia atrás com a bagagem. Simon estava emocionado por andar na carruagem e adorou ver os cavalos, mas Emma disse que estava se sentindo enjoada. Os dois menores dormiram por várias horas com o balanço suave, e Angélique segurava Charles no colo. Quando chegaram a Londres, os criados ficaram felizes em vê-los e também em conhecer a nova babá e mostrar-lhe a casa.

O lar dos Fergusons em Londres era uma enorme casa na rua Curzon, cheia de belos móveis e objetos de arte, e, todas as noites, eles recebiam convidados ou iam a festas. Era fácil entender por que Eugenia achava Hampshire entediante. Sua vida na cidade era de causar inveja, cercada de amigos, noites no teatro, ópera e balé. E Harry também parecia feliz. Ele fazia negócios e ia ao clube com frequência para encontrar os amigos, para jantar ou apostar. Os dois ficavam fora até tarde todas as noites.

Em um domingo à tarde, receberam convidados para o chá e pediram a Angélique que trouxesse as crianças para baixo, como faziam no campo. Ela as vestiu com as melhores roupas, e duas criadas a ajudaram. Quando chegaram ao salão, a jovem ficou em choque. Ela estava a poucos metros de Tristan e Elizabeth, que olharam através dela como se não a conhecessem. Estava prestes a cumprimentá-los, o que era bem estranho, quando Tristan se afastou, e Elizabeth virou-lhe as costas para falar com uma conhecida. Angélique estava certa de que a tinham visto, embora suas expressões não revelassem nada.

Foi Eugenia quem finalmente apontou para ela, mostrando-a aos dois de uma maneira bastante embaraçosa.

— Não reconheceu sua prima no uniforme de babá? — perguntou ela a Tristan, com certa malícia. — E você tinha razão sobre ela, é uma babá maravilhosa. Ela ensinou Simon e Emma a falar francês. — Tristan fingiu surpresa e cumprimentou a irmã com uma saudação formal, para dar a impressão de que mal a conhecia. Sua Graça, o duque de Westerfield, claramente não se mostrava satisfeito por estar associado a uma babá identificada como sua prima.

— Na verdade — disse ele, em um tom gelado —, eu não a tinha visto. — Ele acenou na direção de Angélique, e Elizabeth não disse nada, apenas olhou para ela com ódio. Estava claro que eles a queriam fora de suas vidas para sempre. Haviam concluído que ela estava em Hampshire quando aceitaram o convite dos Fergusons. Caso contrário, talvez não tivessem comparecido à festa. E Tristan não parecia envergonhado com o fato de ter afirmado que ela era sua prima, e não sua irmã. — Prima muito distante, eu poderia acrescentar — disse ele a Eugenia. — Tenho certeza de que você foi muito gentil com ela. — Tristan acenou mais uma vez com a cabeça para Angélique e se afastou.

Alguns minutos depois, Eugenia pediu a Angélique que subisse com as crianças — eles haviam ficado lá por tempo suficiente. Os quase 15 minutos deram à jovem a oportunidade de observar o irmão e a esposa.

Elizabeth estava usando um vestido bonito, embora o de Eugenia fosse maravilhoso. E não havia nenhum sinal das filhas de Tristan, que eram realmente muito jovens para participar de uma festa para adultos. Ela ouviu Elizabeth dizer que Gwyneth iria debutar em julho e seria apresentada à corte ao mesmo tempo. Era a temporada que Angélique nunca tivera, nem nunca quis e jamais teria agora. Todas as suas chances de conhecer um marido do seu próprio mundo acabaram quando Tristan se recusou a protegê-la e a mandou para longe de casa. Ele ficou aliviado quando ela saiu da sala e voltou para o andar de cima. O duque esperava não voltar a vê-la. Fora uma surpresa desagradável para Elizabeth também, que ficou pálida e em silêncio enquanto Angélique passava por ela.

A jovem ficou abalada com aquele encontro e estava triste ao voltar para o berçário com as crianças. Nos últimos dois meses, ela se perguntava se o irmão não se arrependera do que fizera, ou se algum dia iria se arrepender. Agora tivera a resposta. Ele não só a renegara como irmã, como também claramente não queria ter nenhum vínculo com ela. Angélique tinha certeza de que Tristan ficaria aliviado se ela morresse. Era uma sensação terrível, e um arrepio percorreu sua coluna ao se lembrar dos olhos dele quando a viu pela primeira vez naquele dia e disfarçou. Ela deixara de existir para eles. Não passava de um fantasma do passado e, na cabeça deles, estava tão morta quanto o pai. Isso confirmou o que ela temia desde sua partida: que nunca mais voltaria a ver sua casa. Os primeiros 18 anos de sua vida resumiam-se a lembranças agora. Ele a fizera se lembrar de seu pior medo naquela noite. Angélique estava completamente sozinha no mundo.

Capítulo 5

Os Fergusons decidiram permanecer em Londres até fevereiro para desfrutar mais de todos os eventos sociais antes que Eugenia precisasse ficar confinada em casa, por causa do nascimento do bebê, em maio. E, como não era comum, eles permitiram a presença das crianças na cidade, o que foi melhor do que Angélique esperava.

Era estranho pensar que aquele teria sido seu primeiro inverno devidamente apresentada à sociedade se ela tivesse vindo no verão anterior, como teria acontecido, se o pai estivesse bem. Ela teria sido apresentada a todas as famílias importantes da sociedade e da corte, além de ter conhecido todos os homens solteiros qualificados que poderiam tê-la cortejado. Seu nome e sua linhagem teriam sido suficientes para satisfazer muitos deles, mesmo sem a fortuna do pai. E ela poderia ter se apaixonado por um homem realmente adequado. Em vez disso, era desconhecida para muitos, havia sido expulsa do campo, repudiada pelo irmão e se tornara uma babá. O mundo que deveria ter pertencido a ela agora estava fora de seu alcance para sempre. Não se apresentar à sociedade havia feito toda a diferença para o seu futuro. Agora, ela estava condenada a se tornar preceptora e, provavelmente, passaria o resto da vida solteira. Tristan a condenara a um casamento inadequado, isso se ela viesse a se casar, e a privara da herança para a qual nascera. Ele praticamente destruíra não só seu presente, mas também seu futuro.

Vê-lo na casa dos Fergusons, na rua Curzon, e ouvir a mentira que ele dissera sobre ela ser apenas uma prima distante a ajudou a deixar de lado qualquer esperança de retornar à vida e ao mundo que tivera um dia, ou mesmo a Belgrave, para a casa onde crescera. A jovem sabia que o pai teria ficado arrasado por essa situação e estava ainda mais grata pelo dinheiro que ele lhe dera antes de morrer. Pelo menos a quantia lhe asseguraria um futuro confortável, mesmo se continuasse trabalhando como babá quando estivesse mais velha. Angélique prometera nunca tocar no dinheiro, só em caso de extrema necessidade. Ela sabia, sem sombra de dúvidas, que nunca poderia contar com nenhum dos irmãos, não importava o que acontecesse com ela. Então, tentou aproveitar ao máximo aqueles dias e se concentrar na vida que tinha naquele momento. Ela sabia que nunca teria outra.

Muitas vezes, sentia-se melancólica quando pensava no futuro e se perguntava o que seria dele. Poderia ficar com os Fergusons, mas era improvável que fosse para sempre. Eles não eram pessoas calorosas e não tinham nenhuma das responsabilidades tradicionais em relação a seus criados. Harry Ferguson era muito *nouveau riche* para conhecer a diferença, e tudo o que tinha era dinheiro. A esposa considerava aqueles que empregava apenas uma conveniência, não vendo nenhum deles como pessoas, embora os próprios pais tivessem administrado uma casa adequada, o que para ela significava um enorme e desnecessário fardo. Angélique sabia que não podia contar com eles e, uma vez que as crianças crescessem e os meninos fossem mandados para Eton, ela seria demitida, a menos que o novo bebê fosse uma menina. Mas até isso seria por um tempo limitado. Na melhor das hipóteses, teria mais cinco anos com eles, se gostassem dela o suficiente para mantê-la no emprego. Só que eles não nutriam nenhuma fidelidade em relação às suas babás, e Eugenia não se interessava por ela, exceto para poder dizer que sua babá tinha um parentesco distante com um duque. Mas isso poderia não ser suficiente para que resolvessem permanecer com ela, caso se cansassem dela. Depois do que o próprio irmão havia feito, Angélique estava totalmente ciente de que nada era certo na vida e que, em um instante, o mundo todo poderia virar de cabeça para baixo. A única coisa com que podia contar era com o dinheiro do pai que estava no baú, trancado e guardado debaixo da cama.

Enquanto estava em Londres, Angélique foi ao parque todos os dias com as crianças e conversou com outras babás que conhecera por lá. A maioria era mais velha, e algumas cuidavam de tantas crianças quanto ela, mas, nesse caso, geralmente contavam com a ajuda de assistentes ou criadas de berçário, enquanto a Babá Ferguson cuidava das quatro sozinha.

No parque, descobriu que havia toda uma hierarquia entre as babás e que a importância delas era ditada pela família para a qual trabalhavam e pelos títulos que possuíam. Quase todas usavam o sobrenome de seus empregadores para se identificar. Ela não havia perdido somente a vida e o mundo ao qual fora habituada até aquele momento, como também o nome de sua família. Angélique estava se tornando uma pessoa anônima. Tristan também roubara sua identidade.

Ela havia escrito a Sra. White duas vezes de Londres e ficara ansiosa para receber as cartas dela. Enviava cumprimentos a Hobson, a Sra. Williams e a várias criadas. Angélique escrevera contando sobre as crianças, os Fergusons, suas tarefas, e dizendo quanto estava gostando de Londres e que a casa de seus empregadores era esplêndida. As inovações poderiam parecer vulgares para alguns — não possuíam a dignidade dos séculos de tradição de Belgrave —, mas ela gostava da praticidade, do conforto e das conveniências de uma casa moderna e luxuosa. Tudo era novo para Angélique. Nas cartas, ela havia contado à governanta que encontrara o irmão e Elizabeth, e que os dois mal a cumprimentaram e disseram que ela era uma prima distante. Ao ler aquilo, a Sra. White achou que havia sido uma atitude muito desonesta.

— A pobre criança está no mundo sozinha — disse a Sra. White em tom de confidência a Hobson na noite em que recebeu a carta. Ela contou a ele sobre Sua Graça ter renegado a própria irmã, e ouvir isso trouxera lágrimas aos olhos do velho homem, principalmente ao pensar em como o pai da menina teria se sentido ao saber o que acontecera. Ambos concordaram que isso teria partido seu coração, embora Hobson suspeitasse de que, no final da vida, ele já temia por isso. O duque conhecia bem os filhos, e sabia do profundo ressentimento dos dois pela irmã.

Markham, o valete, havia acabado de entregar sua demissão e dizendo que estava a caminho do continente, a fim de se aposentar. Para Hobson, ele admitira que não podia suportar servir ao novo duque sabendo o que tinha feito à meia-irmã e sentiu que precisava ir embora. E o criado-chefe seria promovido a valete assim que ele partisse. Tristan não tentou deter Markham — ele fora muito dedicado ao pai, o que o irritava e, de toda forma, o novo duque preferia alguém mais jovem.

Na carta seguinte, a Sra. White informou a ocorrência de muitas mudanças na casa desde a partida de Angélique. A nova duquesa trocara os móveis da sala e havia encomendado várias peças novas em Londres. Ela estava substituindo cortinas, reformando os móveis e havia comprado um candelabro novo em Viena que era espetacular. A mulher estava gastando a fortuna do marido para tornar Belgrave mais grandiosa do que nunca. A Sra. White também mencionou que Elizabeth havia levado as filhas para Paris, a fim de encomendar vestidos para todas, de acordo com a nova posição das três, uma vez que, na primavera, pretendiam oferecer bailes no castelo. Eles estavam planejando levar uma vida grandiosa na casa nova e magnífica.

Angélique sentiu um aperto no coração ao ler as cartas e descobrir que Tristan e Elizabeth estavam transformando seu lar e fazendo com que sentisse mais ainda a falta do pai, mas havia ficado feliz por ter notícias da Sra. White e de Hobson — eles eram a única família que ela havia deixado para trás. As mudanças feitas na casa lhe pareceram estranhas. Tristan esperara a vida toda por esse momento e estava aproveitando ao máximo.

Enquanto permaneciam em Londres, Eugenia via ainda menos as crianças, pois andava muito ocupada. Finalmente, em meados de fevereiro, o marido insistiu para que voltassem para Hampshire. A mulher estava grávida de seis meses e meio, e não importava quanto ela se apertasse cruelmente em espartilhos, sua condição era muito evidente para ficar na cidade e continuar frequentando eventos sociais. Ela odiava ter de partir e implorou a ele que a deixasse ficar. Mas ele a lembrou de que isso seria considerado inapropriado, e as pessoas já estavam comentando sobre o assunto. Com muita relutância, Eugenia atendeu aos pedidos do marido e, na terceira semana de fevereiro, voltou para Hampshire, a fim de passar o restante da gravidez lá, situação que ela achava insuportavelmente chata. Angélique se perguntou se ela veria mais as crianças a partir de então, já que não lhe restaria mais nada a fazer, mas isso não aconteceu. A mulher organizou jantares para as amigas e festas para jogar cartas. Sua mãe veio para lhe fazer companhia. Era uma mulher bastante comum, filha de um comerciante rico que se casara com o pai de Eugenia por seu título e sua fortuna. E ela era tão pretensiosa e arrogante quanto a filha e tinha pouco interesse pelos netos, assim como Eugenia. Elas nunca iam ao berçário para vê-los. E Angélique fora deixada sozinha para entretê-los. Eles já estavam muito apegados a ela, que tinha um carinho enorme por todos. Emma se tornara deliciosamente fluente em francês.

O Sr. Ferguson só voltou a Hampshire seis semanas após o retorno da esposa, no começo de abril, apesar das queixas da mulher. Ele chegou de Londres com os amigos e, a essa altura, Eugenia já estava prestes a enlouquecer no campo, em seu período de confinamento. Havia rumores na ala dos criados a respeito das festas que Harry dera em Londres e das mulheres que haviam sido vistas lá. Felizmente, Eugenia não sabia das escapadas do marido, o que era ótimo, pois tinha um temperamento feroz e ninguém queria enfurecê-la antes do nascimento do bebê.

Sua mãe partiu assim que Harry chegou, uma vez que eles não se davam bem, e Harry voltou a Londres com os amigos apenas uma semana depois de retornar a Hampshire para participar de algumas festas nas casas das redondezas, enquanto Eugenia passava o mês seguinte caminhando nos jardins, descansando e esperando a chegada do bebê. Ela estava ansiosa pelo nascimento da criança, pois, assim, poderia voltar logo para Londres, onde planejava estar para a temporada de verão e para os bailes de debutantes, em junho e julho. Ela invejava Harry pelas festas das quais estava participando nas casas de campo vizinhas enquanto ela definhava, sozinha, em casa.

— Queria que este bebê se apressasse e nascesse logo — disse ela a Angélique com um olhar de tédio e irritação quando a encontrou brincando com os filhos no parque. Eles haviam acabado de chegar ao pequeno lago para ver os patos e os cisnes.

— Não vai demorar, madame — observou Angélique, educadamente.

Eugenia ficara enorme desde que voltaram para Hampshire, e já não se apertava mais em espartilhos, pois eles não a deixavam dormir à noite. O tempo estava excepcionalmente quente, e as crianças adoravam brincar com a babá todos os dias. Simon estava andando de pônei e Charles acabara de aprender a andar, o que deixava Angélique ocupada correndo atrás dele o dia todo.

Uma enfermeira infantil chegaria no primeiro mês do nascimento do bebê, o que aconteceria em breve, e uma ama de leite, pois Eugenia considerava a amamentação algo repulsivo. E, assim que a enfermeira partisse, Angélique assumiria o controle de tudo. Ela ficaria bastante ocupada até que Simon fosse para Eton, em setembro. A pobre criança já temia esse dia e dissera a Angélique que não queria ir, mas não havia escolha. Era muito importante para seu status social que ele fosse.

No fim de abril, o irmão de Eugenia, Maynard, apareceu, e Angélique o encontrou pela primeira vez depois de ouvir a respeito dele por meses. Ele dissera à irmã que precisava de um descanso de Londres, mas, na verdade, estava fugindo do último escândalo. Ele havia flertado com uma jovem, filha de um banqueiro, e o pai dela descobrira. O caso estava sendo comentado pela cidade toda. Ele estava cortejando a irmã mais velha da jovem, que havia debutado no ano anterior, mas tinha voltado suas atenções para a mais nova, de apenas 15 anos, em segredo. O pai das meninas estava furioso e descobrira a respeito dos encontros clandestinos por intermédio de uma criada. A irmã mais velha ficara com o coração partido, e o pai dissera que, se ele se aproximasse de qualquer uma das duas, chamaria a polícia. Maynard decidiu que era um bom momento para sair da cidade. Na semana seguinte, ele faria uma visita a alguns amigos em Derbyshire e aproveitou para ver Eugenia, planejando voltar a Londres para a temporada em junho e julho, algo pelo qual a irmã também estava ansiosa.

— O que você fez? — perguntou Eugenia quando estavam acomodados em espreguiçadeiras no terraço. Ela bebendo limonada, e ele, rum. Eugenia havia abandonado o álcool até o nascimento do bebê pois achava que a fazia se sentir mal. Ela não ouvira nenhuma das fofocas ou dos rumores provenientes de Londres sobre o péssimo comportamento do irmão.

— Muito pouco — respondeu ele, tomando a bebida e olhando para o jardim. — Londres é meio entediante nessa época do ano, então decidi sair da cidade.

— Isso soa como se você tivesse feito alguma travessura — retrucou ela, sorrindo para ele. — Alguém que eu conheça? — Ele era dois anos mais novo que a irmã e nunca se cansava de causar problemas.

— Espero que não — disse ele, rindo e pensando no alvo recente de suas afeições. Maynard sabia que ela era muito nova, mas havia sido divertido por um tempo. — Nada sério. Apenas um breve flerte.

— Com a esposa de alguém?

— Claro que não — respondeu ele em um tom inocente. — Uma garota muito bonita.

— E?

— O pai dela ficou um pouco chateado ao descobrir. Ela é bastante jovem. Na verdade, foi algo completamente inofensivo.

— Maynard, você é terrível. Será que algum dia vai crescer? — questionou ela, rindo dele.

— Certamente não. Que diversão haveria nisso?

— Você está certo. Comportar-se bem é terrivelmente chato. Mal posso esperar para voltar para a cidade depois do nascimento do bebê. Não vou ficar aqui por muito tempo. — Ele estava certo disso e sempre gostou de frequentar as festas com a irmã, fofocando sobre todos os convidados depois. De certa forma, os dois eram muito parecidos, embora ele nunca tivesse desejado ter todas aquelas crianças. O rapaz não tinha ideia do motivo para a irmã tê-los e chegara à conclusão de que era ideia do cunhado, e não dela. Ele a conhecia bem para saber disso.

Eles conversaram sobre vários de seus conhecidos em Londres, e ele a atualizou sobre os últimos escândalos. Mais tarde, ela voltou para o quarto para descansar, e ele resolveu passear pelos jardins, surpreendendo-se ao se deparar com Angélique saindo do labirinto com as crianças. O sobrinho mais novo estava preso em um carrinho de bebê para que não escapasse, de modo que a babá não o perdesse no labirinto ou no jardim. Agora, ela já dominava o ambiente e levava as crianças com frequência até lá. A jovem trombou com ele quando saíam.

— Oh, sinto muito — desculpou-se ela, endireitando a touca engomada enquanto Maynard olhava para ela, surpreso.

Ele pensou que nunca tinha visto uma mulher tão bonita. Ela parecia muito graciosa enquanto saía de seu caminho e corou quando as crianças se juntaram ao redor dela. Angélique não tinha ideia de quem ele era ou de que os hóspedes já haviam chegado. Ninguém lhe avisara nada. E ficou surpresa por Eugenia estar recebendo visitas com a gravidez em estágio tão avançado, faltando apenas poucas semanas para o parto, isso se o bebê não se adiantasse.

— De forma alguma — disse Maynard, sorrindo de forma educada enquanto a observava de perto, apreciando sua beleza. Obviamente, ela era a nova babá e uma jovem surpreendentemente bonita, com um rosto delicado e perfeitamente esculpido. E, no momento em que falou, ele poderia dizer que pertencia a uma família muito educada e não se tratava de uma menina simples.

— Não fazia ideia de que meus sobrinhos tinham uma babá nova e tão encantadora. Acho que devo visitá-los com mais frequência — falou ele, provocando-a, mas Angélique não sorriu. Ao ouvir esse comentário, soube no mesmo instante quem aquele homem era, e todas as advertências que ouvira a seu respeito logo vieram à sua mente.

Angélique fez uma reverência formal para ele e baixou a cabeça.

— Foi ótimo conhecê-lo, senhor — respondeu ela e juntou as crianças, pronta para entrar com eles.

— Posso visitá-los no berçário? — perguntou ele, esperando uma resposta positiva, que ela não lhe deu. Angélique ficou com uma expressão séria e fria enquanto pegava o carrinho, tentando com isso desestimulá-lo de qualquer investida contra ela.

— As crianças vão tomar um chá e um banho agora. Depois, será a hora de dormir — falou com firmeza. E então se arrependeu do que dissera. Isso significava que as crianças iriam cedo para a cama e, se ele aparecesse no berçário, ela não teria qualquer proteção. A jovem ficou nervosa quando começou a andar seguida pelos filhos da Sra. Ferguson.

— Até mais tarde — disse ele em um tom sugestivo, e ela não respondeu, mas contou a Helen o que havia acontecido enquanto estavam preparando a bandeja de chá.

— O que eu vou fazer se ele aparecer aqui esta noite? — Angélique estava em pânico. Havia luxúria nos olhos dele quando olhou para ela.

— Ele é perverso — afirmou Hellen, balançando a cabeça. — Você já ouviu falar sobre a garota na fazenda. Quinze anos, teve um bebê na semana passada. Ela partiu o coração dos pais, e ele nunca dará atenção a isso nem irá reconhecer a criança. É uma menina. Com certeza, essa garota nunca mais o verá.

Helen contou que Maynard tivera vários filhos ilegítimos e não reconhecera nenhum até o momento. E aquele não seria diferente. Ele não tinha interesse na criança ou na mãe, apenas na diversão por um breve período de tempo. A menina não tivera mais notícias dele. E ele sabia que havia um bebê a caminho. O pai da jovem havia escrito para ele no outono, mas Maynard nunca respondera à carta, e o Sr. Ferguson dissera que não havia nada que pudesse fazer em relação ao cunhado.

— Certifique-se de trancar a porta do berçário esta noite — continuou Helen, e Angélique fez que sim. As duas haviam se tornado mais amigas nos últimos cinco meses, embora a babá fosse mais próxima de Sarah, a criada que a acolhera na primeira noite. E, ocasionalmente, Helen ficava com as crianças para que a jovem pudesse jantar no andar de baixo com os outros empregados. Ela adorava, e o Sr. Gilhooley ficava feliz ao vê-la. Ele sabia que a babá estava se saindo bem.

Angélique e Helen serviram chá às crianças e, então, a jovem babá deu banho nos pequenos. Depois leu histórias para eles e até encontrou um livro infantil para Simon e Emma em francês, algo de que ambos gostaram muito. Era sobre um garotinho e seu cachorro. O animal se perdia, e o menino o encontrava no final.

Ainda estava claro, como de costume, quando ela os colocou na cama. O ar estava frio, mas os dias começavam a ficar mais longos. Ela se sentou com Helen na sala do berçário por alguns minutos. Depois, a criada foi para o próprio quarto, e Angélique trancou a porta principal, como a amiga a orientara a fazer. Elas não queriam visitantes-surpresa, e o olhar que o irmão de Eugenia lançara a Angélique naquela tarde sugerira que ele não hesitaria em tomar o que queria, mas ela estava determinada a garantir que isso não acontecesse.

Maynard estava na sala de jantar com a irmã, em uma ceia antecipada, quando Angélique colocou as crianças na cama. Harry ainda ficaria hospedado com amigos por mais alguns dias, mas estava perto o suficiente para retornar rapidamente se o bebê chegasse. E Eugenia se sentia feliz por ter a companhia do irmão para se distrair.

— Você não me disse que tinha uma babá nova tão bonita — ele a repreendeu. — Quando ela chegou?

A irmã ergueu uma sobrancelha ao ouvir a pergunta, embora não pudesse negar que Angélique era uma jovem bonita. Outras pessoas também haviam percebido isso, mas ninguém apresentara o olhar lascivo que vira nos olhos do irmão. E isso não representava nenhuma novidade para ela.

— Não me lembro, algum dia antes do Natal. Mas, Maynard, querido, por favor, não. Ela é muito boa com as crianças e não queremos que ela se vá logo antes de o bebê nascer ou que tenha um dos seus daqui a nove meses. Você terá que se entreter com outra pessoa. — Ela olhou para o irmão com um brilho nos olhos, de forma severa. — No entanto, reconheço que ela é ligeiramente interessante. É prima distante de Tristan Latham. A mãe era francesa. Ela é órfã.

— Prima do duque de Westerfield? Que interessante! E, se é metade francesa, não deve ser tão cerimoniosa quanto você pensa.

— Não tenha tanta certeza assim. Ela é muito jovem. E ele pode não se importar muito com ela, mas tenho certeza de que Latham não ia querer os bastardos dela espalhados pelo campo. Ela é uma menina muito bem-educada. A mãe pode ter sido de baixa classe, como ele diz, mas a criação aristocrática é aparente. Então, procure outra garota, alguém da fazenda talvez, mas, de preferência, não uma das minhas criadas. Isso provoca um grande tumulto por aqui. Harry fica chateado. — Maynard estava tentado a dizer a ela que seu marido também fazia isso, mas achou que era mais sensato não comentar nada, então voltou a falar sobre a babá.

— Como você a encontrou?

— O duque e a duquesa a mandaram para cá. Estavam muito ansiosos para arranjar um trabalho para ela, e a jovem irlandesa que eu tinha queria ir embora. Funcionou perfeitamente. Eu já sabia que outro bebê estava a caminho quando ela chegou, mas não contei nada.

— Prima de um duque — pensou ele. — Isso é muito divertido... e bem atraente, especialmente porque ela é muito bonita. Ela quase me atropelou hoje com o carrinho. Menina encantadora! — Ele sorriu, e sua irmã lhe lançou um olhar severo.

— Você terá que se entender com Harry se assustá-la — advertiu Eugenia. — E ele não ficará nada satisfeito. Aquele seu caso na fazenda já foi bem estranho. Ela teve a criança na semana passada, sabia?

— Não sabia, nem me importo com isso — disse ele francamente e com um olhar indiferente, enquanto um dos criados lhe servia mais vinho, mesmo Maynard tendo bebido mais do que o suficiente. — Esta história é completamente diferente. É muito ruim que ela tenha terminado como babá. Meninas assim nunca têm vida, são muito boas para se casar com um dos criados, e a nossa classe não as quer se elas não têm dinheiro, então o único futuro que lhes resta é ser criadas. Não se pode casar com uma criada.

— Então, não. E não a seduza também. E ela não é uma criada, é uma babá. Suponho que será preceptora um dia. Talvez fique com a gente. Veremos o que acontecerá.

— Ah, isso tudo é chato demais! Preciso voltar logo para Londres para me divertir — disse ele, sorrindo para a irmã.

— Sim, eu também — disse ela, entusiasmada. Mal podia esperar por isso. — Queria que essa coisa miserável se apressasse! Harry quer outro garoto.

— Por quê? Ele já tem três.

— Está construindo o próprio exército. Ele quer que todos toquem os negócios com ele um dia. Diz que os parentes são as únicas pessoas em quem você pode confiar.

— Provavelmente ele está certo — concordou Maynard, pensativo. — Acho que nosso pai pensa o mesmo, exceto a meu respeito. Não tenho cabeça para os negócios.

— Eu também não — disse Eugenia, comentou um suspiro. — Harry sempre se queixa de que gasto demais, mas ele é muito tranquilo em relação a isso.

— Você é uma garota de sorte — comentou o irmão, olhando ao redor. — Gostaria de encontrar uma assim como você — admitiu ele, fazendo a irmã rir.

— Então é melhor você parar de correr atrás das meninas de fazendas e de babás, mesmo que tenham parentesco com duques. Talvez você conheça uma linda garota em Londres, em algum baile, em julho. Uma coisinha doce e jovem, em sua primeira temporada, que tenha um pai muito rico.

— Definitivamente, preciso de uma dessas. Nosso pai reclamou que eu também gasto muito. Está bastante aborrecido. — Ele terminou o vinho, e Eugenia se levantou para deixá-lo sozinho.

— Vou deixá-lo desfrutando de seu charuto e de uma taça de vinho do Porto. Tenho medo de que isso me faça passar mal. Vou para a cama. Vejo você pela manhã, meu querido irmão, e tente se comportar esta noite.

Ela deu um leve beijo na bochecha dele e, logo depois, Maynard estava sozinho à mesa, fumando um charuto e saboreando uma taça do excelente vinho do Porto de Harry. Era uma hora do dia da qual ele sempre gostava. Lamentou pelo cunhado não estar lá para aproveitá-lo com ele, mas, de qualquer maneira, era agradável. E, quando se levantou, permaneceu na sala de desenho por alguns minutos, tentando pensar no que fazer, até que riu para si mesmo e subiu as escadas. Passou pelo segundo andar, onde estava hospedado, e subiu mais um até se encontrar em frente à porta do berçário. Eram apenas nove e meia, e ele tinha certeza de que a babá ainda estava acordada.

Maynard tentou girar a maçaneta com suavidade, empurrando-a enquanto Angélique levantava os olhos do livro. Ela ouviu um rangido e viu a maçaneta se mover enquanto ele tentava virá-la, mas, para o alívio dela, estava trancada. Angélique viu o homem continuar a movê-la, sem sucesso, e ouviu uma batida suave à porta. A jovem não se levantou da cadeira para não fazer barulho pois sabia que Helen já estava dormindo. Mas ela não precisava de sua ajuda, sentia-se segura.

Ele bateu de novo, e ela não fez nenhum barulho.

— Olá? Você está aí? Eu sei que está. Abra a porta para que possamos conversar. — Ela era bem esperta para se permitir cair naquela artimanha. Angélique ficou sentada na cadeira e não disse uma palavra.

— Não seja boba — ele tentou novamente —, vamos nos divertir. Tenho certeza de que as crianças estão dormindo, e você deve estar tão entediada quanto eu. Abra a porta e me deixe entrar.

Por dez minutos, ele tentou várias vezes mais e, então, chutou a porta e foi embora. Angélique ficou mais um tempo sentada na cadeira, caso ele estivesse esperando para ver o que ela faria se achasse que ele havia descido as escadas. E então, finalmente, ela ouviu os passos e soube que ele tinha ido embora. Ela exalou o ar lentamente e sentiu-se muito feliz pelo fato de os outros criados já a terem alertado sobre ele. Não tinha ideia do que ele teria feito se o deixasse entrar, mas podia adivinhar. Ele poderia tê-la forçado ou tentado convencê-la a fazer algo de que poderia se arrepender. E ela não tinha intenção de se envolver com um mulherengo como ele. Mesmo em toda a sua inocência, era muito mais sábia do que isso. Ela julgava homens como ele repugnantes, que se aproveitavam de jovens, como uma garota de fazenda de 15 anos.

Maynard estava irritado com Angélique quando chegou ao quarto. Quem ela pensava que era, bancando a virtuosa só por ser prima distante de um duque? Ele se serviu de outra bebida da garrafa em seu quarto. Ficou sentado por um tempo, olhando para o fogo. O silêncio do cômodo o enervou e a porta trancada do berçário o irritou. Ele tomou mais duas bebidas e adormeceu na cadeira, pensando na vadia que era a babá. Ele teria ensinado uma lição ou duas a ela, a fim de colocá-la em seu devido lugar se pudesse. Mas, felizmente para ela, ele não pôde fazer nada. Angélique fora sábia.

Capítulo 6

Maynard partiu na manhã seguinte para atividades mais divertidas.

— Vejo você em julho em Londres — prometeu ele à irmã. — Este lugar é muito calmo para mim.

— Para mim, também — disse ela, sentindo-se infeliz e lamentando a partida do irmão. Eugenia não perguntou o que ele havia feito na noite anterior, mas sua pressa sugeria que não procurara Angélique. Se tivesse ido atrás da moça, ele certamente iria querer ficar na casa pelo menos mais um ou dois dias. Eugenia ficou aliviada. Precisava da babá e não queria que o irmão virasse sua vida de pernas para o ar, o que já havia feito antes. E ela sabia que o marido, ao voltar para casa, ficaria satisfeito por não precisar limpar a barra do cunhado. Mas acabou ficando ainda mais aborrecida quando ele foi embora e ansiosa para que Harry voltasse logo para casa, o que só aconteceu dias depois. Mas o marido chegou novamente acompanhado de amigos. Ele prometera que só ficariam alguns dias, e Eugenia se irritou por haver várias mulheres muito atraentes no grupo. Ele disse que elas poderiam servir de companhia à esposa, o que era verdade. Mas ela não estava em condições de competir com as outras naquele momento. Estar confinada na casa de Hampshire para ela se assemelhava a estar em uma prisão, e tudo o que queria era que aquilo acabasse logo. Enquanto os amigos do marido estavam lá, jogavam cartas à noite e saíam para caminhadas no período da tarde, e Eugenia tinha dificuldade em acompanhá-los. Ela havia engordado muito mais do que nas outras vezes que havia ficado grávida e tinha certeza de que esperava outro menino.

Os amigos ficaram hospedados com eles por uma semana inteira. Quando foram embora, Harry os acompanhou para ficar na casa de um conhecido. Eugenia mal podia se levantar da cama quando partiram. Angélique foi vê-la à tarde, em um momento que as crianças estavam dormindo. Ela estava indo até a lavanderia para consertar um vestido que rasgou enquanto corria no parque com os pequenos. A babá bateu à porta e encontrou Eugenia deitada na cama, apoiada em alguns travesseiros, chorando. A mulher usava um vestido de renda e parecia que tinha uma bola enorme escondida debaixo dele.

— Como está se sentindo, madame? — perguntou ela, com a voz gentil. — Há algo que eu possa fazer? Gostaria de um copo de chá gelado? — Angélique viu que Stella não estava no quarto e ficou feliz em poder ajudar de alguma forma. Sua patroa parecia deplorável, e estava assim havia algumas semanas.

— Não, não quero — respondeu Eugenia de forma arrogante. — Quero essa coisa fora de mim. Não aguento mais. — Ela parecia muito desconfortável e cansada. E já tivera o suficiente, era seu quinto filho em cinco anos. — Não me importo com o que Harry diz, nem com quantos ele quer, não vou ter outro depois desse.

— Talvez ele se esqueça de todos os desconfortos depois e queira passar por tudo isso de novo — disse Angélique, de uma forma inocente.

— Bem, eu não. — Ela olhou para a jovem com a testa franzida. Suas gestações eram fáceis, mas atrapalhavam a sua vida, pois Eugene ficava muito limitada. Nos últimos dias, ficara ainda maior e só podia usar vestidos de renda. Nada do seu vestuário era grande o suficiente e, quando reclamou com o marido sobre isso, ele achou engraçado e a deixou presa em casa mais uma vez e foi visitar seus amigos.

— Gostaria de ver as crianças esta tarde? — perguntou a jovem, e Eugenia balançou a cabeça.

— Não, não quero. Elas fazem muito barulho. — Angélique assentiu e não soube o que dizer. — Talvez eu vá caminhar até o lago. Deve haver algo que eu possa usar. Me ajude a sair desta cama. — A jovem a ajudou, e Eugenia foi cambaleando até o quarto de vestir.

Minutos depois, Angélique estava na lavanderia, onde as criadas conversavam de forma animada sobre as novidades enquanto Stella passava as camisolas de dormir da Sra. Ferguson. Uma das criadas comentou, sem maldade, que a roupa era grande o suficiente para ser usada como tenda na festa do jardim. Mas pelo menos já estavam no dia primeiro de maio, e a patroa não demoraria para ter o bebê.

— Ela parece estar muito desconfortável — observou Angélique, com simpatia. A jovem realmente sentiu pena dela, embora normalmente isso fosse raro. Ela não era o tipo de mulher que despertava pena nos outros, mas, naquele momento, parecia indefesa e infeliz. Não se mostrava entusiasmada com o bebê; apenas ansiosa para que ele nascesse logo, pois, assim, poderia se ver livre da gravidez.

Pela janela do berçário, Angélique viu Eugenia cambaleando pelo parque naquela tarde. Parecia quase cômico o jeito como andava. Mas ela não demorou muito tempo lá fora. A jovem ficou muito ocupada com as crianças e não parou até a noite, quando eles foram para a cama. Então, ela desceu as escadas para tomar uma xícara de chá com Sarah e viu uma das criadas subindo com uma pilha de lençóis e toalhas. Ela contou que Eugenia havia entrado em trabalho de parto. A bolsa da Sra. Ferguson estourara fazia uma hora, e o médico tinha acabado de chegar. Mas o bebê ainda não nascera.

— Isso é incrível — disse Angélique, perguntando-se se seria uma menina ou um menino. — Diga a Sra. Ferguson que estou pensando nela e que espero que dê tudo certo.

— Espero que não me peçam para ficar — falou a criada, nervosa. — Nunca vi um bebê nascer, e a minha mãe não iria gostar que eu presenciasse essa cena até que chegue minha hora. — Ela só tinha 16 anos.

— O médico trouxe uma enfermeira?

— Duas — respondeu ela, demorando-se nas escadas para falar com Angélique.

— Então não vão precisar de você — ela a tranquilizou, e a garota correu para entregar os lençóis que a enfermeira havia pedido.

A babá desceu apressada as escadas para encontrar Sarah na sala dos criados. Todos estavam ocupados por lá preparando uma bandeja de chá para o médico e algo para as enfermeiras comerem antes que o parto de fato começasse. Disseram que ainda levaria um tempo, mas já estavam se preparando para receber o bebê. E a ama de leite já havia sido chamada. A Sra. Ferguson pediu que não avisassem ao marido até que o bebê nascesse. Não havia motivo para ele ficar em casa esperando. Seria cansativo para ele, e ela não o queria lá. De qualquer maneira, o médico também não o deixaria entrar. Era muita coisa para um homem ver, e Harry também não havia presenciado o parto dos outros filhos.

— Como a madame está? — perguntou Sarah enquanto elas serviam o chá e se sentaram à mesa. — Você a viu?

— Não desde a tarde. Acabei de esbarrar com uma das garotas que estava levando alguns lençóis e toalhas que as enfermeiras pediram. Mal posso esperar para saber o sexo. Coitadinha, ela parecia péssima hoje. Ficará feliz quando tudo acabar.

— Stella estava com ela na última vez e disse que enrolou o bebê como se ele fosse uma bola em alguns minutos, sem um grito. Ela deve ter facilidade em parir ou não teria tantos filhos. Mas parece uma coisa difícil de se fazer. Se fosse eu, ficaria com medo.

Várias das mulheres à mesa contribuíram com histórias de parto, suas próprias ou de conhecidas, e Angélique achou todas heroínas. Ela não tinha pressa de ter filhos. Nunca havia pensado nisso até então, nem convivera com uma mulher grávida antes, e isso não parecia nada simples para ela.

Stella desceu um pouco mais tarde, a fim de pegar uma xícara de chá para sua senhora.

— As contrações estão começando, e ela está com muita sede. — A cozinheira separou também um prato de biscoitos recém-assados para a patroa.

— Isso lhe dará um pouco de força — disse ela em um tom agradável. — Como ela está?

— Está indo bem. O médico acha que a criança não nascerá até a manhã, mas uma das enfermeiras me disse que não concorda com ele. Ela acha que será rápido, uma vez que madame já teve muitos. O último não demorou tanto. Mal tivemos tempo de tirar os lençóis debaixo dela, e o pequeno Charlie já estava olhando para nós. Ela foi muito corajosa, mas está maior desta vez. Bem maior. Pode não ser tão fácil. — A enfermeira também havia mencionado esse fato a Stella. — É melhor eu voltar para o quarto com o chá. — A criada saiu da cozinha, correndo para o andar de cima enquanto os outros ficaram especulando quando sua senhora iria dar à luz. Depois de uma segunda xícara de chá, Angélique subiu as escadas, foi para o berçário e contou tudo para Helen. Era emocionante saber que o bebê estava chegando e que iria nascer de manhã ou talvez até antes.

— Acho que vai ser um menino de novo, ela está muito grande — comentou Helen, e Angélique concordou. — Ela estava bem menor quando teve a Emma.

— Bem, saberemos em breve. Espero que alguém venha aqui para nos contar.

— Tenho certeza de que alguém virá. — E, então, Helen foi costurar, e Angélique pegou um livro. Havia várias mulheres na casa que gostavam de ler e compartilhavam seus livros com ela.

Em seu quarto, Eugenia reclamava que as costas doíam. As dores ficaram mais fortes e eram piores do que ela se lembrava dos demais partos. Ou talvez tivesse se esquecido de um ano para o outro. Todos haviam sido muito fáceis, mas Simon chegara duas semanas antes, Emma era menor e Rupert viera ao mundo com tanta rapidez que Eugenia quase o tivera na biblioteca. O parto de Charles também fora fácil. Este filho agora, contudo, era enorme e parecia estar esmagando sua coluna a cada contração. As enfermeiras a ajudaram a mudar de posição para tentar deixá-la confortável, o que não alterou nada, e, quando o médico a examinou, ela gritou de dor. Ele se mostrava preocupado. O bebê não parecia estar descendo, embora as contrações estivessem aumentando rapidamente. O trabalho de parto começara havia apenas duas horas. Stella se lembrou de que, na última vez, a essa altura Charles já havia nascido. Mas, agora, parecia que o bebê não estava querendo sair. A noite prometia ser longa.

O médico sugeriu que ela tentasse caminhar pelo quarto, com a ajuda das enfermeiras, para fazer com que o bebê se deslocasse, mas Eugenia sentia tanta dor que não conseguiu se levantar da cama e se deitou novamente, aos gritos.

— Está me despedaçando — disse, soluçando. — Nunca foi assim.

— Cada vez é diferente — tranquilizou-a o médico. — Este bebê é maior do que os outros. — O médico ouviu os batimentos cardíacos da criança e pareceu satisfeito. E então sorriu para Eugenia. — O coração está forte.

— Não me importo — disse ela, em agonia. — Tire-o logo daí.

— Está chegando a hora — anunciou o médico com calma, no momento em que ela foi atingida por uma nova onda de contrações, uma após a outra e cada uma mais forte que a anterior. A dor era tamanha que Eugenia ficou ofegante e mortalmente pálida. Stella parecia preocupada, e as enfermeiras observavam atentamente enquanto o médico examinava a mulher mais uma vez e parecia satisfeito. — Está tudo sob controle.

— Acho que estou morrendo — disse ela, em pânico. — E se esse bebê me matar? — perguntou Eugenia, nervosa. Ela queria fugir, mas não havia nenhum lugar onde pudesse se esconder da dor.

Sua vida estava sendo arrancada dela, e agora Eugenia via estrelas a cada contração que a atingia.

— Você não vai morrer, Eugenia — disse o médico, com toda a calma. — Só precisamos fazer um pouco mais de força dessa vez, nós dois juntos. — O tempo todo, ele estava muito atento ao examiná-la, pois ela parecia atordoada entre uma contração e outra. Ninguém no quarto falava nada. Duas horas se passaram, e Eugenia gritavam muito. O trabalho de parto estava sendo lento e agonizante, mas o médico assegurou-lhe que o bebê estava descendo. Stella estava quase tão pálida quanto sua patroa enquanto observava a cena. Até as enfermeiras pareciam tensas, porém o médico continuava concentrado no que fazia. À meia-noite, após seis horas de trabalho de parto, Eugênia estava branca como cera, mas já era possível ver a cabeça do bebê. O médico comentou que a criança tinha cabelos escuros e pediu a ela que empurrasse o bebê.

Mais uma hora se passou sem que nada acontecesse, a não ser mais gritos de sofrimento. O parto progredia lentamente e, enquanto Eugenia tentava desesperadamente empurrar, começou a vomitar, devido à força que estava fazendo. Uma das enfermeiras segurou uma bacia debaixo de seu queixo, e Stella e a outra enfermeira seguraram suas pernas. O médico observava o bebê saindo a cada empurrão e depois recuando quando ela parava. Estava saindo devagar, de uma forma agonizante e, obviamente, tinha dificuldade para passar, pois era muito grande, mas tudo o que eles podiam fazer era esperar e pedir à mulher que continuasse fazendo força. Várias vezes, ela disse que ia desistir, chorando ao falar que não podia, mas, com todos encorajando-a, acabava tentando de novo. O médico não estava satisfeito com aquela demora, mas não havia nada que pudesse fazer para acelerar o processo, exceto confiar que a natureza realizasse seu trabalho. Finalmente, com o pior grito de todos, o bebê coroou e o topo da cabeça quase saiu. Parecia que Eugenia ia desmaiar. Ela ainda gritava muito, dizendo que a criança a estava rasgando. O bebê estava causando sérios danos à mãe.

— Estamos quase lá, Eugenia — o médico a estimulou. — Preciso que você empurre com mais força agora. — Ele queria que o bebê nascesse o mais rápido possível, pois aquilo estava demorando muito, e Eugenia se mostrava bem fraca.

— Não posso... não posso... me deixe morrer...

— Outro empurrão! Agora! — O médico estava gritando para ela quando Eugenia começou a chorar, mas fez força pela última vez. E então a cabeça do bebê surgiu, e a criança chorou. Mas a mãe se sentia fraca demais para se importar e relaxou nos travesseiros, chorando e vomitando novamente. Nesse momento, o médico lhe pediu que continuasse empurrando. Ele puxou o bebê pelos ombros e, gentilmente, o virou. Então, Eugenia começou a soluçar e voltou a gritar.

— Minhas costas... minhas costas... — disse ela quando o médico cortou o cordão umbilical, envolveu o bebê e o entregou à enfermeira. Era um menino grande e bonito, que chorava ao mesmo tempo que a mãe soluçava. O médico ficou olhando para ela, preocupado. Fora um parto difícil, o que não era comum para o quinto filho.

— Eugenia, o bebê está bem — disse ele, gentilmente. — É um belo garoto.

Mas ela gritou de novo e se largou nos travesseiros, histérica por causa da dor. Isso nunca havia acontecido com ela antes. O médico a sentiu ainda inchada na barriga e a examinou com cuidado. Em seguida, olhou, surpreso, para uma das enfermeiras e disse em voz baixa:

— Ainda não acabou. — Ele estava esperando para tirar a placenta, mas sentiu a cabeça de outra criança, e as contrações continuavam fortes. Ele tentou explicar a Eugenia o que estava acontecendo e dizer que precisava de sua ajuda. — Há mais um, são gêmeos. — As duas enfermeiras olharam para ele, surpresas, e Stella ficou visivelmente chocada. — Temos que tirar o outro bebê. — falou ele, como se aquilo fosse urgente.

— Não, não consigo — gritou Eugenia, parecendo desesperada, e começou a vomitar de novo. As contrações pareciam piores, e ela não parou de gritar até que o segundo bebê saísse. Mas era menor do que o primeiro, saiu mais rapidamente, deslizando para as mãos do médico. Era uma menina. Todos na sala deram gritos de vitória quando a viram, exceto a mãe, que estava quase inconsciente de tanta dor por tudo o que havia passado. Ela parara de vomitar, mas mantinha os olhos fechados, e seu corpo todo tremia muito. Estava sangrando, seu rosto estava acinzentado, e o médico demonstrou evidente preocupação. Em momento algum ele ouvira um segundo batimento cardíaco e percebeu que deveriam estar um atrás do outro. Isso, inclusive explicava o fato de ela ter engordado tanto e de o parto ter sido tão difícil. Ela fizera o dobro de esforço naquela noite, e o primeiro bebê, o menino, pesava em torno de 4 quilos. A menina era menor e pesava quase 3.

O médico a examinou com cuidado depois que as enfermeiras a limparam e pressionaram seu útero para diminuir o sangramento, então as duas placentas saíram no devido tempo. Mas a aparência de Eugenia era a de uma mulher que havia sido deixada para morrer. Havia gente à sua cabeceira durante a noite toda e, com a ajuda de algumas gotas de tranquilizante, ela finalmente parou de chorar e adormeceu. Mas isso só aconteceu quando já estava quase amanhecendo. Fora uma noite muito longa. Quando Eugenia dormiu, o médico consegui dar alguns pontos no local onde ela havia sido rasgada quando o primeiro bebê saiu. O doutor não esperava que o parto fosse tão difícil. Isso, na verdade, deixou todos surpresos, principalmente Eugenia.

O médico permanecia lá, assim como as enfermeiras e a criada, quando ela acordou, às nove. Eugenia reclamou que a dor nas costas não passara e sentia como se alguém a tivesse espancado, mas o sangramento havia diminuído, os batimentos cardíacos voltaram ao normal, e ela não apresentava febre. Nada havia saído do controle; fora apenas um parto difícil. Mas ela não tinha nem forças para se sentar na cama. Havia olheiras profundas embaixo de seus olhos, que estavam vermelhos e com as veias aparentes. Os lábios estavam acinzentados. Ela havia perdido muito sangue.

— A senhora gostaria de ver os bebês? — perguntou uma das enfermeiras quando ela acordou, ainda grogue sob o efeito da medicação. — São lindos!

— Agora não — respondeu ela, sentindo-se fraca, e fechou os olhos novamente. Não estava chorando, mas ainda tremia. Eugenia nunca havia passado por nada tão terrível na vida e, enquanto estava deitada, prometeu a si mesma que nunca mais teria outro filho. Não podia. Durante a noite toda, pensou que ia morrer. Em alguns momentos, até desejou que isso acontecesse. O médico já havia presenciado partos como aquele antes, e eles sempre cobravam um preço da mãe. Levaria um tempo para que ela se recuperasse, mas Eugenia era jovem e forte, e ele tinha certeza de que tudo iria dar certo. Ela não estava mais em perigo, embora tivesse corrido um risco muito grande na noite anterior. Ela poderia ter morrido, ou até mesmo perdido os gêmeos. Também fora estressante para os bebês. A única preocupação do médico agora era com infecção, mas não havia nenhum sinal aparente.

Ele deixou o tranquilizante com as enfermeiras, orientou-as sobre quando administrar a medicação e saiu da casa de Eugenia às dez horas. Ele tinha permanecido lá fazia 16 horas e também parecia cansado. Stella deixou o quarto com ele, e Eugenia voltou a dormir. Ainda não tinha visto os gêmeos, nem se sentia disposta a fazer isso. Mas a ama de leite havia sido chamada para cuidar deles.

— Pode chamar o Sr. Ferguson agora. Na verdade, acho que deveria mesmo chamá-lo — disse o médico a Stella, que parecia tão cansada quanto ele.

— Ela está em perigo, doutor?

— Não, não está. Sempre há o risco de infecção, especialmente após um parto difícil, mas não há nenhuma razão para que ela apresente esse problema. Ela só precisa descansar e superar o trauma do parto. Não foi fácil para ela. — Isso tinha ficado óbvio para todos no quarto. — Volto esta tarde para vê-la. — E o médico sabia que as enfermeiras iriam verificar sinais de febre. Ele achava que Eugenia iria se recuperar logo, pois era uma mulher jovem e saudável. — Muitas vezes é assim quando se tem gêmeos — assegurou ele a Stella, que estava abalada pelo que vira. Ela se sentiu desesperadamente triste por sua senhora, mas ficou feliz por estar ali para ajudar de alguma forma. Infelizmente, nada trouxera alívio a Eugenia durante o parto.

— Será que ela vai ficar bem depois disso? — perguntou Stella, preocupada. O médico sorriu.

— Está tudo bem, não houve nenhum dano. Os bebês devem ter pressionado a coluna quando começaram a sair. Mas isso é normal. Em momento algum fiquei preocupado com as costas dela, apenas com os gêmeos. E é claro que não queremos perder a mãe. Tenho certeza de que ela vai ficar bem. Quero que ela fique em repouso pelas próximas duas ou três semanas. Ou até por mais tempo, se ainda estiver se sentindo fraca. E nada de visitas por um mês. — Stella assentiu enquanto o acompanhava até o térreo e o conduzia à saída. Um criado estava lá perto e abriu a porta. Stella havia contado a todas as criadas sobre os gêmeos assim que eles nasceram, e a criadagem estava alegre, muito mais do que a mãe dos recém-nascidos, no andar de cima. Ela nem quis vê-los depois da dor atroz que lhe haviam causado.

Stella foi até o salão dos criados para tomar uma xícara de chá sabendo que Eugenia dormiria por horas seguidas e que as enfermeiras não a deixariam sozinha. Uma delas ia dormir em uma cama que havia sido colocada no quarto de vestir, e a outra ia descansar quando ela acordasse. Elas se revezariam nos próximos dias.

— Como foi? — perguntou a Sra. Allbright assim que ela entrou.

— Terrível — respondeu Stella honestamente e se sentou em uma cadeira, parecendo devastada. — Parece que a coitada morreu.

— Esperemos que ela não morra — disse uma das criadas em tom sombrio. — Minha prima morreu no parto, e a esposa do meu irmão também. — Era algo comum de acontecer naquela época.

— A Sra. Ferguson não vai morrer — falou a Sra. Allbright, e Stella assentiu. — Ela deu à luz gêmeos. É normal que tenha tido dificuldade. Precisamos cuidar bem dela agora. — Todos conversavam animados à mesa, enquanto a Sra. Allbright falava baixinho com Stella. — Como ela está? Deve ter sido muito difícil ter dois de uma vez. Seus outros partos foram bem fáceis.

— Mas não desta vez — disse Stella, séria. — Nunca vi nada parecido. Ela parece péssima agora.

— Ela vai se recuperar rápido. É jovem — falou a Sra. Allbright, confiante. — Já chamamos o Sr. Ferguson. Tenho certeza de que ele estará aqui logo. — Stella assentiu e foi para o quarto descansar um pouco.

Harry Ferguson chegou depois do jantar e ficou emocionado. A primeira coisa que ele queria fazer era ver os bebês ao subiu as escadas como um garoto animado. A enfermeira, a ama de leite e os dois recém-nascidos foram acomodados em um grande quarto de hóspedes perto do deles. Harry entrou no cômodo e viu cada mulher segurando uma criança, os dois bebês num sono profundo. Ele olhou para os filhos, radiante, tocou suavemente os dedos minúsculos deles e notou de imediato que a menina tinha cabelos vermelhos e feições perfeitas. Além disso, ela se parecia com a irmã mais velha. Já o menino tinha cabelos escuros e era enorme, parecia um bebê de 3 meses. Seus filhos eram lindos, e ele se sentia bastante satisfeito, com Eugenia e consigo mesmo. Ele tinha duas meninas agora e quatro meninos. Formavam uma família perfeita. Quando ele saiu do berçário improvisado, tudo o que queria fazer era ver sua esposa. Ela estava dormindo e acordou um pouco grogue quando o ouviu entrar e falar com a enfermeira. Ele se aproximou da cama, com um sorriso largo, e ficou chocado com a aparência da esposa. Elas a limparam, mas seu cabelo estava emaranhado, os olhos fundos, e ela continuava muito pálida.

— ... oh, Harry... — disse ela, sonolenta — ... foi horrível... nunca mais faça... nunca... mais bebês... — Era tudo o que ela conseguia falar agora. Só de vê-la, ele podia dizer quanto havia sido difícil. Ele se sentiu momentaneamente culpado, mas ao mesmo tempo extasiado, ao saber que eram gêmeos.

— Eles são lindos... desculpe... são simplesmente incríveis. Você fez um ótimo trabalho. - Eugenia estava com os olhos vidrados e assentiu com a cabeça para o marido.

— Não mais...

— Tudo bem — concordou ele suavemente quando a enfermeira os deixou sozinhos. Se Eugenia não queria ter mais filhos, ele poderia viver de acordo com sua decisão. Seis crianças eram o suficiente. Ele sempre quisera ter seis filhos, e ter gêmeos fora perfeito. — Eu te amo muito — disse ele enquanto ela caía no sono de novo. E, depois de deixá-la descansar, voltou ao berçário para dar uma olhada neles. A menina estava acordando, pareceu encará-lo com olhos intrigados e, em seguida, bocejou. Seu irmão continuava em seu sono profundo. Logo depois, Harry foi tomar uma bebida. Ficou na biblioteca olhando pela janela, para a sua terra, pensando em seus bebês, grato a Eugenia por tê-los. Tudo estava em ordem em seu mundo.

Capítulo 7

Houve uma comemoração no berçário no dia do nascimento dos gêmeos. Angélique e Helen ficaram muito animadas ao ouvir as novidades que Sarah trazia e, ao contarem às crianças, elas se mostraram muito entusiasmadas por terem ganhado um irmão e uma irmã e queriam conhecê-los logo. Mas Angélique explicou que teriam de esperar alguns dias, pois os bebês precisavam descansar.

— Por quê? Eles ficaram cansados pra chegar aqui? Eles andaram muito? — perguntou Emma. Eles eram muito pequenos para associar os bebês à barriga da mãe. E ninguém nunca havia explicado nada a eles sobre o assunto, então ficaram surpresos ao saber que os irmãozinhos estavam cansados.

Emma queria ver a mãe, mas Angélique explicou que ela precisava descansar e que provavelmente estava dormindo. A menina pareceu desapontada.

— Eles vieram de muito longe? A mamãe foi buscá-los? — Tudo parecia muito confuso para eles. Então o pai foi vê-los naquela tarde, enquanto tomavam chá, e contou que os irmãos se chamariam George e Rose, e que os quatro poderiam vê-los em breve. Harry explicou que os bebês eram muito pequenos e que iriam dormir bastante por alguns dias. E que a mãe estava bem e que tinha coisas para fazer. Ele não queria deixar os filhos preocupados e não havia motivo para que vissem como ela estava exausta em função do parto. Quando estivessem novamente com ela, queria que Eugenia se mostrasse bem. Harry também estava preocupado com a esposa.

Eugenia parecia melhor no dia seguinte e se sentou na cama para tomar um pouco de chá. Não comeu por dois dias. Estava seguindo rigorosamente as ordens do médico e sendo bem atendida pelas enfermeiras. O doutor lhe explicou que, se ela quisesse se recuperar rapidamente, precisava descansar. A Sra. Ferguson não teve problemas em seguir suas ordens e disse que se sentia tão fraca que tinha certeza de que, se tentasse se levantar da cama, cairia no chão. Mas ela ficou mais forte a cada dia, e sua cor foi voltando ao rosto. Quando os bebês completaram uma semana, Angélique foi autorizada a levar as quatro crianças para vê-los. Os gêmeos pareciam bem acordados, usavam roupinhas de lã e gorros quentes, com sapatinhos combinando, e estavam envolvidos em cobertores, enquanto a ama de leite e a enfermeira os seguravam, advertindo as crianças para que não tocassem nos recém-nascidos. Os quatro irmãos mais velhos os encararam com admiração, e Angélique ficou tocada com a beleza deles. Pareciam absolutamente perfeitos.

— Posso segurar um? — perguntou Emma, enquanto pairava sobre Rose. A enfermeira disse que ela teria de esperar até que o bebê ficasse mais forte, e que logo os dois estariam no berçário com eles. A bebezinha ficou olhando para a irmã mais velha, acompanhando o som de sua voz.

— Por que tem dois? — perguntou Simon. — Por que não tivemos só um, como achamos que seria? — Aquilo não fazia sentido para ele, parecia um mistério. Quando Charles e Rupert nasceram, foi um só de cada vez.

— Nos deram um extra — explicou Angélique.

— Ninguém quis o outro, por isso entregaram pra gente? — perguntou ele, franzindo a testa.

— Sua mãe e seu pai queriam os dois — respondeu Angélique, sorrindo, embora aquilo claramente parecesse um exagero para ele. — Agora vocês são seis. — Simon assentiu. Isso, sim, fazia sentido.

Eles permaneceram no berçário temporário por meia hora e depois saíram para brincar. Ficaram satisfeitos. Emma comentou que Rose era muito bonita.

— Ela se parece com você — disse Angélique —, exceto pelo cabelo vermelho.

— Será que ela vai ter cachos também?

— Teremos que esperar para ver.

Depois disso, eles passaram a visitar os bebês todos os dias. Simon ficou entediado depois de um tempo, pois eles estavam sempre dormindo, e Rupert e Charles ainda eram pequenos demais para se interessar. Mas Emma pedia para ver os gêmeos todos os dias, e Angélique sempre a levava para visitá-los. Emma ficou particularmente encantada com a nova irmã e fascinada com o fato de haver dois bebês, embora Simon ainda dissesse que aquilo era algo tolo. Parecia um erro para ele. Como um erro de entrega de uma loja, que havia enviado dois bebês em vez de um. Mas Emma gostava deles e falava sobre os bebês com bastante frequência.

Eles foram autorizados a visitar a mãe por alguns minutos, três semanas após o nascimento dos irmãos. Ela estava deitada em uma cama no quarto de vestir e ainda parecia cansada e pálida, mas as crianças ficaram felizes por vê-la e disseram que haviam gostado muito dos novos irmãos.

— Você está melhor depois da viagem? — perguntou Emma de uma forma educada, e Eugenia não entendeu. — Falaram que você ficou muito cansada depois de ir buscar eles. Deve ter ido longe.

— Sim, é verdade — confirmou Eugenia, sorrindo para ela. — Muito longe. Mas estou melhor agora. — Ela e Angélique trocaram um sorriso e um olhar, e em seguida a mãe disse que eles poderiam ir brincar. O tempo estivera maravilhoso desde o nascimento dos gêmeos. A visita durou apenas cinco minutos e, para Eugenia, esse tempo fora suficiente. Ela não queria se esgotar com os filhos e estava tentando recuperar as energias.

Os gêmeos haviam completado um mês quando a Sra. Ferguson desceu as escadas pela primeira vez depois de dar à luz. Jantou com o marido na sala de jantar, se sentou no terraço para pegar um pouco de ar e depois voltou para a cama. Ele iria para Londres no dia seguinte, e ela planejava se juntar a ele em algumas semanas, esperando sentir-se mais forte até lá. A temporada social iria começar em alguns dias, e Eugênia não queria perdê-la. O baile de Gwyneth aconteceria no final de junho, e Eugenia prometera a Elizabeth que estaria lá e esperava já ter recuperado sua forma àquela altura. Stella começou a abotoar os fechos do espartilho dela, o que fez com que a dama se sentisse mais como era antes.

Eles haviam adquirido um segundo carrinho, e as duas enfermeiras levavam os gêmeos para pegar ar fresco todos os dias. Eles dormiam tranquilamente enquanto as duas mulheres passeavam pelo parque, e as crianças mais velhas os visitavam sempre que podiam, assim como o restante dos criados, que gostavam muito de vê-los.

Algum tempo depois, os amigos de Eugenia começaram a visitá-los, ansiosos por conhecer os gêmeos também. Ela finalmente começou a pegá-los no colo. Estivera tão perturbada após o nascimento que não os vira nas duas primeiras semanas, e não queria que eles fossem levados para o quarto, mas Harry estava tão feliz com eles que ela finalmente pediu para vê-los e os segurou no colo por alguns minutos, devolvendo-os à enfermeira e à ama de leite quando começaram a chorar, dizendo que precisavam ser alimentados. Recém-nascidos sempre a deixavam desconfortável. Eram tão pequenos e frágeis que ela dizia que tinha medo de quebrá-los, pareciam bonecos de porcelana. Mas Eugenia se sentia contente ao olhar para o berçário e espiá-los de vez em quando. Porém, estava mais preocupada com sua aparência. E, como sempre, depois de uma gravidez, tinha cuidado com o que comia. Ela já estava perdendo o peso que havia ganhado nos últimos meses, e não queria perder a forma por causa das crianças. No final de junho, quando os bebês completaram 7 semanas, ela estava linda ao partir para Londres. Seu corpo tinha ficado um pouco mais cheio, mas ela era voluptuosa e adorável. E é claro que havia deixado os gêmeos em

Hampshire, juntamente com os outros filhos. Alegara que Londres não era lugar para recém-nascidos, com toda a atividade e o barulho. Os criados da casa da rua Curzon ficaram desapontados ao saber que não iriam conhecer os bebês tão cedo.

Logo que Eugenia chegou a Londres, sentiu que tinha sido libertada da prisão, depois dos últimos meses que passara, entediada, na casa de campo e de sua longa recuperação pós-parto. Mas, assim como o médico havia previsto, ela era jovem e recuperou rapidamente as forças. Disse aos amigos que aquela havia sido a pior experiência de sua vida e que não queria passar por nada parecido de novo, nunca mais. Harry acreditou nela, o que fez os gêmeos parecerem ainda mais especiais para ele.

Assim que Eugenia deixou Hampshire, Angélique começou a passar mais tempo com os bebês. Ela queria conhecê-los e se acostumar com eles antes que se mudassem para o berçário, em agosto, quando não estariam mais mamando no peito e a enfermeira voltasse para Londres. Eles a mantiveram por mais tempo do que o planejado, já que haviam tido gêmeos. E Helen fora informada de que teria de ajudar Angélique a cuidar deles, uma vez que haveria seis crianças no berçário. Cinco quando Simon fosse para Eton. Eugenia disse que não precisavam de uma segunda babá, mas Sarah achava aquilo uma loucura. Como Angélique iria cuidar de cinco crianças, sendo duas delas bebês tão pequenos?

— Você vai ter que ser um polvo para cuidar de tudo — comentou a criada com ironia.

— A enfermeira disse que os bebês são tranquilos — observou Angélique, confiante. Cuidar de crianças assim tão pequenas seria uma experiência nova para ela. A Sra. Ferguson acreditava que ela iria conseguir dar conta e tinha fé de que o faria muito bem. Angélique adorava pegá-los no colo e, tal como Emma, embora não admitisse, ela preferia Rose. A menina parecia um botão de rosa, enquanto George era um garotinho robusto. Uma das empregadas escocesas o chamava de "criança formosa".

Eugenia e Harry só retornaram a Hampshire depois de terem ido a todos os bailes para os quais haviam sido convidados, incluindo o de Gwyneth, e voltaram para casa no final de julho, quando a temporada terminou. E, três dias após terem chegado, foram a Bath para passar um mês de férias sem as crianças e desfrutar as águas restauradoras das quais Eugenia disse que precisava, depois de tudo pelo qual havia passado.

Quando regressaram, no final de agosto, ficaram ocupados todas as noites até o término da primeira semana de setembro, na noite anterior àquela em que Simon partiria para Eton. Ele chorou por vários dias com Angélique, mas sabia que não podia se queixar com os pais. Angélique dissera a ele que tinha de ser corajoso, e o menino prometeu que seria. Ela nunca deixou que ele soubesse quanto estava triste por vê-lo saindo de casa tão cedo. Angélique sabia que sentiria falta dele.

Na manhã que ele partiu fazia um lindo dia, e Angélique se levantou bem cedo. Estava embalando os pertences dele havia dias e incluiu seus livros favoritos, um cobertor que ele amava, seu travesseiro e um urso adorado com o qual ele dormia desde que nascera. Ele era muito novo para abrir mão de tudo aquilo, especialmente por estar deixando a família. O menino precisava de alguma forma de conforto. A babá só esperava que os outros meninos não debochassem dele. Mas tinha de haver outras crianças com quem ele faria amizades ao longo da vida. E todos os meninos na classe tinham a mesma idade dele, 5 anos. Angélique pensou consigo mesma que era realmente uma classe de bebês. Ela odiava a ideia de mandá-lo para longe tão novo, e achou que seus patrões estavam fazendo isso só porque todos os seus conhecidos também faziam. E, como a escola era lendária e famosa, ter um filho estudando lá significava status.

Angélique levou Simon para se despedir dos pais à tarde, antes de partir. Harry apertara sua mão, e a mãe o abraçara. Eles pediram ao filho que fosse um bom garoto e que estudasse bastante. Para

Angélique, ele parecia um bebê quando estava diante dos pais. Em seguida, ela o levou de volta para o berçário e lhe deu muitos abraços naquela noite.

Na manhã seguinte, quando chegou a hora de partir, ela o levou para o andar de baixo. Suas malas haviam sido recolhidas pelos criados na noite anterior e colocadas na carruagem. Seu pai havia escolhido a melhor carruagem e o melhor cocheiro para a viagem até Windsor, que levaria cinco horas. A cozinheira preparou uma cesta de piquenique para o menino levar. Ele tinha tudo aquilo de que precisava e, antes de colocá-lo na carruagem, Angélique o abraçou com força. Os pais não vieram vê-lo. E, quando o cocheiro partiu, a jovem ficou acenando até perdê-lo de vista, e Simon ficou sentado em silêncio na carruagem, com as lágrimas rolando implacavelmente pelas bochechas, como se seu coração estivesse se partindo.

Assim que Simon partiu, Angélique voltou para o berçário, onde Helen tinha ficado cuidando das outras crianças. Elas tinham duas cestas para os gêmeos. Angélique cuidava dos recém-nascidos desde agosto. Isso fazia com que lhe sobrasse pouco tempo para outras tarefas, mas ela estava se saindo muito bem, e Helen se mostrava extremamente prestativa. Elas corriam de um lado para o outro o dia todo e, exceto quando dormiam, uma delas estava sempre com um dos bebês no colo. Eles se adaptaram bem à vida no berçário, e Emma se sentia muito feliz por tê-los por perto. A menina tinha 4 anos agora e amava a irmãzinha. Não sentia ciúme e queria brincar com a bebê como se ela fosse uma boneca. Angélique a lembrava constantemente de ser gentil com a garotinha. Os dois meninos mais jovens ainda eram pequenos e tinham dificuldade para segurar os bebês, mas Angélique fazia com que Emma se sentasse no chão e colocava um bebê de cada vez em seu colo, sempre envoltos em um cobertor. Dessa forma, as criancinhas estariam protegidas e não se machucariam caso a irmã mais velha os deixasse escorregar.

O berçário pareceu estranho sem Simon. Para Angélique, ele fora uma presença bem intensa e tinha todas as referências de um filho mais velho. Ele cuidava da irmã, protegia os outros e, de certa forma, parecia um homenzinho. Falava com Angélique de igual para igual. E, por isso, ela achou muito estranho o fato de ele não estar mais ali. Era muito triste. Ela esperava que o menino estivesse feliz na escola, mas não via como isso era possível, uma vez que havia sido mandado para lá tão pequeno. Angélique sentiu a ausência de Simon por dois meses e, em novembro, ficou espantada ao perceber que estava com os Fergusons havia um ano. De certa forma, parecia ter se passado apenas alguns minutos; outras vezes, uma vida inteira. Então, a jovem começou a se perguntar o que ia fazer da vida. Ela estava feliz no trabalho e, por ora, gostava de ser babá. Havia se apegado muito às crianças e, mais recentemente, também aos gêmeos. Não tinha vontade de viver ou de trabalhar em outro lugar, exceto em Belgrave, mas sabia que isso nunca mais seria possível. Às vezes, ela se perguntava se deveria estar fazendo algo mais importante da vida, ou quando chegaria o momento de usar o dinheiro que o pai lhe dera para comprar uma casa. Mas ainda sentia que era muito cedo para isso e que estava mais segura sob a proteção dos Fergusons. Além disso, aquele parecia ser o trabalho certo para ela. Que trabalho ela poderia arrumar sem experiência, exceto como babá?

Ela gostava de trabalhar ali, e a família lhe dava muita liberdade para cuidar das crianças. Eugenia não subia para visitá-los ou tomar chá com eles. Sempre que queria ver os filhos, Angélique descia com as crianças por alguns minutos, algo que acontecia uma vez por semana. O fato de Eugenia ficar distante deixava Angélique totalmente responsável e livre para tomar decisões. Se era para ser babá, tinha o melhor trabalho que ela podia imaginar, mas sabia que não queria isso para o resto da vida, criar os filhos de outras pessoas e viver em uma casa que não lhe pertencia. E ela sabia que enquanto estivesse com os Fergusons, nunca teria vida própria.

A maioria das pessoas com quem trabalhava havia sido criada para uma vida de serviço. Ela, não. Refletia sobre isso de vez em quando e se perguntava como seria cuidar da própria casa do jeito que queria e tomar decisões sobre sua vida. Os Fergusons ofereciam proteção, mas ela abrira mão de muita coisa para estar ali. O tempo estava passando muito rápido e, um dia, ela ficaria velha. Quando seu irmão a baniu da família, não só roubou sua casa como também a condenou a uma vida para a qual ela não estava preparada e com que nunca havia sonhado, e Angélique não podia deixar de se perguntar se aquele agora era seu destino e se não havia alternativa.

Ela passou o segundo Natal com os Fergusons, e tudo era familiar para ela agora. Com a ajuda de Helen, cuidava das cinco crianças e sabia que os amava, mais até do que os próprios pais deles. Angélique também os conhecia melhor agora. Mas eles sempre seriam os filhos de outra pessoa, e aquela, a casa de outra pessoa. Ela se perguntava se os demais criados alguma vez já haviam pensado a respeito e se questionado sobre o que estavam fazendo, mas não se atreveu a perguntar nada a ninguém. Ela e Sarah conversavam sobre o assunto às vezes, já que Angélique sabia que a amiga queria se casar e ter filhos um dia e que saía, às escondidas, com um dos cavalariços.

Aos 19 anos, Angélique não sabia se aquela deveria ser a sua vida para sempre ou se, em algum lugar, algum dia, ela seguiria outro caminho. Não tinha muito tempo para pensar a respeito, exceto, às vezes à noite, depois que uma das crianças a chamava ou tinha pesadelo, e ela se levantava para consolá-los e acabava ficando acordada por um tempo. Quando fazia isso ou pegava os gêmeos no colo, percebia que aquela era a vida que deveria ter por enquanto. O que ela não sabia era se seria para sempre ou se apenas por um tempo. E, por ora, talvez não precisasse mesmo saber.

Simon voltou para casa do internato para passar o Natal, e, assim que ele chegou, Angélique viu que o menino estava mais alto e muito magro. Ficou preocupada com a possibilidade de ele não estar comendo direito e notou que seus olhos estavam tristes. Ele parecia uma criança abandonada. Ela deu todo o seu amor e sua energia a ele durante o tempo em que ficou em casa. Uma das criadas havia ensinado Angélique a tricotar um suéter para Simon, e este fora seu presente de Natal para ele. A babá perguntou onde estava o urso, e ele disse que, ao chegar a Eton, obrigaram-no a guardar o brinquedo no baú falando que ele estava muito velho para ter um bicho de pelúcia, pois já era um garoto crescido.

Ele parecia emocionado por estar em casa e ficou agarrado nela o tempo todo que esteve lá. Soluçou de tanto chorar em seus braços na noite anterior à sua viagem de volta. Ele implorou a ela que o deixasse ficar em casa.

— Não posso fazer isso, Simon — falou Angélique, com um nó na garganta. — Seus pais querem que você vá para lá. Eles não vão me ouvir.

— Fala com eles que vou ser bom pelo resto da minha vida.

— Eles querem que você tenha uma boa educação e que faça novos amigos.

— Não quero ter novos amigos. Já tenho você. Você vai ficar aqui para sempre? — Ele estava fazendo as mesmas perguntas que ela fizera a si mesma. Questionamentos para os quais também não tinha respostas. E não podia mentir para ele, não seria justo.

— Não sei. Isso vai depender dos seus pais. E, um dia, todos vocês vão estar grandes. — E mais cedo do que ele imaginava. Todos os seus irmãos iriam para a escola na mesma idade que ele, e talvez até as meninas também, embora não aos 5 anos.

— Por que não podemos ficar aqui? — perguntou ele, sentindo-se infeliz.

— Porque meninos como você frequentam escolas como Eton, e isso é uma coisa boa. — Mas ela não tinha tanta certeza de estar falando a verdade. Ela teria adorado que Simon ficasse em casa, e dar aulas para ele ou que o menino tivesse tutores como ela tivera. Mas os Fergusons levavam uma vida diferente, e Angélique não passava de uma menina. Os irmãos dela também tinham ido para o internato, embora não tão jovens assim. Edward havia odiado e não estudara muito, mas Tristan, por outro lado, havia adorado ir para a escola.

Simon pareceu triste quando ela o colocou na carruagem no dia seguinte, seus pais haviam se despedido dele na noite anterior. Angélique observou seu rostinho infeliz na janela quando a carruagem se afastou e sentiu que tinha falhado novamente com ele.

Voltou para o berçário com o coração pesado e preparou o café da manhã das crianças quando elas acordaram. Emma estava tossindo e parecia febril. Decidiu mantê-la dentro de casa naquele dia. Ela queria patinar, mas não seria bom para sua saúde se estivesse doente. Angélique prometeu levá-los para patinar outro dia. Helen disse que cuidaria de Emma para que Angélique saísse com os meninos para pegar um pouco de ar. Antes de ir, a babá colocou Emma na cama. Ela parecia feliz por ficar deitada com sua boneca favorita e, antes mesmo de Angélique sair do berçário com Rupert e Charles, a menina caíra em sono profundo.

— Peça a alguém que me chame se ela piorar — pediu Angélique a Helen quando saiu. Helen estava segurando os dois gêmeos. Fazia muito frio para que Angélique os levasse para tomar ar, mas os dois meninos mais velhos precisavam correr um pouco. E, ao descer apressada as escadas, Angélique torcia para que Emma estivesse melhor quando acordasse. Sua mente estava concentrada na menina enquanto tentava não pensar em Simon e em sua volta solitária à escola. Eugenia parecia preocupada com outras coisas. Ela estava planejando o menu para os amigos que chegariam de Londres naquela noite. A Sra. Ferguson não estava pensando no filho.

Capítulo 8

Quando Angélique voltou do parque com os meninos, seu rosto estava formigando e tinha as mãos geladas, mas todos haviam se divertido. Os dois garotos eram incansáveis, mas, felizmente, Angélique tinha tanta energia quanto eles. Os três entraram pela cozinha, e a cozinheira sussurrou para ela:

— Não sei como você consegue cuidar de seis. — Ela ofereceu um prato de biscoito aos dois meninos, e Angélique sorriu.

— A Helen me ajuda — respondeu ela enquanto experimentava um dos deliciosos biscoitos de gengibre que haviam acabado de sair do forno. A Sra. Williams, em Belgrave, fazia os mesmos biscoitos para ela quando era criança, e isso fez com que Angélique se lembrasse de sua infância em casa.

Eles voltaram para o andar de cima, e Angélique foi dar uma olhada em Emma. Helen disse que ela não havia acordado desde que eles saíram e que parecia ainda mais quente do que antes. Angélique se mostrou preocupada. Ficou observando a menina por alguns minutos e voltou para verificar os meninos, que brincavam na sala do berçário. Então pegou Rose para trocá-la. Ela podia sentir que a menina estava molhada. Helen estava cuidando de George, que havia adormecido em seus braços depois de mamar. Angélique disse que Rose estaria pronta para tomar a mamadeira em poucos minutos. A menina era um bebê feliz e tranquilo, mais ainda que o irmão gêmeo, que costumava ter muita cólica e acordava com mais frequência à noite. Durante a madrugada, Angélique se levantava pelo menos três vezes para dar uma olhada nele, enquanto a irmã dormia direto um sono profundo, abrindo um sorriso largo e dando risadinhas quando acordava. A babá adorava brincar com ela.

Depois de alimentar Rose, Angélique voltou a ver Emma, que começou a se remexer na cama e a chorar assim que abriu os olhos e viu a babá olhando para ela.

— Está doendo — disse ela em um sussurro rouco e começou a tossir tanto que quase sufocou. Angélique colocou a menina sentada na cama e lhe deu um gole de água, tocando suavemente sua testa. Ela estava queimando em febre. Emma começou a chorar e, quanto mais o choro aumentava, mais ela tossia. Passaram-se cinco minutos até que ela conseguisse recuperar o fôlego e se deitar de novo. Angélique prometeu que voltaria em um minuto. Então foi até o salão, mas, antes, pediu a Helen que ficasse de olho nela.

— Aonde você vai?

— Preciso chamar o médico — sussurrou ela. A jovem estava preocupada com o estado de Emma. Ela não era enfermeira, mas era nítido que a criança estava muito doente e que havia piorado bem rápido, pois, na noite anterior, ela estava ótima quando fora para a cama.

Angélique desceu as escadas até o segundo andar e viu Stella saindo do quarto de Eugenia.

— Eu não entraria aí agora se fosse você — disse a criada assim que viu Angélique pronta para passar. — Ela não está em seu melhor dia. — Então, baixou ainda mais o tom de voz. — Ela não gostou da maneira como arrumei seus cabelos. — Stella revirou os olhos enquanto dizia isso.

— Eu preciso entrar — falou Angélique com um olhar preocupado. — Precisamos chamar o médico.

Stella assentiu.

— Bom, eu avisei. Ela jogou o chinelo em mim quando saí.

— Eugenia tinha acessos de raiva, embora o fizesse com mais

frequência com a criada quando não gostava da forma como um vestido se ajustava nela ou achava que seu conserto tinha ficado malfeito, ou quando sentia que o espartilho não estava ajustado direito. Ela estava bonita como sempre, mas parecia ligeiramente mais cheia desde que os gêmeos haviam nascido e não queria que ninguém percebesse isso. Stella tentou lhe dizer, da forma mais diplomática possível, que ela só podia puxar as tiras do espartilho até certo ponto sem que elas rasgassem.

Angélique deslizou silenciosamente em direção ao quarto de vestir de sua patroa e bateu antes de entrar.

— Sim? Você voltou para arrumar essa porcaria? — questionou Eugenia em tom de queixa, pensando que era sua criada.

— Me desculpe, Sra. Ferguson — falou Angélique enquanto passava pela porta e dava de cara com a patroa com um penteado elaborado que parecia ótimo nela. Eugenia ficou surpresa ao ver quem era.

— O que você está fazendo aqui embaixo? — A patroa não ficou satisfeita ao vê-la, e Angélique não se importou.

— É a Emma. Ela não está bem. Está com febre e uma tosse horrível.

— Bem, dê a ela um pouco de chá com mel e aquele xarope que o médico deixou para nós quando o Rupert ficou doente. Provavelmente ela tem a mesma coisa.

— Ele não teve febre, madame — disse a babá com toda a calma.
— Acho que ela precisa ser examinada por um médico.

— Não seja boba. Para um resfriado? Eles estão sempre doentes. Só não a deixe perto dos gêmeos. Eles ainda são muito pequenos para ficar doentes. — Na verdade, eles tinham 8 meses, e Angélique também não queria que ficassem doentes. Mas ela precisava comunicar à mãe, sem deixá-la alarmada, que Emma parecia muito mal.

— Acho que é mais do que um resfriado, madame — comentou Angélique com firmeza.

— Você não é médica. Onde está a Stella? Eu pedi a ela que voltasse para arrumar o meu cabelo. Onde ela está?

— Tenho certeza de que ela voltará em um minuto — respondeu Angélique, baixinho. — Eu realmente gostaria de chamar o Dr. Smith.

— Não devemos incomodá-lo com as crianças, a menos que seja realmente necessário. Não podemos chamá-lo sempre que elas espirrarem.

— Ela está com febre alta, madame, e com uma tosse de cachorro.

— Que coisa pouco atraente de se dizer! — Ela se virou para olhar para Angélique. — Veremos como ela evolui em alguns dias. Se ela estiver pior amanhã, me avise. O pobre homem não pode correr por todo o condado para atender a todas as crianças resfriadas. Tenho certeza de que ela vai acordar bem amanhã. Você sabe como crianças são... — disse Eugenia. E, depois de 14 meses cuidando delas dia e noite, Angélique sabia mesmo. Emma nunca havia ficado doente. Parecia frágil, mas era mais forte que os meninos, o que fazia sua babá se sentir ainda pior. Isso era algo raro para Emma, e agora Angélique tinha um instinto aguçado para isso. — Agora volte para o berçário e cuide dela. Como estão os gêmeos? — perguntou Eugenia, que não os via fazia semanas.

— Estão muito bem, madame — informou Angélique, perturbada. A Sr. Ferguson claramente não entendia quanto a filha estava doente, nem havia considerado ir ver Emma. Ela detestava quando as crianças passavam mal e não queria ser contaminada pelo que quer que fosse. — Eu realmente gostaria de chamar o Dr. Smith. — Angélique tentou mais uma vez, e Eugenia parecia a ponto de jogar um sapato nela também.

— Já falei para você não incomodá-lo. Não vamos discutir mais. Vá e chame Stella para mim. Diga a ela que volte aqui e refaça o meu cabelo. E não incomode o Dr. Smith por causa de um simples resfriado.

— Tudo bem, madame — disse Angélique com os dentes cerrados quando Stella entrou sozinha no quarto, ainda parecendo tensa.

Ela sabia o que a esperava: várias tentativas para arrumar o cabelo da sua senhora para que ficasse ao seu agrado, não importando o número de vezes que fosse necessário.

— Aí está você — disse Eugenia a Stella com uma expressão exasperada, dispensando a babá, que se retirou silenciosamente com um nó no estômago, enquanto a criada voltou a fazer o cabelo da senhora.

As duas jovens trocaram um olhar significativo quando Angélique saiu do quarto. Ela sentiu pena de Stella, mas se preocupava muito mais com Emma, que estava sendo negligenciada. Ela se perguntou se o pai da criança também teria sido tão arrogante, embora suspeitasse de que sim. Mas, como ele tinha ido para Londres, não fazia ideia de que Emma estava doente. Quando Angélique voltou para o andar de cima, a criança havia piorado. A febre tinha aumentado e ela choramingava na cama.

Angélique se sentou ao lado dela e pediu a Helen que tomasse conta dos outros. Helen não gostava de cuidar de todos os quatro juntos, mas Angélique não queria deixar Emma até que ela voltasse a dormir. Ela colocou compressas de panos frios em sua testa e cantou para a menina, depois de lhe dar uma colher do xarope que a mãe havia mencionado. Não ajudou, mas, meia hora depois, ela dormiu de novo. Então Angélique saiu do quarto, voltando sua atenção para os meninos. Os gêmeos tiraram uma soneca antes do jantar. Seria um longo dia, ela teria de fazer malabarismos com todos e ainda cuidar de Emma doente.

— O que ela disse? — perguntou Helen quando as duas se sentaram juntas por um minuto.

— Falou que eu não devo importunar o médico, que é só um resfriado.

— Parece mais sério do que isso — comentou Helen, baixinho. — Ela tossiu o tempo todo que você não estava aqui.

Angélique não se surpreendeu ao ouvir isso e ficou angustiada por Eugenia negar cuidados médicos à filha. Principalmente porque, se a própria Eugenia estivesse doente, teria chamado o médico na mesma hora. Ela raramente fazia isso pelas crianças e achava que os pequenos tinham doenças imaginárias, passageiras ou bobas, e que não exigiam os cuidados de um médico, que deveriam ser reservados aos adultos.

Helen pegou as bandejas do jantar quando as mandaram do andar de baixo. Havia mais biscoitos de gengibre, bifes de carne grossa e batatas para cada criança. Era uma refeição saudável para uma tarde de inverno e, quando os dois meninos acordaram, comeram bem. Eles ainda estavam jantando quando a babá disse a Helen que ia descer para pegar uma sopa com torrada e um chá com mel para Emma tomar quando acordasse. Os gêmeos continuavam dormindo e só tomavam leite ou comiam alimentos macios, que também vinham nas bandejas.

— Volto em um instante — prometeu Angélique e se apressou até o andar de baixo. Ela encontrou a cozinha em plena atividade. Eugenia estava recebendo convidados de uma propriedade vizinha. Os criados estavam preparando sopa e peixe, além de carne de porco e uma sobremesa elaborada. A cozinheira estava ocupada, assim como todos os seus assistentes e suas criadas da cozinha, então Angélique se virou como pôde.

— Eles não gostaram do que mandei? — perguntou a cozinheira por cima do ombro, enquanto colocava o delicado linguado em um prato.

— Eles devoraram tudo. Emma está doente. Preciso de um pouco de sopa para ela. Está com febre e parece muito mal.

— Pobre criancinha! Vou mandar um pouco de pudim para ela e para os meninos depois do jantar. — Angélique duvidava de que ela fosse comer e estava em pânico por não poder chamar o médico.

Emma tomou a sopa, comeu as torradas e um pouco de batata cozida, mas vomitou imediatamente, e Angélique passou o resto do dia ao seu lado na cama, cuidando dela, cantando enquanto segurava sua mão ou aplicava compressas em sua testa. Ao anoitecer, ela dormiu profundamente. Helen cuidou das outras crianças a tarde toda, colocou-as na cama e depois foi se deitar. Tinha muito menos energia com eles do que Angélique, e era menos apta em mantê-los ocupados. Como já haviam saído uma vez naquele dia, Helen não queria levá-los ao jardim, pois tinha medo de perdê-los. E eles adoravam fugir dela, algo que Angélique não permitia quando saía com eles. A babá havia se mostrado muito eficiente com as crianças, para sua própria surpresa. Eles a amavam, a respeitavam e faziam o que ela mandava, na maioria das vezes.

Ela passou a noite sentada em uma cadeira ao lado da cama de Emma, sem nem mesmo trocar de roupa. Não queria deixá-la nem para fazer isso. Emma acordou várias vezes à noite. E, na parte da manhã, não estava nada bem, mas pelo menos não havia piorado e, como esse era o caso, Angélique não se atreveria a se aproximar da mãe dela novamente. A babá estava certa de que a Sra. Ferguson iria se recusar a chamar o Dr. Smith.

Eles ficaram sem fazer nada por mais um dia — estava chovendo, então os meninos não podiam sair. Angélique alimentou os bebês, inventou brincadeiras para os meninos e pediu a Helen que buscasse mais sopa para Emma e um pouco de arroz. Por volta da hora do jantar, achou que a menina tinha piorado. A febre estava mais alta, e ela disse que a cabeça e o corpo inteiro doíam e que não conseguia engolir porque doía muito. Além disso, não parava de tossir. Angélique estava determinada a confrontar a mãe da criança de novo pela manhã.

Depois de uma noite inquieta, Emma parecia mais fraca, como se estivesse definhando. Às oito da manhã, Angélique desceu as escadas e bateu à porta do quarto da patroa. Ela sabia que era muita ousadia de sua parte, mas não queria esperar mais. Emma estava muito doente. E já era o terceiro dia que a menina não apresentava nenhuma melhora.

Ela bateu à porta de seu quarto suavemente primeiro e com mais força em seguida, até que finalmente Eugenia mandou que Angélique, que esperava do lado de fora, entrasse em seu quarto escuro.

— Quem é? — perguntou ela, parecendo sonolenta e irritada por ter sido acordada.

— É Angélique, madame. Acho que realmente precisamos que o médico examine Emma.

— Ela está pior? — gritou Eugenia da cama.

— Não — respondeu a babá, sendo sincera —, mas não está melhor e está muito, muito doente. — Houve um longo silêncio até que Eugene finalmente respondeu.

— Espere até amanhã. Tenho certeza de que ela ficará bem. — Como Eugenia poderia saber disso? Aquela mulher nem vira a menina. Angélique queria bater na porta e gritar com ela, mas não se atreveu a fazer nada disso.

— Eu realmente acho que nós... — Ela estava implorando pela menina com lágrimas nos olhos. E se a criança morresse de gripe? Angélique a amava, talvez mais do que a própria Eugenia.

— Está decidido, Angélique! — gritou Eugenia e, com as lágrimas correndo pela face, a babá saiu do quarto. Ela estava de mãos atadas e não podia chamar o médico sem a permissão da patroa.

Angélique voltou para o berçário e ficou com Emma novamente o dia todo. Ao cair da noite, ela piorou. A menina estava fraca e não conseguia se levantar da cama. A febre tinha aumentado, e ela começou a delirar e a falar coisas sem sentido. Então Angélique se recusou a esperar. Ela sabia que o Sr. Ferguson havia chegado de Londres pela manhã. Talvez ele fizesse a esposa ouvir a voz da razão ou ficasse preocupado com a filha. Então, ela desceu as escadas enquanto os patrões estavam jantando com os convidados. Ficou esperando na entrada da sala de jantar com os joelhos trêmulos, pronta para pedir a um criado que entrasse e levasse uma mensagem a eles, quando Gilhooley a viu e perguntou o que ela estava fazendo ali. Angélique explicou a situação ao mordomo, e ele olhou para ela com a testa franzida.

— Você não pode entrar — disse ele de forma severa.

— Eu sei. Você vai dizer a eles? Preciso chamar o médico agora. Não podemos mais esperar.

O mordomo de aparência séria assentiu e baixou a voz para responder Angélique.

— Eu mesmo irei chamá-lo. Se ela se irritar, pode colocar a culpa em mim. Pela sua reação, parece que a criança está mesmo muito doente.

— Sim, acredito que sim — confirmou Angélique, grata por ele estar disposto a dar ouvidos a ela. Ninguém mais o fizera durante quatro dias, nem mesmo a mãe da criança, e o pânico de Angélique aumentou depois de ver Emma piorar com a febre e a tosse a cada dia.

— Contarei a ela depois da ceia e, então, o Dr. Smith já estará aqui e não haverá nada que ela possa fazer, exceto gritar comigo. — Ele sorriu para Angélique. — Se ela se atrever... Vou mandar um dos cavalariços até ele imediatamente.

— Obrigada, Sr. Gilhooley — disse ela em um sussurro, com enorme gratidão. — Vou esperá-lo no berçário.

— Boa garota — sussurrou ele e desceu as escadas para cumprir sua missão, depois de enviar os criados para servir os convidados.

Angélique voltou para o andar de cima, torcendo para que o médico chegasse logo. E, para sua surpresa, ele apareceu meia hora depois e entrou no berçário carregando sua maleta. Ela havia acabado de sair do quarto de Emma quando ele entrou e ficou tão aliviada ao vê-lo que lhe agradeceu efusivamente e relatou ao médico todos os sintomas de Emma nos últimos dias.

— Por que você não me chamou antes? — perguntou ele, sério. O Dr. Smith não gostara do que havia acabado de ouvir. Estava preocupado com a possibilidade de ser escarlatina ou algo ainda pior. Ele perguntou se ela tivera convulsões, mas não foi o caso. E estava preocupado com a possibilidade de que as outras crianças ficassem doentes também, principalmente os gêmeos.

— A Sra. Ferguson achou que era só um resfriado — explicou Angélique com todo o cuidado. O médico franziu os lábios e não respondeu, lembrando que Eugenia o chamara muitas vezes por bem menos. E isso era claramente mais sério do que um resfriado.

Eles entraram juntos no quarto de Emma, e Angélique a acordou com delicadeza. Ela chorou quando viu o médico e disse que estava com dor. Em seguida, tossiu daquele jeito horrível e vomitou. Ela repetiu ao médico todos os sintomas que a babá havia relatado e, finalmente, quando a menina voltou a se acomodar, Angélique e o Dr. Smith saíram do quarto.

— Não é escarlatina — disse o Dr. Smith, aliviado —, mas é um caso muito grave de *influenza*, que pode ser fatal em crianças nessa idade. Você foi sábia em mandar me chamar. O Sr. Gilhooley pediu que eu viesse com urgência. Felizmente, eu estava livre e não havia nenhum parto acontecendo. Vamos baixar essa febre. Ela precisa de medicamentos fortes para a tosse. Vou dar algumas gotas para fazê-la dormir. Não quero que ela fique sozinha, alguém deve ficar com ela à noite. Quero que ela seja observada de perto e, se a febre aumentar, mande me chamar imediatamente.

O médico parecia preocupado e, embora tivesse falado sobre os riscos de gripe, Angélique ficou aliviada. Pelo menos ele estava ali para ajudar. E agora ela sabia que não era nada mais grave. Valeria a pena enfrentar a ira de Eugenia agora, quando ela descobrisse o que sua babá havia feito. Angélique tinha certeza de que sua patroa a culparia por chamar o médico, e não ao mordomo, mas não se importava com isso.

— Fiquei com ela todas as noites — informou Angélique ao médico — e durante a maior parte do dia. A criada do berçário me ajudou com as outras crianças.

— Não precisamos colocá-la em quarentena, mas não a quero no mesmo quarto que as outras crianças. — Enquanto ele dizia isso, Angélique rezou para que Simon não houvesse contraído a doença antes de partir. Seria terrível se ele ficasse tão doente quanto a irmã, sozinho na escola. Mas ela não tinha como saber, pois não podia contatá-lo. E a escola nunca diria nada, a menos que ele contraísse uma doença grave ou morresse.

Enquanto eles falavam aos sussurros, ouviram Emma tossir forte de novo. Ele entregou a Angélique o xarope que a menina precisava tomar, um vidro de gotas para fazê-la dormir e pediu à babá que a mantivesse aquecida, mas que continuasse com as compressas de água fria, e prometeu voltar pela manhã. Pediu também a ela que o chamasse durante a noite se achasse necessário.

— Obrigada, senhor — agradeceu-lhe Angélique, e o médico sorriu. Ele ficou impressionado com sua diligência e com quanto ela era, obviamente, brilhante.

— Eles têm sorte de contar com você — disse ele com sinceridade. — Você daria uma boa enfermeira, se um dia não quiser mais trabalhar como babá. Eu ficaria feliz em ter uma ajudante como você.

— Obrigada — respondeu ela com timidez.

Enfermagem era uma carreira que ela nunca havia considerado e não estava certa de ser uma pessoa realmente adequada para a função, mas Angélique amava Emma e estava preocupada com a menina. E isso estava claro para o médico.

— Ela vai ficar bem — ele a tranquilizou —, desde que não piore. As gotas irão ajudá-la a dormir para que possa recuperar as forças. As crianças se recuperam rápido.

A menos que morram, Angélique pensou consigo mesma. Ela não tinha certeza se a vida de Emma corria perigo, mas estava preocupada com a menina.

— As coisas mudam como um raio quando as crianças estão doentes, tanto para melhor como para pior. Vamos levá-la na direção certa agora. — Ele acariciou o ombro de Angélique com um gesto paternal e saiu do quarto um momento depois, descendo as escadas e indo embora pela cozinha.

A Sra. Allbright disse que os Fergusons estavam recebendo convidados, então o Dr. Smith não pediu para falar com eles. E a competente babá tinha tudo sob controle. Ela era jovem, mas parecia inteligente, além de saber o que estava fazendo. A criança se encontrava em boas mãos. Ele se foi com a esperança de que a garotinha apresentaria melhoras logo.

Angélique deu todos os remédios a Emma após a visita do médico, banhou seu rosto e suas mãos, e logo depois a menina estava dormindo, além de quase não ter tossido à noite. Tinha sido uma noite mais calma do que nas anteriores, e Angélique adormeceu sentada na cadeira ao lado da criança, como havia feito desde que ela caíra doente. Helen disse a Angélique pela manhã que não sabia como ela ainda continuava de pé. Mas não havia outra escolha.

O médico retornou às nove, logo depois que as outras crianças terminaram de tomar o café da manhã, e Emma acordou. Angélique parecia cansada e pálida, mas estava alerta e preparada, com um vestido limpo e um avental impecável quando ele chegou.

— Como está a nossa paciente? — perguntou ele, depois de cumprimentar as crianças, percebendo que todas pareciam bem e tinham tomado um café da manhã saudável.

— Ela teve uma noite muito mais tranquila, e eu acho que a febre está cedendo. Ela ainda está quente, mas não parece tão mal e, pela primeira vez em dias, não chorou quando acordou.

— Esplêndido! — disse ele e entrou com Angélique para ver Emma. Para alguém que a via pela primeira vez, ela poderia parecer assustadoramente doente, mas, para ambos, a menininha aparentava estar melhor do que na noite anterior. Além disso, Emma sorriu, o que representava uma grande melhora. Ele viu Angélique segurar a mão dela, e então a criança olhou de forma amorosa para a babá.

— Acho que você vai se sentir bem de novo em breve, mocinha — disse ele para Emma. — Agora você tem que tomar o seu remédio e fazer tudo o que a sua babá mandar, além de comer todas as coisas boas que a cozinheira prepara; assim, em breve, você estará ótima e poderá brincar com seus irmãos e com a sua irmãzinha. — Era óbvio que as dores e o mal-estar haviam diminuído, pois ela não se queixou de nada e segurava a boneca virada para o médico enquanto ele falava com ela.

— Ela também está doente. Precisa de remédios para melhorar — disse Emma, fazendo com que Angélique e o médico trocassem um sorriso. Esta foi uma melhora definitiva em relação aos dias anteriores.

— É mesmo? Bem, precisamos que a babá também dê um pouco de remédio a ela. Ela tossiu? — perguntou ele, e Emma assentiu com um sorriso. Ela gostava do médico. — Então vai precisar de xarope — concluiu ele, olhando sério para Angélique — e de algumas gotinhas. Certifique-se de que ela tome tudo e que não cuspa — pediu ele, fingindo falar muito sério quando Emma riu para a boneca. — As crianças boazinhas sempre tomam seus remédios e, então, ficam boas.

— Posso ver a Rose hoje? — perguntou ela, referindo-se à sua irmãzinha, o que também era um bom sinal. Todas as evidências estavam apontando na direção certa, para alívio dos adultos. Mas o médico disse que ela ainda precisava descansar até melhorar um pouco mais. Emma sentia falta de brincar com Rose. Ela amava a irmãzinha e ficava com ela sempre que podia. E também gostava de ajudar Angélique a cuidar da bebê.

O médico deixou o berçário alguns minutos depois e prometeu voltar no dia seguinte, a menos que ela precisasse dele antes disso, ou para consultar as outras crianças, caso uma delas parecesse doente também. Angélique esperava que isso não acontecesse, mas sentia-se muito aliviada por Emma estar fora de perigo. O sorriso de felicidade estava estampado em seu rosto.

O médico parou no segundo andar, no caminho para a saída. Ele sabia onde ficava o quarto de Eugenia, pois havia ido até lá muitas vezes para fazer seus partos. Ele bateu à porta de seu quarto de vestir. Stella a abriu imediatamente e entrou em pânico quando o viu, seus olhos se arregalando de pânico.

— Ah, não... é... aconteceu alguma coisa...

— Está tudo bem — disse ele, acalmando-a imediatamente. — Ela está melhorando. Mas eu me pergunto se posso ter uma palavra com a Sra. Ferguson um instante.

— Vou perguntar a ela. Seu penteado não está pronto e ela acabou de tomar o café da manhã, mas vou perguntar agora mesmo.

Stella desapareceu no santuário interno do quarto e voltou imediatamente, dizendo ao médico que ele podia entrar. Eugenia estava sentada na cama, em sua roupa de dormir, com a bandeja do café da manhã sobre o colo. Ela ficou surpresa ao ver o médico e momentaneamente preocupada.

— Tem alguém doente? — Seus olhos pareciam inexpressivos. Não lhe ocorrera que poderia ser Emma, já que ela dissera a Angélique que não incomodasse o médico com um resfriado.

O médico entendeu perfeitamente a situação e queria poupar a babá do sofrimento de ser repreendida por chamá-lo, uma vez que Gilhooley não tivera tempo de falar com ela na noite anterior.

— É claro que eu sei que você estava preocupada com a Emma. Mas, felizmente, ela não está mais está doente, e eu queria parabenizá-la por sua cautela em mandar a babá me chamar. Emma teve um caso muito grave de *influenza*, que pode ser muito perigoso, até mesmo fatal em crianças, mas já apresenta melhoras. Que babá maravilhosa você tem! Trata-se de uma garota brilhante e sensata. Que coisa sábia você fez ao contratá-la! Ela estava certa ao me chamar. A criança piorou muito na noite passada durante a sua festa, e ela ficou com receio de incomodá-la. Boa garota essa e com sangue-frio — elogiou ele com naturalidade quando Eugenia o encarou e percebeu que estava ganhando crédito por algo que não tinha feito. Ela nem sequer pensara em perguntar sobre Emma por dois dias.

— Sim, demos uma festa aqui na noite passada — disse ela vagamente. — Fico feliz que ela o tenha chamado, se o caso era tão grave assim. — Ela pareceu totalmente espantada com o fato de o médico ter tomado sua condição tão a sério. — Não vou deixar que eles desçam por uma semana. Nunca se sabe... As crianças estão sempre doentes.

— Ela estará recuperada em alguns dias ou em uma semana, no máximo. Eu não me preocuparia com isso. — Mas Eugenia nunca ficava perto dos filhos quando eles estavam doentes. E agora que eles sabiam que Emma havia sido acometida pela *influenza*, ela a considerava uma grande ameaça. Aparentemente, a menina estava muito doente, como a babá dissera. Eugenia pensara que Angélique era apenas uma jovem histérica, preocupada demais com um simples resfriado. — Bem, a sua babá é uma joia, e você foi muito sábia por deixá-la me chamar. Me avise se alguma outra criança ficar doente.

— Claro — respondeu ela, preocupada consigo mesma.

— Voltarei amanhã, a menos que você precise de mim antes disso — disse ele com um sorriso.

— Obrigada, doutor — agradeceu-lhe Eugenia enquanto ele saía do quarto e ficou olhando para o vazio por um momento.

Ela teria repreendido Angélique por chamar o médico depois de tudo, exceto pelo fato de que, aparentemente, a moça estava certa, e o Dr. Smith estava parabenizando-a por tê-lo chamado, razão pela qual ela não podia acusar Angélique. Ela não queria ver ninguém do berçário por um tempo, e falou sobre isso com Stella quando ela entrou.

— Aparentemente, a Emma ficou bastante doente ontem à noite e a babá chamou o médico. Ela está com *influnza*. Faça o que fizer, não vá até o terceiro andar. Eu certamente não quero ir, e você também não deve ir até lá, se for ficar comigo e tocar no meu cabelo.

— Sim, madame — respondeu Stella, educadamente. — A Emma está bem agora?

— Ainda não, mas o Dr. Smith disse que ela vai ficar boa. Parece que foi uma decisão acertada a babá ter chamado o médico. Ele falou que a gripe pode ser muito perigosa para as crianças e até mesmo fatal. Eu sempre soube disso, claro. Não sei como ela ficou tão doente. Emma piorou durante a nossa festa ontem à noite. — O que não era verdade, pois a menina estava muito doente havia quatro dias, mas a mãe não queria ouvir a babá nem se importava. E, agora, ela só pensava em não ficar doente. — Diga a Angélique que, se ela for levar as outras crianças lá para fora, deve descer pelas escadas dos fundos sem entrar no salão do segundo andar.

— É claro, madame — disse Stella, fazendo uma reverência e, em seguida, saiu do quarto a fim de enviar uma mensagem para

Angélique no berçário. — Como ela está? — perguntou ela sobre Emma, parecendo genuinamente preocupada.

— Um pouco melhor. A pobrezinha estava muito doente.

— Eu soube. A mãe dela está morrendo de medo de também ficar doente. Ela não quer que você chegue perto do salão do segundo andar, então deve usar as escadas dos fundos. Você não vai poder aparecer na sala de estar tão cedo! — disse ela rindo, e Angélique sorriu.

As duas conheciam muito bem a sua senhora. Stella voltou para o quarto de vestir de Eugenia e assegurou à patroa que não havia tocado em nada, nem em ninguém. E, com isso, Eugenia pediu a Stella que lhe preparasse um banho e falou que ela poderia arrumar seu cabelo depois, pois iria receber amigos para o jantar. Stella foi pegar os baldes de água morna na despensa, onde os aquecia, enquanto Eugenia se sentou em frente à penteadeira e ficou olhando sua imagem no espelho, perguntando-se se deveria tentar algo diferente com suas madeixas.

Capítulo 9

Os Fergusons passaram a maior parte do mês de fevereiro em Londres e voltaram para a casa de Hampshire em março. Eugenia trouxera baús cheios de vestidos, feitos de sedas bonitas, com decotes mais ousados do que ela costumava usar. Alguns deles eram ousados até demais. E Stella aprendeu a fazer novos penteados. Eugenia estava mais linda do que nunca. Ela viu os filhos no chá de domingo, pela primeira vez em quase dois meses, depois de passar semanas longe deles com medo de ser contaminada. Ela não havia nem falado com eles antes de viajar. Ficou surpresa ao perceber quanto os gêmeos haviam crescido em dez meses e por saber que George começara a andar havia pouco tempo. Emma já estava profundamente apegada a Angélique, principalmente depois de sua doença, que a deixara fraca por mais tempo do que o esperado. Mas, em março, a menina já havia se recuperado.

Eles deram uma festa em casa na semana que voltaram, e Gilhooley e a Sra. Allbright ficaram ocupados na organização do evento. Os Fergusons haviam feito novos amigos, que passaram a frequentar a casa. Vários deles eram homens solteiros e bonitos que haviam cortejado Eugenia abertamente e se divertido com ela em Londres. Mas Harry parecia não se importar com isso. Ele mesmo fora galanteador com algumas mulheres, embora discretamente, e sempre fizera o tipo sedutor. Os dois tinham boa aparência, e Harry presenteava a esposa com muitas joias e roupas da última moda, sem negar-lhe nada. Ele havia formado a família com a qual sempre sonhara, com seis filhos. Eugenia havia lhe proporcionado isso e era uma parceira bem-disposta, até a chegada dos gêmeos, e ele era grato à esposa por esse presente e sempre se mostrava muito generoso com ela.

Angélique recebeu mais duas cartas da Sra. White relatando os acontecimentos em Belgrave, todas as reorganizações, a decoração, as festas constantes que a família organizava, os hóspedes que eles recebiam e vários novos funcionários que tinham contratado. Elizabeth parecia estar competindo com Eugenia e tinha uma casa ainda mais importante do que a dela. Isso fez com que Angélique sentisse saudades de casa e ansiasse para que as coisas voltassem a ser como antes. Seu pai havia partido fazia quase um ano e meio, e, agora, era difícil acreditar que ela um dia teve uma posição que não fosse a de criada na casa dos Fergusons. Seus dias de grandeza, conforto e vida fácil haviam acabado. Agora, ela era uma mulher trabalhadora. E isso só iria mudar se ela encontrasse um marido que fosse muito rico, algo que parecia improvável. Os únicos homens disponíveis para ela eram criados, cavalariços ou um assistente de mordomo, mas, de qualquer forma, não conseguia se imaginar fazendo isso. Havia ficado presa na condição de criada, embora tivesse nascido em uma classe social superior. Ela sabia que os outros empregados ficariam surpresos se soubessem que, na verdade, estavam diante da filha de um duque. Mas seu segredo estava bem guardado. Ela não podia se imaginar casando com ninguém ou tendo filhos em sua nova vida, o que tornava as crianças de quem cuidava ainda mais preciosas para ela e fazia com que se sentisse ainda mais disposta a permanecer no trabalho, embora considerasse Eugenia uma péssima mãe. Seus filhos quase não a conheciam, pois ela passava o menor tempo possível com eles.

Uma vez que a festa já havia começado e havia vinte convidados hospedados na mansão dos Fergusons, Angélique não esperava que seus patrões vissem as crianças e inventou algumas distrações para mantê-las afastadas dos pais e dos hóspedes. Os visitantes sempre se deleitavam com o intrincado labirinto e o belo jardim, então levou as crianças para passear pelas áreas mais remotas, indo até o lago para alimentar os patos e os cisnes. O tempo estava bom, então Rupert e Emma tiveram aula de equitação em seus pôneis. Angélique estava empurrando Rose de volta para casa no carrinho, pois a bebê ainda não andava. Helen já havia voltado com Charles e George quando a babá se deparou com um convidado muito bonito caminhando sozinho. Ele pareceu surpreso e feliz quando a viu com Rose.

— Ora, ora, o que temos aqui? — falou ele, rindo. — Uma feiticeira da floresta... E como ela é adorável! — Ele podia facilmente perceber que ela era a babá das crianças, por causa do vestido, da capa e da touca que Angélique usava, além do bebê que estava levando. Ela corou ao ouvir o comentário. — Olá — cumprimentou o homem, parando ao lado dela. — Onde você estava se escondendo?

Ele foi muito ousado em suas observações, então Angélique continuou andando sem olhar para o estranho. Rupert e Emma continuavam na aula de equitação, e os hóspedes ainda não haviam se levantado, pois era muito cedo. Ou, pelo menos, não estavam caminhando por ali — os homens, provavelmente, se estivessem acordados, estariam na sala de jantar tomando o café da manhã. As mulheres tinham a primeira refeição do dia servida em bandejas nos quartos, que era como preferiam.

— Qual é o seu nome? — perguntou ele, observando a babá de cima a baixo. Ele era muito alto, de boa compleição física, com cabelos e olhos escuros. Angélique parecia pequena ao lado dele.

— Babá Ferguson — respondeu ela educadamente, esperando que ele fosse embora antes que chegassem a casa. Angélique não queria entrar na mansão junto com ele, o que provocaria possíveis comentários.

— Não esse nome, sua boba, o verdadeiro. Seu primeiro nome. Mary? Jane? Margaret? — Ele tentou adivinhar e não parecia disposto a ir embora, pois ainda estavam um pouco longe da casa. Angélique havia caminhado para além do que costumava ir quando estava com o carrinho.

— Angélique — respondeu baixinho, sem a intenção de ser rude, mas também não querendo incentivá-lo. Alguns dos amigos de seus patrões costumavam se mostrar bem atrevidos, e todos eram jovens, alguns não muito mais velhos do que ela, e que viviam em um mundo diferente. Ela nunca fizera parte do grupo que cercava Eugenia e Harry. Eles se pareciam mais com os amigos de seus irmãos do que qualquer pessoa que ela conhecera na casa do pai, gente digna, educada e mais velha.

— Que nome bonito! Francês, suponho. Mas você parece inglesa. — Algo nela dizia àquele homem que não se tratava de uma criada comum. Ele sabia, pelo jeito como a babá andava e pelo sotaque, que ela era de fora ou que pertencia a uma classe superior. Parecia aquelas babás de famílias ricas que estavam falidas. — Como não vi você na casa de Londres? — questionou-a enquanto Angélique rezava para que ele fosse embora logo, mas o rapaz não deu nenhum sinal de que faria isso.

— As crianças ficam em Hampshire a maior parte do tempo — esclareceu ela.

No ano anterior, haviam passado um mês lá, mas, depois que Emma caíra de cama, os Fergusons não levaram as crianças para Londres de novo.

— Deve ser chato para você ficar sempre aqui — comentou ele, com simpatia.

— De forma alguma.

— Não tente me convencer de que você gosta daqui, minha jovem. Você é bonita demais para desperdiçar sua vida no campo. — Angélique não respondeu e apertou o passo, mas o homem não teve dificuldade em segui-la. — Uma garota como você deveria estar em Londres.

— Sou muito feliz aqui, senhor — disse ela de forma educada, mas desejando que ele fosse para o inferno.

Ela não ficou lisonjeada pela atenção que estava recebendo, e sim enervada. Até então, nenhum hóspede fora tão insistente ou prestara tanta atenção nela daquela forma. Nem mesmo o irmão de Eugenia, Maynard, havia sido tão ousado.

— Virei mais vezes aqui nesta primavera e no verão para visitar... — ele hesitou por um segundo — seus patrões. Você e eu poderíamos ser bons amigos e quem sabe nos divertir. — Ele não tinha vergonha do que estava sugerindo. — Pense nisso — disse ele, enquanto ela mantinha o olhar no carrinho e não olhou para ele nem respondeu. — Você é tímida — continuou. — Não precisa ficar tímida comigo. Não vou contar a ninguém. Pode confiar em mim.

— Obrigada, senhor — respondeu ela quando, misericordiosamente, já estava mais perto da casa e por pouco não começou a correr, tentando escapar dele.

O homem achou graça quando ela se apressou, observando-a entrar na cozinha pela entrada dos criados. Então, pareceu muito satisfeito. Ele podia pegar aquela linda jovem pela cintura. Pôde perceber seus seios delicados, enormes olhos azuis e o cabelo louro, quase branco. Ele só pensava em desfazer aquele coque apertado. Achava que ela devia ter entre 16 e 20 anos, e fazia um bom tempo que não via uma garota tão bonita assim. Aquela babá não tinha a feminilidade nem a dureza de Eugenia, e ele adorou sua modéstia e timidez, características que faziam com que ela fosse ainda mais sedutora. Ele estava decidido a conquistá-la e seguiu para a porta da casa assobiando. Suas visitas a Hampshire seriam muito mais divertidas a partir de agora, e o deixariam ocupado com duas mulheres para se divertir: uma no andar de cima, e outra, no de baixo, o que, em geral, era exatamente como ele gostava.

Ele entrou na sala de jantar e encontrou Harry tomando o café da manhã com meia dúzia de homens lendo jornal e conversando. Seu anfitrião ergueu os olhos com um sorriso assim que o viu. Eles eram amigos recentes.

— Olá, Bertie! O que estava fazendo?

— Caminhando. Gosto de fazer um pouco de exercício antes do café da manhã. Um lindo lugar este aqui, lindas terras — elogiou ele, pensando na jovem babá que conhecera empurrando o carrinho.

— Vamos dar um passeio depois do café. — Harry tinha adquirido alguns cavalos novos e queria mostrá-los a seus hóspedes.

— Eu gostaria muito de ir também — respondeu Bertie com um amplo sorriso. — As mulheres vão cavalgar conosco? — perguntou ele, interessado.

— Provavelmente não. Elas não costumam fazer nada antes do meio-dia. Pelo menos não Eugenia. Ela gosta de ficar acordada até tarde e faz tudo mais devagar pela manhã — respondeu Harry.

Bertie se serviu de ovos e frutas, e um criado lhe trouxe uma xícara de café. Ele pegou um dos jornais que haviam sido deixados para os hóspedes e parecia bem contente enquanto olhava para a mesa, observando seus novos amigos. Seria uma temporada de primavera e início de verão muito agradável, com um namorico para apimentar as coisas.

Os homens foram cavalgar enquanto as mulheres se arrumavam, depois todos se reuniram para um almoço suntuoso na sala de jantar, à uma da tarde. Eugenia organizou um jogo de croqué para eles depois, e todo mundo aparentava bom humor. Três dos hóspedes estavam flertando com ela, sendo Bertie o menos descarado. Ele gostava de ser o azarão e estava ficando amigo de Harry. Queria conquistar a confiança de seu anfitrião antes de dar o próximo passo em relação a Eugenia. E sabia que dispunha de tempo. Como parecia menos interessado nela, de seus muitos pretendentes, era o único que a dona da casa desejava e fazia tudo o que estava ao seu alcance para atraí-lo e chamar sua atenção. Era um jogo que ele jogava bem e tinha muita experiência nisso. Bertie nunca se casou, nem desejava fazê-lo... costumava se divertir muito com as mulheres que se mostravam dispostas, particularmente as esposas de outros homens.

Depois do croqué, eles jogaram cartas até a hora do chá, que foi servido na biblioteca. Todos ficaram sentados, conversando até a hora de subir para se arrumarem para o jantar.

As mulheres desceram em lindos vestidos de gala, algumas com tiaras delicadas. Todas elas gostavam de se exibir na casa dos Fergusons, embora os vestidos de Eugenia fossem sempre os mais bonitos e luxuosos, e suas joias fossem as mais ostentosas. Harry era um homem feliz e generoso, e todos ficaram mais um pouco na sala depois da refeição, passando da meia-noite. Harry e Bertie foram os últimos a subir, logo depois de Eugenia, que havia ficado conversando com o jovem. Bertie dissera à dona da casa, em um sussurro sensual, que a achava uma mulher encantadora e que estava se apaixonando por ela. Eugenia corou, mas não o desencorajou. Estava se perguntando como poderia atraí-lo para seu quarto sem que Harry suspeitasse. Ela e o marido dormiam em aposentos separados. Isso começou quando Eugenia engravidou pela primeira vez, e o casal nunca mais voltou a dividir o mesmo quarto, o que era bom, já que ela ficara grávida cinco vezes nos últimos anos. Ela se mostrava inflexível agora em não deixar que acontecesse uma nova gravidez, esse, um motivo a mais para que não dividissem o mesmo quarto. E o marido também já estava adaptado a essa situação. Ele não se sentia mais ansioso por Eugenia, depois de todos aqueles bebês, e tinha outros interesses. E, com alguma cautela, ela estava mais do que disposta a flertar com outros homens.

— Não há pressa — sussurrou Bertie para ela. — Voltarei sempre que você quiser... na próxima vez que ele for para a cidade. — E, depois de dizer isso, ele se levantou e cruzou a sala, caminhando na direção de Harry. Eugenia fez uma reverência para os dois e se retirou, deliciando-se com as palavras que Bertie havia acabado de dizer, antecipando o que iria acontecer entre eles. Ela ainda parecia estar sonhando quando Stella a ajudou a se despir.

— Teve uma boa noite, madame? — perguntou a criada, enquanto Eugenia sorria para ela.

— Maravilhosa. Temos convidados adoráveis desta vez. — Stella ouvira sobre os homens bonitos hospedados na casa naquele fim de semana. Sua senhora tinha vários a sua escolha, e a criada se perguntou qual deles iria voltar em breve. Eugenia parecia pronta para travessuras naqueles dias e entediada com o marido. Stella tinha visto isso acontecer antes, portanto nada mais a surpreendia.

Angélique não comentou nada com ninguém sobre ter se deparado com Bertie naquela manhã. Ela estava profundamente irritada com o encontro e achou tudo muito desagradável. Isso a fez lembrar-se do irmão de Eugenia, exceto pelo fato de que este sujeito de agora era muito mais direto e parecia mais ameaçador. Ele não hesitou em oferecer a ela "um pouco de diversão", e sugerir que era isso o que ela queria. Na verdade, ele estava completamente errado. E ela se sentia feliz por não ter cruzado com ele novamente.

Angélique duvidava de que ele fosse tolo o suficiente para subir até o berçário, ainda mais se fosse um dos hóspedes que estavam interessados em Eugenia. A babá ouvira alguns comentários sobre o assunto no andar de baixo. A dona da casa havia encorajado abertamente vários deles, e o Sr. Ferguson não parecia se importar com isso, de acordo com os comentários dos criados. Ele tinha demonstrado a mesma intenção de conversar com uma das mulheres, uma jovem viúva baronesa alemã que o casal havia conhecido recentemente. Os Fergusons formavam um par bem adequado. E, com tudo isso acontecendo, Angélique sentiu que estava segura. O homem que ela havia encontrado naquela manhã estaria muito ocupado correndo atrás das mulheres nos quartos do segundo andar para se incomodar em subir até o berçário para seduzi-la. Ela arrumou o salão, apagou a vela e entrou em seu quarto. A criada do berçário e as crianças já haviam caído em sono profundo, e ela foi tomar um copo d'água antes de se deitar. Estava de camisola, descalça, com os cabelos compridos presos em uma trança que caía pelas costas quando viu alguém entrar na sala escura usando gravata branca e fraque. Ele parecia espetacularmente bonito quando sorriu para ela à luz do luar, e Angélique podia sentir seu coração bater com medo.

— O que está fazendo aqui? — perguntou ela em um sussurro, tentando parecer séria em vez de assustada.

— Pensei que iríamos nos conhecer melhor depois que todos fossem se deitar — sussurrou ele enquanto dava dois passos na direção dela, parando bem ao seu lado e agarrando sua cintura com força, deslizando uma das mãos sobre a barriga dela e para baixo, entre suas pernas. Ela se afastou dele e correu pelo cômodo, parando na frente da porta do quarto de Helen. Ela não queria gritar e acordar as crianças, mas nunca havia se sentido tão aterrorizada antes. Nenhum homem tinha feito com ela o que aquele sujeito acabara de fazer. Bertie caminhou em direção a Angélique rapidamente e a agarrou de novo, pressionando sua boca sobre a dela enquanto apertava seu seio. O jovem tinha gosto de bebida forte, e ela sabia que ele devia estar bêbado para agir dessa forma. — Venha — disse ele, de forma grosseira. — Não finja que é tímida. Você sabe que também quer.

— Não, eu não quero — relutou Angélique, afastando-se e correndo pela sala. Ela queria passar correndo pela porta e descer as escadas, mas não se atreveria a deixá-lo sozinho no berçário. Angélique não sabia o que ele poderia fazer e ela era a pessoa responsável pelas crianças. — Quero que você vá embora. Não vou fazer nada com você — disse ela, claramente.

— Vai, sim. Se eu quiser que você faça. Sua senhora me implorou para que eu fosse para a cama dela, mas eu preferi estar na sua. — A babá era mais jovem, mais bonita e tinha mais frescor, e sua resistência o excitava. Eugenia estava disposta demais, mas, com o tempo, ele a tomaria também. Isto era o que ele fazia como esporte: perseguia as esposas de outros homens ou as garotas tímidas.

— Por favor, vá embora — pediu Angélique, suplicando com os olhos. Ambos falavam baixo para não acordar ninguém.

— E se eu não quiser ir? — perguntou ele, estendendo a mão para agarrá-la e, dessa vez, ele não a deixaria escapar. Bertie a puxou para ele e a apertou. — O que você vai fazer?

— Gritar — disse ela num sussurro quando ele a beijou de novo e empurrou a língua pela sua garganta enquanto pressionava suas nádegas com as duas mãos.

Sabendo que tinha de fazer algo antes que ele fosse além daquilo, Angélique o mordeu com força e o empurrou para longe, fazendo com que Bertie caísse e batesse em uma das cadeiras, fazendo seu sangue escorrer pela camisa imaculada. Então ele soltou um grito de dor.

— Sua vadia! — gritou ele, agarrando-a novamente, mas ela abriu a porta do berçário e ficou ali parada, tremendo.

— Eu vou gritar — declarou Angélique com firmeza. — E amanhã vou contar tudo ao Sr. Ferguson. Tudo mesmo — ameaçou ela com um olhar atento, e parecia dizer a verdade. A babá estava se mostrando um problema. Ele a julgara errado: ela não era a criada fácil que ele havia pensado ser.

— Você não se atreveria — disse Bertie, encarando-a, mas não voltou a tocá-la. Ele gostava de resistência, mas não de briga, e seu lábio estava sangrando muito enquanto ele o pressionava com um lenço. Sua camisa já estava coberta de sangue.

— Sim, eu me atreveria — afirmou ela. — Se você se aproximar de mim novamente...

— Você não vale isso. E vai se arrepender se mexer comigo, Srta. Conservadora e Cheia de Pudor. Com quem você está se divertindo aqui para que não se entregue a mim? Quem você pensa que é?

— A sua prostituta, com certeza, eu não sou — respondeu ela enquanto ele saía do berçário e, antes que pudesse se virar ou ameaçar dar uma bofetada nela, Angélique bateu a porta e a trancou.

Ela o ouviu descer as escadas logo depois. Estava tremendo da cabeça aos pés e foi se sentar na cadeira em que ele havia se machucado. Viu que havia sangue sobre ela, então limpou-a com uma toalha úmida. Demorou cerca de dez minutos para se acalmar e voltar para o quarto. Ficou acordada por horas pensando no que ele dissera e tentara fazer com ela. Angélique estava aterrorizada, mas, graças a Deus, não havia acontecido nada. E ela, na verdade, não tinha a intenção de denunciá-lo aos patrões. Ele não voltaria a procurá-la, Angélique tinha certeza disso. E, se a Sra. Ferguson quisesse receber Bertie em seu quarto, não iria gostar nem um pouco de saber que ele estava tentando seduzir a babá. Angélique não tinha nada a ganhar se contasse qualquer coisa a alguém.

Então ela se deitou, olhando para a lua através da janela do quarto, e finalmente adormeceu. Sentia-se tonta quando acordou pela manhã. Seu corpo inteiro doía, como se tivesse sido espancado em uma luta com ele e com sua própria tensão.

As crianças acordaram cedo, e Helen lhe perguntou, enquanto elas se vestiam e preparavam o café da manhã:

— Alguém esteve aqui ontem à noite?

— Não — respondeu a babá com firmeza. Ela já havia destrancado a porta do berçário para que Helen não suspeitasse de nada. Angélique não queria contar nada a ela nem a ninguém. Sentia-se muito abalada e envergonhada com tudo o que acontecera, embora não tivesse feito nada de errado. Só queria esquecer aquele incidente.

— Pensei ter ouvido vozes, mas achei que estava sonhando e voltei a dormir — disse Helen, sorrindo para ela e dando de ombros.

— Os sonhos, às vezes, podem parecer muito reais — continuou ela e foi pegar as bandejas do café da manhã para arrumar a mesa, enquanto Angélique trocava os gêmeos. George já estava correndo de um lado para o outro com a fralda suja, e ela teve de pegá-lo no colo para trocá-lo depois de colocar Rose na cadeira alta. Helen parecia cansada quando todos se sentaram para tomar o café da manhã, e Angélique tentou afastar de sua mente o que acontecera na noite anterior.

Helen limpou os quartos naquela manhã, enquanto Angélique levou as crianças para brincar no jardim, mas ficou um pouco mais perto da casa. Ela cuidava dos cinco com facilidade. Emma empurrava o carrinho de Rose, enquanto Angélique corria atrás de George, que cambaleava e, ao mesmo tempo, ficava de olho em Rupert e Charles. Eles tiveram um bom dia e voltaram a tempo para o almoço. Ela havia acabado de se sentar à mesa quando soube que a Sra. Ferguson queria vê-la imediatamente na biblioteca.

Angélique não conseguia imaginar o porquê, e pediu a Helen que cuidasse das crianças enquanto ia ver o que a patroa queria.

Ela correu pelas escadas dos fundos e saiu no salão principal. Os hóspedes estavam no salão, esperando o almoço ser servido, e ela podia ouvi-los conversando. O Sr. Ferguson lhe pediu que fechasse a porta. Aquilo parecia sério, e os dois patrões a olhavam com ar de desaprovação. Não a convidaram a se sentar. Eugenia estava acomodada no sofá e parecia furiosa. Harry estava sentado à sua mesa.

— Algo muito grave aconteceu aqui ontem à noite — começou ele, olhando diretamente para ela —, e eu quero que você saiba quanto estou decepcionado com você. — Ela não conseguia imaginar o que poderia ter feito, nem mesmo se queixara de um hóspede que tinha ido ao berçário para tentar estuprá-la. Ela não havia feito nada de errado com as crianças. A jovem esperou para ouvir o que era. — Acho que você sabe do que estou falando.

— Não, senhor, não sei — respondeu ela com honestidade, sentindo-se alarmada. Nunca estivera em apuros antes, e Eugenia a estava fuzilando com os olhos. Ela se perguntou se alguém havia roubado alguma coisa e colocado a culpa nela.

— Estou particularmente chocado em face de suas relações. A prima de um duque, por mais pobre que seja, não se comporta como uma prostituta. Embora Sua Graça nos tenha contado a respeito de sua mãe — disse Harry com desgosto.

— Contado o que sobre a minha mãe? — Angélique parecia aturdida, com a palavra "prostituta" ressoando em seus ouvidos.

— Não importa. Sir Bertram nos contou o que aconteceu na noite passada.

— Ele contou? — Se realmente havia contado, por que seus patrões estavam bravos com ela? — Eu não ia falar nada, senhor. Não aconteceu nada, e eu não queria causar nenhum problema a qualquer um de seus hóspedes. Achei que ele provavelmente havia bebido muito. — Harry Ferguson a encarou.

— Ele nos contou que você foi até o quarto dele ontem à noite e tentou seduzi-lo. Você ofereceu seu corpo a ele. Você se expôs. Ele teve que ameaçá-la para obrigá-la a sair e, antes de deixar o quarto, você o atacou. Ele estava com o rosto machucado esta manhã.

Os olhos de Angélique se arregalaram, enquanto ela encarava o casal Ferguson. Eugenia estava tremendo de ciúme e raiva, reação que o marido confundia com indignação.

— Não, senhor — retrucou Angélique, então as lágrimas surgiram em seus olhos. — Ele foi ao berçário e me atacou. Eu o encontrei quando estava caminhando ontem e ele me abordou. Eu não quis incentivá-lo. Então ele foi me procurar no berçário ontem à noite, depois de todos irem para a cama. Eu estava de camisola, e ele tentou me seduzir. Ele ficou tentando me agarrar, e eu não permiti. Então eu o mordi — falou ela enquanto as lágrimas rolavam por sua face.

Angélique podia ver que eles não estavam acreditando em uma palavra do que dizia. Bertie tinha ido até eles primeiro e os convencera de que a babá o procurara em seu quarto para seduzi-lo, atacando-o quando ele a rejeitara. Ele havia se vingado dela por tê-lo recusado. Então Angélique se lembrou do que Bertie havia dito, que Eugenia estava implorando para que ele a levasse para a cama, mas não falou nada, nem pensava em fazê-lo. Eles acreditavam na história do hóspede, e não na dela. — Estou lhes dizendo a verdade, senhor... madame... — Ela se virou para Eugenia, que a olhava com ódio.

Essa garota, essa ninguém, essa criada. Era impensável para Eugenia.

— Suponho que você o teria seduzido na frente dos meus filhos, no berçário, se tivesse tido a chance — cuspiu Eugenia em sua direção.

— Claro que não, nunca faria nada que pudesse desmoralizar as crianças. E eu não o teria seduzido em lugar nenhum. Foi por isso que lutei com ele, e ele não gostou. — As lágrimas continuavam a rolar enquanto ela contava sua versão da história, mas não conseguia fazê-los acreditar e estava entrando em pânico. O que iria acontecer com ela agora?

— Sir Bertram é um cavalheiro — lembrou Harry. — Ele nunca faria o que você está sugerindo.

— Não, ele não é — retrucou ela com a voz mais firme. — Pensei que ele ia me violentar, ele é muito forte.

— Precisamente, e você é pouco maior do que uma criança. Se ele quisesse tomá-la, teria conseguido. Mas foi você quem se atirou nele, não o contrário. Queríamos que você soubesse que estamos indignados com o seu comportamento. Você vai sair desta casa hoje, na hora da ceia, e nós não lhe daremos carta de referência. Não queremos uma vadia cuidando dos nossos filhos — disse Harry, e sua esposa pareceu satisfeita. Bertie havia contado uma mentira, e a babá que resistira a ele seria demitida.

— Hoje, senhor? — Angélique ficou horrorizada. — Mas para onde eu vou?

— Isso não é da nossa conta. O que você fará agora é com você. Não receberá nenhuma referência de nós. Um dos cavalariços irá deixá-la na taverna. Você pode ficar lá e pegar o próximo coche para Londres, se é que pretende ir para lá, mas queremos que você parta ainda esta noite. — Ele se mostrou inflexível, e Eugenia ficou satisfeita com a firme posição do marido.

Eugenia não queria concorrência em relação a Bertie. E nunca lhe ocorreu se perguntar quem cuidaria de seus filhos a partir de agora, ela nem se importava com isso. Os Fergusons estavam apresentando uma frente unida contra a babá, a quem haviam considerado ser uma "prostituta", e não a queriam mais em sua casa.

— E as crianças? — perguntou Angélique com a voz sufocada. Pensar em deixá-las fez com que ficasse aflita. Ela passara a amá-los nos meses em que trabalhara ali e era muito ligada a Emma, que precisava dela. Angélique não conseguia suportar pensar em abandonar a menina.

— As crianças não são mais da sua conta. — Eles não deixaram espaço para discussão e, de qualquer maneira, ela não tentaria mais se defender. A jovem sabia que tinha perdido, tal como acontecera com Tristan. — Pode ir agora — falou Harry, descartando-a com uma olhada para a esposa. Eugenia ficou satisfeita.

— Sinto muito, Sr. e Sra. Ferguson. Mas acreditem em mim: o que o Sir Bertram lhes contou não é verdade. Espero que um dia vocês descubram isso — falou ela e se virou para sair da sala com toda sua dignidade. Ao atravessar o corredor até as escadas dos fundos, pôde ver Bertie de pé, na sala de estar. Ele olhou para ela sem dar nenhum sinal de reconhecimento, deu-lhe as costas e se afastou enquanto ela corria até o berçário. Angélique estava sem fôlego quando chegou lá.

— Onde você estava? — perguntou Emma, parecendo preocupada. Por um instante, Angélique não soube o que dizer, e Helen pôde ver que ela estava chorando. — Você perdeu o jantar — falou Emma, entregando à babá um biscoito que havia guardado para ela.

— Descobri que tenho que partir esta noite. Uma pessoa na minha família está doente, e eles precisam de mim. — Foi a única desculpa em que conseguiu pensar.

— Você vai voltar quando eles ficarem bem? Estão com *influenza*? — Angélique não queria mentir para ela mais do que o necessário ou prometer retornar quando sabia que não o faria.

— Não, minha querida, não vou. Não posso. Tenho que ficar lá e cuidar deles. Mas vou amar você para sempre. Todos vocês — falou ela, olhando para a mesa, então Emma lhe pediu colo, se agarrou a ela e começou a chorar. Angélique estava chorando também, e Helen ficou chocada.

— Quem vai cuidar da gente? — perguntou Emma.

— Por ora, a Helen, mas tenho certeza de que a sua mãe e o seu pai vão encontrar uma babá muito boa para ficar no meu lugar.

Porém, ela sabia que poucas pessoas estavam dispostas a assumir cinco crianças pequenas — seis, quando Simon estivesse em casa para as férias. Angélique ficou sentada por um bom tempo e depois os colocou para dormir. Ela prometeu a Emma que ainda estaria lá quando a menina acordasse e foi conversar com Helen na despensa.

— O que você falou é verdade? — perguntou Helen em um sussurro, e Angélique balançou a cabeça. — Você disse que não tinha família, a não ser um primo que não gosta de você.

— Fui demitida e não vou receber carta de referência. As vozes que você ouviu aqui ontem à noite não foram um sonho. Um dos hóspedes veio até aqui depois do jantar. Eu o conheci enquanto caminhava ontem. Ele me ofereceu "um pouco de diversão". Eu deixei bem claro que não estava interessada. À noite, ele resolveu subir, bêbado, e me pegou aqui, me agarrou, então eu lutei com ele. Não sabia mais o que fazer, então o mordi no lábio quando tentou me beijar, e ele foi embora. Só que ele contou ao Sr. e a Sra. Ferguson que eu fui ao quarto dele e tentei seduzi-lo. Os dois acreditaram nele, e não em mim quando lhes contei a verdadeira história. Ele é um mentiroso. Está interessado na Sra. Ferguson, e acho que não quer que eu atrapalhe. Mas, de qualquer forma, eu não ia contar isso a ninguém. Estava aliviada só por não ter acontecido nada. O Sr. Ferguson me chamou de prostituta e vadia — confessou Angélique, enquanto as lágrimas rolavam por sua face. — Eles querem que eu vá embora depois do jantar. Um dos cavalariços vai me deixar na taverna. Eles não se importam com o que vai acontecer comigo depois.

— Você tem algum lugar para onde ir? — perguntou Helen, preocupada e lamentando por ela.

— Não. Nem tenho ideia. Talvez Londres.

— Conheço uma mulher em Londres que você poderia procurar para tentar arrumar outro trabalho como babá. Ela foi governanta por muitos anos e agora ajuda a selecionar jovens para trabalhar nas casas das famílias que conhece. Ela é muito discreta, mas ninguém vai contratar você sem referência.

— Eu sei. Talvez eu possa conseguir algum outro tipo de trabalho, consertando roupas ou algo assim. — Ela saíra de Belgrave para a casa dos Fergusons e nunca estivera no mundo sozinha. As duas mulheres se abraçaram, e Angélique foi juntar suas coisas, embora tivesse usado muito pouco do que trouxera consigo. Tudo o que ela realmente precisava colocar em suas malas eram alguns de seus objetos pessoais e os retratos dos pais. Ela havia acabado de guardar o último item quando Helen foi falar com ela.

— Quero que saiba que eu acredito em você. Às vezes, eles trazem algumas pessoas ruins aqui. O irmão dela é um, e já vi outros. Tenha cuidado, Angélique. Procure um bom trabalho, em um lugar onde vão cuidar de você. Sempre ouço histórias das criadas. Não vá para uma casa onde o dono fique atrás de você, ou deixe o irmão persegui-la. Você teve mais sorte do que a última, na noite passada. Ele poderia tê-la forçado a fazer o que queria, e ninguém teria acreditado em você. Nem mesmo se você engravidasse. Tenha mais cuidado a partir de agora.

Angélique tinha acabado de completar 20 anos e ainda não conhecia todos os percalços do mundo. Mas ela havia aprendido uma amarga lição: que a vida era efêmera e que, a qualquer momento, poderia perder tudo e ter de recomeçar.

— Obrigada. Vou ficar bem — falou ela. — Vou sentir saudades de você e das crianças — disse Angélique. Especialmente das crianças. Ela as amava mais do que a própria mãe deles.

— Também vamos sentir sua falta. E Deus sabe quem ela vai arranjar para ficar aqui!

— Espero que seja uma pessoa boa para as crianças — disse Angélique com tristeza.

— Eu também espero — concordou Helen, chateada.

Angélique desceu para se despedir de Sarah e contar a ela o que havia acontecido. Era algo comum para ela as criadas serem despedidas devido a uma mentira contada por um hóspede. Elas frequentemente eram acusadas de roubar ou de seduzir alguém, assim como a menina da fazenda que engravidara do irmão da Sra. Ferguson. Sarah abraçou Angélique e pediu a ela que escrevesse mandando notícias. A jovem prometeu que o faria. Então, ela voltou ao berçário a tempo de as crianças acordarem. Brincou com eles e leu histórias durante toda a tarde. Suas coisas estavam arrumadas e, logo depois do chá, ela colocou seu vestido preto, pendurou as roupas de babá e os aventais no armário. Emma a observava com os olhos arregalados.

Depois de banhar as crianças e vesti-las com suas roupas de dormir, Angélique deixou o berçário e levou as malas lá para baixo, uma a uma, enquanto Emma chorava de soluçar. Por fim, ela carregou o baú com toda a sua fortuna e seus tesouros e voltou para abraçar Helen e as crianças. Os três mais velhos se agarraram nela. Então, Angélique deu o último beijo em Emma e, em seguida, nos gêmeos e fechou silenciosamente a porta do berçário com lágrimas rolando pelo rosto.

Eugenia estava vestida para a ceia quando Harry entrou em seu quarto de vestir e disse que queria falar com ela. Ela pediu a Stella que os deixasse sozinhos por um instante.

— O que houve? — Ela ainda estava chateada com a história da noite anterior. Como aquela garota se atrevia a colocar suas garras em Bertie? Ela estava reservando-o para si.

— Você não acha que a versão da babá seja a verdadeira, não é? Estive pensando nisso o dia todo. Ela parecia muito sincera, e nós não conhecemos Bertie tão bem assim. Não é correto mandá-la embora se ela estiver dizendo a verdade.

— Claro que não — respondeu Eugenia, irritada. — Essa garota é uma mentirosa. Você não percebeu? Ela foi atrás dele, e Bertie não a quis. Ela é uma garotinha ambiciosa tentando arrumar um marido entre os nossos hóspedes. Você é muito inocente. Eu vi isso nos olhos dela.

— Não sou tão inocente quanto você pensa — falou ele, encarando a esposa com os olhos semicerrados. — Ele é um homem arrogante. Tenha cuidado. Ele pode ir atrás de você — avisou.

Havia um limite para Harry. Eugenia não podia envergonhá-lo. E havia algo em Bertie de que o dono da casa não gostava, especialmente depois de ouvir a versão de Angélique.

— Harry, não seja bobo. Eu nunca faria isso com você — disse Eugenia.

Ele assentiu com a cabeça e não disse mais nada. Voltou para seu quarto de vestir, quando Stella retornou para arrumar os cabelos de sua senhora. Eugenia parecia mais aliviada agora que Angélique estava indo embora. A babá era uma complicação desnecessária para ela, além de um obstáculo que queria muito remover.

— Sinto muito ouvir sobre a Babá Latham, senhora — falou Stella enquanto arrumava seus cabelos em um penteado elaborado. — Ela era uma boa garota e uma ótima babá.

— Aparentemente, não tão boa quanto nós imaginávamos. Não quero uma prostituta correndo atrás dos meus hóspedes ou cuidando dos meus filhos.

Stella não retrucou. Ela ouvira a verdadeira história, contada por Sarah naquela tarde. Mas todos sabiam que ninguém iria acreditar em uma criada. E os motivos de Eugenia estavam bem claros para todos, mesmo que seu marido não conseguisse enxergar.

Lá embaixo, Angélique estava se despedindo do Sr. Gilhooley.

— Por favor, acredite em mim. Não fiz nada de errado — falou ela, com a voz baixa.

— Eu acredito em você. Cuide-se, Vossa Senhoria. Tenha cuidado.

Angélique assentiu com a cabeça e entrou na carroça que um dos cavalariços havia aprontado para ela e que já estava carregada com suas malas para levá-la até a taverna. O Sr. Gilhooley ficou ali, de pé, observando com lágrimas nos olhos enquanto a carroça se afastava.

Levou pouco tempo para chegarem à taverna, que estava cheia de homens barulhentos bebendo. Era um local ruidoso e cheirava a cerveja. Lá havia três quartos para alugar. Angélique perguntou quando o próximo coche partiria para Londres e descobriu que havia um à meia-noite, se ela quisesse ir. Ela preferia isso a passar a noite na taverna, com vários bêbados no andar de baixo. Pagou um quarto por algumas horas, e um cavalariço levou sua bagagem para o andar de cima, onde poderia aguardar o coche.

— Vai querer algo para comer? — perguntou-lhe o cavalariço.

— Não, obrigada — respondeu Angélique com educação, pensando nas crianças que havia deixado para trás e na jornada até a cidade. Ela não tinha onde se hospedar e nenhum conhecido em Londres. E o pior de tudo: sabia que nunca mais tornaria a ver as crianças. Seu coração doía ao pensar nelas.

Ela ficou sentada no quarto esperando em silêncio até o coche chegar, depois desceu as escadas e pediu ao cavalariço que a ajudasse com a bagagem. A jovem embarcou no coche e manteve o pequeno baú em seu colo. Havia um homem ao seu lado, que adormeceu logo. Ele estava com um cheiro forte de bebida. Alguns minutos depois, o coche partiu para Londres. Ela adormeceu um pouco antes de chegarem a Londres e, quando acordou e olhou pela janela, viu o sol iluminar a cidade. Lembrou-se de um pequeno e respeitável hotel perto da casa do pai, na Grosvenor Square. Ao pensar nisso, sentiu-se novamente agradecida pelo dinheiro que havia ganhado do duque. Pelo menos não morreria de fome e teria um teto sobre sua cabeça. Sem isso, ela poderia estar desamparada nas ruas.

Angélique sabia que se hospedar em um hotel decente seria caro, mas, pelo menos, estaria a salvo. Ficou pensando nisso a noite toda. Decidiu que iria dizer às pessoas que era viúva. Em seguida, faria uma visita à velha governanta indicada por Helen para tentar arrumar um emprego. E, em algum lugar, de alguma forma, com a ajuda de Deus e um pouco de sorte, ela começaria tudo de novo.

Capítulo 10

Quando desembarcou em Londres, Angélique contratou uma carruagem para levá-la ao pequeno hotel que havia nas proximidades de sua antiga casa. Ela não queria se arriscar a se instalar em um bairro perigoso e, sem reclamar, gastou o pagamento que recebeu de Gilhooley para ficar em um lugar seguro. Ela se registrou como Sra. Latham, tomou o café da manhã na sala de jantar e caminhou pela cidade durante um bom tempo. Sarah lhe dera o nome e o endereço da Sra. McCarthy, a velha governanta. Ela ajudava criadas, governantas e babás com referências que a procuravam indicadas por amigos.

Ela recebeu Angélique em sua pequena casa e pediu-lhe que aguardasse alguns minutos. Era uma mulher com cabelos grisalhos e muito séria. Ao retornar, ofereceu a Angélique uma xícara de chá e a conduziu até a cozinha, onde se sentaram. A jovem usava um vestido preto simples, tinha o cabelo preso em um coque e explicou que precisava arranjar um emprego de babá. Contou que havia trabalhado para os Fergusons em Hampshire por quase um ano e meio, cuidando de seus seis filhos, embora um deles estivesse em um internato desde setembro.

— Apenas uma babá para seis crianças? — perguntou a senhora, surpresa.

— Sim, mas havia uma criada para me ajudar — explicou Angélique e, quando mencionou a idade das crianças, incluindo os gêmeos, a mulher de cabelos grisalhos se mostrou impressionada.

— Quantos anos você tem? — perguntou a idosa, pensando que aquela moça parecia muito jovem, nova demais para lidar com seis crianças. Ela já ouvira falar dos Fergusons e ficou surpresa por saber que a família não tinha duas babás.

— Acabei de completar 20 anos — respondeu a jovem com os olhos arregalados, e a mulher sorriu.

— Você ainda é muito nova. Onde trabalhou antes?

— Foi meu primeiro emprego. Eu morava com o meu pai em Hertfordshire. Ajudava a administrar a nossa casa. — Ela não mencionou o tamanho do lugar, embora a Sra. McCarthy pudesse ver, pela maneira como Angélique falava e pela forma como se comportava, que ela era instruída e bem-educada. — Meu pai morreu há quase um ano e meio. Meu irmão herdou tudo, então tive de trabalhar. — Ela também não revelou que o irmão a vendera como escrava aos Fergusons. Não faria diferença agora, e ela não queria parecer que estava reclamando. Achou que isso causaria uma impressão ruim, e ela não era a primeira pessoa a se encontrar em uma situação como aquela.

— Imagino que os Fergusons lhe deram uma carta de referência? — perguntou a senhora. Angélique se limitou a olhar para ela sem dizer nada, mas, logo depois, balançou a cabeça.

— Não, não deram. — Ela contou exatamente o que tinha acontecido, recostou-se na cadeira e suspirou.

— Você não faz ideia de quanto isso é comum. Escuto essas histórias o tempo todo. É por isso que tento ajudar as jovens a encontrar um novo emprego. Geralmente é o marido quem se comporta assim, não um hóspede. Esse homem parece um sujeito desagradável — comentou ela, mostrando-se solidária à jovem.

— E é. Eu não ia contar nada a ninguém. Mas ele inventou essa mentira, e meus patrões acreditaram.

— Homens assim muitas vezes mentem. Provavelmente ele temia que você contasse, então resolveu falar primeiro, para se proteger. Fico triste pelas crianças. É um jeito ruim de ir embora. Tenho certeza de que elas ficaram muito tristes.

Angélique assentiu, tentando não pensar em Emma com lágrimas escorrendo pelas bochechas quando deixou a casa dos Fergusons, assim como ela. A mulher parecia pesarosa quando encontrou os olhos de Angélique.

— Tenho certeza de que você é uma babá muito boa. Tão jovem assim e consegue cuidar de seis crianças dessa idade; você tem habilidade para isso. E parece que você gostou desse trabalho.

— Sim — concordou Angélique com um sorrisinho, embora não esperasse que isso fosse acontecer.

— O problema é que, sem referências, não posso ajudá-la. As pessoas poderão pensar que você fez alguma coisa com as crianças, como deixar o bebê cair, ter ficado bêbada, roubado os antigos patrões ou dormido com o marido da patroa. Eles pensam sempre o pior, caso você não tenha nenhuma recomendação, e esse foi seu primeiro emprego... Poderíamos alegar que teve um patrão ruim, se você tivesse outras referências. Mas eu não consigo nem indicá-la como criada sem referências. Vão pensar que você foi flagrada roubando ou algo até pior. Sinto muito, gostaria de ajudá-la, mas não tenho como.

— O que devo fazer? — perguntou Angélique, parecendo desesperada. Ela não fazia ideia de para onde ir e tinha a sensação de que poderia confiar no conselho dessa senhora.

— Pode tentar responder a anúncios nos jornais, mas não vão chamá-la. Sem uma carta de recomendação, não há trabalho. Ninguém quer assumir esse risco, o que é compreensível. Principalmente quando a família tem crianças. — A senhora ficou olhando para ela, pensativa. — Você fala algum idioma? Alemão? Italiano? Francês? Os italianos são um pouco menos exigentes em relação a referências, mas você tem que falar o idioma deles. Conheci uma família muito gentil em Florença, há alguns anos. A esposa era inglesa, é claro. Mas as crianças agora estão crescidas.

— Falo francês — respondeu Angélique, com a voz baixa. — Tenho descendência francesa. Falo o idioma fluentemente. Ensinei francês aos filhos dos Fergusons. A menina fala direitinho. — Novamente Angélique deixou a Sra. McCarthy impressionada.

— Você é bastante boa para alguém que nunca trabalhou como babá. Eles foram muito tolos em demiti-la por causa da história com esse homem e um dia irão se arrepender, talvez mais cedo do que você imagina. Talvez seja melhor você ir para a França — sugeriu a mulher, ao pensar no que a jovem poderia fazer. — A maioria das famílias de lá também quer referências, mas é um pouco menos rigorosa que nós. Você pode conseguir um emprego lá. Poderia, quem sabe, se oferecer para ensinar francês às crianças inglesas. Conheço uma mulher em Paris que faz o que eu faço. Trabalhamos juntas durante anos. — Ela anotou o nome da amiga em um pedaço de papel e o entregou a Angélique. — Receio que seja o melhor que posso fazer. Não haverá nada para você aqui. Se a intenção do hóspede deles era prejudicar você por tê-lo rejeitado, ele certamente conseguiu.

— Acho que a Sra. Ferguson também queria que eu fosse embora — confessou Angélique, em tom baixo.

— É mesmo? — Ela estava com uma sobrancelha bem arqueada enquanto se perguntava se Angélique havia cometido algum pecado imperdoável depois de tudo.

— Ele disse algo sobre ela desejá-lo. Talvez isso fosse verdade. Mas ele estava mais interessado em mim. Bom, foi o que ele disse.

— Minha querida, você estava condenada. Se havia algo acontecendo entre eles, e ele afirmou que sua patroa tentou seduzi-lo, ela certamente faria tudo para se livrar de você. Acho que ele sabia exatamente o que estava fazendo quando inventou essa história. Você é a vítima nisso tudo, mas isso não mudará nada agora. Sem uma carta de recomendação, ninguém vai contratar você como babá ou para fazer qualquer outro trabalho. Acho que a única chance que você tem é ir para a França e procurar emprego lá. Ou talvez ir para a América, Nova York. Mas isso é um pouco extremo. Vá para a França primeiro, já que fala francês.

A senhora se levantou, apertou a mão de Angélique e desejou-lhe boa sorte. Desnorteada, a jovem deixou a casa. Ela não conseguira um emprego e ainda teria de sair da Inglaterra. Estivera em Paris com o pai, mas isso fazia muitos anos. E seria muito diferente agora, pois estaria procurando emprego em um país estrangeiro. Já era bastante difícil aqui, em uma cidade que ela conhecia. Mas percebeu que a mulher estava certa. Não lhe restava alternativa. E a América parecia terrível para ela. Pelo menos a França ficava ali perto, e ela sempre poderia voltar.

Quando retornou ao hotel, ela perguntou na recepção como poderia pegar um navio que atravessaria o canal, e lhe explicaram que teria de pegar um barco de Dover para Calais e contratar um cocheiro de lá até Paris. Disseram que ficariam felizes em fazer os arranjos para ela, algo que Angélique concordou. Ela não poderia permanecer em Londres se não iria encontrar trabalho, então decidiu partir no dia seguinte. Pelo menos, ela podia dormir em um quarto limpo aquela noite, depois de estar no coche imundo vindo de Hampshire, na noite anterior.

Naquela tarde, passou em frente à casa do pai, na Grosvenor Square, e esperava ver Tristan ou Elizabeth, mas a residência parecia fechada. Ela caminhou devagar até o hotel, sentindo-se desanimada. Não tinha ideia do que encontraria em Paris, nem do que poderia fazer. E se não conseguisse arranjar nenhum trabalho lá também? Sem uma recomendação ou algum tipo de referência, ninguém a aceitaria. Sir Bertram e os Fergusons haviam colocado Angélique em uma posição terrível. Tudo o que poderia esperar agora era que alguém a contratasse como babá em Paris e lhe desse uma oportunidade. Mas por que deveriam fazê-lo? Ela poderia ser uma assassina, e ninguém saberia. Ela parecia uma jovem honesta, bem-educada de visita a Londres, usando um de seus vestidos mais velhos e discretos, mas isso não significava nada. Angélique só pensava em arrumar um emprego quando chegasse a Paris, mas tinha medo de não conseguir.

A jovem passou a noite no hotel e pediu uma refeição no quarto. Queria ficar sozinha e não tinha a menor intenção de conhecer ninguém na sala de jantar. Não sabia o que dizer. Sua história sobre ser viúva soava inverossímil até mesmo para ela. Dormiu mal naquela noite, pensando nas pessoas que havia deixado na casa dos Fergusons, nas crianças, e preocupada com o que iria encontrar em Paris. Ela se sentia totalmente sozinha no mundo. Ficou sentada olhando para o pequeno retrato do pai por um bom tempo e percebeu que nunca tinha sentido tanta saudade dele do que naquele momento.

Ela se levantou antes de amanhecer e vestiu roupas de viagem. O hotel havia reservado um coche para levá-la até Dover, e o cocheiro colocou suas malas no alto depois que ela pagou a diária do hotel e o que devia a ele pela viagem, que durou 11 horas. Fora um trajeto agradável no início, mas ela estava preocupada demais para se dar ao luxo de apreciá-lo, e o trecho final da viagem acabou se mostrando bastante cansativo. Eles chegaram a Dover no final da tarde, e a jovem embarcou em um pequeno barco a vapor para atravessar o canal. Era uma jornada rápida, mas Angélique sabia que não era tranquila, sem contar com o vento. Ela embarcou quando o sinal soou, e logo o barco já estava navegando. Angélique havia reservado uma cabine para viajar sozinha até a costa francesa. O mar estava muito agitado, mas ela se sentia bem, então foi tomar um ar no convés. De lá, observou a Inglaterra ficar para trás, já começando a visualizar sua vida em Paris. O pessoal do hotel em Londres lhe indicara um pequeno e respeitável hotel na cidade francesa, que não era muito caro e ficava em um bom bairro. Angélique planejava procurar a amiga da Sra. McCarthy e esperava conseguir arrumar um emprego logo.

Após a longa viagem daquele dia, ela se sentiu renovada quando o barco aportou na cidade de Calais. A brisa do mar lhe fazia bem, e ela havia tido bastante tempo para pensar em sua vida. Ao desembarcar, reservou um coche com dois outros passageiros, ambos franceses, cujo destino era Paris. Não teve problema em falar com ninguém. Seu francês continuava impecável. Os fiscais verificaram seus documentos de identidade, constatando que tudo estava em ordem, então, alguns minutos depois, após uma parada rápida para uma xícara de chá em um café próximo, o grupo seguiu para Paris. Angélique carregava seu pequeno baú trancado no colo e acabou caindo no sono com o balanço do coche na estrada acidentada. Ela dormiu na maior parte do caminho e acordou quando chegaram a Paris, no início da manhã. Precisou alugar outra carruagem para levá-la ao hotel no 6º arrondissement, na divisa com o 7º, na Rive Gauche.

Fazia mais de 24 horas que Angélique estava viajando quando chegaram ao destino, e ela se sentiu surpreendentemente contente ao ver o lindo Hôtel des Saints-Pères em Saint-Germain-des-Prés. Tinha o saguão belamente decorado, e seu quarto era iluminado pelo sol, com uma bela vista para um jardim, uma igreja e um pequeno parque. Da janela, ela podia ver mulheres empurrando carrinhos ou levando seus cães para passear. Era uma cidade bonita e, de repente, Angélique se sentiu feliz por estar ali, em um novo lugar, onde poderia começar uma nova vida, longe dos Fergusons, do irmão de sua antiga patroa e de toda a dor e decepção dos últimos tempos. Ela teria de voltar a trabalhar, mas, por enquanto, estava livre.

Angélique deixou as malas e o baú trancados no quarto, saiu para dar uma caminhada e ouvir as pessoas falando francês nas ruas. Observou as carruagens passarem, algumas muito grandiosas, mas havia também outras menores, de passeio, e algumas fazendo entregas. Pôde notar que Paris era uma cidade movimentada e passou por vários parques com estátuas e árvores bonitas, antes de voltar ao hotel. Então subiu para o quarto com um sentimento de paz e com boas expectativas para o dia seguinte, quando iria finalmente conversar com a Sra. Bardaud.

Pensou em ir ao Louvre pela manhã, ou dar um passeio na rue du Faubourg Saint-Honoré, além de visitar as bonitas lojas por lá, mas decidiu que sua prioridade era ir ao encontro da Sra. Bardaud. Ela se lembrou dos passeios que havia feito com o pai pela cidade. Os dois tinham passado momentos maravilhosos juntos, visitando amigos e ficando hospedados no Hôtel Meurice, na rue Saint-Honoré. Sentiu uma ligação estranha e inexplicável com aquela cidade, como se uma parte dela soubesse que era metade francesa, e se sentia feliz por estar em casa. Angélique lamentava muito não ter conhecido a mãe e a família dela. O *château* da família havia sido reconstruído após a Revolução e agora pertencia a outra pessoa, que Angélique não sabia quem era. A monarquia fora restaurada havia 15 anos, depois de Napoleão, e agora Charles X estava no trono. O rei era um Bourbon, e a jovem sabia que os dois tinham um grau de parentesco distante por parte da mãe, mas isso não significava nada para ela agora. Precisava de um emprego, e, pelo visto, sua ascendência nobre não a ajudaria a conseguir um, assim como não ajudara na Inglaterra, mesmo sendo parente do rei George IV por parte de pai.

Mesmo sendo parente de reis e filha de um duque, ao ser banida da família pelo irmão, só lhe restava trabalhar como criada e ficar à mercê de quem a contratasse. A única coisa que a salvava da ruína total era a bolsa que havia escondido no baú. Sem isso, ela provavelmente estaria passando dificuldade nas ruas. Angélique estava bem ciente disso quando foi dormir naquela noite. Acabara usando um pouco do dinheiro que o pai lhe deixara para pagar a hospedagem em Paris e sua viagem. Gastara a maior parte de seu pagamento com o hotel, as carruagens e o barco. O dinheiro que ganhara do pai lhe permitia se hospedar em lugares decentes, onde se sentia segura, algo fundamental para ela.

Porém, Angélique só pensava em encontrar um emprego logo. Aquele dinheiro não iria durar para sempre, e ela pretendia economizar o máximo possível para que, um dia, quando estivesse mais velha, pudesse comprar uma casa e parar de trabalhar. Mas ainda era muito cedo para isso. Ela não sabia quais as burocracias necessárias para se comprar uma casa, e isso era muita responsabilidade para uma jovem da sua idade. Ela precisava trabalhar antes de qualquer coisa e não tinha certeza de onde queria morar, se na Inglaterra ou na França. Angélique não tinha mais laços com ninguém, estava perdida no mundo, procurando seu lugar. Era como voar pelo céu, sem nada a prendendo, mas tinha de pousar em algum lugar, só não fazia ideia de onde. Todos os laços que uma vez a seguraram haviam sido cortados quando o pai morreu e Tristan a renegou.

Naquela noite, adormeceu pensando em tudo isso e acordou tarde na manhã seguinte, confusa e sem saber direito onde estava. Então, quando olhou pela janela, se lembrou. Também se recordou do que tinha de fazer naquele dia. Ela ia procurar a Sra. Bardaud e tentar arrumar um emprego. E logo estaria trabalhando novamente. Ela queria aproveitar sua liberdade enquanto podia, mas esperava que não fosse por muito tempo.

Separou outro vestido sóbrio — levara poucas frivolidades consigo quando deixara Belgrave. Comeu croissants e tomou café com leite na pequena sala de jantar do hotel e pediu orientação ao funcionário da recepção sobre como chegar ao endereço aonde precisava ir. Decidiu caminhar até lá — era um lindo dia de primavera, e Angélique sentia-se feliz enquanto fazia o percurso a pé. De repente, sentiu falta das crianças, mas disse a si mesma que precisava se concentrar em sua nova vida agora.

Mme Bardaud morava no terceiro andar de um estreito edifício no 2º arrondissement, na Rive Droite. Subiu até o andar, bateu à porta e foi recebida por uma mulher que parecia uma vovozinha, que a olhou de cima a baixo. Angélique explicou que a Sra. McCarthy a havia enviado, então Mme Bardaud, que havia sido governanta em Londres antes de se casar, convidou-a para que entrasse.

— Como posso ajudá-la? — perguntou gentilmente a senhora.

Angélique explicou à mulher, em um francês impecável, que estava procurando emprego como babá ou preceptora, e que poderia dar aulas particulares de francês a crianças inglesas se os pais desejassem.

E, assim como a senhora em Londres, ela também queria saber sobre o último trabalho de Angélique.

Ela contou que cuidava de seis crianças, informou suas idades e quais exatamente eram seus deveres, quanto tempo tinha ficado no emprego e disse que aquele fora seu primeiro trabalho.

— E por que você saiu de lá? — perguntou ela, e então Angélique contou-lhe tudo o que havia acontecido, confessando que não tinha nenhuma referência para apresentar pelos 16 meses que trabalhara para os Fergusons, embora jurasse ter feito um bom trabalho.

— Tenho certeza de que fez — falou a mulher suavemente —, e essas histórias são mais comuns do que você imagina. Acredito em você, minha querida. Mas nenhum empregador irá contratar uma babá sem referência. Eles não sabem se você roubou seu último patrão ou se fez algo muito pior do que se recusar a ser seduzida por um de seus hóspedes. E não há ninguém para corroborar sua história.

Paris não era diferente de Londres nesse sentido. Mme Bardaud disse a ela que, sem uma carta de referência, não havia como conseguir um emprego, exceto talvez lavando pratos ou limpando o chão, mas não em uma casa de família. E ela não conhecia ninguém que pudesse empregá-la.

— O que eu vou fazer? — perguntou Angélique em voz alta, expressando toda sua angústia. Ela estava lutando contra as lágrimas e se sentia completamente perdida.

— Não posso fazer nada para ajudar você, minha querida. Você precisa de algo que comprove que é uma pessoa responsável e honesta, e, sem uma referência de seu empregador anterior, ninguém irá contratá-la — explicou a mulher.

Angélique agradeceu-lhe, parecendo atordoada, e foi embora alguns minutos depois. Não havia nada que pudesse fazer, nenhum lugar para onde ir. Então, pensou na sugestão da Sra. McCarthy, de ir para a América, mas e se quisessem referência lá também? O que ela iria fazer?

Ela caminhou lentamente e foi perambulando até os Jardins das Tulherias, depois de passar pela Place Louis XVI. Paris era tão linda, mas ela não tinha amigos e não se sentia protegida ali. Era outra cidade onde não tinha para onde ir. Angélique estava tentando não entrar em pânico, mas sentia-se assustada demais com sua situação. Ela se perguntou que conselho seu pai lhe daria. O bom homem não poderia nem imaginar que a filha um dia se encontraria numa situação como aquela.

Ela se sentou no banco de um parque e ficou ali por um tempo, tentando achar uma saída, mas não conseguiu pensar em nada. Voltou para o hotel e foi até o quarto. Pegou um livro e começou a ler, tentando fugir de seus problemas por alguns minutos. Ela se perguntou se o hotel a deixaria trabalhar para eles como criada, mas sentia-se muito envergonhada para perguntar.

Ficou no quarto até escurecer e depois resolveu andar pelas ruas de Paris novamente, parando para comer. Sentiu-se constrangida ao entrar em um restaurante sozinha. Ela nunca tinha feito algo assim antes, e isso a deixava desconfortável. Notou que alguns homens olhavam para ela, assim como alguns casais. Era jovem e bonita, e sozinha. O fato de ter falado que era viúva não significava nada para eles. Como não pertencia às ruas, assim que terminou de comer, voltou para o hotel. Pegou um itinerário diferente, desceu uma rua estreita e, de repente, ficou em dúvida sobre o caminho a seguir. Virou a esquina e se viu em outra rua estreita, então percebeu que estava perdida. Ficou com medo, pois a rua estava muito escura. De repente, ela ouviu um gemido e pulou de susto, olhando ao redor. Perguntou-se se era um gato ou um cachorro, mas não parecia ser um som humano. Tudo o que ela queria fazer era correr. E, quando começou a se apressar, viu uma figura caída na sarjeta. Parou para olhar, imaginando que poderia ser uma criança ferida. Ela caminhou lentamente em direção à pessoa no chão e, sem pensar, curvou-se em sua direção e viu tratar-se de uma menina com um corte na testa e com o rosto todo ensanguentado. Tinha os olhos fechados, e um deles, inclusive, estava bastante inchado. Angélique pensou que ela estava inconsciente, mas, então, a menina abriu os olhos e olhou para ela.

— Vá embora, me deixe em paz — disse a garota, gemendo.

Angélique quase não compreendeu suas palavras, pois a menina tinha muita dificuldade em falar, com os lábios machucados.

— Você está ferida — observou ela, gentilmente. — Me deixe ajudá-la. — A menina precisava ser levada para o hospital, mas Angélique não sabia como podia ajudá-la. A garota usava um vestido de cetim vermelho, estava sem casaco e tinha um arco preto no cabelo. Havia sido atacada por alguém muito violento, certamente. — Quer que eu chame a polícia? — perguntou Angélique, e então os olhos da menina se abriram novamente, mas ela apenas balançou a cabeça e gemeu.

— Nada de polícia. Vá embora.

— Não vou deixar você aqui — falou Angélique com firmeza. — Vou levar você para casa, ou para um hospital, se preferir. — A jovem começou a chorar quando Angélique disse isso. Ela parecia uma boneca de pano caída no chão com o vestido completamente sujo. — Você não pode ficar aqui a noite toda, ou a polícia vai encontrá-la. Consegue se levantar? — perguntou Angélique. A menina não parecia ser capaz de se levantar ou de andar. — Espere um pouco. Volto logo.

Angélique saiu apressada. Mais cedo, vira carruagens de aluguel na rua de onde tinha vindo. Levou alguns minutos para que ela encontrasse uma e conseguisse levá-la até a rua estreita onde havia se deparado com a jovem. Então pediu ao cocheiro que parasse e esperasse por ela enquanto ia buscar a menina. Quando Angélique chegou ao local onde a havia encontrado, viu que ela tinha caído no sono, então a sacudiu com delicadeza. A menina tentou protestar quando Angélique a levantou, mas não teve força para resistir. Angélique a apoiou em seu corpo e a levou até a carruagem, então o cocheiro pegou a jovem machucada no colo.

— Parece que algo muito ruim aconteceu a ela — comentou o homem, preocupado com a jovem que Angélique havia resgatado.

— Ela caiu da escada — falou Angélique com naturalidade. Então, deu ao cocheiro o endereço do hotel e se sentou ao lado da menina. Angélique tirou sua capa preta e envolveu a jovem com ela, que apenas abriu os olhos e olhou para sua salvadora.

— Para o hospital ou para o hotel onde estou hospedada? — perguntou Angélique simplesmente, enquanto a menina olhava para ela, incrédula.

— Seu hotel. — Ela não teve forças para argumentar e não podia ir a qualquer lugar sozinha. Todo o seu corpo estava machucado, provavelmente tinha alguma costela quebrada e respirar doía muito.

— Você deveria ter me deixado lá — disse a jovem com tristeza.

— Certamente que não — respondeu Angélique com firmeza, como se estivesse falando com uma criança e, poucos minutos depois, as duas chegaram ao hotel. Angélique pagou ao cocheiro, e ele a ajudou a tirar a passageira ferida da carruagem. Usando a capa de Angélique, a garota se inclinou com dificuldade sobre ela, e as duas entraram no hotel. O funcionário na recepção naquele momento estava ocupado e não prestou atenção quando elas entraram no saguão. Ele reconheceu Angélique e continuou concentrado em seu trabalho enquanto ela ajudava sua convidada a subir as escadas até o quarto. A garota parecia prestes a desmaiar quando Angélique abriu a porta de seu quarto. A filha do duque praticamente a arrastou para a cama e a ergueu nos braços, pois a jovem só tinha forças para observar sua salvadora com gratidão através das lágrimas.

— Me desculpe — falou a moça e fechou os olhos por causa da dor. Angélique foi pegar toalhas limpas e uma camisola.

Angélique limpou o rosto da menina com delicadeza e tirou sua roupa. O vestido era barato, e ela usava um perfume forte, mas o que mais chamou a atenção de Angélique foram os cortes, os hematomas e o sangue seco no rosto. Levou algum tempo para terminar de limpar a jovem. Angélique tirou o arco da cabeça da estranha e alisou-lhe os cabelos. A jovem tinha uma aparência bem melhor depois de limpa. Angélique deu-lhe um copo d'água. A menina tomou um gole e se recostou nos travesseiros, soltando um gemido.

— Qual é o seu nome? — perguntou Angélique.

— Fabienne — sussurrou a jovem.

— Você sabe quem fez isso com você? — perguntou Angélique e a menina balançou a cabeça, fechando os olhos novamente.

Então, logo depois, a menina adormeceu. Angélique se sentou em uma cadeira ao lado dela e cochilou também, acordando algumas horas mais tarde, com um grito da garota.

— Sshhh... está tudo bem. Você está segura — disse Angélique gentilmente quando Fabienne acordou assustada.

— Por que você quis me ajudar? — A jovem não conseguia entender o que havia acontecido. Estava em um quarto estranho, em uma cama confortável e com lençóis limpos. Era tudo muito surreal depois de ter sido espancada e jogada na rua.

— Eu não podia deixar você na rua — respondeu Angélique simplesmente. Ela tirou a roupa, então vestiu a camisola e um roupão. — Como está se sentindo?

— Péssima. — Fabienne sorriu através dos lábios inchados enquanto Angélique observava os ferimentos em seu rosto. O corte na testa não era tão grave assim, embora muito provavelmente fosse deixar uma cicatriz. — Mas estou feliz por estar aqui. Você deve ser um anjo.

— Não. — Angélique sorriu para ela. — De modo algum. Só apareci no momento certo. Tem certeza de que não quer ir para o hospital? Posso pedir um médico ao hotel se você quiser — argumentou ela, e Fabienne balançou a cabeça, parecendo assustada novamente. Seu medo de qualquer tipo de autoridade fez com que Angélique se perguntasse o que a menina estava escondendo dela.

— Você fez algo errado para acabar tão machucada assim? — perguntou Angélique como se estivesse falando com uma criança.

Fabienne desviou o olhar, deu de ombros e não respondeu. Angélique sabia que, independentemente do que tivesse feito, ela não merecia ser espancada, e se lembrou do vestido de cetim vermelho, do arco no cabelo e do perfume forte. Foi então que, naquele momento, entendeu, mas não se importava com isso. A jovem estava muito machucada e precisava de ajuda. Mas Fabienne não percebeu o olhar de compreensão de sua salvadora.

— Quantos anos você tem? — Com o rosto limpo, ela parecia bastante jovem.

— Dezessete.

— Você tem família? — perguntou Angélique.

A menina balançou a cabeça em resposta.

— Eu também não. — Angélique sorriu para ela. — Então, talvez seja uma coisa boa ter ajudado você.

— Foi muito gentil da sua parte — falou Fabienne com gratidão.

Angélique se acomodou novamente na cadeira, diminuiu a lamparina, então a jovem voltou a dormir. Quando Angélique acordou na manhã seguinte, Fabienne estava sentada na cama, parecendo um pouco melhor, e olhava para ela.

— Preciso ir embora — disse a jovem assim que percebeu que Angélique estava completamente desperta.

— Você tem para onde ir?

Fabienne demorou muito para responder à pergunta, mas, por fim, balançou a cabeça e explicou:

— Eu fugi.

— Por isso machucaram você? Alguém a encontrou?

A jovem balançou a cabeça novamente.

— Saí de casa quando tinha 15 anos. Meus pais morreram, e eu fui morar com a minha tia e o meu tio. Ele era uma pessoa muito ruim, e ele... ele... abusava de mim... o tempo todo. Minha tia não fazia nada. Ele estava sempre bêbado, ela também... então eu fugi. Morava em Marselha e vim para Paris em busca de trabalho. Tentei arrumar emprego. Procurei emprego em restaurantes, lojas e hotéis.

Consegui um emprego como faxineira em um hospital, mas me despediram quando descobriram a minha idade. Não consegui encontrar mais nada e não tinha dinheiro nem para comer. Morria de fome e frio o tempo todo. Às vezes, eu me escondia em algum cantinho e dormia na rua.

"Foi então que conheci uma mulher que prometeu me ajudar. Ela disse que havia outras garotas morando na casa dela e que elas eram como uma família. Eu não sabia mais o que fazer, então fui com ela, mas só então descobri o que realmente eram... Aquilo era o mesmo que o meu tio fazia comigo. Só que eu fazia com estranhos. Tínhamos que trabalhar para ela o dia todo. Éramos cinco meninas, e eles pagavam para nos usar. Mas era ela quem recebia o dinheiro e ficava com tudo. Raramente nos dava o que comer. Todas nós éramos jovens, só havia uma garota mais velha, e nós não podíamos sair para procurar emprego, pois não tínhamos o que vestir. Ficávamos de roupas íntimas o tempo todo, esperando os homens chegarem. Ela falava que ia nos pagar, mas nos dava muito pouco.

"Fiquei naquela casa por dois anos até que não aguentei mais. Então fugi e imaginei que, se eu continuasse fazendo a mesma coisa, só que por conta própria, poderia ficar com o dinheiro todo. Mas a verdade era que ela nos protegia. Não era uma boa pessoa, mas não deixava que os homens nos machucassem. Não muito, pelo menos. Alguns deles eram rudes, mas, quando ouvia uma de nós gritar, ela os mandava parar e fazia com que fossem embora. E registrou todas nós junto à guarda nacional, então a casa dela era legalizada. Mas as meninas na rua não são. E uma vez que fiquei sozinha, não havia mais ninguém para me proteger. Alguns homens são muito ruins. Esta é a terceira vez que sou espancada, e foi a pior. Ele pegou todo o meu dinheiro, me bateu e fugiu. Conheci outras meninas na rua, uma delas foi esfaqueada e morta no mês passado. Ela tinha 16 anos. Acho que vou ter que voltar para a casa da Madame Albin, se ela me aceitar. Ela nos protege e, trabalhando na casa dela, estamos dentro da lei. Nas ruas, não temos documentação. Um policial me prendeu no mês passado. Ele disse que me deixaria ir se eu cuidasse dele, mas ele era muito grosseiro. Madame Albin administra a casa de forma muito correta, e eu não posso fazer isso sozinha."

Angélique tentou não demonstrar que estava chocada com o que tinha ouvido. Que história trágica de miséria e desespero a dessas adolescentes que não tinham para onde ir e eram exploradas por pessoas como Madame Albin e abusadas por homens a quem eram obrigadas a servir, como o que havia espancado Fabienne e roubado o dinheiro dela. Angélique suspeitava que, por trás de todos os machucados e do inchaço no rosto, havia uma jovem bonita. Aquela história era revoltante, mas podia entender que era fácil de acontecer. Meninas que não conseguiam empregos, não tinham dinheiro nenhum nem lugar para morar se viam sujeitas à única coisa que poderiam fazer para sobreviver. Ela conseguia entender isso perfeitamente agora. Sem referência, a filha do duque também não estava conseguindo arrumar um emprego e, se não contasse com o dinheiro do pai, uma hora dessas, poderia se encontrar na mesma situação. Desde bem jovem, Fabienne levava aquela vida, pois sua única saída era vender o próprio corpo.

— E você, o que você faz? — perguntou Fabienne. — Você deve ser rica para se hospedar em um lugar como este.

— Não, não sou. Sou babá. Ou pelo menos era até alguns dias atrás. Fui demitida, e a família para quem eu trabalhava na Inglaterra me mandou embora sem uma carta de referência. Não consegui outro emprego em Londres, então vim para cá.

— Você fala francês muito bem — elogiou Fabienne, impressionada.

— Aprendi quando era criança. Meu pai me ensinou porque a minha mãe era francesa. Ela morreu quando eu nasci — explicou Angélique. Fabienne assentiu, interessada na história daquela mulher. — Então agora estou procurando emprego, sem referência, e também não estou conseguindo encontrar nada aqui.

— Eu poderia apresentá-la a Madame Albin. — Fabienne estava testando-a, mas ela podia ver que Angélique não era esse tipo de mulher. Ela parecia inteligente, educada, e havia algo muito distinto nela. — Acho que vou voltar a trabalhar para ela, se eu for aceita de volta, é claro. — Fabienne pareceu triste quando disse isso. Ela queria se livrar das garras da madame, mas agora tinha consciência de que estava presa a ela.

— Por que você não fica aqui por alguns dias até se recuperar e, então, decide o que fazer? Eu não vou a lugar nenhum. Bom, pelo menos por enquanto. Preciso procurar emprego. Você pode ficar deitada e descansar enquanto eu estiver fora.

— Não quero me aproveitar da sua bondade. Madame Albin me dará alguns dias para eu me recuperar antes de me fazer voltar a trabalhar. Ninguém irá me querer agora.

Na verdade, Fabienne sabia que alguns homens iriam querer, sim. Eles não se importavam com sua condição física. Os clientes de Madame Albin não eram muito exigentes. A casa dela não era de classe alta como outras que haviam pela cidade. Mas Madame Albin tinha muitos clientes e ganhava um bom dinheiro com o negócio, só não dividia os lucros com as meninas.

Angélique achou aquela história inacreditável. Ela nunca havia imaginado que poderiam existir mulheres como Fabienne. O desespero e a falta de oportunidade as levavam àquela vida. Era a única forma que tinham de não morrer de fome. E, uma vez que se submetiam a essa situação, ficavam presas àquela condição. Elas não tinham para onde ir.

— Você não me odeia pelo que eu contei, odeia? — perguntou a adolescente, nervosa.

— Como eu poderia odiá-la? Estou triste por você e gostaria que houvesse outra forma de você ganhar a vida, sem ser espancada ou explorada por Madame Albin.

— Ela, na verdade, não é tão má. Antigamente, também levava essa vida, então sabe como são as coisas... Mas agora já está muito velha para isso e atende só um ou dois clientes antigos, mas eles só vão lá para conversar. Estão com bastante idade também. Ela gosta de ter meninas bem jovens para servir aos homens. Eles preferem as mais novas. A mais velha em nossa casa tinha 18 anos. A mais nova tinha 14, mas parecia ter mais idade.

Angélique estava aprendendo rápido sobre um mundo do qual nunca tinha ouvido falar e esperava que jamais tivesse de se submeter a ele. Sentia pena de todas aquelas meninas, especialmente de Fabienne, que parecia ser uma pessoa doce, que poderia ter construído uma vida digna, se o mundo tivesse lhe dado uma chance. Mas isso não aconteceu, e ela foi obrigada a fugir do tio, caindo direto nas garras de Madame Albin. Todos a usaram, e ela não conseguia se libertar daquela vida.

— Algumas garotas gostam do que fazem — admitiu Fabienne —, especialmente quando ganham dinheiro com isso. E algumas das que trabalham sozinhas têm um cafetão. Mas eles as espancam e pegam todo o dinheiro também. As únicas que ganham com isso são as cortesãs, como Madame Albin. E os cafetões, é claro. As meninas nunca ganham, ou não ficam com o suficiente. Eles apenas nos usam como animais e levam o nosso dinheiro. Madame Albin diz que custava muito dinheiro nos alimentar e administrar a casa. Mas nenhuma de nós comia muito, pois não tínhamos nem tempo. Trabalhávamos de manhã até a noite. Os homens apareciam o tempo todo: pela manhã, antes de ir para o trabalho. Na hora do jantar ou quando conseguiam um tempo livre, de noite, antes de voltar para casa. Alguns simplesmente não iam para casa e diziam às esposas que estavam com amigos, ou iam nos procurar depois que suas mulheres já estavam dormindo. E alguns deles nem eram casados. Os que eram, alegavam que suas esposas não queriam mais se deitar com eles ou que estavam grávidas. Há muitas razões pelas quais os homens vão nos procurar. Mas alguns deles querem apenas ter alguém com quem conversar. Tem homens muito legais, mas não a maioria — contou a menina.

Angélique estava triste por ela. Mas Fabienne era muito consciente de sua vida e do que fazia para sobreviver. Para ela, aquilo era um emprego, assim como era para Angélique ser babá. A filha do duque se perguntou o que seu irmão diria se ela um dia se tornasse prostituta.

— Você pretende ficar aqui em Paris? — perguntou Fabienne.

— Não sei. Vai depender se eu encontrar um emprego ou não. Vou tentar conseguir trabalho aqui primeiro. Se nada der certo, talvez eu vá para a América, mas me parece tão longe... E se eu não conseguir arrumar um emprego quando chegar lá também?

— Eu ficaria assustada se tivesse que ir para tão longe — admitiu Fabienne.

Angélique também se sentia assustada. Aos poucos, percebeu que gostava de conversar com aquela moça. Sentia que havia feito uma nova amiga, mesmo as duas tendo vidas completamente diferentes. Bom, suas histórias certamente eram.

— Está com fome? — perguntou Angélique, e Fabienne assentiu, meio sem graça. Ela não queria incomodar. — Vou buscar alguma coisa para comer. Tem croissants e café lá embaixo.

Angélique vestiu suas roupas e desceu as escadas para pegar o café da manhã para as duas. Minutos depois, ela subiu com a comida em uma bandeja e a colocou na cama ao lado de Fabienne. Ela estava ciente de ter deixado a bolsa no quarto, mas havia muito pouco ali. Sua fortuna estava trancada no baú, e Angélique sentiu que poderia confiar em Fabienne. A jovem não parecia ser o tipo de pessoa que roubava, e ela esperava estar certa em seu julgamento. Quando voltou, viu que seus pertences continuavam intocados.

Assim que elas terminaram o café da manhã, Angélique se trocou para sair. Fabienne tentou se levantar, mas suas costelas doíam tanto que ela afundou de novo nos travesseiros.

— Talvez eu fique por mais um dia — falou ela, com a aparência pálida.

— Quero dar uma caminhada — disse Angélique. — Vou trazer comida quando voltar.

— Obrigada — respondeu a jovem com gratidão.

Ninguém nunca havia sido tão generoso com ela nem mesmo seus pais quando estavam vivos. Até mesmo as meninas com quem ela trabalhava discutiam umas com as outras, às vezes. Ela podia ver que Angélique era uma boa pessoa e que não se importava em compartilhar seu quarto de hotel. Fabienne nunca havia estado num lugar tão elegante quanto aquele.

Angélique saiu minutos depois e, conforme o prometido, voltou trazendo queijo e um pouco de salame, patê, baguete e algumas maçãs. As duas fizeram uma refeição simples, mas deliciosa, e Fabienne comeu com voracidade, pois estava morrendo de fome.

— Me desculpe, não como há dois dias — disse Fabienne.

— Está tudo bem — tranquilizou-a Angélique.

Quando chegou ao hotel depois do passeio, ela havia informado na recepção que sua prima estava hospedada em seu quarto. Dessa forma, não pensariam que estava tentando enganá-los. Cobraram uma pequena taxa por uma pessoa a mais no quarto, mas Angélique não se importou em pagar pela estada de Fabienne e não contou nada à menina, pois sabia que ela não tinha dinheiro.

Naquela tarde, Angélique conversou com uma das camareiras do hotel, que alegou o mesmo que as outras mulheres: sem referência era praticamente impossível arrumar um emprego e, certamente, não como babá em uma boa casa de família, nem mesmo como camareira de hotel. Ela teria de aceitar qualquer tarefa, fosse esfregar o chão ou lavar louças em um restaurante. Ela teria de desistir da ideia de trabalhar em uma casa de família ou em um hotel de luxo. Ao não lhe dar uma carta de recomendação, os Fergusons haviam acabado com sua oportunidade de conseguir um emprego digno. A culpa também era um pouco de Bertie, que fizera os amigos acreditarem nele. Juntos, eles roubaram qualquer futuro respeitável de Angélique. A menos que ela tivesse a sorte de encontrar alguém disposto a lhe dar uma oportunidade, mas isso seria muito improvável. Ela estava desanimada quando voltou para a sala e encontrou Fabienne adormecida na cama. A jovem parecia melhor quando acordou. Ela sabia que Angélique havia saído para conversar com a camareira.

— O que ela disse? — perguntou Fabienne.

— Que, sem referência, não há esperança de emprego. Talvez eu tenha que ir para a América mesmo. Quem sabe eu consiga um trabalho como costureira — falou Angélique, deprimida.

— Você vai ficar cega. E não pagam quase nada. Tentei trabalhar como costureira quando cheguei a Paris... E precisa costurar muito bem. Você sabe cozinhar?

Angélique hesitou antes de responder e balançou a cabeça.

— Na verdade, não. Mas provavelmente precisaria de uma recomendação para isso também.

Ela pensou em todos os funcionários de Belgrave e nos da casa dos Fergusons e em todas as tarefas que eles sabiam fazer. Aquelas pessoas trabalhavam havia uma vida inteira, e todos provavelmente tinham recomendações. Havia chaves para abrir as portas certas, e ela não possuía nenhuma. Sentiu o desespero começar a dominá-la.

Naquela noite, Angélique saiu para comprar o jantar e voltou com um frango assado de um pequeno restaurante nas proximidades, cenouras, batatas e uma baguete. As duas compartilharam a refeição enquanto conversavam sobre suas vidas. Fabienne conhecia muito mais os homens do que ela. O mundo que Angélique conhecia era o das crianças de quem havia cuidado e o universo no qual tinha sido criada. Mas ela não entrou nesses detalhes com Fabienne, muito menos contou quem era seu pai.

— Gostaria de me casar um dia — confessou Fabienne, toda inocente, quando elas terminaram de comer, soando como uma típica jovem da sua idade —, se alguém me desejasse. Eu adoraria ter filhos.

— Crianças dão muito trabalho — comentou Angélique, sorrindo. — A mulher para quem eu trabalhei teve gêmeos na última gravidez, mas eles eram dois anjinhos.

— O parto deve ter doído muito — comentou Fabienne, de forma prática.

— Tenho certeza de que sim. Ela não quis ter mais filhos depois deles.

— Nem eu iria querer. Uma das meninas com quem trabalhei engravidou no ano passado e decidiu ficar com a criança. Foi para a casa dos pais e deixou o bebê lá quando voltou ao trabalho. Mas diz que é bom quando vai para casa e o vê. Madame Albin não deixa as meninas irem para casa com muita frequência, e a maioria não tem para onde ir mesmo, ou seus pais não as querem mais com eles. A menina que teve o bebê disse aos pais que trabalha como costureira em Paris, e eles acreditaram nela. Eu nunca pensei em voltar para Marselha, nem quero. Odeio meus parentes — falou a jovem, referindo-se a seus tios. Angélique podia entender o porquê, depois do que o tio havia feito com ela.

Ambas se sentiam cansadas e foram cedo para a cama naquela noite. Quando amanheceu, Angélique foi a primeira a acordar e permaneceu deitada, pensando. Fabienne abrira os olhos dela para outra vida. Parecia algo sórdido e de mau gosto, mas já havia ouvido falar dessas mulheres antes. Elas eram malfaladas e evitadas pela alta sociedade, mas Angélique sabia que existiam casas bem famosas, frequentadas por homens importantes. Esses estabelecimentos eram quase como clubes. As mulheres que viviam lá eram muito procuradas pelos homens. Eram cortesãs. Angélique não conhecia aquele lado sombrio da vida, mas havia ficado intrigada por aquele mundo. Comentou isso com Fabienne quando ela acordou, e as duas conversaram sobre o assunto durante o café da manhã, enquanto comiam croissants e tomavam café com leite.

— Não existem casas sofisticadas que fazem o que a Madame Albin faz? Já ouvi sobre isso. Acho que homens muito poderosos vão até lá para encontrar mulheres glamorosas sem que suas esposas saibam.

— Claro — disse Fabienne com conhecimento de causa —, mas não é o caso da casa de Madame Albin. Homens assim não a procuram. Eles gostam de mulheres muito elegantes, e elas custam uma fortuna. É tudo muito escondido e grandioso. Já ouvi falar sobre essas casas também, mas nunca estive em uma.

Angélique prestava total atenção em Fabienne. Elas pareciam duas garotinhas fazendo travessuras. A filha do duque ficou sentada, perdida em seus pensamentos por um minuto.

— O que seria necessário para abrir uma casa dessas? — perguntou.

Fabienne riu e respondeu:

— Muito dinheiro. Uma casa incrível e grandiosa, roupas bonitas, mulheres lindas, comida, vinhos maravilhosos e provavelmente criados. Custaria uma fortuna. E você teria que administrar o estabelecimento como se ele fosse um clube secreto, que todos desejam frequentar, um local onde os homens mais importantes da cidade se sintam à vontade. Você teria que ser muito rica e conhecer várias pessoas importantes para abrir uma casa dessas. — explicou a jovem.

Fabienne já ouvira falar de uma casa de luxo assim perto do Palais Royal, mas nunca conhecera ninguém que tivesse trabalhado lá. Era um mundo distante do de Madame Albin.

— Você conhece alguma menina que trabalha numa casa dessas?

— Conheci uma. Ela me contou que costumava trabalhar em uma das melhores casas de Paris, mas bebia muito e engordou, e acho que roubou dinheiro, então foi mandada embora. Ela era muito bonita. E ouvi falar sobre outras duas que abriram um negócio juntas e tinham clientes muito importantes. Elas ganharam muito dinheiro, mas se aposentaram e foram para o sul. Por quê?

— E se abríssemos nossa própria casa? Sei que isso parece loucura, mas estou pensando em abrir um estabelecimento realmente elegante, numa bela casa e com as meninas mais lindas da cidade. Um lugar que os homens importantes possam frequentar. Algo que funcionasse como um ponto de encontro para esses cavalheiros com essas meninas. Você conseguiria encontrar alguma garota dessas?

— Eu poderia tentar. Posso perguntar por aí. Mas, provavelmente, elas já estão trabalhando em outros lugares. Por outro lado, se a sua casa for realmente boa, elas podem querer trabalhar para você e trazer seus clientes habituais. Mas você precisa de muito dinheiro para abrir uma casa de luxo.

— Posso conseguir uma boa quantia, se não for uma fortuna. E tem que ser um lugar seguro para as meninas trabalharem. Onde elas se sintam protegidas, nunca sejam maltratadas e recebam uma parte justa do dinheiro que ganham com o trabalho.

— Você está falando de um hotel ou de um bordel? — Fabienne estava curiosa e podia ver uma centelha de animação nos olhos da outra mulher.

A mente de Angélique estava a todo vapor. Certamente, não era o que o pai iria querer que ela fizesse com o dinheiro, mas, talvez, se ficasse no negócio por alguns anos, pudesse conseguir juntar uma boa quantia para se estabelecer. E seria uma alternativa muito melhor para aquelas mulheres do que trabalhar nas ruas por conta própria, ou em casas onde eram exploradas. Angélique não conseguia pensar em mais nada que pudesse fazer de imediato. Ela nunca iria conseguir um trabalho decente. O dinheiro que o pai havia lhe deixado poderia até permitir que comprasse uma casa, mas, de qualquer forma, precisava trabalhar para se sustentar. E todas as portas para empregos respeitáveis estavam fechadas para ela agora. A ideia que acabara de ter parecia uma solução criativa para a situação em que se encontrava, além de ser uma chance de ganhar dinheiro. E ela ainda seria dona do próprio negócio, não precisaria mais trabalhar como babá.

— Estou falando sério — disse Angélique. — E se abríssemos o melhor bordel de Paris? Algo realmente luxuoso? Se eu encontrar a casa ideal, você acha que poderia me ajudar a selecionar as meninas que possuem clientes importantes?

— Eu poderia tentar. Você realmente quer fazer isso? — Fabienne parecia atônita.

— Quero.

— Quantas garotas você quer? — Fabienne a olhava com admiração.

— De quantas precisamos? — Angélique ainda estava aprendendo sobre o novo negócio.

— Seis seria um número bom. Oito seria o ideal. E você? Iria trabalhar também?

Fabienne ficou chocada ao perceber que havia mesmo feito essa pergunta. Angélique não parecia o tipo de mulher que vendia o próprio corpo, mas nunca se sabe. Algumas das prostitutas mais famosas de Paris pareciam mulheres respeitáveis, e não eram. Fabienne tinha ouvido falar muito delas. Geralmente contavam com pessoas que as protegiam.

Angélique balançou a cabeça.

— Não, eu não. Iria apenas administrar o estabelecimento, proteger as mulheres e combinar tudo com os clientes. Mas eles não poderiam encostar um dedo em mim. Essa é minha única condição.

— A maioria das cortesãs apenas administra, e algumas delas têm apenas uns poucos clientes — observou Fabienne, pensativa.

— Não quero nenhum — disse Angélique, com o olhar sério.

— Tudo bem, então. Sua casa, suas regras.

— Encontre as meninas, mas elas não podem ser muito jovens. E precisam ser interessantes, experientes e boas de conversa.

Fabienne assentiu. Estava começando a entender o que Angélique queria. Aquilo seria mais interessante do que qualquer coisa que ela já vira, e Fabienne gostou da ideia. Afinal, era muito melhor do que voltar para a casa de Madame Albin, ou arriscar a vida nas ruas sozinha, correr risco de ser espancada e ter de fugir da polícia.

— Vou procurar a casa — falou Angélique. — Agora você tem que se recuperar para me ajudar a encontrar as meninas.

— Você acha que pode mesmo fazer isso? — perguntou Fabienne com um olhar de espanto. Aquilo parecia um sonho para ela.

— Não sei. Vamos tentar. — Ela não pretendia desperdiçar o dinheiro do pai. O plano precisava funcionar. — Quero ter o melhor bordel de Paris.

Então, quando começaram a fazer uma lista do que precisavam, Angélique sabia que o destino havia acabado de abrir uma porta e lhe mostrar um novo caminho. Sentiu que ela e Fabienne haviam se encontrado. Angélique olhou para a jovem e sorriu. Uma vida totalmente nova para as duas estava apenas começando.

Capítulo 11

Naquele dia, Angélique começou a pensar em como poderia colocar seu plano em prática. Ela tirou seus vestidos das malas e examinou um por um. Precisava parecer uma viúva respeitável quando fosse procurar uma casa para alugar e poderia apresentar Fabienne como sua dama de companhia. Pensou bastante e decidiu que era melhor alugar, e não comprar, um imóvel em um bom bairro. Um lugar onde não corressem o risco de serem observadas de perto.

Ela havia levado um vestido de seda azul-marinho, com gola de renda e saia larga, mas apertado na cintura, com um casaco combinando, que costumava usar para jantar em Belgrave com o pai; um vestido vermelho-escuro de gola alta, um xale e dois vestidos pretos simples que usara quando estava de luto, perfeitos para caracterizá-la como uma jovem viúva distinta. Angélique também se aproveitava de seu porte elegante e aristocrático, bem como seu jeito de falar, que diziam tratar-se de uma mulher de classe. A jovem tinha levado também um par de luvas, um leque que havia pertencido à mãe, uma bolsinha que comprara em Paris mesmo, além de um vestido de lã preto muito simples que usara na casa dos Fergusons. Dispunha de tudo o que precisava para parecer convincente para o papel que queria desempenhar. Ela poderia colocar um lenço de renda no pescoço de Fabienne e fazer com que a jovem parecesse sua criada pelos próximos dias enquanto ambas resolviam seu futuro. Todas as roupas de Angélique eram obviamente de qualidade. Mas, quando pegou os chapéus, viu que eles haviam ficado muito amassados depois de dois anos guardados. Ela segurou um vestido de cada vez e os estudou com atenção. A moda para mulheres jovens e respeitáveis não havia mudado muito nos últimos dois anos, e ela sempre havia usado vestidos sóbrios, em nada parecidos com os de Eugenia Ferguson. Seu guarda-roupa era totalmente adequado à sua idade e à sua posição como filha de um duque.

— Onde conseguiu essas roupas? — perguntou Fabienne enquanto a observava. Aqueles eram os vestidos mais bonitos que a jovem tinha visto na vida. Eram feitos de veludo e seda, com golas de renda finas.

— São minhas. Eu costumava me vestir assim antes de virar babá — respondeu Angélique em voz baixa.

— O que você era? Uma rainha? — perguntou a jovem, brincando, mas sua nova amiga não respondeu. Fabienne percebeu que Angélique tinha seus segredos.

— Claro que não.

Angélique desejou estar de posse do restante de suas roupas, mas não tinha como consegui-las. Ela não ousaria pedir a Sra. White que mandasse suas roupas para Paris, pois a governanta iria querer saber o que Angélique pretendia com aquilo. A jovem ainda não havia tido tempo de escrever para lhe contar que não estava mais trabalhando para os Fergusons. Queria arrumar outro emprego primeiro. E Tristan nunca permitiria que ninguém mandasse nada para ela. Provavelmente, ele já havia jogado tudo fora, pois claramente não pretendia voltar a vê-la.

— Consegue se levantar? — perguntou a Fabienne, cujas costelas ainda estavam doloridas, mas a moça fez que sim e se levantou.

Fabienne era um centímetro mais alta que Angélique, mas, fora isso, as duas tinham tipos físicos semelhantes, embora o busto da jovem prostituta fosse um pouco maior. Angélique segurou os vestidos pretos simples na frente da jovem e semicerrou os olhos.

— Posso descer a bainha. E, se colocarmos uma renda no colarinho e nos punhos, você irá parecer a dama de companhia adequada e elegante de uma lady — disse Angélique, sorrindo para a moça.

— Eu serei dama de companhia? — Fabienne pareceu chocada por um minuto. Isso não fazia parte do plano.

— Enquanto estivermos procurando uma casa para alugar. Sou viúva, e você é a minha criada ou pode se passar por uma prima mais nova. Acabamos de chegar de Lyon para passar um tempo com nossos parentes aqui. Que idade aparento ter?

Fabienne a estudou por um tempo.

— Acho que uns 15 — respondeu ela com sinceridade.

Angélique era pequena e graciosa, e seus cabelos tinham um tom louro claro, que, de alguma forma, faziam com que ela parecesse mais nova que Fabienne.

— Não vai funcionar então. Acha que eu poderia parecer ter 25 ou 26?

— Talvez... Se usar vestidos mais chamativos e com um decote mais ousado.

— Vou providenciar roupas novas quando estivermos na casa. Não quero que os clientes saibam que tenho 20 anos. Não tem problema você ser jovem, mas os clientes e as meninas não vão me respeitar se souberem minha verdadeira idade. Acho que vou dizer que tenho 26. É uma boa idade para uma jovem viúva.

— Do que o seu marido morreu?

Fabienne estava gostando daquela brincadeira. Ela não costumava se divertir assim até o dia em que essa jovem empreendedora a tirou da sarjeta e cuidou dela. Angélique era o anjo da misericórdia em sua vida, e elas estavam prestes a se tornar duas jovens diabas, se seguissem o plano de Angélique.

— Eu o matei — respondeu ela com naturalidade, e Fabienne riu. — Ah, não sei, cólera, malária, algo terrível. Sou muito apaixonada por ele, ou serei, quando alugarmos a casa. Vou me passar por uma viúva feliz quando estivermos recebendo clientes, mas também uma mulher que amou profundamente seu marido e que não vai desrespeitar sua memória. Por esse motivo serei intocável. O que acha?

— Fascinante. Agora estou em dúvida se você é louca, ou muito, muito inteligente. — Fabienne estava sendo sincera.

— Espero que eu seja um pouco das duas coisas — disse ela, séria. — Louca o suficiente para fazer isso e inteligente o bastante para seguir em frente.

Angélique teria de encontrar uma casa e montar um estabelecimento capaz de atrair homens poderosos. Ela iria administrar o próprio negócio, vendendo o corpo de mulheres jovens e bonitas, e isso poderia representar um desafio. E ela queria que seu plano funcionasse, para que todas lucrassem e, eventualmente, pudessem seguir suas vidas, levando todo o dinheiro que iriam ganhar. Ela só queria fazer com que a quantia que o pai lhe deixara crescesse mais um pouco e, depois de um tempo, pretendia se aposentar.

Já Fabienne queria ganhar dinheiro e ir embora de Paris um dia. Quem sabe se casar e ter filhos. Queria voltar para o sul, mas não para casa. Angélique não fazia ideia de para onde iria depois. Ela não tinha casa para voltar e não queria se casar e viver sob o domínio de um homem. Isso parecia nocivo para ela, e muitos homens eram desonestos. Seus irmãos eram, e ela ouvira muitas histórias que colocava a índole deles à prova, e também algumas fofocas sobre Harry Ferguson. Já Sir Bertie queria ter um caso com ela e com sua patroa ao mesmo tempo. Nenhum deles parecia ser uma boa pessoa, exceto seu pai, que havia sido um homem maravilhoso, honesto e que realmente amava a esposa.

— Precisaremos de toucas novas. Meus chapéus estão em péssimo estado. Algo simples para você e talvez um bem grande para mim, para fazer com que eu pareça mais velha.

— Isso não será caro? — Fabienne se mostrou preocupada.

— Provavelmente. E precisamos comprar roupas para todas as meninas. Belos vestidos. No início, não precisamos de nada muito caro, mas temos que estar elegantes para receber os homens que queremos como clientes. Vocês não podem ficar de roupa íntima, como faziam na casa de Madame Albin. Teremos uma sala de estar adequada para entreter nossos cavalheiros. Depois, vocês podem subir com eles para os quartos.

— Como você sabe tudo isso? — perguntou Fabienne, olhando-a, fascinada. Até então, Angélique nunca havia conhecido uma prostituta na vida. Agora, estava pronta para administrar um bordel de classe alta para os homens importantes de Paris.

— Não sei, estou só tendo ideias. — Ela sorria como uma criança animada. — Está se sentindo bem o suficiente para sair hoje?

Fabienne parecia melhor, mas ainda tinha alguns hematomas. O corte na testa estava cicatrizando bem, e os lábios não estavam mais inchados. Ainda sentia as costelas doloridas, mas ela já conseguia se mexer com mais facilidade, embora não quisesse usar espartilho, algo que Angélique julgou não ser mesmo necessário. Isso faria com que ela parecesse mais uma dama de companhia.

— E quantos anos eu tenho nesse conto de fadas que você está inventando? — perguntou Fabienne à sua nova cortesã. A jovem já demonstrava um grande respeito por Angélique, em função do que a moça havia feito por ela e do que ainda tinha a intenção de fazer. Angélique garantiu que iria proteger as meninas e que pagaria bem, o que seria algo muito importante para todas, se fosse verdade, e Fabienne acreditava nela.

— Dezoito, acho. Parece adulta o suficiente — respondeu Angélique, colocando as roupas em cima da cama, descartando o vestido sombrio que usara na esperança de conseguir algumas entrevistas de emprego. Seus dias de babá haviam acabado, provavelmente para sempre. Embora, se fosse necessário, ainda poderia trabalhar como preceptora. Ela gostava da ideia de ensinar crianças mais velhas, jovens bem-nascidas que realmente estavam interessadas em aprender. E tinha facilidade com idiomas, era uma leitora voraz e possuía bom raciocínio para números, o que ajudaria muito em seu novo negócio. Muitas vezes, analisava os livros-razão de Belgrave com o pai e não tinha dificuldade nenhuma em entendê-los.

Só de ouvi-la, observá-la e ver as roupas que possuía, Fabienne imaginou que aquela mulher devia ter nascido em um lar aristocrático, mas que algo muito ruim havia acontecido. Fabienne não perguntou nada, pois não queria parecer bisbilhoteira e, quem sabe, Angélique pudesse contar a ela, um dia, quando as duas se conhecessem melhor.

Elas escolheram suas roupas com cuidado, depois que Angélique subiu com os vestidos que tinha mandado apertar no andar de baixo. A jovem amarrou um lenço de renda no pescoço de Fabienne, ajudou-a a arrumar os cabelos de uma forma simples, uma vez que a moça não conseguia levantar os braços, então elas saíram do hotel como duas damas respeitáveis.

Angélique contratou uma carruagem para levá-las até o chapeleiro recomendado pelo hotel, no 1º arrondissement. Quando chegaram à chapelaria, constataram que era administrada por uma mulher muito bonita e que a loja tinha chapéus fabulosos. Fabienne queria experimentar todos. Angélique comprou um modelo azul-claro lindíssimo para a jovem, que emoldurava seu rosto, e também um preto pequeno e simples para combinar com seu papel de dama de companhia. Então, comprou mais três chapéus muito elegantes para si mesma, que combinavam com seus vestidos. Elas poderiam compartilhar a maioria das roupas, sendo necessário apenas um pequeno ajuste aqui e ali.

As duas jantaram em um bom restaurante, e Fabienne observava tudo com os olhos arregalados. Ela nunca estivera em um lugar como aquele antes. E, agora acompanhada, Angélique já não parecia mais uma mulher questionável.

Após o jantar, elas encontraram um "tabelião" que lidava com transações imobiliárias, inclusive aluguel e venda de imóveis. Fabienne quase engasgou quando ouviu Angélique falar com o tabelião que precisava de um imóvel de muitos quartos, pois suas seis filhas se juntariam a elas.

— *Seis* filhas? — sussurrou Fabienne quando o tabelião foi a outra sala para pegar alguns arquivos que queria mostrar a elas. — Vamos administrar um orfanato?

Angélique apenas sorriu, e o homem voltou um instante depois para descrever três casas para elas, todas para alugar. Uma delas era bastante cara, e Angélique podia ver que ele estava tentando saber quanto ela estava disposta a pagar. De forma educada, ela respondeu que aquele valor estava um pouco acima de seu orçamento, que era basicamente a pensão que seu falecido marido lhe deixara. Mas as outras duas casas eram viáveis. As outras residências possuíam belos jardins, e uma delas tinha muitos quartos interligados. A outra tinha uma grande sala de recepção, uma sala de estar, outra de jantar e uma saleta no primeiro andar. A cozinha e os quatro cômodos dos criados ficavam no porão, e havia cinco quartos no andar de cima e outros cinco no andar de baixo, além de uma suíte principal muito bonita e alguns quartos menores no sótão. O tabelião garantiu-lhe que a casa estava em boas condições e explicou que o casal de proprietários havia se mudado para Limoges, mas queria deixar a casa alugada. O marido era rico, dono de uma fábrica, e o preço do aluguel parecia de acordo com as condições de Angélique. Ficava em frente a um pequeno parque, e havia outro logo na esquina. A única característica negativa da casa, ele admitiu, era que ela ficava isolada em uma espécie de beco, nas proximidades de um bairro excelente, mas não exatamente nele, e as pessoas que costumavam procurar uma casa tão grande e elegante prefeririam estar no coração de uma das melhores áreas, e não nas proximidades, o que, para os propósitos de Angélique, era algo absolutamente perfeito. Ela não queria estar cercada de famílias respeitáveis, que poderiam ficar indignadas pela constante movimentação de homens nas redondezas, especialmente se seu empreendimento fosse bem-sucedido, e ninguém ficaria vigiando o que iriam fazer dentro da casa. Aquela localização não poderia ser mais perfeita.

— O lugar é seguro? — perguntou Angélique, parecendo um pouco preocupada. — Minhas filhas são muito pequenas, e nós somos uma família só de mulheres. Minhas criadas são todas mulheres também. Não podemos morar em uma área perigosa.

— Claro — respondeu ele. — Posso lhe garantir que esse local é extremamente seguro para mulheres e crianças.

A casa estava disponível para locação havia seis meses, pois as famílias que visitavam a propriedade ficavam desapontadas com a localização. Mas ele percebeu que aquela jovem viúva não parecia se importar por ficar isolada no bairro, já que o preço do aluguel lhe parecia justo. Ele disse que poderia alugar a casa para ela por um ano ou dois, ficaria a critério dela, e renovar o contrato, caso fosse do interesse de Angélique.

— Acho melhor um ano para começar — falou Angélique sem olhar para o tabelião, enquanto Fabienne a observava, admirando a facilidade com que a jovem estava fechando o negócio. — Com a opção para renovar, é claro, se minhas filhas gostarem.

— Tenho certeza de que irão gostar, e o parque nas proximidades é muito bom. Elas vão para a escola? — perguntou.

— Elas estudam em casa — respondeu Angélique educadamente.

O tabelião explicou que havia um espaço para duas carruagens ao dobrar a esquina, e ela ficou satisfeita com essa informação, já que não sabia como seus clientes se locomoveriam.

— Com um quarto para o cocheiro — acrescentou. E os quatro quartos pequenos no porão, ao lado da cozinha, eram adequados para os criados. Tratava-se de uma casa muito boa.

— Quando podemos fazer uma visita? — quis saber Angélique.

— Está um pouco tarde para irmos até lá agora. Prefiro mostrá-la à luz do dia. Posso levar a senhora até lá.

Eles marcaram a visita para o dia seguinte, ao meio-dia. Depois de se despedirem, as duas jovens saíram do escritório e alugaram uma carruagem para voltar ao hotel.

— Meu Deus, você está falando sério sobre esse seu projeto, não é? — perguntou Fabienne, atordoada ao presenciar a conversa da jovem com o tabelião. — Continuo achando que estou sonhando e que vou acordar a qualquer momento.

Mas Angélique estava determinada e, se, com a ajuda de Fabienne, conseguisse encontrar as meninas certas, tinha certeza de que tudo iria sair conforme o esperado. Para Angélique, a casa parecia um presente do céu, ou do inferno, dependendo de como cada um via a situação, considerando o que planejavam fazer. Parecia perfeito para as duas.

— É claro que estou falando sério — respondeu ela com um brilho nos olhos.

— O que vamos fazer em relação à mobília?

— Comprar. Essa é a nossa menor preocupação. Agora você tem que encontrar as meninas certas. Os homens que pretendemos ter como clientes não vão querer mulheres recém-saídas das ruas. Temos que encontrar jovens bonitas e inteligentes que os deixem fascinados. — Ela riu consigo mesma, pensando que Eugenia Ferguson teria sido perfeita.

Eugenia era uma bela mulher, com uma moral duvidosa e gostava de interagir com os homens. Mas também era entediante e mimada. Elas precisavam de mulheres melhores do que Eugenia. Angélique tinha a impressão de que seus futuros clientes iriam querer mulheres que gostavam de atender aos homens e, principalmente, de agradá-los. A casa iria oferecer um serviço diferenciado — elas precisavam estar lindas e elegantes na sala de estar e exuberantes quando subissem as escadas. Ela havia aprendido isso em um romance que lhe agradara muito e que acabou dando asas à sua imaginação na hora de organizar a casa.

— Você sabe onde procurá-las? — perguntou Angélique quando elas chegaram ao hotel.

— Preciso conversar com algumas pessoas. Conheço uma menina muito meiga da Madame Albin. Ela é jovem e bonita, parece inocente, mas não é. Os clientes da madame a adoram. Ela faz com que todos os homens se sintam importantes, e nada parece assustá-la. Além de não chegar nem perto de bebidas e drogas. Ela diz que gosta do que faz, e o faz muito bem.

— Lembre-se de que precisaremos de meninas um pouco mais velhas e mais sofisticadas. Esses homens também querem conversar. Elas precisam ser boas ouvintes, alegres, bonitas e elegantes — disse Angélique.

Ela sabia exatamente que tipo de mulher queria para trabalhar em seu estabelecimento. Fabienne poderia ser uma das meninas jovens e doces, mas ela também precisava de mulheres atraentes e misteriosas.

As duas entraram no hotel enquanto conversavam sobre a casa, com seus novos chapéus em várias caixas. Assim que chegaram ao quarto, Fabienne pôs seu chapéu azul-claro bonito, andou de um lado para o outro pela sala parecendo extasiada e agradeceu novamente a Angélique.

— Obrigada por ser tão boa para mim. — Ela sorriu para a nova amiga e futura patroa.

— Somos parceiras agora — disse Angélique, que colocou um de seus novos chapéus também.

Elas pareciam duas garotas brincando com a roupa das mães. Porém Angélique estava levando seu novo papel muito a sério. Ela administraria o melhor bordel da cidade. Casas desse tipo estavam dentro da lei, assim como a prostituição, desde que as jovens fossem registradas junto à guarda nacional, embora a prática fosse mal interpretada por cidadãos respeitáveis. Mas os bordéis existiam havia centenas de anos, e a polícia não prestava atenção neles. Elas só precisavam ser discretas. E a notícia sobre o lugar, com o tempo, iria se espalhar e atrair os clientes certos. Angélique estava determinada a manter altos padrões e tornar o estabelecimento mais atraente do que certos clubes ou outras casas. Ela e Fabienne sabiam que havia demanda lá fora esperando por elas. Agora precisavam montar a casa e localizar as meninas que atrairiam os homens poderosos como abelhas para o mel.

Capítulo 12

No dia seguinte, quando as duas jovens foram visitar a casa indicada pelo tabelião, Angélique ficou fascinada, era exatamente o que esperava, e já podia imaginar como iria organizar seu estabelecimento. Seria uma espécie de "*hôtel particulier*", uma casa privada. Os donos haviam deixado três lustres na sala de jantar, um maior ainda na recepção e outro no salão da frente. O restante da casa tinha de ser decorado. Angélique sabia que poderia fazer aquilo. Havia ajudado a redecorar Belgrave e aprendido muito sobre o assunto nas duas residências dos Fergusons. Ela queria que a casa ficasse calorosa e convidativa e também elegante. Só não podia gastar uma fortuna. Entrar na casa, para ela, tinha de ser como um abraço reconfortante, para que os homens não quisessem deixá-la ou que ficassem ansiosos para voltar o mais rápido possível. Tudo tinha de ser da melhor qualidade para proporcionar o máximo de felicidade aos clientes.

Depois de verem a casa toda, Angélique disse ao tabelião que ficariam com ela. Estava limpa e em boas condições, e era tão iluminada quanto ele havia dito. Fabienne sugeriu que elas colocassem biombos nos cômodos, para dar privacidade às meninas, se elas precisassem se lavar. Angélique não queria saber desses detalhes, preferia cuidar da decoração, enquanto Fabienne ficava encarregada de encontrar a "equipe".

Ela comunicou ao tabelião que voltaria ao escritório dele com o dinheiro naquela tarde. A jovem preferia pagar em dinheiro e não lhe contou que precisava trocar libras britânicas por francos franceses. Ele queria que ela pagasse antecipado o aluguel do primeiro mês, o que parecia bastante razoável. Angélique voltou ao hotel para pegar o dinheiro, foi ao banco com Fabienne e o valor do primeiro mês foi pago naquela tarde mesmo, quando assinaram o contrato de um ano de aluguel. Por simpatia a ela, que alegava ser viúva, o homem permitiu a Angélique que fizesse tudo por conta própria e não exigiu que ela provasse que tinha condições de arcar com as despesas. Ela parecia estar totalmente acima de qualquer suspeita e não fez nenhum alarde sobre o dinheiro. O tabelião gostava de trabalhar daquela forma e disse que o proprietário ficaria satisfeito por ter alugado a casa para uma família tão simpática. Uma viúva com seis filhas.

As duas garotas estavam praticamente tremendo de emoção quando deixaram o escritório do tabelião. Estava realmente acontecendo! O sonho começava a se tornar realidade, e tudo havia acontecido muito rápido. Mas elas ainda tinham muito trabalho a fazer antes de abrir a casa. Precisavam comprar os móveis e contratar criados. Duas criadas e uma cozinheira, Angélique decidiu, que não veriam com maus olhos o que iria acontecer na casa. E um homem para ajudar, proteger todas elas e fazer o trabalho pesado. E, acima de tudo, estava a tarefa de Fabienne: encontrar as meninas. Essa era a principal tarefa. O resto seria fácil. Mas as mulheres cujos encantos atrairiam os clientes tinham de ser muito bem selecionadas, e Angélique queria conhecer cada uma delas e dar a palavra final. Fabienne conhecia as mulheres que trabalhavam nas ruas e as jovens que vendiam o corpo, mas Angélique conhecia muito melhor o tipo de homens que elas iriam atender.

Dois dias depois, Fabienne começou sua busca. Ela enviou uma mensagem para Juliette, uma das jovens de Madame Albin, perguntando se poderia encontrá-la em algum lugar. Demorou cinco dias para que ela conseguisse um pretexto para sair da casa, então as duas se encontraram em um café. Juliette ficou surpresa ao ver a elegância de Fabienne, bem diferente do tempo em que vivia com Madame Albin. A jovem ficou extasiada quando Fabienne descreveu o plano de Angélique, então se mostrou ansiosa para se juntar a elas e tratou logo de marcar uma reunião com sua futura cortesã.

Angélique achou a jovem uma menina doce e viu nela uma inocência angelical que a fazia parecer mais nova do que realmente era. Mas ela podia ver que existia uma mulher sensual por baixo daquele ar inocente e achava que a jovem reunia qualidades que poderiam atrair bons clientes. Fabienne e Juliette seriam as garotas angelicais, com mais conhecimento sobre como agradar um homem do que sua aparência sugeria. Mas a dona da casa também queria mulheres mais maduras e sedutoras e contava com Fabienne para encontrá-las, algo que ela sabia não ser uma tarefa fácil. Elas pediram a Juliette que ficasse mais um tempo na casa de Madame Albin, sem comentar nada, e prometeram que avisariam a ela quando estivessem prontas para recebê-la, talvez em um mês ou dois. Angélique queria fazer tudo de forma correta e decidiu que não ia se apressar, embora estivesse ansiosa para abrir as portas também.

Enquanto isso, ela passava os dias envolvida na compra de móveis e levando-os para a casa que haviam alugado. Comprou dez grandes camas de dossel, todas em lugares diferentes, e muitos metros de tecido para cobri-las, que ela mesma costurou, e uma cama menor para si mesma. Comprou mesas de cabeceira, armários, cadeiras confortáveis forradas com seda e cetim, tapetes para todos os quartos, inclusive para as salas de recepção, lamparinas a óleo, uma mesa de jantar e belas cadeiras inglesas, sofás confortáveis e bancos egípcios reclináveis para a sala de estar, onde ela já podia imaginar as garotas relaxando enquanto conversavam com os clientes antes de subir para os quartos com eles. Comprou duas mesas de carteado para a sala de estar e belas cortinas em um tom escuro de damasco. A casa estava ficando bonita, e ela teve de usar mais um pouco do dinheiro que o pai lhe dera, mas era muito controlada e não fez nada que não estivesse dentro do orçamento que havia estabelecido.

Com o tempo, o lugar começou a parecer caloroso e de bom gosto, à medida que os móveis iam chegando. Angélique queria que a iluminação fosse perfeita à noite, de modo que a casa parecesse romântica e atraente; então comprou vários espelhos para a sala de estar e para os quartos, e Fabienne mostrou a ela como colocá-los de forma estratégica nos cômodos privados. Elas estavam fazendo todo o trabalho por conta própria e, conforme os móveis iam chegando, inclusive os dos quartos das criadas, as duas jovens se deram conta de que precisavam de um homem para ajudá-las. O mobiliário era pesado, as cortinas, difíceis de ser penduradas, e elas não conseguiam fazer isso sozinhas, embora Angélique estivesse fazendo mágica. Ela até encontrou algumas peças incríveis para o próprio quarto que a faziam se lembrar de seu quarto em Belgrave, aquele que Gwyneth lhe roubara quando chegou, com a permissão dos pais. Dessa vez, Angélique optara por ficar no sótão, mas ocupava um encantador conjunto de quartos que ninguém jamais iria ver. Comprou também alguns quadros simples que adorou, a um preço bem inexpressivo, pintados por artistas franceses desconhecidos.

Elas procuraram alguns anúncios no jornal e entrevistaram vários homens. Era muito delicado dizer a cada candidato que ele estaria protegendo uma casa de mulheres, mas elas precisavam ser sinceras para chegar ao candidato ideal. Vários deles perguntaram se era uma escola ou uma pensão, mas o último que entrevistaram não fez nenhuma pergunta, e ele e Fabienne imediatamente gostaram um do outro. Ele tinha ombros largos e era forte, vinha do sul, assim como ela, e ambos possuíam o mesmo sotaque. Ele disse que havia crescido em uma fazenda e que tinha quatro irmãs. O pai tinha morrido muito jovem e, por isso, ele estava acostumado a ser o único homem da casa. Chamava-se Jacques e, enquanto elas lhe mostravam a propriedade, ele seguia Fabienne como um cachorrinho. Ele não se importou com o quartinho na casa de carruagem, e Angélique explicou que precisaria ser discreto com o que quer que acontecesse na casa principal. Ela ficou aliviada quando ele lhe disse que não era religioso. Uma de suas irmãs era freira, e Jacques achava que ela estava no caminho errado. As outras eram casadas e tinham filhos.

— Haverá homens aqui, não apenas mulheres — falou Angélique, observando-o atentamente. — Talvez muitos homens. E mulheres muito bonitas.

Ele perguntou se seria um hotel, e ela disse que não. Então olhou para Angélique, e ela viu seus olhos se iluminarem. Jacques havia entendido. Ele não era tão inocente quanto se imaginava. Pareceu hesitar por um minuto, mas depois assentiu e lhe fez uma pergunta:

— Fabienne também? — Ele se sentia atraído por ela, o que Angélique não tinha certeza se era uma boa ideia ou não. E se ele se apaixonasse por ela e ficasse com ciúmes? Eles poderiam ter problemas.

— Sim, a Fabienne também — respondeu ela, e ele assentiu.

— Compreendo. É um trabalho como qualquer outro. Todos nós temos que ganhar a vida. Vou proteger todas vocês — afirmou ele, sério, e Angélique pôde ver que o homem à sua frente falava a verdade.

Angélique o contratou imediatamente, e ele foi de grande ajuda, colocando os móveis no lugar, carregando as mobílias que chegavam a todo instante, pendurando cortinas e quadros, e ajudando sua nova patroa a organizar a decoração, enquanto Fabienne se encarregava da seleção das mulheres.

As primeiras garotas que a jovem encontrou foi por meio de conhecidas suas, mas que não se mostraram interessadas. Elas estavam satisfeitas com o que faziam e não queriam trabalhar em um bordel novo na cidade, administrado por mulheres sem experiência. Fabienne explicou que elas seriam devidamente registradas na guarda nacional, teriam proteção e salários justos, mas isso não fora suficiente para seduzi-las. Porém, elas indicaram outras moças que estavam insatisfeitas com seus cafetões ou suas cortesãs. Fabienne gostou de duas garotas, que deixaram Angélique intrigada.

Uma delas vinha, obviamente, de uma boa família francesa e, por algum motivo, escolhera um caminho bem diferente do das irmãs e de seus familiares burgueses. Tinha 24 anos, era prostituta havia sete, parecia uma lady, mas evidentemente não era. E deixou claro que alguns dos pedidos mais "exóticos" de seus clientes não a deixavam ofendida. Dissera que costumava usar um pequeno chicote e prender os homens na cama. Nunca havia ferido nenhum cliente nem permitia que eles a machucassem, mas estava mais do que disposta a experimentar novas "técnicas" e confessou que possuía uma grande coleção de brinquedos eróticos. Angélique tentou parecer indiferente, apesar de se sentir um pouco constrangida. Mas ela era uma mulher linda, sedutora e atraente de uma forma sutil e sensual. Chamava-se Ambre e estava usando um vestido muito elegante, o que demonstrava seu bom gosto. Ambre tinha cabelos pretos e um olhar sedutor, era alta, tinha pernas compridas e seios fartos. Trabalhava sozinha perto do Palais Royal havia um tempo e disse que preferia estar em uma casa, mas que não havia encontrado um lugar de onde gostasse. Mas a proposta de Angélique havia despertado seu interesse, e ela podia ver que se tratava de uma jovem inteligente. Ambre queria trabalhar em uma casa séria e cobrava uma taxa bem alta em função de suas especialidades. Era uma mulher experiente, não tinha a aparente inocência de Fabienne e de Juliette. Disse que gostava do trabalho e que era especialista em seu ofício. Angélique falou que ela seria bem-vinda para se juntar ao bordel, e Fabienne aprovou a contratação, quando as duas conversaram sobre o assunto mais tarde.

— Ela me assusta um pouco — admitiu Fabienne. — E parece uma pessoa muito fria. Mas acho que alguns homens gostam disso.

— Aparentemente — respondeu Angélique, ainda pouco surpresa com a entrevista, mas satisfeita com a decisão que havia tomado.

A outra garota que tinha despertado o interesse de Fabienne era curvilínea, muito jovial, tinha senso de humor e era bastante inteligente. Ela havia fugido de um convento para onde os pais a mandaram em Bordeaux e estava sozinha em Paris. Tinha 22 anos e uma personalidade cativante. Seu nome era Philippine, e Angélique gostou dela de imediato. Era uma linda loira com um rosto encantador, pernas finas e seios enormes, nos quais Fabienne disse que os homens iriam mergulhar.

— Não sabia se você ia achá-la sofisticada o bastante — comentou Fabienne, preocupada. A jovem era sempre direta e sincera, e Angélique gostava muito disso.

— Ela é divertida, e acho que alguns homens vão gostar bastante disso. E podemos separar umas roupas elegantes para ela. Isso não vai ser problema, e ela é muito bonita.

Todas se divertiram durante a conversa. A jovem tinha uma voz encantadora, tocava piano e cantava no coro do convento. Angélique já havia pensado em comprar um piano para a sala de estar. Agora, contavam com Ambre, Juliette e Philippine, mas ainda precisavam de mais quatro mulheres.

Fabienne entrou em contato com uma mulher etíope, que tinha pele cor de café, traços delicados e grandes olhos verdes. Ela havia sido vendida como escrava muito jovem pelo pai e trazida para Paris pela família que a comprara, mas acabou sendo abandonada e se virava como podia desde então. Tinha 19 anos e era a garota mais requintada de todas. Chamava-se Yaba e se encaixava perfeitamente ao grupo diversificado que Angélique tentava formar. Com Yaba, agora eram cinco.

Angélique e Fabienne concordaram em abrir a casa com seis mulheres, mas as duas achavam que o ideal seriam oito, para dar aos homens mais opções. Assim, as garotas poderiam passar mais tempo com eles sem precisar correr para atender o próximo cliente. E, já que tinham quartos suficientes, Angélique pensou que podiam dispor de dez mulheres. Mas oito, por enquanto, era o número que tinha em mente.

Algumas semanas se passaram até Fabienne encontrar mais duas candidatas. Uma delas fora indicada por Philippine. Era uma bela ruiva chamada Agathe, um pouco mais velha que as outras além de mais sofisticada. A moça tinha um protetor que morrera recentemente, então estava em busca de uma nova casa para trabalhar. Seu protetor havia sido político e, portanto, ela conhecia muitos homens que poderiam ser clientes interessantes do novo bordel, e garantiu que os traria consigo. Era uma verdadeira cortesã e acabou sendo convidada a juntar-se ao grupo.

Agathe, por sua vez, recomendou uma amiga que também tinha potencial de atrair muitos clientes. Camille havia trabalhado como atriz, mas achara um caminho mais lucrativo. Possuía certo glamour e, assim como Agathe, tinha 25 anos, uma presença marcante e era muito segura de si. Era uma loira com grandes olhos azuis, uma verdadeira estrela.

Elas estavam se questionando se sete meninas seriam o suficiente quando Ambre, que preferia práticas exóticas e chicotes, as contatou para dizer que havia acabado de conhecer alguém que poderia ser interessante para o bordel. A moça era japonesa e estava presa em Paris pois fora abandonada pelo noivo e se sentia muito envergonhada de ter de voltar para o Japão e contar tudo à sua família. Havia se entregado ao submundo de Paris, mas tinha sido treinada como gueixa. Era intrigante e, quando Angélique a conheceu, achou que ela parecia uma boneca de tão pequena. Ela estava usando um quimono tradicional e falava francês muito bem. Era uma mulher tímida, mas havia deixado Angélique fascinada ao contar sua vida como gueixa. Ela seria o último toque de que precisavam. Tinha 22 anos e se chamava Hiroko. Agora, dispunham de uma jovem para cada gosto: asiática, africana, europeia, alta, baixa, ousada, tímida. Tinham Philippine com seu senso de humor e Ambre, com sua preferência por amarrar os homens. Elas tinham tudo aquilo de que precisavam.

E, com a ajuda de Jacques, a casa finalmente estava pronta para a inauguração. Fabienne e Angélique contataram todas as mulheres e as convidaram para se instalar, o mais rápido possível, em seus aposentos. Angélique queria levá-las para comprar roupas e mandar fazer alguns vestidos. Queria que elas dispusessem de lingeries fabulosas e vestidos de gala dignos de seus clientes. Agathe disse que possuía vários, mas Angélique queria garantir que todas estivessem bem-vestidas e com penteados impecáveis. As oito jovens deveriam proporcionar uma visão incrível no momento em que os homens entrassem pela porta. Angélique dissera a Hiroko que, por enquanto, ela podia usar seus quimonos, o que também seria sensual.

Dentro de uma semana, as mulheres chegaram com bolsas, baús e caixas e finalmente fizeram sua mudança. Fabienne e Angélique já estavam morando na casa havia algumas semanas. Fabienne teve permissão para escolher seu quarto, e Angélique ocupou o sótão. As outras moças selecionaram seus quartos quando chegaram, e todas deram toques pessoais aos seus aposentos. Juliette colocou um ursinho de pelúcia em cima de sua cama, e Ambre, um chicote de montaria pendurado ao lado da dela. Todas ficaram felizes com a arrumação e amaram a casa. Angélique contratou também uma jovem cozinheira e duas criadas para atendê-las.

— Parece que morri e fui para o céu — comentou Philippine na primeira refeição delas na sala de jantar, na bela e nova mesa que acomodava vinte pessoas.

As meninas e seus clientes poderiam até jantar lá. Jacques fazia suas refeições na cozinha, junto com a cozinheira e a criada. E todos pareciam confortáveis com o tipo de atividade que desempenhariam. Não era mais segredo para ninguém, exceto do lado de fora da casa. Mas, lá dentro, os empregados que haviam sido contratados sabiam de tudo.

Após a refeição, Philippine e Camille cantaram para elas no novo piano, e as outras meninas fizeram coro. Angélique informou-lhes que iriam fazer compras no dia seguinte, o que deixou todas animadas. Parecia um internato cheio de garotas. Elas tinham grandes expectativas e não viam a hora de começar a receber os clientes.

Fabienne e Angélique sorriram uma para a outra.

— Conseguimos — disse Angélique, enquanto admirava as mulheres que haviam escolhido, conversando entre uma música e outra.

— Não, *você* conseguiu — afirmou Fabienne, com um sorriso de gratidão e admiração. Angélique tinha uma energia infinita.

— Só cuidei da decoração. Teríamos uma casa vazia se você não trouxesse as meninas.

— Você fez muito mais do que decorar este lugar.

Angélique havia investido um bom dinheiro naquele empreendimento, e as meninas concordaram com o valor que receberiam. Ela lhes pagaria metade do que fosse cobrado aos clientes, e todas acharam o acordo bastante generoso. Ninguém jamais havia feito isso por elas.

— Seremos famosas em Paris — disse Agathe, feliz da vida.

Angélique já havia contatado os conhecidos do antigo protetor de Agathe e os convidado para visitar o bordel, mesmo que fosse só para conhecer o lugar e jantar com ela. Queria que os clientes se sentissem bem-vindos e à vontade, e disse que não se importava se não subissem no início. Ela esperava que aquela casa fosse mais do que apenas um bordel — imaginava o lugar como um salão, até chegarem ao andar de cima, onde era muito melhor. Camille e Ambre haviam contatado seus clientes habituais e tinham muito a contribuir. Na verdade, todas tinham, cada uma à sua maneira.

— E você, Angélique? Vai entreter os clientes? — perguntou Ambre de forma muito direta, mas sua patroa apenas balançou a cabeça.

— Não. Vou conversar com os homens na sala de estar e entretê-los junto com vocês, mas vou administrar o lugar e contribuir de outras maneiras. — Ambre assentiu, e nenhuma das garotas parecia se importar com isso.

Elas não achavam que Angélique as estava explorando como outras cortesãs costumavam fazer; na verdade, tinha aberto as portas para elas, conseguindo os melhores clientes possíveis — pelo menos essa era a esperança de Ambre.

— Como vamos chamar a casa? — perguntou Yaba, provocando um grande falatório. As sugestões foram as mais variadas, porém a que todas gostaram foi Le Boudoir, que soava íntimo, sensual e nada vulgar. Angélique também gostou do nome.

Ela levou as meninas às compras no dia seguinte, na parte da tarde, e o grupo saiu em duas carruagens alugadas por Jacques. Havia uma antiga na casa de transporte nas redondezas, que era útil, mas não elegante o suficiente para elas.

Ao chegarem à costureira que haviam indicado a Angélique, a mulher se recusou a atendê-las, pedindo-lhes que saíssem dali. Ela sabia exatamente o que as meninas eram e não queria nenhum tipo de contato com elas. Isso deixou Angélique chocada e fez com que ela se lembrasse de que a sociedade não aprovava seu novo negócio, não importava quão bem as coisas funcionassem ou que as meninas fossem lindas. Todas estavam vestidas de forma respeitosa, além de serem eram bonitas, exóticas e exuberantes, o que chamava atenção. Elas eram diferentes das mulheres burguesas, que as olhavam com ar de reprovação. Porém os homens as admiravam.

O grupo foi a outra loja, que ela e Fabienne já haviam visitado antes. Lá havia mercadorias muito bonitas e, mesmo sabendo com quem estava lidando, a gerente da loja ficou feliz em atendê-las e agradeceu-lhes a preferência. Ela fora muito educada e simpática com todas as meninas. Então, depois, o grupo foi a outra loja para comprar espartilhos e roupas íntimas. Ficaram deslumbradas quando viram as peças de renda. Estavam animadas com os vestidos de gala que usariam para receber os clientes com mais um ou dois vestidos de dia, mas sabiam que seria muito mais importante estar impecável por baixo deles. Ofereceram a elas lingeries fabulosas em seda e cetim, algumas com aberturas em certas partes, rendas, ligas, espartilhos minúsculos e todo tipo de acessório para ressaltar seus já lindos corpos. Philippine até convenceu Angélique a comprar um conjunto de cetim e renda para si mesma.

— Ninguém nunca vai ver isso — disse ela de forma prática, rindo.

— Ah, não seja tão puritana — provocou Philippine. — Você pode ser atropelada por uma carruagem. Pense em como será excitante quando for para o hospital e eles virem suas roupas íntimas! Venha, junte-se a nós. — Ela disse isso de forma tão espontânea e engraçada que Angélique comprou o conjunto e, quando voltou para casa, se divertiu com as meninas, encantada com sua nova aquisição.

As garotas desfilaram com suas roupas novas e decidiram fazer um ensaio geral naquela noite, durante o jantar, usando os vestidos que haviam comprado.

Quando desceram para a ceia, Angélique se deu conta de que nunca tinha visto um grupo de mulheres mais espetacular do que aquele e sabia que havia escolhido as garotas certas. Sentiu-se aliviada ao ver que todas tinham bons modos à mesa. As oito se comportavam como ladies, independentemente da profissão que haviam escolhido, e ela se sentia orgulhosa disso.

Angélique estava usando o melhor vestido de gala que trouxera de Belgrave, feito de um rico veludo azul. Havia colocado os brincos e o colar de safira que foram de sua mãe, e todas as mulheres lhe disseram que ela estava belíssima. As meninas também tinham orgulho dela.

— Você parece uma princesa — elogiou Camille, com generosidade, e foi sincera. Angélique a corrigiu, rindo, antes que pudesse conter as palavras.

— Não, sou apenas uma duquesa. — E, assim que falou isso, arrependeu-se no mesmo instante.

— O que você quer dizer com isso? — perguntou-lhe Agathe, intrigada.

— Nada. Eu estava só brincando.

— Não, não estava — insistiram. Todas sentiam que havia um ar de mistério sobre Angélique. — Conte-nos a verdade. Você é uma duquesa?

Angélique hesitou por um instante, mas se deu conta de que conhecia a história de todas aquelas mulheres, sabia de onde tinham vindo e por que estavam ali. Então elas também poderiam conhecer a sua história.

— Não, não sou uma duquesa — respondeu ela. — Sou apenas uma lady. Mas meu pai era um duque. Meu irmão herdou o título e a propriedade dele. De acordo com a lei britânica, ele ficou com toda a fortuna da família, exceto com uma pequena casa na propriedade, que foi para o meu outro irmão. Por eu ser mulher, não herdei nada, nem a propriedade, nem o título, nem o dinheiro. Minha mãe era duquesa, e meu avô era um marquês francês. Quando meu pai morreu, meu irmão me mandou para a casa de uma família que ele conhecia para trabalhar como babá, alegando que nós éramos apenas primos distantes. E é por isso que eu não tenho nada e não sou ninguém. Agora, a esposa do meu irmão é a duquesa de Westerfield, e não eu — disse ela com humildade.

— Então, como pagou por tudo isso? — perguntou Juliette timidamente, expressando o que nenhuma delas tinha coragem de colocar em palavras.

— Meu pai me deu um presente antes de morrer. Esse presente deveria me sustentar pelo resto da vida caso eu precisasse. Tenho certeza de que não era dessa forma que ele queria que eu utilizasse o dinheiro, para dizer o mínimo. Mas espero que todas nós consigamos lucrar com o negócio e que, eventualmente, possamos nos aposentar. Enquanto isso, graças ao meu pai, estamos todas aqui.

— Le Boudoir de la Duchesse! — disse Philippine com entusiasmo, dando outro nome à casa. Todas aprovaram. — E para o inferno com a sua cunhada! Para nós, você é a verdadeira duquesa. Acho que você deveria ser uma princesa, mas duquesa já está bom.

— Todas pareciam felizes, e Angélique achou graça.

— Quando vamos abrir? — quis saber Ambre. Elas já tinham suas roupas, e a casa parecia impecável. Angélique havia registrado todas na guarda nacional. Não havia motivo para esperar mais.

— Por que não descansam amanhã? — sugeriu Angélique. — Então abriremos depois de amanhã. — Elas haviam levado dois meses para organizar tudo. — Vocês podem mandar mensagens aos seus clientes amanhã e pedir a eles que tragam os amigos para conhecer a nossa casa. Ninguém é obrigado a fazer nada quando chegar aqui, exceto conhecer todas vocês e tudo o que temos a oferecer. A inauguração oficial será depois de amanhã — anunciou ela, levantando a taça para brindar com suas meninas. — A vocês, ladies! Obrigada por estarem aqui. — Ela sorriu para as moças, grata por terem acreditado nela.

— À duquesa! — disseram elas em uníssono, e levantaram suas taças para brindar com Angélique.

Capítulo 13

Conforme prometido, as garotas que tinham clientes habituais trataram de avisar a todos eles que a casa estava aberta, mas, durante três longas semanas, ninguém apareceu. Todas as noites, elas colocavam seus vestidos sofisticados, acomodavam-se no salão sob uma suave luz de velas, enquanto Jacques ficava na porta de uniforme, esperando para receber os convidados, que não apareceram. Angélique entrou em pânico e, no final da segunda semana, as meninas estavam deprimidas.

Sem saber mais o que fazer, uma tarde, ela levou todas para o Louvre e depois foram dar uma caminhada no parque. À noite, jantaram em um restaurante chamado Maison Catherine, na Place du Tertre, em Montmartre. Os clientes ficaram olhando para elas, principalmente as mulheres, com expressões frias, suspeitando o que faziam. Elas estavam bem-vestidas, e talvez esse tenha sido o motivo de chamarem tanta atenção.

Ao voltarem para casa, a noite, mais uma vez, foi dolorosamente longa, sem nenhum homem na sala. As meninas jogavam cartas, Philippine as entretinha com piadas, Camille tocava piano e Angélique tentava acalmar todas, assegurando-lhes que os clientes iriam aparecer no devido tempo. Elas rezavam para que a dona da casa estivesse certa. Os homens que queriam como clientes eram pessoas ocupadas e que tinham carreiras para cuidar e vidas para organizar.

Então, finalmente, como se fosse um milagre, após três semanas sem nenhuma visita, um dos contatos de Agathe apareceu trazendo um amigo. Ambos eram pessoas renomadas e conhecidos de seu antigo protetor. E, quando entraram na sala de estar do Boudoir, ficaram surpresos com o que viram. Nove mulheres espetacularmente lindas em vestidos elegantes, uma delas, inclusive, usando belas joias, e todas com um sorriso estampado no rosto.

— Ora, ora — disse Alphonse Cardin, olhando ao redor, feliz em rever Agathe.

Eles haviam entrado apenas por curiosidade, mas ficaram encantados com as belas mulheres. Beberam e jogaram cartas com elas, fumaram charutos e, como ninguém mais apareceu naquela noite, Angélique disse em voz baixa ao Sr. Cardin que ele era bem-vindo para levar quantas meninas quisesse lá para cima ou até experimentar todas, como um presente por ser o primeiro visitante. Ele pareceu bastante animado. O amigo e ele escolheram quatro cada um. Angélique se viu sozinha no salão, parecendo satisfeita. Os dois cavalheiros ficaram até as seis da manhã. Ela já havia ido se deitar, mas Cardin fora gentil e lhe enviara um bilhete no dia seguinte com uma garrafa de champanhe. O bilhete dizia: "Bravo, ma chèrie! Merci. A.C." Sua noite, aparentemente, fora um sucesso, assim como a de seu amigo, que tinha preferência pelo exótico, e ficara com Ambre, quando soube de suas especialidades, e com Yaba, Hiroko e Agathe. Ele gostou tanto da noite que disse a Cardin que não fazia ideia de qual menina, ou de quantas, escolheria na próxima vez, embora quisesse experimentar as garotas com quem Alphonse havia ficado também, que ele lhe garantira terem sido sublimes. Elas eram jovens e alegres, e não levaram as coisas tão a sério quanto o outro grupo. Foi a primeira experiência de seu amigo sendo deliciosamente chicoteado, e ele queria voltar para mais.

Alphonse perguntou discretamente a Angélique se ela se juntaria a eles — ela teria sido sua primeira escolha. E, com um olhar recatado e sensual, Angélique respondeu que não, o que só o tornava mais determinado a tentar convencê-la a mudar de ideia no futuro. No dia seguinte, Fabienne elogiou a dona da casa por ter conduzido tudo muito bem.

— Todos vão querer você — falou Fabienne — só porque você os recusou. — Angélique apenas riu, mas havia ficado encantada com a noite e satisfeita consigo mesma por ter pensado em oferecer as meninas como presente. Elas contaram que os homens ficaram extremamente satisfeitos e prometeram voltar em breve. Agora poderiam contar a seus amigos quanto as meninas eram incríveis, pois haviam ficado com todas.

Os dois voltaram na noite seguinte, e em todas as outras noites da semana, sempre subindo com duas ou três meninas ao mesmo tempo, ou uma de cada vez. No final daquela semana, outros homens apareceram para conhecer a casa, depois de terem ouvido de Cardin e de seu amigo que o lugar era maravilhoso, com uma decoração fantástica, que a cortesã era muito elegante, e que havia mulheres para todos os gostos lá. Seus amigos e conhecidos queriam ver por si mesmos e, duas semanas depois, a casa ficava cheia todas as noites. Seus convidados pagavam, de bom grado, pelos serviços das meninas, e Angélique estava acompanhando os livros. Estavam ganhando muito dinheiro. Alguns homens faziam refeições leves na sala de jantar, outros jogavam cartas com as meninas por um tempo, para conhecê-las melhor, e alguns deles queriam apenas conversar. Já muitos subiam direto com a jovem que queriam. E um número surpreendente de clientes tinha uma preferência nítida por Ambre e suas especialidades, pois ela, aparentemente, era ótima. Às vezes ela recebia os clientes em seu quarto usando apenas um par de botas de equitação.

Os homens que começaram a frequentar o Boudoir eram exatamente o que Angélique queria desde o início. Figuras políticas cujos nomes eram bastante conhecidos, banqueiros, advogados, aristocratas, donos de grandes fortunas, dispostos a pagar praticamente qualquer preço pelas mulheres certas para satisfazê-los. As noites começavam como uma festa elegante, com homens fascinantes e mulheres bonitas, e acabavam rapidamente à medida que seus convidados iam desaparecendo com as meninas. Alguns ainda ficavam um tempinho no salão, outros, mais um pouco. Vários falavam imediatamente que queriam passar a noite com uma delas, embora muitos não pudessem fazer isso, pois precisavam voltar para casa, para suas esposas, a não ser que elas estivessem em suas casas de campo com as crianças. Mas o bordel se mantinha vivo até as cinco ou seis horas todas as manhãs, e as meninas dormiam até a uma hora do dia seguinte. E, todos os domingos à tarde, Angélique lhes pagava metade do que haviam ganhado na semana anterior, com listas meticulosas de quais clientes haviam atendido e em qual noite. Todas as meninas disseram que nunca haviam ganhado tanto dinheiro em suas vidas, tão rápido e fácil, e eram pagas de forma bastante generosa. Angélique tinha fixado honorários elevados, sabendo de antemão quem frequentaria a casa. Elas não queriam nenhum estranho entre seus convidados; apenas homens com fortunas, e nenhum deles se recusava a pagar ou reclamava do valor cobrado. E sempre voltavam à procura de mais.

E, quando suas esposas iam para o litoral, para o campo ou para seus chalés em Périgord ou em Dordonha, em julho, os maridos, que ficavam na cidade supostamente para trabalhar, iam se divertir no bordel de Angélique. A casa nunca havia ficado tão cheia, e os negócios estavam prosperando rápido. Angélique chegou até a comentar com Fabienne que achava que deveriam ter mais duas garotas, pois todas as mulheres da casa estavam constantemente ocupadas, e alguns clientes tinham de esperar uma hora ou duas na sala de estar até que a garota que queriam estivesse livre. E, enquanto aguardavam, Angélique os entretinha e conversava com vários deles. Para sua surpresa, ela encontrara uma profissão que lhe convinha. Não queria pensar no que seu pai teria dito se soubesse o que ela fez com boa parte do dinheiro que ele lhe deu, mas a necessidade a levara para esse caminho. Pelo menos ela não ia para a cama com os clientes, era apenas a cortesã, uma posição um pouco mais respeitável, e sua virgindade permanecia intacta.

E agora ninguém mais tinha dúvidas, nem as meninas, nem os clientes, de que ela era uma dama distinta e de origem aristocrata. As meninas a chamavam de duquesa, e alguns dos clientes começaram a fazer o mesmo. Quando alguém lhe perguntava se ela era mesmo uma duquesa, Angélique negava, já que de fato não tinha esse título, apesar de sua linhagem nobre. Ela era apenas a filha de um duque e neta de um marquês pelo lado da mãe francesa, mas nunca revelou esses detalhes aos clientes. Porém, não conseguia disfarçar a graça e os modos impecáveis de uma mulher de classe. E nenhum cliente fazia ideia de quanto ela era jovem. Angélique dizia ter 26 anos, e todos acreditavam nela. Ninguém imaginava que ela era uma jovem de 20 anos, dedicada ao negócio que administrava tão bem. Nem mesmo as meninas que trabalhavam para ela sabiam sua verdadeira idade, exceto Fabienne, que mantinha seu segredo guardado a sete chaves.

Fabienne continuava flertando com Jacques, quando tinha oportunidade, mas, agora que estava trabalhando todos os dias, via-se muito ocupada para dar atenção a ele. Jacques estava encantado por ela e fazia tudo o que a jovem desejava, e Angélique ficava de olho nos dois para garantir que isso não fosse longe demais.

Os nomes de vários clientes que frequentavam sua sala de estar soavam familiares para Angélique. Eram homens poderosos, muitos deles faziam parte do atual governo Bourbon que seguira Bonaparte quando Charles X tomou o trono e restaurou a monarquia. Presidentes de vários bancos estavam constantemente lá, e Angélique gostava de recebê-los, de conversar sobre finanças e de aprender com eles. Então, numa noite, na primeira semana de agosto, elas receberam a visita de um homem imponente acompanhado de um grupo de amigos. Angélique achava que já o tinha visto antes. Foi Agathe quem lhe disse o nome dele. A jovem havia conhecido muitos políticos por meio de seu antigo protetor e, no início, eles vinham ao bordel por causa dela, mas depois conheceram as outras meninas, de quem também tinham gostado.

— Sabe quem é aquele homem? — sussurrou Agathe para Angélique, enquanto jogavam cartas.

Angélique admitiu que não o conhecia, mas percebeu que ele tinha olhos penetrantes, um porte quase militar e com um rosto esculpido surpreendentemente bonito.

— É o ministro do Interior — revelou Agathe. — Não acredito que esteja aqui. Ele escolhe muito bem os lugares que frequenta. Não gosta que ninguém saiba o que está fazendo.

Angélique descobriu depois que ele havia se identificado apenas como Thomas, que nem era seu verdadeiro nome. Mas todos sabiam de quem se tratava. Ele era conhecido por ser uma pessoa reservada e muito dedicado ao trabalho.

— Você o conhece? — perguntou Angélique, impressionada.

— Nós já nos encontramos algumas vezes — respondeu Agathe —, mas não fui eu quem o convidou. Não o conheço tão bem assim. Alguém deve ter comentado com ele sobre nós. — As duas mulheres perceberam que ele estudava atentamente o salão, registrando todos que estavam lá, enquanto fumava um charuto.

Angélique o observou circular pela sala e conversar com alguns homens. Ele sorriu para as mulheres, mas não conversou com nenhuma delas, e então Angélique percebeu que o ministro estava olhando para ela e acenou com a cabeça para cumprimentá-lo. Ele sorriu. Um pouco mais tarde, depois que Agathe subiu com um de seus clientes, ele se sentou ao lado dela.

— Então você é a duquesa da qual Paris inteira está falando? — perguntou ele em voz baixa, enquanto seus olhos a devoravam. — O título é real?

— É, mas nunca foi destinado a ser meu — respondeu ela com honestidade quando seus olhos se encontraram. Angélique podia sentir o calor do corpo dele.

— Quem está destinado ao título então?

— O meu irmão, o herdeiro do meu pai.

— Ah! — exclamou ele, ainda mais intrigado. — Você é britânica — concluiu o ministro, embora não conseguisse detectar nenhum sotaque em seu francês impecável.

— Metade. Minha mãe era francesa.

— E tinha sangue azul? — Ele estava fascinado por aquela mulher e podia ver que ela era bem-nascida. Não conseguia entender o que uma dama estava fazendo naquele lugar, administrando aquela casa. Para uma jovem de sua origem, administrar um bordel parecia algo impensável, mas ela o fazia como se estivesse oferecendo um jantar.

— Bourbon e Orleans — respondeu ela, citando as duas casas reais da França.

— Tenho ouvido falar muito sobre você.

— Coisas boas, espero — observou ela com recato, seus olhos não se desgrudavam dos dele. O fato de Angélique não tentar desviar o olhar intenso lhe agradou.

— Somente coisas boas. Disseram-me que você não sobe com os clientes e que tem as melhores garotas da cidade.

— Tentei formar um grupo interessante em um ambiente agradável.

— Eu diria que você conseguiu. Gostei daqui, e meus amigos também. Todos se sentem em casa.

— Esse era o meu objetivo. Espero que você venha nos visitar com frequência — disse ela, sorrindo.

Angélique era requintada, elegante, tinha bons modos, estava bem-vestida e era delicada e calorosa ao mesmo tempo. Ele nunca conhecera alguém que o intrigasse tanto.

— E se eu pedisse, você subiria comigo? Como algo especial?

Aquele era um pedido declarado para que ela fosse sua amante. Nos últimos três meses, Angélique havia aprendido muitas coisas com as quais nunca tinha sonhado. E, pela forma como o ministro falava, ela podia dizer que ele não estava brincando.

— Isso arruinaria a nossa amizade — respondeu em voz baixa, com óbvio respeito.

— Devemos ser amigos então? — perguntou ele, erguendo uma sobrancelha, ao mesmo tempo esperançoso e desapontado. Ela estava estabelecendo limites com muita antecedência.

— Isso depende de você, mas espero que sim. Você será sempre bem-vindo aqui.

O ministro parecia satisfeito, mas não completamente. Angélique se perguntou se ele realmente subiria com ela se tivesse cedido, mas sabia que teria sido tola se fizesse isso. Ele era um homem muito poderoso, e era perigoso brincar com isso. Era muito mais valioso para ela tê-lo como aliado, protetor e amigo, se ele quisesse. E Agathe lhe dissera que ele costumava frequentar os melhores prostíbulos, mas nunca subia com as meninas. Porém Angélique tinha certeza de que ele abriria uma exceção se ela dissesse sim. "Thomas" estava completamente fascinado por ela. Os dois ficaram conversando por um longo tempo, então ele finalmente lhe desejou boa noite, fez uma profunda reverência, e foi embora, prometendo voltar em breve.

Ele apareceu na semana seguinte e jantou com ela. A casa não estava tão cheia naquele dia, pois era época das férias de verão. Ele disse que tinha ficado na cidade para trabalhar.

— Você está convidado para jantar comigo sempre que quiser — Angélique reiterou seu convite, e ele com frequência aparecia para jantar, visitá-la ou simplesmente se sentar com ela no salão por algum tempo para que pudessem conversar certos dias na semana.

Ele não conseguia mais ficar longe dela, e os dois adoravam a companhia um do outro. Ele descreveu o que compartilhavam como "*amitié amoureuse*", uma "amizade colorida", ou um romance. Eles flertavam o tempo todo, mas Angélique não estava disposta a permitir que aquilo fosse além da sala de estar. E ele a respeitava por isso. A admiração era mútua e mais intensa devido aos seus limites. O ministro a tratava como a lady que Angélique era, e não como uma cortesã.

— Como isso começou? — perguntou-lhe um dia. Querendo saber como surgira a ideia de abrir aquela casa.

— É uma longa história. O típico conto de fadas envolvendo uma propriedade e um título na Inglaterra, um meio-irmão ciumento que estava determinado a se livrar de mim e que fez com que eu fosse trabalhar como babá na casa de outra família.

— E você prefere morrer a se tornar uma babá? — provocou ele enquanto ela balançava a cabeça.

— De modo algum. Inicialmente fiquei chocada, mas passei a gostar do trabalho. Eu era babá de seis crianças pequenas, e estaria cuidando delas até hoje, mas um amigo da família tentou tirar proveito de mim. Eu resisti, então ele inventou uma mentira para os meus patrões e disse que eu havia tentado seduzi-lo, o que não foi verdade. Eu o mordi quando ele tentou me agarrar. Fui despedida no dia seguinte sem receber uma carta de referência e não consegui arrumar outro emprego em Londres, nem aqui em Paris quando cheguei. Então, um dia, conheci Fabienne, uma das meninas que trabalham aqui. Ela havia sido espancada e jogada em uma sarjeta. Eu a socorri e cuidei dela. Quando ela me contou sua história de vida, tive a ideia de abrir uma casa onde pudesse proteger as mulheres, onde elas fossem respeitadas e bem pagas, em troca de atender aos homens que merecem estar com meninas encantadoras e bonitas — disse ela, sorrindo para ele — e que as tratem bem. Pago às meninas metade de tudo o que ganhamos e uso o restante do dinheiro na manutenção da casa. E ainda consigo guardar uma parte. Nossa casa está indo muito bem. — Ela parecia satisfeita, e ele, visivelmente impressionado.

— E você administra tudo, não se envolve em nada e não as julga. Nem julga nenhum de nós.

Ele havia percebido isso logo de início. Angélique se mostrava gentil com todos os clientes, mas tinha olhos de águia que tudo viam. Isso era algo que os dois tinham em comum, nada escapava de seu olhar intenso, por mais que ela parecesse relaxada.

— Você é uma mulher incrível. Quantos anos você realmente tem?

— Eu já lhe disse. Tenho 26 — respondeu ela, sorrindo.

— Por que não acredito em você? — perguntou ele em um tom baixo para que ninguém o ouvisse, enquanto a observava.

— Talvez porque não seja verdade — confessou ela, baixando o tom de voz. Então, hesitou apenas por um instante. Ela confiava nele. Os dois estavam realmente se tornando amigos. — Tenho 20 anos, mas nem as meninas daqui sabem disso, exceto Fabienne.

— Você é uma garota realmente incrível — elogiou ele. — E precisa ter muito cuidado com as pessoas. Se alguém tentar qualquer coisa contra você, pode me procurar imediatamente. Paris é um lugar perigoso. Muitas pessoas estão insatisfeitas com o governo, acham que Charles é fraco e não entendem suas decisões. O preço de tudo está aumentando, e o desemprego vem crescendo. A economia vai mal. E, em algum momento, essa situação pode se agravar. Manterei você informada — prometeu. — Acho que certas pessoas podem ficar com inveja de você, se for bem-sucedida nesse negócio. — Ele gesticulou, apontando para a sala. E então pensou em outra coisa. — Você me encontraria para um almoço qualquer dia, em um lugar discreto?

— Eu adoraria — concordou ela, sorrindo para o ministro. Angélique sabia que ele era casado, mas não costumava ser visto com sua esposa em público, como muitos dos homens que conhecia agora. Alguém havia lhe contado que a esposa estava doente fazia alguns anos.

Thomas se levantou para ir embora e sorriu para ela.

— É sempre bom conversar com você.

— Eu também acho — disse ela, sendo sincera. Ele tinha mais que o dobro de sua idade, mas, de longe, era o homem mais atraente que já havia ido até lá. E ele nunca subia. E agora Angélique sabia que jamais o faria.

A jovem não voltou a vê-lo por um tempo e ficou sabendo que ele estava de férias na Bretanha, mas estava convicta de que ele retornaria à casa. Disso, Angélique tinha certeza.

Capítulo 14

Em setembro, quatro meses depois, quando todos voltavam das férias, o Boudoir estava aberto, e os negócios iam muito bem. A casa tinha um fluxo regular de clientes, mesmo durante o verão, e sua reputação estava firmemente estabelecida. "Thomas", o ministro do Interior, não parecera exagerar quando afirmara que a duquesa era o assunto de Paris. As pessoas não sabiam quem ela era ou de onde viera, mas todos diziam que se tratava de uma mulher de tirar o fôlego. Todos os homens importantes da cidade já haviam ido ao Boudoir e, inclusive, se tornaram frequentadores assíduos, pois não conseguiam ficar longe do ambiente aconchegante e íntimo que a duquesa havia criado e das mulheres incríveis que trabalhavam lá. Ela havia escolhido todas muito bem.

Angélique pretendia contratar mais duas meninas, mas não havia simpatizado com mais ninguém, embora tivesse conversado com várias garotas. Ela era muito exigente e queria a aprovação das outras mulheres para se certificar de que todo mundo estaria à vontade com as novatas. Todas as mulheres da casa eram amigas e apoiavam uma a outra, e isso era importante.

Em uma tarde, ela entrevistou uma garota que havia trabalhado em um estabelecimento bastante conhecido, mais popular até que Le Boudoir. Era dirigida por uma cortesã que diziam ser uma megera. Ela já não atendia mais os clientes, mas era conhecida por ter sido muito habilidosa em sua época. A menina que Angélique entrevistou naquela tarde a havia procurado para dizer que queria sair de lá. Falou que não recebia quase nada e que o nível dos homens que frequentavam o lugar tinha decaído. Os poderosos da cidade agora preferiam o Boudoir. Mas Angélique não gostou da menina, achou seu jeito meio vulgar e percebeu que ela era uma pessoa bem comum, o que era a última coisa que Angélique queria em sua casa. As meninas precisavam estar à altura dos homens que recebiam lá.

Naquela noite, a festa no salão estava a pleno vapor quando, de repente, houve uma forte batida à porta. Angélique não ouviu, pois estava bem perto do piano, mas Jacques, sim. Quando foi ver quem era, quatro homens grandes e mal-encarados passaram por ele. Logo depois, uma mulher muito brava e escandalosa entrou no salão atrás deles.

— Onde ela está? — gritou, quando a música parou. — Onde está essa duquesa de quem todos estão falando?

A mulher olhou para os homens bem-vestidos no salão e reconheceu apenas alguns deles. Não estava acostumada à nata de Paris. Ela conhecia vários homens ricos, mas não os nobres de berço. Já Angélique tinha toda a elite. No momento em que os intrusos viram Angélique, souberam quem ela era, ainda que seu título não passasse de uma brincadeira. Eles não sabiam se aquela mulher era uma duquesa de verdade ou não, nem se preocupavam com isso, mas ela parecia realmente ser, além de se mostrar muito encantadora.

— Acredito que você esteja me procurando — apresentou-se Angélique, dando um passo à frente. — Com seu corpo pequeno em um belo vestido de noite cinza, com as costas eretas e a cabeça erguida, parecia uma rainha. O ministro do Interior assistia à cena, ele estava conversando com Angélique, aguardando para ver o desenrolar dos acontecimentos. Ele parecia uma cobra pronta para dar o bote. Angélique se dirigiu logo à mulher e não percebeu isso. — Quem é você e por que está a minha procura?

— Você sabe quem eu sou. Antoinette Alençon. Madame Antoinette. Você tentou roubar uma das minhas garotas hoje — respondeu ela, soando vulgar, enquanto Angélique a encarava com um desdém disfarçado.

— Você está enganada — respondeu ela, friamente. — Na verdade, eu falei que era melhor que ela voltasse para você. Não tenho nenhum interesse em contratá-la. Agora, retire-se do meu salão. Esta festa é privada.

Os homens em volta da mulher mais velha se remexeram como se estivessem prontos para atacar, mas não tinham certeza de quem. E Jacques não podia fazer muita coisa. Angélique rezou para que eles não arrumassem nenhuma confusão, nem chamassem a polícia. Ela não queria que a casa ficasse conhecida por esse incidente.

— Ela me falou que você disse que pagaria mais e tentou fazer com que eu aumentasse o salário dela.

— Isso não é verdade. Não estou interessada nela. Boa noite, madame. Pegue seus amigos e vá embora.

Angélique olhou a mulher de cima a baixo, e ninguém se mexeu. Nenhuma pessoa ali queria se envolver em um escândalo, ou, pior ainda, em uma briga. Madame Antoinette deu-lhe as costas e fez um sinal para seus capangas, que a seguiram porta afora. Jacques correu e virou a chave na fechadura, e todos na sala soltaram um suspiro de alívio.

— Meu Deus, que mulher horrível! — exclamou Angélique, rindo e tentando disfarçar os joelhos trêmulos. Ela sussurrou para uma das criadas que servisse champanhe a todos, principalmente para aqueles que já estavam bebendo. Então, continuou a conversar com as pessoas como se nada tivesse acontecido, e todo mundo relaxou enquanto seu poderoso amigo foi ficar ao seu lado.

— Muito bem, minha querida — sussurrou Thomas, e eles trocaram um olhar caloroso e afetuoso. Eles haviam jantado juntos várias vezes e agora se conheciam muito bem. O ministro comentou sobre a doença da esposa, que estava em um asilo, e Angélique percebeu que ele se sentia muito só. Ele vivia apenas para o trabalho. A jovem ficou lisonjeada em ouvir suas confidências e aprender sobre política com ele. Se Thomas fosse solteiro, e suas vidas fossem diferentes, ela teria ficado feliz em ser mais do que sua amiga. Mas havia deixado bem claro para ele que isso não podia acontecer. Ela não queria ser amante de homem nenhum, e ele entendia perfeitamente sua posição. Ele adorava a companhia de Angélique, e os dois costumavam passear nos Jardins das Tulherias, de braços dados. Ela sempre se vestia de forma elegante quando jantava com ele, e Thomas a achava a mulher mais bonita do mundo. Ela era conhecida por sua elegância e fazia com que suas meninas também se vestissem bem. Não havia nenhum traço da vulgaridade em Angélique. Nem nada de chocante em relação às meninas que trabalhavam na casa, exceto no andar de cima, onde tudo realmente acontecia. — Você está bem? — perguntou ele assim que os intrusos foram embora.

Angélique assentiu com a cabeça, mas Thomas podia ver que ela estava assustada e que disfarçava bem. Então percebeu quanto ela era corajosa. Os quatro homens que acompanhavam Madame Antoinette pareciam perigosos, e provavelmente se tratava de maus elementos. Mas Angélique não tinha nada a esconder.

— Sim, claro, estou bem — murmurou Angélique. Ela não queria que os outros clientes ficassem assustados.

— Quero que você arranje outro segurança para trabalhar aqui. Apenas um não é suficiente. Isso pode acontecer de novo, ou até algo pior. Nunca se sabe. Nós somos cavalheiros, mas pode ser que um dia você receba outro tipo de pessoa. Não quero que nada aconteça a você. — A preocupação e o carinho de Thomas por Angélique estavam refletidos em seus olhos.

— Eu conheço todo mundo aqui — ela o tranquilizou, olhando ao redor.

— Assim como eu. — Thomas sorriu para ela. — Mas contrate outro homem.

— Tudo bem — prometeu ela.

Ele foi embora logo depois, pois raramente ficava muito tempo; havia aparecido apenas para vê-la e conversar um pouco. Ele sempre tinha trabalho a fazer além de missões secretas sobre as quais não podia falar, e Angélique sabia que não deveria perguntar.

Conforme prometido, ela pediu a Jacques que encontrasse mais um homem para trabalhar na casa, o que ele também considerava sensato. Jacques passou a dividir o quarto na casa de carruagem com o novo funcionário, mas não se importou com isso. Ele era muito gentil e estava sempre disposto a fazer qualquer coisa que pudesse para ajudar. E os quatro homens que haviam aparecido na casa aquele dia o deixaram preocupado também. Ele concordou que seria melhor ter mais um segurança para proteger as mulheres. Luc, o homem que haviam contratado, era jovem, praticamente um menino, mas era enorme. Era filho de um ferreiro, então sabia lidar com os cavalos, porém, mais do que qualquer coisa, era uma figura imponente com Jacques na porta, o que fazia com que todos, os clientes e as meninas, se sentissem mais seguros. E Angélique também.

No fim das contas, a proteção de que elas acabaram precisando não era no salão, e sim no andar de cima. Um amigo de escola de um dos clientes favoritos das meninas, um dos regulares de Yaba, viera com ele pela primeira vez certa noite. O amigo ficara entusiasmado com as meninas e o convencera a conhecer o Boudoir. O novo cliente ficou particularmente intrigado com os serviços de Ambre, quando soube que ela era habilidoso com seu pequeno chicote e estava disposta a amarrá-lo na cama. Ele tinha se mostrado muito agradável na sala de estar e bastante gentil, então subiu as escadas com ela. Os dois permaneceram no andar de cima por um longo tempo, o que ninguém considerava estranho, até que Ambre de repente saiu do quarto se arrastando, engatinhando, quase inconsciente e pingando sangue. Era a primeira vez que alguém machucava uma das garotas, e todas ficaram horrorizadas, assim como os clientes no corredor que a viram e correram para ajudá-la. Um dos homens na sala de estar era médico e subiu as escadas para atendê-la. Aparentemente, antes que ela pudesse fazer um movimento com o chicote ou usar algum de seus brinquedos, o cliente a espancou e a puniu de todas as maneiras possíveis. Antes que ele pudesse dizer uma palavra sequer, os outros clientes, ao verem Ambre toda machucada, arrastaram-no escada abaixo e o jogaram na rua. Todos ficaram horrorizados com o que tinha acontecido, e muitos o conheciam. O amigo que o trouxera pediu infinitas desculpas a Angélique e deixou uma enorme quantia de dinheiro ao ir embora, grande parte destinada a Ambre. Foi uma noite muito ruim.

No dia seguinte, Angélique tentou tranquilizar todo mundo. Ela e as meninas pensaram em instalar algum tipo de alarme que soasse um sino ou algum apito que elas pudessem tocar se alguma delas se visse em apuros, mas nenhuma agressão a qualquer das garotas jamais havia acontecido antes, e era improvável que se repetisse. Elas conheciam os clientes que tinham, e todos eram muito gentis. Ambre levou duas semanas para se recuperar, e todos comemoraram quando a viram na sala de estar de novo. Ela sabia que estava entre amigos. Todas as outras meninas cuidaram dela, assim como Angélique tinha feito com Fabienne quando as duas se conheceram.

Para animá-las um pouco após o incidente de Ambre, Angélique as levou às compras novamente. Ela queria que as meninas tivessem roupas novas, já que a casa tinha a reputação de andar sempre na moda. E, dessa vez, quando elas entraram em algumas das melhores lojas, nenhuma delas foi humilhada. Os comerciantes reconheceram Angélique de compras anteriores e se mostraram receptivos com o grupo. Ela gastou muito dinheiro em roupas para si e para todas as meninas. A casa se tornara extremamente lucrativa em pouco tempo. Pouco depois que saíram das lojas, montanhas de caixas chegaram ao Boudoir, e todas ficaram muito animadas com seus novos vestidos e principalmente com as lingeries novas. Também escolheram vários presentes para Ambre. Angélique ficou famosa como a cortesã mais generosa da cidade, e as meninas clamavam para trabalhar para ela, mas a jovem era extremamente exigente e não contratava qualquer uma. Ela queria mais duas meninas, mas ainda não havia encontrado as com o perfil necessário.

Certo dia, no final de setembro, um americano desconhecido apareceu, indicado por um dos melhores clientes do bordel. Ele disse que estava em Paris a negócios e que fora informado sobre o Boudoir pelo amigo. Era um homem idoso, de aparência distinta, cabelos brancos e porte importante. Disse que seu nome era John Carson, o que o documento confirmou. Mas Angélique tinha um pressentimento estranho em relação a ele. E o homem parecia se sentir desconfortável por estar lá. Angélique já havia notado isso — os americanos eram muito mais puritanos do que os franceses. Parecia nervoso no início, e Angélique passou um tempo tentando fazer com que ele relaxasse. Ele finalmente ficou à vontade e conversou com ela. Falaram principalmente sobre política e negócios, evitaram assuntos pessoais, mas ela vira imediatamente que ele estava usando uma aliança. Depois de uma hora em sua companhia, ela o apresentou casualmente a algumas das garotas, mas, naquele momento, ele só queria conversar com Angélique. O homem demonstrou seu interesse claramente quando baixou o tom de voz, desviou o olhar e perguntou se ela subiria com ele. E, então, acrescentou, em um sussurro, que nunca havia estado em um bordel antes, e ela acreditou. Ele parecia nervoso e sentindo-se culpado desde o momento em que entrou na casa.

— Sinto muito, John — respondeu ela com uma voz amável, desejando poder tranquilizá-lo. — Não subo com clientes. Adoro conversar com todos, mas não os distraio pessoalmente. — Ela viu que ele entendera o que queria dizer. — Me sinto melhor na sala de estar — disse ela, e o homem sorriu.

— Meu amigo me contou sobre você. Você é ainda mais maravilhosa do que ele descreveu. Adorei conversar com você.

— Obrigada, John. Acho que você também vai gostar das nossas jovens ladies. — Ela sempre se referia às meninas como ladies, e não como mulheres ou garotas.

— Eu teria subido com você — disse ele com um olhar de pesar. — Minha esposa e eu... não temos... nós... nos casamos há muito tempo. Somos muito diferentes, não somos próximos. — Era uma história com a qual Angélique já estava familiarizada.

— Entendo — disse ela com simpatia, querendo libertá-lo de suas inibições para que ele pudesse desfrutar de todos os serviços da casa.

Angélique achou que ele iria gostar de Agathe, que atendia clientes com o perfil dele, mas o homem não demonstrou nenhum interesse por ela quando a jovem passou ao seu lado. Ele só tinha olhos para Angélique e, então, foi embora depois de duas horas, prometendo voltar no dia seguinte. Angélique assegurou-lhe que ficaria encantada em vê-lo novamente. E, depois que ele se retirou, um de seus clientes o reconheceu e comentou que ele era um financiador muito importante nos Estados Unidos. E claramente não era um frequentador de bordéis, pois pareceu desconfortável a noite toda, menos quando estava conversando com Angélique. Disse a ela que fazia negócios na Europa com frequência, principalmente em Londres. Eles conversaram sobre a Inglaterra por um tempo, e ele ficou surpreso quando descobriu que ela era britânica. Assim que a conheceu, ficou imediatamente claro para ele que não se tratava de uma mulher qualquer. Como todos os outros homens, ele estava fascinado por Angélique. Foi ao bordel todas as noites por mais uma semana só para conversar com ela e não levou nenhuma das meninas para o andar de cima. Ficava apenas sentado conversando com a dona da casa por horas. E, na última noite, contou a ela que havia adorado o fato de tê-la conhecido e que estava indo embora no dia seguinte.

— Voltarei para ver você na próxima vez que estiver em Paris, provavelmente em alguns meses. Venho várias vezes por ano — falou ele, melancólico. — Talvez você mude de ideia e suba comigo na próxima visita — disse, com uma expressão determinada. Ele obviamente estava acostumado a conseguir o que queria.

— Não farei isso — falou ela com um olhar firme e, ao mesmo tempo, caloroso, para suavizar a rejeição. — Mas ficarei muito feliz em revê-lo. Tenha uma viagem segura para casa.

Quando ele foi embora, ela ficou pensando nele por um bom tempo. Parecia um homem infeliz, mas seus olhos se iluminavam quando os dois conversavam. Ela percebeu que estava acostumado a sempre conseguir o que queria. Mas, se o que ele desejava era Angélique em um quarto no andar de cima, precisava aceitar que isso não ia acontecer. Ele deixou uma quantia surpreendentemente grande de dinheiro pelo tempo que passara conversando com ela. Angélique nunca imaginou ser paga pelo tempo que passava na sala de estar conversando com seus clientes e guardou o dinheiro para dividi-lo mais tarde entre as meninas. Tinha a forte sensação de que voltaria a vê-lo.

Le Boudoir estava ficando cada vez mais conhecido e dando muito lucro. Em outubro e novembro, Angélique finalmente teve de contratar mais duas garotas. As novatas eram muito bonitas. Uma era sueca e se chamava Sigrid. Ela falava inglês, francês e alemão. E a outra era uma impressionante jovem espanhola chamada Carmen, dançarina de flamenco que havia crescido como cigana em Sevilha. Havia algo de muito selvagem nela, e os homens a adoraram assim que a jovem começou a trabalhar. As duas foram ótimas adições ao grupo. Carmen raramente conseguia ficar na sala de estar cinco minutos que fossem antes de ser levada para o andar de cima. Ela era divertida e adorava provocar os homens, que gostavam muito disso.

Elas deram uma festa extravagante e elegante no bordel em dezembro, poucos dias antes do Natal. Havia muito champanhe, caviar e duzentos convidados. Todos os seus clientes regulares trouxeram amigos. Thomas viera desejar-lhe um feliz Natal e, como de costume, não ficou muito tempo, mas Angélique se sentiu tocada pelo fato de ele ter conseguido aparecer. E, no dia seguinte à festa,

Angélique ouviu de seus clientes habituais que a noite havia sido muito divertida. Ela usara um vestido de cetim branco espetacular que mostrava mais do corpo do que de costume, provocando seus clientes mais do que nunca, já que todos sabiam que não poderiam tê-la. Para uma cortesã de bordel, e para a frustração dos homens, Angélique mantinha-se incrivelmente casta.

Ela estava usando um vestido preto elegante na noite seguinte à festa, com uma formidável gargantilha de pérolas, que havia sido de sua mãe, ao redor do pescoço, quando ouviu dois ingleses entrarem e explicarem que estavam ali por indicação de amigos. Ela imediatamente reconheceu uma das vozes. Olhando para o corredor enquanto ele tirava o casaco, viu seu irmão, Edward, cambaleando. Ele estava bêbado e dizia que queria conhecer as meninas. Sem hesitar, ela se desculpou com o homem com quem estava conversando, correu para a cozinha e chamou Fabienne, que veio ao seu encontro no minuto seguinte.

— O inglês bêbado que está na sala de estar é meu irmão mais novo — sussurrou ela. — Ele não pode me ver, ou vai contar para a Inglaterra inteira. Dê-lhe uma das meninas e mande-o lá para cima agora mesmo. Vou para o quarto. Diga a todos que estou com dor de cabeça.

— Eu mesma vou levá-lo — tranquilizou-a Fabienne. Pelo menos isso ela poderia fazer por Angélique, já que não tinha nenhum cliente naquele momento. — Não se preocupe, vai dar tudo certo.

— Obrigada — agradeceu-lhe Angélique e desapareceu nas escadas dos fundos, enquanto Fabienne voltava para a sala de estar, quase se atirando no irmão de Angélique, tentando seduzi-lo. Ele estava muito bêbado e ficou encantado com aquilo.

— Posso escolher? — perguntou ele, gesticulando. — Nossos amigos falaram que todas as meninas são fantásticas, e algumas são bem exóticas. Tem uma menina africana que eu quero conhecer. — Ele foi enfático a esse respeito, mas, felizmente, Yaba não estava no salão.

— Ela está com um cliente regular — respondeu Fabienne. — Não voltará esta noite. — E, então, Fabienne fez beicinho para ele, parecendo um querubim inocente. — Vou ficar triste se você não me escolher.

— Ah, tudo bem então — concordou ele, cambaleando para cima dela enquanto a jovem pegava-o pela mão e o conduzia escada acima. — Quem é a falsa duquesa, a propósito? Isso é muito engraçado, uma meretriz que se intitula duquesa. Meu irmão é um duque, sabia?

— É mesmo? — murmurou Fabienne para ele, enquanto o conduzia ao quarto dela, desejando poder empurrá-lo escada abaixo. — Tenho certeza de que ele não é tão sensual quanto você, nem ao menos a metade do homem que você é.

— Não mesmo — respondeu Edward enquanto entravam no quarto.

Fabienne fechou a porta quando ele foi em direção à cama, deitou-se e desabotoou a calça. Edward não era nada excitante ou criativo. Disse o que queria e, como havia bebido muito, terminou em cinco minutos, desmaiando na cama logo em seguida. Pouco depois, Fabienne foi procurar o amigo dele para que o tirasse do quarto, e Jacques ajudou a levá-lo para baixo. Edward não tinha sido nada encantador ou divertido. Seu amigo pagou o que deviam. Fabienne ficou aliviada quando eles foram embora e correu para avisar a Angélique que eles já haviam saído. Ela pareceu abalada ao ver o meio-irmão depois de dois anos. Mas pelo menos não era Tristan, o que teria sido pior. Ela ainda estava vestida e desceu com Fabienne para desejar boa-noite aos seus convidados.

Mas a verdade era que o fato de ter visto Edward a deixara aborrecida. Naquela noite, ela foi se deitar pensando nele e no irmão mais velho, em como eles tinham sido terríveis com ela. Angélique não tivera coragem de escrever para a Sra. White desde sua chegada a Paris, fazia nove meses. Ela se sentia péssima por isso, mas odiava mentir para a antiga governanta e não podia admitir o que realmente estava fazendo. Decidiu, então, escrever-lhe uma carta contando que havia arranjado um emprego em Paris como babá e que estava muito ocupada. Ela não podia revelar a verdade. E, quando adormeceu naquela noite, lágrimas rolaram em seu travesseiro. Ela era a mais bem-sucedida cortesã de Paris, mas sentia muita saudade de sua casa de infância e do pai, e chorava como uma criança.

Capítulo 15

Angélique e as meninas do Boudoir passaram um tranquilo dia de Natal em casa. A maioria de seus clientes estava com as famílias ou fora da cidade, viajando, então elas assumiram que teriam o dia de folga. Mas não disseram a ninguém que estariam com a casa fechada, pois não queriam impedir que algum cliente solitário passasse lá. Elas mantinham as portas abertas aos clientes sempre.

Mas, no dia de Natal, em boa parte para o alívio das ladies, ninguém apareceu, e elas arrumaram a mesa para o que chamaram de "Jantar da Família Boudoir". Seu tempo de descanso juntas sempre tinha um senso familiar, elas pareciam um grupo de irmãs amorosas que se davam bem. Vestiram roupas leves, aboliram a maquiagem, os penteados extravagantes e os vestidos sofisticados. Era a primeira vez que algumas delas relaxavam em muito tempo. Nunca haviam fechado a casa, pois um ou outro cliente sempre aparecia sem avisar. Os homens adoravam o fato de se sentirem sempre bem-vindos a qualquer momento, e as meninas ficavam felizes em recebê-los. Eles podiam conversar, relaxar, jogar cartas, tocar piano ou simplesmente ler um jornal. Le Boudoir era quase como um clube. Eles não tinham de subir se não quisessem. E, se estivessem procurando uma noite de luxúria, iriam encontrar mulheres lindamente vestidas e à sua espera enquanto as criadas lhes serviam champanhe.

As meninas trocaram presentes carinhosos e significativos, comprados ou feitos por elas mesmas. Angélique deu a todas uma bolsa nova, uma blusa ou uma touca, algo para usarem quando não estivessem trabalhando, e um grande bônus para cada uma.

— Nunca tive tanto dinheiro — confessou Philippine, bastante feliz. — Estou guardando para algo especial.

— Estou guardando dinheiro para uma viagem à Itália na primavera, se tivermos uma folga — falou Camille. — Quero ir a Florença ou a Veneza. Nunca estive na Itália.

Angélique abrira portas às quais elas nunca tiveram acesso antes e lhes garantira uma boa fonte de renda. Como lidavam com homens sofisticados e educados, elas haviam se tornado mulheres mais educadas e eram até mais interessantes do que muitas das esposas de seus clientes. E certamente mais atraentes também. Le Boudoir fora bom para todos.

Certo dia, Angélique se viu pensando nas crianças dos Fergusons e se perguntou como elas estariam. Ela teria gostado de lhes mandar presentes no Natal, mas não se atreveu, pois tinha certeza de que seus pais não permitiriam que eles os recebessem. Ainda mais se soubessem como a antiga babá estava ganhando a vida. Mas, felizmente, eles não tinham como saber e, no fim das contas, haviam feito um enorme favor ao dispensá-la. Angélique já havia conseguido recuperar o dinheiro que usara do que o pai lhe deixara e tinha muito mais ainda guardado.

Angélique finalmente tomou coragem e escreveu para a Sra. White, em Belgrave, contando sobre o suposto trabalho de babá em Paris com duas adoráveis crianças. A governanta ficou aliviada com a carta e respondeu imediatamente. Tristan e Elizabeth ainda estavam redecorando a casa e haviam contratado mais funcionários para as grandes festas que costumavam oferecer. Ela contou também que eles estavam reformando a propriedade na Grosvenor Square e modernizando-a por completo, o que estava custando uma fortuna.

Após o jantar, Jacques entrou para ficar com as meninas por um tempo. Depois, ele e Fabienne jogaram cartas na sala de estar e, em determinado momento, todos se reuniram em volta do piano, enquanto Camille e Philippine se revezavam para tocar, e as meninas cantavam músicas de Natal. Era um dia difícil para todas, pois elas se lembravam dos familiares que haviam deixado para trás ou que já tinham falecido. Elas haviam se tornado uma família. E, no final da tarde, Angélique viu Jacques e Fabienne caminhando juntos e flagrou os dois se beijando. Angélique não pôde deixar de se perguntar no que daria aquilo. Algumas das meninas tinham ficado próximas dos clientes, mas a maioria mantinha relações superficiais com os homens que frequentavam o bordel. Era mais simples assim, embora quase todas, exceto Angélique, falassem em se casar um dia. Esse era um sonho que a jovem não tinha mais. Ela nunca havia se apaixonado e não estava interessada em ter um romance. Sua vida era mais simples sozinha do que na companhia de um homem. E ela sabia coisas demais agora. Quase todos os seus clientes eram casados, e alguns tinham amantes fixas e por isso frequentavam o Boudoir. Ela não queria ser a esposa traída de um homem, nem viver como os Fergusons, flertando por aí e tendo casos. E estava certa de que seu pai não fora esse tipo de pessoa, mas a maioria dos homens que conhecia não via motivo para resistir a uma mulher bonita, sendo casado ou não.

Todas tiveram um dia tranquilo e agradável, e apenas alguns clientes apareceram aquela noite, e o dia terminou com uma nota calorosa.

Na véspera de Ano-Novo, elas deram outra grande festa, que se desenrolou até a manhã seguinte. Todos os clientes beberam muito e tiveram de ser carregados até as carruagens por Luc e Jacques. E havia muita gente de ressaca quando voltaram no dia seguinte.

Uma semana depois, John Carson, o financista americano, apareceu no Boudoir para procurar Angélique e ficou encantado quando a viu assim que entrou. Ela estava cercada por admiradores que esperavam que a dona da casa mudasse de ideia e, um dia, cedesse às súplicas para passar uma noite com eles. Angélique representava um desafio para todos, mas se mostrava firme em sua decisão e gostava de atiçá-los. John se sentou próximo ao grupo, admirando-a também, com um copo de uísque escocês na mão. Ele era um homem muito educado e esperou até que os outros se afastassem de Angélique para falar com ela calmamente. Havia algo muito sério e determinado em seus olhos, e ele não parecia tão desconfortável por estar lá quanto antes.

— Tenho pensado muito em você desde a última vez em que a vi. — Ele encarou Angélique, e ela sorriu, mas John não viu nos olhos dela o que esperava ou, obviamente, o mesmo que sentia por ela.

— Obrigada, John — disse ela em voz baixa.

Angélique também pensava nele ocasionalmente e se perguntava se um dia ele voltaria. Ele não ia a Paris havia alguns meses e disse que estivera ocupado em Nova York. Contou a ela que a economia estava crescendo e que ele estava envolvido com muitos negócios e empreendimentos de sucesso, mas que não tinha ido até ali para conversar com ela, planejava dizer algo a Angélique que guardou por meses a fio. Disse que teria de ir a Londres dentro de alguns dias para participar de reuniões a fim de ajudar o governo, já que o rei estava seriamente endividado. Ele havia gastado uma fortuna para reconstruir o Palácio de Buckingham, o Castelo de Windsor, assim como várias outras construções importantes, e seus conselheiros haviam falhado na tentativa de desencorajá-lo de seus gastos excessivos, que andavam de mãos dadas com seu consumo desenfreado. Ele estava se tornando um monarca muito impopular. E John havia sido chamado para aconselhá-lo, o que era uma grande honra para ele.

— Eu queria falar com você sobre uma ideia que me ocorreu — falou John em voz baixa. — Você é jovem, Angélique, e está vivendo uma ótima fase aqui. Posso ver que o seu negócio está indo bem e que você está cercada das pessoas mais interessantes de Paris. Eu diria que todo homem com recursos e poder aparece aqui em algum momento, alguns inclusive com frequência, mas essa não é uma profissão que você possa exercer para sempre. Um dia isso se tornará um grande fardo para você e, em algum momento, algo pode dar errado e, se isso acontecer, tudo o que você construiu simplesmente vai desaparecer. E por isso eu gostaria de lhe oferecer algo mais sólido. — Ele parou por um instante quando ela olhou para ele, surpresa, sem saber aonde o financista queria chegar. Angélique podia ver que ele tinha pensado muito naquilo. — Gostaria de lhe oferecer uma bela casa em Nova York, um lar só para você, com todos os criados que desejar. Você pode decorar a propriedade da forma que quiser e ter tudo o que escolher. Podemos receber convidados em casa e viajar juntos. Posso dar a você a vida de uma mulher respeitável, na medida do possível, já que sou casado. Suponho que não exista uma maneira correta de dizer isso... mas eu gostaria que você fosse minha amante. — Ele sorriu para ela, certo de que Angélique ficaria impressionada, e ela ficou mesmo. Era uma oferta extraordinariamente generosa e, para a maioria das mulheres, teria sido sedutora, mas não para ela. Angélique não o amava para se sujeitar a ser sua amante, nem mesmo sua esposa, se ele fosse solteiro. E ela sabia que, se um dia ficasse com alguém, teria de ser por amor. — Eu passaria muito tempo com você. Minha esposa está doente. — John fez uma pausa naquele momento. — Nosso casamento estava condenado desde o início. Temos um filho maravilhoso, mas, a não ser isso, não temos nada em comum, nunca tivemos, na verdade. Mesmo quando ela estava bem, levávamos vidas separadas, por quase trinta anos.

Ela concluiu que ele tinha cerca de 60 anos. Era um homem bonito, mas lhe faltava algo. Angélique tinha a estranha sensação de que ele queria possuí-la, e não amá-la. Ela não tinha dúvidas de que John lhe daria tudo o que estava prometendo e sabia que muitas mulheres teriam pulado de alegria com a chance que ele lhe oferecera, mas não Angélique. Não estava disposta a se vender, a ele ou a qualquer outra pessoa, ou a ficar presa como um pássaro em uma gaiola dourada. Ela desistira de uma vida respeitável ao abrir o Boudoir, mas adquirira a independência financeira e a capacidade de tomar as próprias decisões. Não pensava em desistir de tudo agora, talvez nem pudesse. O gosto da liberdade era muito doce. Não tinha um marido, nem mesmo patrão, benfeitor, irmão ou homem para dizer o que ela podia ou não fazer. Ela completaria 21 anos em alguns meses e parecia muito cedo para desistir de tudo o que havia conquistado. Além disso, considerava o que estava fazendo apenas algo temporário. Tornar-se amante daquele homem seria para sempre, como ser sua esposa, só que bem pior. Por mais amável ou inteligente que ele fosse, Angélique não queria ser propriedade ou posse de homem nenhum.

— Estou muito sensibilizada com a sua oferta — falou Angélique, encarando-o e tentando entender o que ele sentia por ela. Não sabia se era o ego dele falando ou o coração. Ela podia sentir que sua recusa seria um golpe para John. — Mas não posso fazer isso. Quero ficar em Paris e acho que não devo abandonar o Boudoir. Gosto de administrar o meu próprio negócio. Não quero ser amante de homem nenhum agora, por mais tentadora ou gentil que seja a sua oferta, e duvido que um dia eu queira.

— Não posso me casar com você, Angélique — disse ele com tristeza. — Não poderia fazer isso com a minha esposa, depois de todo esse tempo. Principalmente agora que ela está doente. — Ele ainda a respeitava, mesmo que não a amasse mais e que não a tivesse fazia anos.

— Eu não estou interessada em casamento. Quero ser livre para fazer minhas próprias escolhas e tomar minhas decisões. Não poderia fazer isso estando ao seu lado. Você iria acabar decidindo tudo, como se fôssemos casados. Nossa casa e tudo nela na verdade pertenciam a você.

— Eu daria tudo a você como presente, é claro. Todo presente que eu lhe desse seria seu. — Ele se perguntou por um instante se ela estava negociando, mas podia ver que não. Angélique tinha suas convicções e não iria sacrificar seus valores, suas crenças ou tudo em que acreditava em prol de qualquer coisa.

— E além disso estou feliz em Paris. Não tenho certeza se seria feliz em Nova York. Um dia, posso querer voltar para a Inglaterra — disse ela, embora não visse como. Por enquanto, e talvez para sempre, não havia nada para ela lá, exceto lembranças, desgosto e a forte sensação de perda. Mas a Inglaterra continuava sendo seu país, mais do que a França. Ela crescera lá e se sentia mais inglesa do que francesa. Com a América, por outro lado, não tinha nenhum vínculo e não conseguia nem se imaginar lá.

— Acho que você iria gostar muito de Nova York, especialmente se morasse em uma bela casa. — Ele tentou seduzi-la mais uma vez, sem sucesso. John estava determinado. Não queria perder, mas sabia que não ia ganhar.

— Talvez — disse ela em voz baixa, mas ele sabia que não tinha conseguido convencê-la e pareceu irritado por um minuto, então, logo em seguida, triste.

— Vai pensar sobre a minha proposta? — questionou ele.

Angélique apenas balançou a cabeça.

— Não quero enganá-lo e lhe dar falsas esperanças. — Ela não queria mentir para ele. — Não acho que eu tenha vocação para amante. Cortesã, talvez, mas não amante. — Isso também parecia muito limitado para ela. Ela conhecia os homens mais poderosos da cidade e do país. E cada vez mais o Boudoir atraía pessoas da Europa inteira, até mesmo o próprio irmão, que era apenas um bêbado patético. Mas havia cavalheiros mais importantes e mais interessantes também. E John certamente era um desses.

— É uma oferta muito, muito lisonjeira, mas não posso aceitar — continuou Angélique.

John assentiu, podia ver que não estava chegando a lugar nenhum. Ele voltou no dia seguinte e disse a Angélique que estava indo para Londres, mas prometeu voltar assim que estivesse novamente em Paris.

— Pense na minha oferta. Talvez você mude de ideia — disse ele, no tom que usava para fechar um negócio.

— Cuide-se bem — falou ela, gentilmente. Ele não parecia um homem feliz. — E salve as finanças do nosso rei. Ele é primo do meu pai. Fui à coroação dele quando era pequena.

— Você é uma mulher bastante incomum — disse ele e depois a beijou na face e se foi.

Sua missão era tentar convencê-la a ser sua amante, mas ele havia falhado e sentiu a dor da derrota ao voltar para o hotel. E isso só fazia com que John a desejasse ainda mais.

As coisas correram bem no Boudoir durante toda a primavera. Os clientes apareciam sempre, e Angélique começou a ficar famosa em outras cidades da Europa. Houve vários novos visitantes britânicos, príncipes e condes italianos, além de um duque espanhol. Nobres e aristocratas se aglomeravam na sala de estar junto com os clientes habituais, e as meninas que trabalhavam lá eram bem tratadas e, com frequência, recebiam presentes bonitos e gorjetas generosas de seus clientes.

Em maio, elas comemoraram o aniversário de um ano de abertura da casa. Angélique já havia trocado vários móveis. A casa estava se tornando cada vez mais imponente e luxuosa, e as meninas ficavam bem elegantes quando estavam arrumadas para a noite. O guarda-roupa de Angélique era um dos mais modernos de Paris. Ela havia acabado de completar 21 anos, estava mais bonita do que nunca. As meninas também haviam aprendido a se portar de forma impecável, eram dignas dos homens que atendiam. Inúmeras meninas contatavam Angélique querendo trabalhar no Boudoir, mas ela estava contente com sua equipe. Era um grupo pequeno e exclusivo de pessoas, tanto os homens como as mulheres. Ninguém esperava que a casa fosse se tornar um sucesso tão grande.

Certa noite, poucos dias depois da festa de aniversário, outro grupo de ingleses chegou à sua casa. Eram barulhentos e joviais, muito bem-vestidos e bastante bêbados. Angélique percebeu quando chegaram. E ela ouviu quando eles disseram a Jacques que haviam sido enviados por amigos. Jacques olhou para Angélique, que assentiu. Parecia tudo bem, até que ela viu um rosto familiar. Era Harry Ferguson, seu antigo patrão, e ela saiu de fininho mas, antes, disse a Fabienne que precisava subir.

— Seu irmão de novo? — perguntou Fabienne, e Angélique apenas balançou a cabeça.

— Conto a você mais tarde. Cuide deles — sussurrou ela e subiu as escadas até o seu quarto, no sótão.

Já estava tarde, e ela não pretendia descer novamente, então se despiu e foi dormir. Angélique não estava surpresa em ver Harry no Boudoir e tinha certeza de que ele nunca ligaria a duquesa com a babá que havia demitido pouco mais de um ano antes. Ele tinha feito um grande favor a ela, e já não importava mais se os Fergusons acreditavam nela ou nas mentiras do amigo. Angélique agora se sentia infinitamente mais feliz, embora ainda ficasse com saudades de Emma e pensasse nela de vez em quando.

Fabienne perguntou-lhe quem era quando se encontraram no café da manhã, no dia seguinte.

— Era o homem para quem trabalhei, a quem meu irmão me enviou quando me descartaram como se eu fosse um fardo.

— Aquele que demitiu você?

— Sim. Ele ficou com você ontem à noite?

— Não, ele queria a Ambre. Tinha ouvido falar dela. Queria a Yaba também, mas ela estava ocupada. Ficaram muito tempo e pagaram muito bem. Parece que ele tem muito dinheiro para gastar.

Angélique assentiu e voltou sua atenção para a leitura do jornal. Harry Ferguson não significava nada para ela agora, nem sua esposa, tampouco seu dinheiro.

Ela leu que havia um novo burburinho em Paris sobre o rei da França. Ele ameaçava dissolver o ministério, e as pessoas estavam revoltadas com isso. Ela discutiu o assunto extensivamente com

Thomas, que, como ministro, sabia muito. Política era um assunto que sempre a intrigava. Thomas dissera a ela que estava preocupado com o fato, pois poderia acontecer uma mudança ruim. Havia rumores sobre tentar derrubar o rei Charles e o medo de outra revolução, mas ele não achava que chegaria a esse ponto. Thomas havia prometido avisar se alguma revolta pudesse acontecer, mas, por ora, tudo parecia estar sob controle. E nenhum dos outros clientes do governo parecia preocupado.

Ela ficara triste ao ler sobre a morte do rei George IV da Inglaterra, primo de seu pai, em junho. Ele teve um ataque cardíaco no castelo de Windsor e morreu de repente. Era obeso fazia muitos anos e chegado a excessos de todos os tipos. Ela se perguntou se John havia ajudado a melhorar a situação financeira do reino quando foi para a Inglaterra. O rei George tinha apenas 67 anos e era dez anos mais novo do que seu pai. E fora sucedido por seu irmão mais novo, William, que seria o rei William IV. A data da coroação ainda não havia sido definida e não aconteceria logo. George tinha apenas uma filha e várias crianças ilegítimas, e por isso seu irmão William herdou o trono. Sua sucessão seria um problema, já que nenhum de seus filhos legítimos havia sobrevivido, e ele tivera dez filhos ilegítimos com uma atriz irlandesa, Dorothea Jordan, com quem nunca se casou. Era difícil acompanhar os caprichos da monarquia britânica, mas Angélique estava familiarizada com tudo.

Em julho, um mês depois da morte do rei George, Thomas veio visitá-la com mais calma, como costumava fazer, a fim de passar um pouco mais de tempo com Angélique. Ele era uma figura familiar na casa, e as meninas sempre se perguntavam se um dia os dois teriam algo mais sério, porém Angélique insistia que eles eram apenas amigos. Naquele dia, ao chegar, Thomas falou que estava extremamente preocupado com a segurança dela. O rei Charles havia dissolvido o Parlamento, considerado liberal demais para ele, e passou a censurar a imprensa. Cidadãos indignados estavam se reunindo e barricadas seriam erguidas nas próximas horas. Provavelmente haveria brigas nas ruas. As pessoas estavam cansadas dos Bourbons, e um confronto perigoso estava se desenhando. Havia o risco até mesmo de outra revolução.

— Você e as meninas devem deixar da cidade imediatamente — disse ele.

— Mas para onde vamos? — Angélique pareceu em pânico. Ela estava assustada diante da ideia de outra revolução, pois a última havia matado seus avós, a maior parte de seus parentes e feito com que sua mãe fosse mandada para a Inglaterra ainda bebê.

— Sugiro um recesso à beira-mar até as coisas se acalmarem. — Angélique podia ver que ele estava falando sério, e sua mente começou a trabalhar. Ela não queria deixar a casa, mas também não podia arriscar sua segurança e a das dez mulheres que moravam lá. Afinal de contas, Angélique era responsável por todas. — Você consegue se aprontar para partir em algumas horas? — perguntou ele, muito preocupado, e ela percebeu que o ministro tinha informações confidenciais. Angélique confiava cegamente em Thomas e sabia que a preocupação dele com ela era genuína.

— Nós iremos, se for necessário. Vou organizar tudo — disse ela, enquanto tentava pensar no que fazer.

— Não volte até que seja seguro — disse ele a Angélique, dando um delicado beijo em seu rosto antes de ir embora.

Ela pediu a Jacques e a Luc que fossem imediatamente contratar três carruagens para elas e foi a todos os quartos para mandar as garotas arrumarem as malas. Elas partiriam para a Normandia dentro de uma hora e ficariam hospedadas em uma pousada, se conseguissem quartos suficientes. Angélique não tinha certeza se outras pessoas estariam fugindo da cidade e se escondendo nas pousadas da região. Era grata a Thomas pelo alerta.

As garotas se apressaram em arrumar as malas e, uma hora depois, estavam nas carruagens que os rapazes conseguiram e usaram o velho coche que tinham para levar as bagagens. As carruagens não eram muito elegantes, mas se mostraram úteis, e os cavalos pareciam fortes. Então, duas horas depois da visita do ministro, o grupo seguia para a Normandia. Naquela mesma noite, elas chegaram ao destino e conseguiram garantir cômodos para todas em uma pousada confortável com vista para o mar, onde ficariam aguardando as notícias de Paris. Angélique levara seu pequeno baú com dinheiro e joias, roupas suficientes para um mês, além de uma grande caixa de toucas. As outras garotas também. Jacques e Luc ficaram em Paris para tomar conta da casa junto com as duas criadas.

Nos dias que se seguiram, as notícias foram alarmantes. A revolta estava sendo chamada de "revolução", e o povo estava forçando o rei Charles a abdicar. Mas o motim acabou em três dias e, uma semana depois, o trono foi oferecido ao primo de Charles, Luís Filipe, da casa de Orleans, e a França tinha um novo rei. Dez dias depois, enquanto Angélique e as meninas passeavam pelo campo, em meio a flores silvestres, longe de Paris, Charles abdicou o trono, partiu para a Inglaterra de forma pacífica e a ordem finalmente foi restaurada na cidade. Em tese, elas poderiam voltar para casa, mas Angélique achou melhor aguardar pelo menos mais uma semana, para ter certeza de que tudo estava de fato em paz novamente e que não havia nenhum perigo. Elas estavam na Normandia havia três semanas e podiam esperar mais um pouco. Estavam adorando o campo. Parecia uma temporada agradável de férias. Angélique se sentia muito feliz por terem saído da cidade a tempo, e as meninas estavam se divertindo à beira-mar e aproveitando o descanso da vida parisiense.

As 11 jovens chamavam atenção aonde quer que fossem e haviam recebido vários olhares fuzilantes das mulheres do campo, que as viam em seus vestidos elegantes, todas elas muito bonitas. As mulheres também repreendiam seus maridos por olhar para elas.

Angélique voltou com as meninas para a cidade no início de setembro, depois que Jacques lhes enviou uma mensagem dizendo que estava tudo tranquilo e seguro novamente. Elas haviam ficado fora durante seis semanas e retornaram a Paris energizadas, revigoradas e de bom humor, prontas para voltar a receber seus clientes.

O ministro foi o primeiro a visitar Angélique, para se certificar de que estava tudo bem com as moças.

— Obrigada pelo alerta — agradeceu-lhe Angélique. — Deve ter sido terrível aqui.

— Só por alguns dias. Tudo aconteceu muito rápido. Vamos ver como o novo rei se sai. Espero que seja mais sensato do que o último.

— As meninas adoraram as férias — contou-lhe Angélique, sorrindo. Ela estava feliz em revê-lo.

Seus clientes correram para o Boudoir para vê-las, encantados por saberem que as jovens estavam de volta à cidade. Todos haviam sentido falta delas, mas, como era agosto, muitos dos clientes também estavam viajando para a temporada em suas casas de campo ou castelos. Quando setembro chegou, tudo voltou ao normal. O tempo estava quente, e as temperaturas batiam as da Normandia, onde sempre corria uma brisa agradável.

Na semana seguinte à sua volta, Angélique ficou surpresa ao ver John de novo em Paris. Ele explicou que tinha negócios para resolver na cidade e que ia a um encontro em Londres com o novo rei. Ainda tinha esperanças de fazer a jovem ver as coisas de maneira diferente, principalmente depois de uma mudança significativa em sua vida desde sua última visita, em janeiro. Sua esposa havia falecido em junho, e ele disse que estaria de luto nos próximos meses, mas queria que Angélique soubesse que, passado o período formal, ele ficaria livre para se casar com ela. Não estava mais limitado a oferecer a ela apenas a condição de amante — ele poderia fazer dela uma mulher honesta. Enquanto contava isso a Angélique, os olhos de John imploravam para que ela aceitasse. Mas a verdade era que a jovem não o amava. Ele tinha quarenta anos a mais do que ela. Angélique gostava dele, apreciava suas conversas no salão, mas não queria se casar com aquele homem, por mais generoso que ele fosse. E ficou assustada com aquela proposta inesperada.

— John, não posso — disse ela, parecendo triste. — Já lhe disse... minha vida é aqui. Não quero ir para Nova York. E não tenho interesse em me casar. Nós mal nos conhecemos. E se alguém descobrisse que você me conheceu aqui? Sou cortesã de um bordel. O que iria acontecer se isso viesse à tona?

— Como alguém iria descobrir isso? — perguntou ele, confiante. — Ninguém jamais precisa saber como ou onde nós nos conhecemos. Você é de uma família extremamente digna, e eu tenho idade suficiente para fazer o que quiser da minha vida. Sou muito velho para que isso abale a minha carreira, se por acaso alguém ficar sabendo. E, de qualquer forma, ninguém vai descobrir nada.

A verdade era que ele não se importava. John desejava Angélique desesperadamente, só conseguia pensar nela e em nada mais desde junho e havia acreditado nela quando a jovem disse que nunca seria amante de homem nenhum. Estava disposto a arriscar tudo e negar essa parte da história de Angélique se alguém a reconhecesse. Estava obcecado por ela. Angélique não tinha certeza se John a amava, embora dissesse que sim, e todas as suas atitudes demonstravam que ele a desejava mais do que qualquer outra coisa. Ele precisava tê-la. A razão já não contava mais, apenas Angélique.

— Não posso aceitar sua oferta — disse ela gentilmente. — Nem como amante nem como esposa. Sinto muito pela morte da sua mulher. Mesmo sabendo que você não era feliz com ela, tenho certeza de que está muito triste com a perda. Bom, mesmo assim, não posso me casar com você.

John se levantou e olhou para ela, e, por um momento, pareceu furioso. Ele estava perturbado e parecia incapaz de acreditar no que ouvia. Estava disposto a pôr tudo em risco por ela. Mas Angélique se mostrara inflexível. Não queria ser pressionada por ele a fazer algo que não queria. Angélique não o amava, o que para ela era essencial, e não tinha a menor intenção de deixar Paris. E não disse a ele, mas o achava muito velho para ela — John tinha idade para ser seu avô.

— Não voltarei a incomodá-la — disse ele e, com um último olhar devastado, atravessou a sala e saiu pela porta sem olhar para trás.

E, dessa vez, Angélique estava certa de que não o veria mais.

Capítulo 16

O outono se foi, mas vieram muitos clientes, antigos e novos. Após a breve revolução em julho e a mudança de monarca, Paris se estabeleceu novamente. A população tinha esperanças de que o novo rei fosse melhor que seu antecessor. Os clientes do Boudoir andavam ocupados, ajustando-se à mudança de poder. Novas leis e medidas políticas entraram em vigor. O momento era tenso e empolgante ao mesmo tempo, Angélique e as meninas podiam sentir isso. Os tempos estavam mudando.

— Eles estão animados, não é? — comentou Philippine com as outras garotas certa noite, depois que o último cliente saiu.

Ambre estava sempre ocupada, e Camille, Agathe e Fabienne também eram muito requisitadas. Era como se os homens tivessem muita energia e não soubessem o que fazer com ela. Angélique também achava que as discussões políticas estavam mais acirradas do que o habitual na sala de estar. O clima quente contribuía para que os homens ficassem ansiosos para aliviar a tensão no andar de cima. As meninas pareciam cansadas naquela noite, assim como Angélique. Vários clientes chegaram tarde e alguns beberam muito, o que os deixava sempre mais exaltados. E, como nenhum deles discutia política com suas esposas, todos queriam falar sobre as novas mudanças com Angélique, que era uma mulher muito inteligente e bem-informada.

Na noite seguinte, com o calor denso ainda pairando no ar, os ânimos se acirraram. Alguns clientes começaram um debate sobre os reis Bourbon e Orleans. Vários homens expressaram a opinião de que Luís Filipe não conseguiria ser melhor do que seu antecessor, mas muitos discordavam disso. Então, antes que alguém pudesse detê-los, dois homens, que tinham bebido bastante antes de chegarem ao Boudoir, começaram a gritar um com o outro na sala de estar e em um instante estavam brigando. Alguns clientes correram para intervir, mas não conseguiram evitar um soco. Ao primeiro sinal de Angélique, Jacques e Luc atravessaram a sala para conter a confusão. Era a primeira vez que acontecia uma briga no Boudoir, e Angélique queria os dois homens fora da casa antes que alguém se machucasse. A ideia do bordel era ser um refúgio para homens importantes, e não um ringue de boxe. Mas, quando Jacques segurou um dos homens pelo ombro, o outro tirou uma pistola de cabo de madrepérola do bolso e atirou em seu agressor. Uma mancha de sangue se avolumou no colete branco imaculado e engomado. O homem baleado olhou para o outro surpreso e caiu no chão, aos pés de Jacques. O atirador tentou fugir, mas não conseguiu passar por Luc.

Angélique não conhecia tão bem o atirador, mas a vítima era um de seus melhores clientes. Ela se curvou imediatamente sobre o homem ferido enquanto ele ofegava por ar. Vários clientes se juntaram a Luc para impedir que o atirador fugisse.

— Chame um médico — gritou Angélique para Luc.

Ao olhar para a multidão, viu Thomas entre os homens. Por um instante, ela se esqueceu de que ele estava lá e sentiu-se imensamente agradecida por vê-lo bem. Angélique não tinha ideia do que fazer. Aquilo poderia virar um escândalo. Será que Thomas poderia ajudá-la? O homem que havia disparado o tiro estava caído em uma cadeira, atordoado, e já não tentava mais fugir.

Angélique pegou uma almofada para apoiar a cabeça do cliente baleado. Ela não sabia mais o que fazer, então viu uma das meninas descer correndo as escadas com uma pilha de toalhas para estancar o sangue — que já havia praticamente se espalhado pelo corpo todo do homem ferido e pelo vestido dela. Obviamente, o estado dele era grave, e a pressão que ela e Agathe colocaram na ferida não estava sendo suficiente para estancar o sangramento. O homem apenas revirava os olhos, pois não conseguia mais falar. Ele estava muito próximo de seu agressor quando levou o tiro, então o impacto foi grande. Os outros homens apenas observavam, sussurrando uns com os outros. Muitos conheciam a vítima, um dos banqueiros mais respeitados de Paris. O atirador era um membro do Parlamento, que havia sido dissolvido pelo rei Charles em julho, e não estava lidando bem com a nova situação.

Thomas rapidamente se ajoelhou no chão ao lado do homem ferido, que soltou um grito horrível, cuspindo sangue pela boca. Angélique levantou sua cabeça, tentando ajudá-lo a respirar, mas foi então que ele deu o último suspiro e morreu nos braços dela, enquanto todos encaravam, horrorizados, a cena. Ele havia sido assassinado na sala de estar de Angélique. Antes de falar qualquer coisa, Thomas verificou seu pulso. A vítima estava de olhos abertos, mas não respirava mais. Alguns olhavam ao redor, em pânico, e outros já discutiam o que fazer. Ninguém teve tempo de chamar a polícia, nem sequer pensar nisso — tudo havia acontecido muito rápido. Angélique olhou para Thomas com expectativa. Havia pelo menos trinta homens na sala quando ele assumiu o controle da situação. Ele conhecia muitos ali, a maioria deles, na verdade. O atirador se sentou na cadeira, atordoado ao se dar conta do que tinha feito e sabendo que sua vida estava acabada. Alguém havia tirado a pistola das mãos dele, mas Angélique não tinha ideia de onde a arma estava. Thomas chamou a atenção de todos com sua voz forte e calma.

— Cavalheiros, sugiro que todos saiam imediatamente. Nenhum de vocês esteve aqui esta noite. Nós não nos vimos. Está certo? — Todos assentiram com um olhar de alívio, pois ninguém queria estar envolvido no inevitável escândalo, e saíram do bordel às pressas.

Seguindo instruções de Thomas, Angélique pediu às meninas que estavam no andar de cima que mandassem seus convidados ir embora também. Os clientes que estavam nos quartos não tinham ideia do que havia acontecido, muito menos de que um homem tinha sido morto. Ela havia falado com Agathe e, em poucos minutos, os homens que ainda estavam na casa desceram correndo as escadas. O ministro pediu a eles que fossem embora e lhes deu as mesmas instruções que dera aos outros. Ninguém iria se oferecer para dizer que estivera em um bordel e vira um homem ser assassinado em uma briga. Eles foram embora imediatamente, e o homem que pegou a pistola a deixou discretamente com Jacques ao sair. O atirador ficou de pé e olhou de Angélique para o ministro. Ele estava um pouco mais sóbrio do que quando puxara o gatilho, mas ainda parecia muito bêbado.

Thomas pediu a Agathe que o levasse para o andar de cima e o deixasse dormir até que ficasse sóbrio. O ministro estava com medo de mandá-lo para casa agora, com receio do que ele diria.

— Eu preciso ir à polícia — disse ele, em voz alta.

— Eu sou a polícia — respondeu o ministro, com raiva. — Suba e faça o que eu mandei.

— Eu matei aquele homem — disse ele, enquanto Agathe o conduzia escada acima até o seu quarto. O atirador estava chorando quando Thomas se virou para Angélique. Ela estava assustada, mas tentava ser corajosa e parecer calma.

— O que vamos fazer agora? — perguntou ela a Thomas. A jovem estava quase tão pálida quanto o homem morto.

— Precisamos deixar o corpo perto da casa dele, para que seja encontrado lá. A esposa não precisa sofrer a humilhação de saber que ele foi morto aqui. Ninguém vai falar nada.

Não era a primeira vez que um homem morria em um bordel. E o que Thomas queria agora era evitar um escândalo para todos que estiveram no Boudoir aquele dia, especialmente para Angélique.

— Acompanharei Dumas até a polícia amanhã, quando ele estiver sóbrio. Ele vai confessar que se envolveu em uma discussão na rua e acabou matando um homem com um tiro. Mas ele estava tão bêbado que o deixou lá. Você tem uma carruagem? — perguntou Thomas a Angélique.

— Sim.

— Peça a um dos seus homens que a traga aqui. Eles podem deixar o corpo do Vincent em uma rua qualquer perto da casa dele. — Thomas pediu a Luc e Jacques que envolvessem o homem morto em um cobertor, para que pudessem colocá-lo na carruagem. Luc se apressou para buscar a carruagem, e Jacques entregou a arma do crime a Thomas. Angélique estava muito grata por ele estar ali.

Poucos minutos depois, o segurança parou a carruagem na porta do bordel. Felizmente, não havia outras casas nas redondezas, e os dois rapazes levaram o homem morto envolto no cobertor com facilidade.

Thomas indicou aos seguranças a área onde Vincent morava, e eles partiram logo depois em sua terrível missão para livrar Angélique e a casa de um grande escândalo. Thomas sabia que alguém iria encontrar a vítima e chamar a polícia. Angélique chamou uma das criadas para limpar o tapete, mas grande parte do sangue do homem morto estava em seu vestido.

A essa altura, as meninas já haviam descido, perguntando-se o que havia acontecido e querendo saber o que deveriam fazer em seguida. Todos pareciam estar com medo.

— Nenhuma de vocês viu nada esta noite — disse o ministro com firmeza. — Não aconteceu nada aqui. Tivemos uma noite comum. Ninguém perguntará nada a vocês. Aquele homem não foi baleado aqui, ele será encontrado na rua.

Thomas mandou as meninas voltarem para seus quartos e encarou Angélique. Ela serviu um copo de conhaque e o entregou ao ministro. Ele odiava o que estava prestes a dizer, mas não havia alternativa.

— Você tem que sair de Paris, Angélique. Não é para sempre, apenas por enquanto. Saia de cena por uns seis meses ou um ano, para evitar que qualquer indício disso respingue em você. Além disso, seus clientes ficarão com medo de vir aqui por um tempo. Eles não vão querer estar envolvidos nesse crime, e seria melhor se você seguisse o exemplo deles. Você pode abrir outra casa, só precisa dar um tempo. Não é a primeira vez que acontece esse tipo de coisa em um bordel.

Aquilo era exatamente o que Angélique temia ouvir, mas sabia que ele estava certo. Ela não discutiu, apenas assentiu, com lágrimas nos olhos. Thomas segurou-lhe a mão. Assim como a dona da casa, ele desejava que nada daquilo tivesse acontecido. Mais uma vez, o destino havia intervindo para mudar a vida de Angélique, exatamente quando as coisas estavam caminhando bem. Agora, um homem estava morto. Angélique tinha de fechar a casa, mas não fazia ideia de para onde ir.

— Quando terei que partir? — perguntou ela com tristeza.

O coração de Thomas doía ao olhar para a jovem, e era doloroso para ele dizer aquelas palavras.

— O mais rápido possível. E você só pode voltar quando isso tudo passar.

Angélique parecia em choque, mas via em Thomas um protetor poderoso. Sem ele, a situação teria sido infinitamente pior.

— O que vai acontecer com as meninas? Para onde elas irão?

— Elas ganharam um bom dinheiro desde que você abriu a casa, todas têm condições de se manter por um tempo. Você pode voltar, só não pode ficar aqui agora. Bom, mas e quanto a você? Para onde está pensando em ir?

— Não sei — respondeu ela, fechando os olhos e abrindo-os depois de um instante, encarando seu protetor com tristeza. Odiava o que estava ouvindo, mas sabia que ele estava certo. — Não há nada para mim na Inglaterra. Não tenho para onde ir. — Quando falou isso, ela se perguntou por que estava sempre à mercê das loucuras de outras pessoas... Seu irmão havia influenciado seu destino, depois Bertie e agora esse crime.

— Nova York? — sugeriu ele, e Angélique assentiu, considerando a possibilidade.

— Talvez. Também não tenho nada nem ninguém lá.

— Você pode recomeçar a sua vida lá. Isso pode lhe fazer bem. Esta vida que leva aqui não é para a filha de um duque. *La Duchesse* — disse ele, fazendo-a sorrir ao ouvir o apelido que as meninas haviam lhe dado. — É melhor você reservar uma passagem amanhã. Pode ter certeza de que seus clientes não vão falar nada, pois ninguém vai querer explicar o que estava fazendo aqui. Se você partir agora, não será ligada ao crime.

Angélique sabia que ele tinha razão. Eles ficaram conversando por mais um tempo, até que finalmente o sol surgiu. Jacques e Luc haviam voltado e relataram haver cumprido sua missão. Eles até colocaram o chapéu do homem morto ao lado dele na rua onde o deixaram. Não havia evidências na casa, exceto pelo vestido de Angélique manchado de sangue e duas toalhas, que ela acabou jogando fora.

Às nove horas, Thomas foi acordar Dumas no quarto de Agathe. Era a primeira vez que o ministro ia ao andar de cima. Dumas ainda estava um pouco bêbado quando despertou, então Angélique pediu à criada que lhe servisse um café bem forte. Thomas havia formulado um plano: Dumas diria à polícia que atirou na vítima por legítima defesa durante uma discussão e que depois passou a noite inteira perambulando pelas ruas. Então, logo cedo, foi à casa de Thomas e confessou o que havia feito. Não havia menção ao Boudoir na história, e Dumas estava mais do que disposto a colaborar. Não queria que ninguém soubesse que ele estava em um bordel. Assim que ele e Thomas deixaram a casa, Angélique foi acordar as meninas para lhes contar tudo o que havia acontecido. Thomas prometeu voltar mais tarde e disse mais uma vez a Angélique que ela precisava reservar sua passagem para Nova York naquele dia mesmo.

Ela ainda estava com o vestido manchado de sangue quando as meninas chegaram à cozinha, uma a uma, para ouvir o que tinha a dizer. Todas se reuniram ao redor da mesa, parecendo preocupadas, e a dona da casa lhes deu as más notícias.

— Nós temos que ir embora. Terei que fechar a casa. Colocarei nossos móveis em um depósito para que em seis meses ou um ano possamos abrir de novo. Bom, se tudo der certo. — Ela estava seguindo todas as instruções de Thomas.

— Seis meses ou um ano? O que vamos fazer até lá? — perguntou Ambre.

As meninas se mostraram preocupadas, e Fabienne começou a chorar. Ela refletira muito na noite passada e havia chegado à conclusão de que não tinha como voltar para a casa de Madame Albin, muito menos trabalhar por conta própria nas ruas. E ela não sabia fazer mais nada. Havia economizado uma boa quantia nos últimos 16 meses e vivido um sonho maravilhoso, mas que agora chegara ao fim. Le Boudoir estava tão morto quanto o homem baleado. Angélique poderia reabrir um dia, mas isso não iria acontecer tão cedo. O lado bom era que todas as meninas agora tinham um bom dinheiro, graças a Angélique. Isso daria a elas oportunidade de fazer o que quisessem dali em diante. Poderiam até se dar ao luxo de tirar um ano de folga, inclusive.

— Não vou voltar para o convento — falou Philippine com um sorriso irônico.

— Poderíamos, quem sabe, alugar um apartamento e trabalhar juntas enquanto esperamos Angélique voltar — sugeriu Agathe, e várias meninas aprovaram a ideia.

Hiroko disse que agora tinha condições financeiras de voltar para o Japão. Camille comentou que talvez voltasse para o teatro. As duas novatas, Sigrid e Carmen, disseram que iriam para casa com o dinheiro que haviam ganhado. Como Angélique pagava um salário justo às meninas, nenhuma delas ficaria desamparada quando a casa fosse fechada. *Le Boudoir de la Duchesse* fora um grande sucesso e dera muito mais lucro do que Angélique havia esperado.

— E você? — perguntou Fabienne a Angélique. Ela estava preocupada com a amiga.

— Vou reservar uma passagem de navio para Nova York. — Ela ficou triste quando falou isso, e seus olhos se encheram de lágrimas.

— E vai trabalhar lá? — As meninas pareciam chocadas com a revelação.

— Não... Não tenho nada para oferecer sem vocês — disse ela, sorrindo — e não consigo um emprego de babá sem uma carta de referência. Bom, isso tudo já ficou no passado, de qualquer forma. Eu não estava destinada a uma vida de serviço mesmo.

As meninas assentiram, pois sabiam que aquilo era a mais pura verdade. Porém Angélique tinha um incrível dom para os negócios, o que se revelara bom para todas as envolvidas. Tinha sido mágico enquanto durou, e elas esperavam que pudessem voltar a trabalhar juntas um dia.

Todas tinham muito a fazer naquela manhã: embalar suas coisas e traçar planos. Angélique disse que as roupas que havia comprado para cada uma pertenciam a elas, como um presente. Eram muitos vestidos lindos e acessórios para combinar com eles. A dona da casa havia sido generosa, não apenas em relação ao dinheiro, pois demonstrava muito carinho pelas meninas, era justa e as tratava com respeito. Para a maioria delas, o bordel era o refúgio mais seguro que já haviam tido na vida, e todas estavam com o coração partido por deixar a casa e a mulher corajosa que a idealizara.

Naquela manhã, Angélique foi ao tabelião e avisou-lhe que estava indo embora com sua família para Nova York. Ela pagou três meses de aluguel, conforme estipulava o contrato de rescisão. O homem disse que os proprietários iriam lamentar, pois ela era uma excelente inquilina e pagava o aluguel sempre em dia. Ninguém jamais suspeitava do que realmente acontecia na casa, nem os vizinhos, nem o tabelião, muito menos os proprietários.

Ela contratou o serviço de um depósito para guardar todos os móveis da casa. Em seguida, foi ao escritório da Second Line e reservou uma passagem no navio *Desdemona* para Nova York. Era o "palácio" da Second Line. E, em um momento de loucura, comprou um bilhete de primeira classe e um mais barato para uma das criadas, a que estivesse disposta a ir com ela. O navio partiria dentro de quatro dias, e havia muito a ser feito até lá.

Assim que Angélique voltou para casa, Fabienne foi correndo até ela e disse que tinha algo para lhe contar. Ela e Jacques haviam conversado por um longo tempo e resolvido que iriam se casar e se mudar para Provence. Quando o Boudoir reabrisse, ela não voltaria ao trabalho.

— Quero ter filhos. — Ela sorriu para a amiga e patroa, e Angélique a abraçou, pois achava que Fabienne estava no caminho certo.

— Fico muito feliz por você!

Quando Angélique começou a fazer as malas, pensou na proposta de John Carson, uma semana atrás, mas não se arrependeu de sua recusa. Ela sabia que ele tinha ficado aborrecido, mas não podia aceitar sua proposta. Se ela se casasse, sabia que tinha de ser por amor. Será que eles um dia se encontrariam em Nova York?

Naquela tarde, Thomas apareceu para falar com Angélique, que já estava com a passagem e ficou feliz em saber que a confissão de Dumas havia ocorrido como o esperado. Ele estava preso aguardando o julgamento. Ninguém havia questionado sua versão dos fatos, e o assunto Le Boudoir não veio à tona. Thomas as salvara do escândalo, orquestrando tudo à perfeição. Ele queria saber quando ela pretendia partir.

— Em quatro dias — disse a jovem, parecendo arrasada. Estava deixando para trás as mulheres que amava, a vida que elas haviam criado juntas, um negócio próspero, por mais impróprio que fosse, e um amigo querido.

Ele havia se mostrado gentil e respeitoso com ela desde que os dois se conheceram. O ministro também estava triste com a mudança e pareceu arrasado quando foi embora, um pouco mais tarde. Ele se sentia aliviado por Angélique estar deixando Paris, e sabia que nunca mais voltaria a conhecer uma mulher como ela, tão linda e excepcional. No fundo, achava que ela iria conhecer alguém em Nova York e nunca mais voltaria para a França.

As meninas partiram o mais rápido que conseguiram para seus destinos: algumas ficaram em Paris, outras voltaram para suas cidades e um pequeno grupo foi morar junto. Todas choraram na hora da despedida e disseram que iriam esperar Angélique voltar para trabalhar para ela novamente. Isso fez o coração da duquesa doer ao se despedir delas. Elas eram como irmãs agora.

Três dias depois do assassinato, a casa estava vazia. Naquela manhã, Angélique e Fabienne choraram ao se despedir. Fabienne e Jacques partiram para Provença, e Angélique desejou que tudo desse certo para o casal. Ela estava feliz por sua amiga ter uma vida melhor e com seus planos de casamento.

Angélique caminhou pela casa uma última vez antes de ir embora, pensando em todos os bons momentos passados lá. Tudo havia superado suas expectativas. Fora um sonho lindo, mas havia chegado ao fim. Ela foi para um hotel com vários baús que continham todas as suas roupas, acompanhada de Claire, sua criada, que concordara em ir para Nova York com ela. Havia feito uma reserva no Meurice, o que seria impossível na época que se mudou para Paris. Mas agora ela podia pagar a hospedagem sem precisar usar o dinheiro que o pai havia lhe deixado. Ela enviou uma mensagem a Thomas, e ele fora vê-la na noite anterior à partida.

— Você vai embora amanhã? — perguntou ele quando chegou à sua suíte, e Angélique assentiu com tristeza. — Espero que faça uma viagem tranquila. E que volte um dia, embora eu tenha a sensação de que isso não vai acontecer.

— E para onde eu iria depois? — perguntou.

— Para qualquer lugar. Argentina, Brasil. Roma, Florença. Você pode voltar para a Inglaterra. Existem muitas possibilidades que ainda não explorou. — Angélique não havia pensado nisso, pois não queria sair de Paris, mas sabia que tinha de fazê-lo. No fundo, Thomas estava certo.

— Quero voltar para cá e retomar a minha vida — disse ela com firmeza e com um brilho no olhar.

— Às vezes, as coisas não são tão fáceis quanto pensamos. Mas espero que você volte — disse ele com sinceridade no olhar. Então, naquele momento, sem dizer uma palavra, ele se inclinou e a beijou, e Angélique desejou que as coisas fossem diferentes, que ele não fosse casado e que ela não precisasse fugir. Os dois nunca dariam certo juntos, e ela sempre soubera disso, mas Thomas fora um amigo incrível, o melhor que já tivera. E a salvara. Angélique sabia que, se ficasse, de alguma forma, em algum momento, a verdade viria à tona. Mas, graças a ele, por ora, tudo estava sob controle. Ela não poderia ter pedido mais. — Você vai escrever para mim? — perguntou ele.

Angélique assentiu, mas não tinha certeza se Thomas acreditava nela. Ela o entendia perfeitamente. Quem poderia saber o que a vida reservava para ela em Nova York? Ele desejava apenas coisas boas e não estava gostando nada de vê-la ir embora. Se a vida tivesse sido diferente, e mais justa, eles teriam se casado. Disso, Thomas tinha certeza. Nunca havia conhecido uma mulher como ela. Thomas a amava.

— Obrigada — disse Angélique, mas suas palavras foram pouco para o que ele havia feito.

— Não me agradeça, apenas volte. Espero ver você novamente.

Lágrimas escorriam pelo rosto de Angélique. Parecia que ela estava saindo de casa mais uma vez. Sem seus amigos, sem seus pais e sem um plano. Estava partindo para o desconhecido novamente sozinha, sem as pessoas a quem amava. E tudo que ela queria, mais uma vez, era ficar de pé. Thomas tinha certeza de que ela iria conseguir. Enquanto lhe dava o último beijo, sussurrou:

— *Au revoir, mon amour.*

Ele saiu apressado, correndo pela escadaria do hotel, entrando rápido em sua carruagem. Angélique estava na janela e o observou partir, chorando em silêncio. Então a *Duchesse de Le Boudoir* desapareceu com ele.

Capítulo 17

Um ano e meio depois de chegar a Paris, Angélique estava partindo. Naquela manhã, ela se levantou para se arrumar após ter passado uma noite insone e se perguntou se algum dia voltaria a Paris. Usava um traje de seda cinza-escuro muito elegante, com um enorme chapéu e um véu cobrindo o rosto quando entrou na carruagem para o percurso até Le Havre com Claire, que se tornara sua dama de companhia. A outra criada que trabalhava na casa tinha ido para a casa dos pais, no sul.

Angélique estava pensando em Thomas. Ele não poderia ter ido mais uma vez vê-la no hotel, pois corria o risco de ser reconhecido. Eles haviam dito tudo o que tinham a dizer no dia anterior. Agora restavam apenas as lembranças.

Angélique ficou observando Paris e seus arredores passarem enquanto seguia viagem para o campo, em direção ao porto. O trajeto demorou muitas horas, e o navio lhe pareceu grande demais quando embarcou. Ela nunca tinha viajado para tão longe antes e, mais uma vez, fingiu ser uma jovem viúva. Ainda parecia mais respeitável do que ser uma mulher muito jovem viajando sozinha, mesmo com uma dama de companhia. Claire estava ansiosa para embarcar no navio e ir para a América com ela. Para a criada, aquilo parecia uma aventura, mas não para Angélique. Ela estava com o coração apertado quando olhou ao redor da cabine. Era espaçosa, bem-iluminada e arejada, e o colchão parecia confortável. Algumas pessoas estavam se despedindo de outros passageiros. Ainda era difícil para ela acreditar que uma vida completamente nova havia terminado com uma única bala, cinco dias antes. Ela e Fabienne haviam queimado seu vestido e as toalhas sujas, e Angélique estava certa de que Thomas tinha razão: nenhum dos homens que haviam testemunhado o assassinato falaria qualquer coisa. Eles tinham muito mais a perder do que ela. Porém foi a jovem quem pagou um alto preço pelo temperamento do atirador. Um homem perdera a vida, e agora ela estava sendo obrigada a deixar a dela para trás.

Angélique observava o navio se afastar da doca sentindo a agradável brisa do mar. E a bela jovem não passou despercebida. Várias pessoas a notaram. Ela era uma mulher pequena, elegante e bem-vestida, parecia misteriosa e estava viajando sozinha. Ela caminhou pelo convés quando começaram a navegar. Havia um curral para ovelhas e cabras, um espaço para vacas e outro para galos, galinhas, patos e gansos. Depois de um breve passeio, voltou para a cabine e leu durante um tempo. Ainda no hotel, havia escrito uma carta para a Sra. White dizendo que a família com quem trabalhava estava se mudando para Nova York, e que ela estava indo com eles para ajudá-los, mas que não sabia quanto tempo ficaria fora. Ela esperava que não fosse muito. Prometeu avisar a ela quando estivesse de volta à Europa. Perguntou-se se a velha governanta acreditava nela, mas não havia razão para que ela duvidasse de sua palavra. Angélique odiava mentir, mas não havia como lhe dizer a verdade naquele momento. Ela estava certa de que, em seus sonhos mais loucos, a Sra. White nunca imaginaria que, no último ano, Angélique esteve à frente do melhor bordel de Paris. Muito menos alguém que a estivesse observando no navio naquele minuto. Ela parecia uma lady, uma mulher bem-nascida. Ninguém duvidava que ela era mesmo uma jovem viúva.

Ela jantou na cabine e, logo depois, deu uma longa caminhada pelo convés, a fim de explorar o navio. Havia um salão bonito, com painéis de madeira com muito dourado na decoração. Os outros passageiros passavam o tempo lendo e jogando cartas. O chá era servido à tarde. Todo aquele luxo fez com que Angélique pensasse nos Fergusons. Lembrou-se de Emma e desejou poder vê-la novamente. Também se lembrou de ter visto Harry Ferguson no Boudoir e se perguntou que outras travessuras lascivas ele andava fazendo enquanto a esposa estava quase tão ocupada quanto ele, perseguindo outros homens.

Angélique havia aprendido muito sobre o ser humano durante sua estada em Paris: havia pessoas que eram surpreendentemente mais gentis do que se esperava, já outras fingiam ser o que não eram. Viu de perto a força, os valores e os princípios das mulheres que haviam trabalhado para ela, apesar do que faziam para viver, e a falta dos mesmos em pessoas que afirmavam tê-los. Conheceu homens que traíam suas mulheres e aprendeu que era preciso ser forte para sobreviver. Durante três anos, desde a morte do pai, estudara essa lição. Ela não conseguia imaginar o que o pai diria se soubesse como era sua vida agora, muito menos se ele teria orgulho dela por ter sobrevivido ou se estaria profundamente envergonhado de suas atitudes. Esperava que fosse a primeira opção. Mas, de qualquer forma, Angélique não se orgulhava de todos os seus feitos. Ela havia feito o melhor que pôde naquelas circunstâncias e esperava que, se estivesse cuidando dela lá de cima, o duque entendesse.

Pensava no pai com saudosismo e tristeza enquanto olhava para o mar sob as velas ondulantes e, então, fechou os olhos. Um momento depois, ouviu uma voz ao seu lado e olhou para cima. Era um homem alto e bonito.

— Não pode ser tão ruim assim — disse ele, com simpatia.

— Perdão, eu só estava pensando. — Ela sorriu timidamente para ele através do véu.

— Em algo não muito feliz, talvez? — Era a segunda vez que ele a via no convés. Não havia planejado falar com aquela bela mulher, mas ela parecia tão inconsolável enquanto olhava para o mar que sentiu que deveria fazê-lo. — Ninguém merece estar tão triste.

— Perdi meu marido e estou indo para longe da minha casa — improvisou ela. Parecia certo dizer aquilo, e foi tudo no que conseguiu pensar naquele momento.

— O que prova que sempre existe uma pessoa com problemas piores do que os nossos. Acabei de perder a minha noiva. Para outro homem — acrescentou ele, se abrindo com ela. — Vim para a Europa respirar outros ares, por causa de todas as fofocas em Nova York. Mas acabei descobrindo que fugir não resolve. Então, decidi voltar para casa, depois de passar um mês sozinho e triste — falou o homem, sorrindo para ela.

Angélique se perguntou o que ele diria se ela lhe contasse que havia sido obrigada a fechar seu bordel e que estava sofrendo por acabar com seu negócio, pelos clientes perdidos e por se separar das mulheres maravilhosas que haviam trabalhado para ela. Pensar nisso a fez sorrir. Sua honestidade teria sido tão absurda que o teria chocado profundamente.

— Sinto muito por sua noiva — disse ela com simpatia, surpresa e tocada pela honestidade daquele homem, algo bem diferente do que estava acostumada na Europa, pois todos sempre escondiam seus sentimentos.

— E eu por seu marido. Você tem filhos?

Ele a viu quando embarcara no navio e não reparou em nenhuma criança com ela, apenas uma criada. Estavam em cabines próximas, no mesmo convés, embora a dela fosse maior — ele podia dizer isso de onde estava. Mas a dele também era boa. A jovem balançou a cabeça em resposta à sua pergunta.

— Não, não tenho. — *E provavelmente nunca terei*, ela quase acrescentou.

Angélique nunca teria filhos agora. Quem se casaria com ela se soubesse toda a verdade sobre sua vida? Ela escolhera seu destino em Paris, ao abrir o Boudoir. Algumas das meninas poderiam eventualmente se casar, como Fabienne, mas, no mundo de Angélique, isso não era possível. Aquele homem não tinha ideia do que ela era ou do que fizera até então. Angélique tinha certeza de que ele não teria falado com ela em público se soubesse — apenas em uma casa como a que ela costumava administrar, se fosse inclinado a esses caprichos. E o fato de ela nunca haver levado clientes para o andar de cima não fazia diferença. Agora estava marcada para sempre e sabia disso. Se quisesse trabalhar novamente, teria de abrir outro bordel. As garotas, inclusive, contavam com seu retorno. E seus clientes ficariam encantados, principalmente depois de ela ter poupado todos de um grande escândalo. Angélique devia muito ao Boudoir, pois o sucesso do bordel havia aumentado substancialmente o presente que seu pai lhe dera.

— Você ficará em Nova York por muito tempo? — perguntou o homem educadamente, e ela pareceu vaga.

— Não sei. Alguns meses, talvez um ano. Não tenho motivos para me apressar.

Naquele momento, ele então percebeu que ela não era francesa, e sim inglesa, embora a tivesse ouvido falar francês com os comissários de bordo quando recusou uma espreguiçadeira e um cobertor que lhe ofereceram. Ele falava francês bem o suficiente para entender que ela era fluente no idioma.

— Você mora na Inglaterra ou em Paris? — perguntou ele, curioso sobre a bela jovem. A resposta correta seria "em lugar nenhum", e era por isso que ela parecia tão triste.

— Meu marido e eu nos mudamos da Inglaterra para Paris há um ano, mas ele morreu e pensei em ficar um tempo em Nova York até decidir o que fazer. É uma mudança e tanto.

Ele gostava do som aristocrático da voz daquela bela mulher, e ela era mais simpática do que a maioria das inglesas que havia conhecido. Além disso, parecia à vontade em falar com um homem, o que nem sempre era o caso de uma mulher de alto nível sozinha. Mas aquilo era uma arte que ela havia aprendido com a prática.

Desde que chegara a Paris, Angélique vinha superando sua timidez, mas ele não precisava saber disso.

— Você tem amigos em Nova York? — perguntou ele.

Ela hesitou antes de responder.

— Não muitos.

Angélique não poderia procurar as pessoas que ela conhecia, nem mesmo saberia como encontrá-las. Teria sido inapropriado contatá-los, devido ao lugar onde haviam se conhecido. O bordel havia recebido vários clientes americanos no ano anterior, principalmente de Nova York e de Boston. Aquela pergunta fez com que ela pensasse em John Carson, e na difícil conversa final que tivera com ele e que o deixou arrasado. Angélique não estava arrependida de sua decisão. Não poderia se casar com um homem a quem não amava apenas pelo seu dinheiro. Havia algo nele que não era certo para Angélique, apesar de suas generosas ofertas, primeiro para ser sua amante, depois esposa, quando ficou viúvo. Ela não conseguia se esquecer do fato de John ter ficado profundamente irritado quando ela o recusou.

O homem a achou corajosa por estar indo para Nova York sem conhecer praticamente ninguém. Isso não era muito comum para uma mulher, e ele a admirava por isso.

— A propósito, meu nome é Andrew Hanson — falou ele, estendendo a mão, que Angélique apertou com sua delicada luva preta. Ele notou que suas mãos eram pequenas, assim como seus pés, calçados em elegantes sapatos pretos.

— Angélique Latham — ela se apresentou, rezando para que ele não conhecesse seu irmão Tristan ou soubesse quem ele era. Ou pior, que fosse amigo de Edward. Seu meio-irmão mais novo era repulsivo.

— É um nome muito bonito — comentou Andrew, pensando que ela também era uma mulher linda.

Andrew gostou de conversar com ela. Os dois ficaram ali em silêncio por um tempo, olhando para o mar, cada um perdido em seus próprios pensamentos, então ela se virou como se fosse voltar para a cabine.

— Vou voltar à minha cabine para ler mais um pouco — disse ela em voz baixa.

Andrew assentiu, sorrindo. Ele era bem mais alto do que ela e parecia ser cerca de dez anos mais velho. Imaginou que Angélique tivesse uns 24 ou 25 anos — ela parecia mais velha em função dos trajes elegantes, o que era sua intenção. Ela amava roupas bonitas e tinha desenvolvido um gosto por moda em Paris, entregando-se a esse prazer sempre que possível. Ele não comentou nada sobre vê-la novamente. Não era necessário. Nas próximas semanas, eles ainda se encontrariam muitas vezes no navio. Estavam em uma longa viagem. Poderiam se conhecer melhor, se quisessem. Chegariam a Nova York em três semanas se o tempo ficasse bom, ou em quatro, se as condições fossem menos favoráveis ou o vento estivesse ruim.

Ele respeitava o luto dela, mas não fazia ideia se o marido havia morrido muito recentemente, e também não queria perguntar. Ele fora abandonado praticamente no altar — dois dias antes do casamento, no início de agosto. A dor só começou a passar seis semanas depois, mas agora ele já estava se sentindo animado por falar com uma mulher bonita no navio. Quando ela foi para a cabine, Andrew sorriu para si mesmo e começou a caminhar sozinho no convés.

Angélique adormeceu na cama, lendo, com o suave movimento do navio, e não apareceu para o chá. Claire foi vê-la e a encontrou adormecida, deixando-a, então, sozinha. Ela acordou a tempo do jantar, mas decidiu comer em sua cabine e só saiu de lá novamente no dia seguinte, usando um impressionante traje de lã branco e outro chapéu enorme, que dessa vez mostrou mais de seu rosto. Ela notou Andrew novamente quando entrou no convés, e ele ficou satisfeito por vê-la quando os dois se aproximaram. Ela andava muito mais bem-vestida do que qualquer mulher no navio, e as outras a olhavam com inveja.

— Não a vi no chá nem na ceia ontem — comentou ele. — Você está bem?

— Sim, só muito cansada. O livro que eu estava lendo era muito entediante, então caí no sono. — Ela sorriu para ele.

— Sempre adormeço quando leio. E isso não é bom. Sou advogado e tenho que ler muito.

Eles caminharam juntos enquanto outros liam ou dormiam, as mulheres debaixo de guarda-sóis para evitar o sol. Ele notou que Angélique não parecia se importar com o sol e não carregava nada para se proteger dele.

— Em que ramo do direito você atua? — perguntou, parecendo interessada no que ele fazia. Ela havia se tornado especialista em traçar o perfil de homens. Era de sua natureza agora e gostava disso. Ele parecia um homem inteligente e interessante, apesar de ser jovem.

— Tenho praticado direito civil e um pouco de constitucional, o que é muito chato. Quero entrar na política. Espero me candidatar ao Congresso ou ao Senado em um ano ou dois.

— Quem sabe você vire presidente um dia? — ela o provocou, mas não tinha ideia de quem ele era ou de suas conexões. Quem sabe ele realmente virasse presidente? A América era muito diferente da Inglaterra, onde você tinha de nascer rico. Para os americanos, tudo era possível.

— Talvez — disse ele com cautela —, embora isso seja o que o meu pai quer para mim, mais do que eu mesmo — acrescentou ele. — Eu me contentaria em ser congressista ou senador. Acho que essa foi uma das coisas que assustaram minha noiva. Ela não gostava da ideia. Achava que ser político era algo "vulgar" e que a nossa vida não seria muito agradável. Ela tentou me convencer a mudar de ideia várias vezes. — Ele sorriu com tristeza para Angélique e ficou surpreso consigo mesmo pelas coisas que estava lhe contando.

— Penso o mesmo sobre ser rei — falou ela com o rosto sério. — Muito vulgar e trabalhoso. — Então ela riu, e ele também. Andrew notou que Angélique parecia muito jovem quando sorria.

— Você conhece o rei? — perguntou. Ele teve a impressão de que isso era possível, mas ela balançou a cabeça.

— Não este.

Angélique não comentou que tinha parentesco com nenhum rei. Era interessante que os dois países tivessem novos monarcas no mesmo ano.

Os dois caminharam mais um pouco, então ele a apresentou a alguns conhecidos, que se mostraram intrigados com a bela dama. Depois, os dois se sentaram e pediram chá, que foi servido com deliciosos biscoitos delicados.

Conversaram sobre política norte-americana e sobre a eleição de Andrew Jackson, dois anos antes, que parecia uma pessoa impressionante para ela. Andrew explicou algumas coisas que Angélique não entendia e que achava confusas sobre as eleições americanas. Ela não estava familiarizada com o assunto, mas entendeu tudo.

— O que você fazia em Paris para passar o tempo?

Angélique refletiu por um instante, tentando decidir como dizer isso a ele de uma forma aceitável.

— Alguns trabalhos de caridade, ajudando mulheres jovens que cresceram em situações desfavoráveis. Muitas delas sofreram sérios abusos e foram exploradas sexualmente. Fiz o que pude para ajudá-las a ter uma vida melhor.

Ela fez soar como se tivesse trabalhado em uma causa nobre e, de certa forma, era verdade, embora Angélique não tivesse tentado tirar as meninas daquela profissão e também houvesse se beneficiado disso. Porém, tinha se certificado de que elas fossem generosamente remuneradas e, se agora quisessem, poderiam seguir outro caminho com o dinheiro que haviam ganhado.

— E você conseguiu?

— Acho que sim.

— Isso é um pouco como a política, tentando ajudar as massas a conseguir um acordo justo.

— Nunca pensei nisso dessa maneira. Às vezes, acho que nossos reis apenas comem e bebem muito e se satisfazem à nossa custa.

E era verdade que os antigos reis da Inglaterra e da França, os dois obesos, bebiam demais e haviam se afastado de seus subordinados. Isso trouxe consequências desastrosas para as economias de seus países, que sofreram por conta disso.

— Você se interessa por política, Angélique?

— Um pouco. A breve revolução em Paris, em julho, foi muito desanimadora.

— Você estava na cidade?

— Não, eu me acovardei e me refugiei na Normandia com algumas amigas.

— Acho que foi sensato. E a monarquia na Inglaterra certamente parece mais sólida que a da França.

— Não houve revolução na Inglaterra. Já na França, todos os meus parentes de lá foram mortos na última, menos a minha mãe, que foi mandada para a Inglaterra quando ainda era bebê. Bom, ela pôde conhecer o meu pai mais tarde na Inglaterra.

Nesse momento Andrew entendeu a origem do nome dela.

— Seus pais ainda estão vivos?

Ela balançou a cabeça, parecendo triste por um momento.

— Não, os dois morreram. Tenho dois irmãos, mas não nos damos bem. — *Para dizer o mínimo*, pensou ela.

— Sou filho único e também perdi a minha mãe. Mas ainda tenho pai, só que nós não somos muito próximos também, e às vezes tento evitá-lo. Ele é muito ambicioso em relação à minha carreira política, mais do que eu, e por isso muitas vezes não concordamos. Vejo a política como uma chance de fazer a diferença, o que é importante para mim. Não estou satisfeito com as coisas como estão e quero fazer algo para mudar. Quero ter voz.

Angélique ficou fascinada com o discurso dele. Ela teria gostado de fazer algo assim, mas isso era impossível para uma mulher.

— Você tem sorte de ser homem. As mulheres não têm essa chance.

— Talvez tenham um dia. As coisas mudam.

— Muito devagar. Eu provavelmente não vou estar aqui para ver isso acontecer, nem você.

— Quem sabe? Às vezes as coisas acontecem mais rápido do que esperamos — falou ele, lhe dando esperanças. — Andrew tinha muitas ideias, e várias delas eram inspiradoras, algumas muito revolucionárias para sua época. Mas ele acreditava que alguém deveria dar o primeiro passo.

— Gostaria de jantar comigo? — convidou ele com cautela, sem saber se ela acharia a ideia apropriada.

Angélique ficou feliz em aceitar o convite e, um pouco mais tarde, foi se trocar e o encontrou no salão, onde as mesas estavam postas. Ela estava usando um vestido de tafetá preto com um broche de diamante no ombro que chamou a atenção de Andrew, fazendo com que ele a elogiasse.

— Era da minha mãe — explicou Angélique. A joia ficara trancada em seu baú por um tempo, embora ela tivesse usado uma ou duas vezes no Boudoir, em noites especiais, onde também fora admirada. — Foi presente do meu pai. — Ela não lhe disse que a esposa do irmão, Elizabeth, tinha ficado com a maioria das joias. Havia muitas coisas que Andrew não precisava saber. Ele estava curioso para saber quem era seu pai, mas não o suficiente para perguntar, pois não queria parecer grosseiro.

Os dois desfrutaram de um jantar muito agradável e, mais tarde, ela comeu novamente na cabine. Claire apareceu para visitá-la e disse que estava se divertindo com as pessoas a bordo. Havia uma menina irlandesa muito gentil em sua cabine que estava indo visitar parentes nos Estados Unidos, e elas ficaram amigas. A criada esperava vê-la em Nova York. Angélique também esperava encontrar Andrew lá.

Por ora, uma boa amizade estava crescendo. Isso tornou a viagem mais agradável para ambos enquanto curavam suas respectivas feridas, embora a dela fosse diferente do ele que pensava.

No terceiro dia de viagem, quando os dois se encontraram no convés, ela notou várias pessoas observando-os enquanto caminhavam. Eles formavam um casal impressionante. As mulheres admiravam as roupas dela e a observavam para ver como ela estaria vestida. Angélique tinha um ar de mistério. Andrew também gostava da atenção que ela estava recebendo e dos olhares de admiradores. Ele gostava de estar com Angélique, de ser o sortudo com quem ela estava conversando. A jovem parecia profundamente atenta a tudo o que ele dizia, como se Andrew fosse o único homem no mundo com quem desejasse estar. Ela o fazia se sentir importante e especial. Ele, por outro lado, se sentia importante por estar com ela. Quando ele falava, Angélique lhe dava atenção total, ao contrário de muitas mulheres que conhecia, que pareciam entediadas ou se revelavam excessivamente interessadas nele pelas razões erradas. Angélique era diferente. Era uma mulher direta, que se sentia bem conversando com um homem, sem segundas intenções por trás disso, nada além do prazer de sua companhia.

No quarto dia, ela também concordou em jantar com ele, o que o deixou encantado. Angélique estava usando um vestido de noite preto simples, mas espetacular, que tinha uma saia discreta em forma de sino e um decote generoso. Havia colocado diamantes nas orelhas, um colar de pérolas e longas luvas brancas, que ela só removeu na hora de comer. Os dois apreciaram o som dos músicos, que tocavam para os convidados. Então, depois de um tempo, Andrew sugeriu que eles fossem dar uma volta no convés, a fim de tomar um pouco de ar. O mar estava muito calmo, e o navio, estável. Andrew a ajudou a colocar uma pequena estola de pele de raposa nos ombros antes de deixarem o salão. Eles conheceram o capitão, que foi muito agradável com os dois quando passaram por ele na saída do salão. O capitão a cumprimentou como a lady que era e dirigiu-se a ela como Sra. Latham. Ele não se dirigiu a ela como Vossa Senhoria, porque não sabia, e não ocorrera a Andrew, que ela possuía um título. Ele era americano e não estava acostumado com isso.

Os dois jantaram juntos muitas noites a partir daí, isso quando ela não ficava sozinha em sua cabine. Durante o dia, eles passeavam pelo convés, conversavam durante horas sobre uma série de assuntos e jogavam cartas. O tempo tinha estado perfeito, e a viagem foi mais rápida do que o esperado sob o céu azul.

Eles se conheceram bastante durante a viagem e, no último dia, depois de mais de três semanas no navio, se encontrando noite e dia, se sentiam como velhos amigos. Andrew passara momentos maravilhosos com ela e disse isso a Angélique assim que os dois se acomodaram no salão para saborear um champanhe na última noite.

— Eu gostaria de vê-la novamente em Nova York, se você concordar.
— Ele esperava mesmo que isso pudesse acontecer. E Angélique gostara tanto da viagem quanto Andrew. Ela não esperava encontrar ninguém, nem queria. Havia embarcado com vontade de chorar pela vida perdida e se preparar para uma nova, mas, em vez disso, aquele homem a conquistara como em um conto de fadas, o que tornava a ideia de estar em Nova York muito mais excitante.

— Eu também gostaria muito — falou ela em voz baixa, olhando para baixo. Às vezes, era difícil encará-lo. Seu olhar era muito direto, e sua paixão por ela, bastante óbvia. Ele foi o primeiro homem que Angélique de fato conheceu, com quem realmente queria passar mais tempo e com quem um dia poderia, quem sabe, ter um relacionamento. Os outros até então haviam se mostrado inadequados, muito mais velhos ou casados. Andrew não, embora Angélique soubesse muito bem que ela não era a mulher mais apropriada para ele. Não tinha certeza do que fazer, mas sabia que não queria que aquele conto de fadas terminasse. Havia se acostumado à companhia de Andrew e não queria perdê-lo.

— Onde você vai se hospedar? — perguntou ele.

— Tenho uma reserva no City Hotel. — Era o melhor hotel de Nova York, e muito grande, com 140 quartos, um salão de baile, lojas, biblioteca, salão de jantar e várias suítes grandes, uma delas, inclusive, reservada para ela. — Pensei em ficar lá por um tempo e talvez procurar uma casa para alugar por alguns meses, talvez seis meses ou mais, até eu voltar para Paris.

Ele assentiu, pensando por um instante.

— Posso ajudá-la a encontrar um lugar, se você quiser. Conheço Nova York muito bem e tenho certeza de que vai querer ficar em um bom bairro.

— Sim, quero mesmo — concordou ela, e os dois sorriram um para o outro. Nova York ficaria muito mais divertida agora por causa dele.

— Gostaria de mostrar a cidade a você — ofereceu ele, deixando Angélique ainda mais animada e satisfeita.

Em seguida, os dois entraram no salão novamente para uma última taça de champanhe. Naquela noite, Andrew a deixara na cabine com pesar. Gostava de tê-la para si mesmo, não queria competir com todos os homens que ele sabia que correriam atrás dela em Nova York. Andrew estava ciente de que vários cavalheiros estavam interessados nela, mas ele a monopolizara por três semanas inteiras, e ela não pareceu se importar com isso. Pelo contrário, parecia tão encantada quanto ele pelo tempo que haviam passado juntos.

Eles ficaram lado a lado no convés quando o navio aportou no dia seguinte. Claire havia arrumado as malas da patroa, que estavam na cabine de Angélique para serem coletadas. Ela estava usando um vestido de cetim cinza e um casaco combinando, com um chapéu do mesmo tecido, feito por seu modista favorito em Paris, além de uma pequena pele de raposa prateada ao redor do pescoço. Parecia saída de uma revista de moda, e várias mulheres a encararam com inveja pela última vez. Elas haviam prestado atenção nos modelitos escolhidos por Angélique durante toda a viagem, assim como Andrew.

— Alguém virá buscá-la? — perguntou Andrew, preocupado, e ela balançou a cabeça.

— Pedi ao comissário de bordo que providenciasse uma carruagem para me levar até o hotel.

Ele assentiu, satisfeito em saber disso.

— Vou encontrá-la no hotel mais tarde, para ter certeza de que tudo está bem.

— Vou ficar bem — disse ela, mas agradeceu-lhe a ajuda. — Havia acontecido uma série de coisas inesperadas naquela viagem. Ela teria conseguido superar tudo que havia acontecido semanas antes sem ele, e estava determinada a fazê-lo sozinha, mas o fato de Andrew ter aparecido em sua vida era um presente pelo qual, por ora, estava grata. Angélique se divertiu muito com ele e tinha certeza de que Andrew também havia gostado de sua companhia. Ambos haviam curado suas feridas. — Você vai estar muito ocupado? — perguntou ela, e Andrew assentiu com a cabeça enquanto esperavam o navio atracar.

— Tenho que voltar para o trabalho. Passei dois meses me esquivando das minhas responsabilidades. Isso é o máximo permitido para um coração partido. — Ele sorriu quando disse isso e pareceu não se importar mais com o antigo relacionamento. Então, virou-se para Angélique. — Você fez tudo mudar nas últimas semanas. Nunca achei que isso poderia acontecer — confessou ele, com uma voz gentil. Andrew queria que ela soubesse como ele se sentia antes de se separarem e de continuarem com suas vidas em Nova York.

— Eu também não. Pensei que ia chorar durante toda a viagem. — Angélique sorriu para ele. — Passei momentos maravilhosos com você, Andrew. Obrigada.

Ele não respondeu, apenas segurou sua pequena mão coberta pela luva até que o desembarque fosse anunciado. Então, conduziu-a até sua cabine, deixou-a com Claire e foi verificar suas próprias malas, voltando em seguida para desembarcar com ela e vê-la entrar na carruagem. Eles saíram do navio juntos, sorrindo, e, quando ele a ajudou a se acomodar na carruagem, ela se virou e sentiu um beijo na bochecha. Andrew se afastou dela com dificuldade. Não podia mais imaginar não estar com aquela bela mulher todos os dias.

— Vou vê-la mais tarde — disse ele gentilmente.

Andrew lhe deu seu endereço e lhe pediu que enviasse uma mensagem se tivesse algum problema. A jovem acenou quando eles se afastaram. Havia uma segunda carruagem só para suas malas. Claire estava com ela e parecia triste por se despedir do navio e de seus novos amigos. As duas fizeram uma viagem inesperadamente feliz. Elas sorriram uma para a outra enquanto seguiam para o hotel.

Capítulo 18

O City Hotel era ainda mais grandioso do que ela esperava, mas Angélique podia pagar o preço cobrado, tinha o dinheiro que o pai havia lhe deixado e o que ganhara por conta própria. Ela estava sempre atenta aos gastos e sabia que o que tinha precisava durar para sempre. Não contava com a ajuda de ninguém e, apesar do bom gosto para moda e dos vestidos caros que comprava, fora isso, não era extravagante. A suíte do hotel era linda, e a decoração, excelente. Claire também estava em um quarto muito bom, no último andar, com as criadas de outros hóspedes.

Duas horas depois de sua chegada, enquanto Claire abria seus baús e via o que precisava ser pendurado, Angélique pediu uma refeição leve. Nesse instante, chegou ao quarto um enorme arranjo de flores para ela. Parecia um jardim inteiro de rosas. Era de Andrew, e o cartão dizia: "Bem-vinda a Nova York. Já sinto sua falta. Com carinho, A.H." Elas colocaram o arranjo sobre uma mesa. Angélique estava admirando as flores quando um funcionário do hotel veio avisar que o Sr. Hanson estava no saguão e que desejava vê-la.

— Pode deixá-lo subir — disse Angélique ao homem e lhe deu algumas moedas.

Logo depois, Andrew entrou no quarto, parecendo animado e feliz por vê-la, e a beijou na face. O tempo que passaram juntos no navio havia aproximado os dois muito rápido, e eles ficaram bem íntimos um do outro. Parecia que ela o conhecia havia meses, ou até anos.

— O que acha de dar uma volta por Nova York? — ofereceu ele. Sua carruagem estava lá embaixo. Era uma bela tarde de outono, e o advogado decidiu que só iria trabalhar no dia seguinte. — Esquivar-me mais uns dias dos meus deveres não vai fazer mal nenhum.

— Assim você nunca se tornará presidente — ela o repreendeu, mas ficou feliz com sua decisão.

Angélique pegou uma estola e o acompanhou. Logo depois, estavam passeando pelas ruas de Nova York na carruagem lindamente decorada de Andrew. Não era vistosa, mas era extremamente boa e apropriada a um homem. E ela gostava de estar ao seu lado enquanto ele apontava os lugares e instruía seu cocheiro sobre onde levá-los em seguida. No final da tarde, ela já tinha visto todos os marcos importantes. Passaram pelo Niblo's Garden, com seu teatro, pelo Vauxhall Gardens, pelo National Theatre e pela mansão Morris-Jumel, pela James Watson House e pela Gracie Mansion, bem como pelo Castle Garden, pela City Hall e pela St. Patrick's Cathedral nas ruas Mott e Prince. Fora um passeio longo. Depois, voltaram ao hotel para um chá tardio.

Os dois estavam no salão de jantar, onde viam hóspedes e visitantes entrando e saindo, e podiam observar os diferentes estilos de vestimenta usados na cidade. As mulheres pareciam se vestir de forma mais conservadora em Nova York do que em Paris, embora usassem alguns casacos e vestidos bonitos, além de chapéus exuberantes, mas nenhum tão elaborado ou elegante quanto o de Angélique. Andrew amava vê-la com cada peça que ela escolhia. Não conhecia nenhuma mulher tão elegante quanto ela. Sua ex-noiva era muito simples em comparação àquela dama, e muito menos sofisticada e interessada no mundo. Ele estava começando a achar que o término de seu noivado havia sido, na verdade, uma bênção. Nunca poderia ter adivinhado que Angélique apareceria e roubaria seu coração.

Ele a deixou descansar naquela noite, mas a convidou para jantar e ir ao teatro no Sans Souci no dia seguinte, para assistir a uma ópera no National Theater dois dias depois e para jantar e dançar no Delmonico's e no Niblo's Garden em seguida. Ela quase não teve tempo para recuperar as energias entre as noites com ele e descobrir a cidade por conta própria.

No final de duas semanas, Angélique ainda não havia conhecido nenhum dos amigos dele, pois Andrew foi muito sincero admitindo que a queria só para si. Mesmo assim, eles encontraram alguns conhecidos dele no teatro e em restaurantes, e Andrew a apresentou todo orgulhoso. Seus amigos ficaram deslumbrados com a beleza de Angélique, enquanto as mulheres se mostraram impressionadas e encantadas com sua simpatia. Ela não agia de forma prepotente, nem parecia cheia de si. Estava feliz em conhecer pessoas novas e parecia extasiada ao lado de Andrew.

Eles foram visitar algumas casas para que ela pudesse decidir onde ia morar, mas não encontraram nada de que ela gostasse. Apesar disso, Angélique não ficou triste. Por ora, estava feliz no hotel. Certa noite, três semanas depois que chegaram à cidade, Andrew a beijou com intensidade e de forma apaixonada. Depois de seis semanas na companhia um do outro, ele não conseguia mais se segurar e se contentar em dar-lhe um beijo na face. Angélique não se opôs, estava tão apaixonada por ele quanto o jovem por ela. A essa altura, era início de novembro, então ele falou que queria apresentá-la ao pai. Porém, o homem estava muito ocupado no momento com algumas negociações importantes em Boston. Andrew mostrou-se feliz por ficar com ela sempre que não estava trabalhando, e eles passaram o Dia de Ação de Graças no hotel, já que o pai dele estava com alguns amigos. Andrew explicou o feriado a ela, e Angélique gostou da ideia da gratidão e de passar um dia com amigos e familiares.

O Natal estava próximo, e fazia apenas três meses que os dois haviam se conhecido. Certa tarde, depois de voltarem de uma caminhada na neve, ele segurou as mãos dela para aquecê-las e, então, quando Angélique tirou o chapéu e colocou a estola de peles na sala da suíte, foi surpreendida com Andrew de joelhos à sua frente.

— Andrew, o que você está fazendo? — perguntou ela gentilmente. Seus olhos estavam brilhando com tudo o que sentia por ele, e suas bochechas, rosadas por causa do frio.

— Angélique Latham — disse ele, entre lágrimas de emoção despontando nos olhos —, você me daria a honra de se casar comigo?

Angélique não esperava por isso, embora qualquer pessoa que observasse os dois pudesse dizer que isso ia acontecer mais cedo ou mais tarde. Ela nunca poderia imaginar que existia a possibilidade de sair um casamento dali, e não tinha expectativas ou projetos nesse sentido. Ela o amava sinceramente, e suas lágrimas começaram a encher seus olhos enquanto assentia.

— Ah, meu Deus... sim... sim... ah, meu querido, eu amo você — disse ela, enquanto Andrew se levantava e a abraçava.

Tudo o que ele conseguia imaginar era seu futuro brilhante juntos, e todos os seus sonhos se tornando realidade. E, ao abraçá-lo, Angélique sabia que havia coisas que deveria lhe dizer, mas, por outro lado, não gostaria de perdê-lo. Ela se perguntou se deveria contar a ele sobre Paris e o Boudoir, mas talvez ele não precisasse saber. Ela não queria machucá-lo, mas também não tinha intenção de mentir para ele, e ficou preocupada com isso. Tudo o que ela sabia era que o amava muito e que queria ser sua esposa. Angélique nunca se sentira assim antes.

— Eu te amo tanto... — continuou ela. Isso era tudo o que conseguia dizer.

Ele não sabia nada a respeito de ela ter trabalhado como babá ou que o irmão a havia abandonado. Andrew desconhecia muita coisa sobre o passado da jovem, mas a aceitou como ela era. O que mais Angélique poderia pedir? Estaria ela correndo risco de perdê-lo se contasse tudo? Mas e se ele um dia acabasse descobrindo? Por outro lado, Nova York parecia muito distante de tudo o que acontecera com ela nos últimos três anos. Ela se agarrou a ele como se fosse uma criança perdida, quando Andrew começou a fazer planos para o futuro.

— Temos que encontrar uma casa — disse ele, parecendo animado —, e eu gostaria que nos casássemos logo. Por que esperar? — Andrew pareceu refletir por um momento. — Devo escrever para o seu irmão e pedir a sua mão? Sei que disse que vocês não se dão bem, mas não quero ofendê-lo, ou fazer alguma coisa inadequada.

— Ele não se ofenderá — falou ela em voz baixa, trazida de volta à realidade com o que Andrew dissera. — Ele não se importará. Ele me odeia. Você não precisa pedir minha mão a ninguém.

— Devemos convidá-lo para o casamento? E o seu outro irmão?

— Certamente que não. Se você fizer isso, eu não irei — ela o provocou, e ele riu.

— Quero que você conheça o meu pai assim que ele voltar de Boston. Ele esteve muito ocupado nos últimos meses. Tenho certeza de que vai adorar você — disse Andrew, muito feliz.

Três dias depois, ele lhe deu um anel de noivado, que era muito mais do que ela esperava, com um grande diamante e uma armação intrincada. Ela teria ficado feliz com um simples anel ou mesmo se ele não tivesse lhe dado nada. Era Andrew que ela amava, e não o que ele poderia lhe proporcionar. Angélique se deu conta de que nunca tinha sido tão feliz na vida. Andrew já falava em apresentá-la a seus amigos como sua futura esposa, mas achou melhor fazer isso depois que falasse sobre o noivado com o pai, que era um ferrenho defensor da tradição e dos bons costumes. Andrew avisou-lhe que o pai era muito conservador em suas crenças, mas estava certo de que ficaria encantado com sua escolha. Sabia que todos ficariam, mas, na verdade, o que ele próprio achava era o mais importante.

Andrew queria planejar o casamento logo e não via razão para que esperassem mais. Os dois sabiam o que queriam e tinham idade para fazer o que bem entendessem. E, quando ele disse isso, ela admitiu que era mais nova do que dissera no início. Angélique explicou ao noivo que, assim, ela pareceria mais respeitável.

— Na verdade, tenho 21 anos — confessou ela, tímida. Era a única verdade que estava disposta a admitir entre todas as mentiras que contara.

O noivo riu de sua confissão e ficou feliz. Ele tinha 30 anos e não via problema nenhum na diferença de idade. Para ele, tudo naquela união era perfeito, e estava certo de que seu pai pensaria o mesmo. Angélique esperava que sim e estava ansiosa para conhecê--lo. Andrew o fez parecer assustador e um pouco severo, mas tinha certeza de que o pai amava seu único filho e queria que ele fosse feliz.

— Vamos nos casar em fevereiro, no dia de São Valentim — sugeriu Andrew, e Angélique adorou a ideia.

— Não teremos muito tempo para planejar a cerimônia — observou ela, pensativa. — Você quer um casamento grande? — Ela não tinha certeza de como organizá-lo, especialmente em Nova York. Teria conseguido fazer isso em Paris ou em Londres, mas não ali. Tudo ainda era muito novo para ela.

— Na verdade, não — disse ele, com sinceridade. — Você não tem amigos aqui e, se não quer que a sua família venha da Inglaterra, não seria certo ter centenas de conhecidos meus na cerimônia. Por que não tentamos fazer algo pequeno?

Ele não disse isso, mas, como pensava que ela havia ficado viúva recentemente, achava melhor realizarem um casamento discreto, e tinha certeza de que seu pai também pensaria assim. Andrew imaginou que um casamento íntimo seria mais apropriado, apenas com o pai e os amigos mais próximos. Ele não se importava com os detalhes da cerimônia, desde que se casassem logo. Não podia esperar para começar uma família com ela, que também apreciou a ideia. Tudo o que ela queria agora era ser sua esposa e ter filhos com ele. A jovem queria escrever para as meninas do Boudoir e dizer-lhes que não esperassem por ela. Angélique sabia que Fabienne ficaria feliz por ela. Escrevera para a amiga ao chegar a Nova York, e Fabienne respondera que ela e Jacques haviam se casado em outubro e que já havia um bebê a caminho. A vida delas tinha mudado muito.

Angélique já pensava em vender os móveis do Boudoir que estavam em um depósito. Não queria o mobiliário do bordel em sua nova casa. Então resolveu escrever para os responsáveis pelo depósito pedindo a eles que vendessem tudo para ela.

Angélique mal conseguia absorver tudo aquilo, enquanto ela e Andrew faziam planos. Na noite anterior à véspera de Natal, o casal iria jantar com o pai do noivo, que estava muito ansioso para conhecer a futura nora e certamente ficara feliz pelo filho. Por tudo o que Andrew falara da amada a ele, Angélique parecia a mulher perfeita. E Andrew sabia que era.

Na noite em que eles foram jantar com o pai de Andrew, Angélique estava usando um vestido simples de veludo preto, com um decote que apenas insinuava, mas que não mostrava demais, as pérolas da mãe e uma pequena tiara no cabelo que fora da avó materna quando jovem. O acessório era muito valioso para ela, que já o havia usado uma vez antes, para ir a um baile em Londres com o pai. Depois que o duque ficou doente e que eles pararam de ir à cidade, Angélique nunca mais a usou. Mas, esta noite, parecia apropriado colocá-la, e também o belo anel de noivado que Andrew lhe dera. Ele prendeu a respiração quando a encontrou no hotel. A noiva estava deslumbrante, e ele nunca sentira tamanho orgulho. Mal podia esperar para que o pai a conhecesse.

Angélique ficou um pouco assustada quando a carruagem parou na frente de uma enorme mansão na Pearl Street. Ela não esperava que a residência fosse tão grande e ficou um pouco assustada por um momento, mas logo lembrou-se de que já estivera em casas maiores. E Belgrave, onde crescera, era muito maior do que a construção que estava à sua frente. Ela não tinha comentado nada com Andrew sobre esse assunto, não havia motivo para isso, já que

Belgrave não lhe pertencia mais e Angélique não podia mais nem ir até lá. Não havia por que chorar o passado com um futuro tão brilhante pela frente.

Dois criados e um mordomo os receberam na entrada, o que a fez lembrar-se novamente de Belgrave, mas tudo ali parecia mais novo e menor do que a enorme propriedade na Inglaterra. A sala da frente da casa do pai de Andrew era toda de mármore, com um enorme candelabro de velas iluminando o cômodo. Ela tirou a estola e a entregou a um dos criados, enquanto Andrew a conduzia até o grande salão, onde seu pai os aguardava. O homem estava de costas, olhando para o jardim, com uma bebida na mão. Usava gravata branca e smoking, assim como o filho. O pai de Andrew enfim se virou, e os dois homens trocaram um olhar caloroso. E, então, quando ele voltou o olhar para a futura nora com um sorriso acolhedor, Angélique quase desmaiou, assim como ele. Nenhum dos dois podia acreditar no que estava acontecendo.

Era John Carson, o financista americano, que lhe pedira em casamento três meses antes no Boudoir. Estava claro que o sobrenome "Carson" era um pseudônimo para suas visitas ao Boudoir, e não seu nome verdadeiro. Nenhum dos dois disse nada por um minuto. Enquanto o rosto de John se endurecia, Angélique tentou disfarçar a própria surpresa ao vê-lo, pois ficara pálida. Aquilo era mais uma peça cruel do destino. Aquele homem estava profundamente apaixonado por ela. Primeiro propôs que ela se tornasse sua amante, depois estava decidido a se casar com ela, uma vez que ficara viúvo. John a desejava tanto que não ligava para o fato de ela gerenciar um bordel. Estava disposto a fazer praticamente qualquer coisa para se casar com Angélique e ficou chocado e zangado quando ela o rejeitou. E agora ela ia se casar com seu filho. Aquilo era quase irônico. Ele sabia sobre o passado dela em Paris, e ela estava aterrorizada com a possibilidade de ele contar a Andrew agora.

— Eu... como vai... — disse ele, curvando-se com profundo respeito e os olhos brilhando. Ela rezou para que o homem pudesse superar o que havia acontecido e aceitá-la como a futura esposa do filho, mas o olhar dele era de pura fúria, e Andrew percebeu isso.

— Há alguma coisa errada? — perguntou ele, olhando do pai para a noiva, sem conseguir entender a expressão no rosto do homem.

— Claro que não — respondeu John. — Prazer em conhecê-la — disse ele a Angélique.

John terminou sua bebida, fez sinal para os criados e se sentou no salão com uma expressão dura no olhar. Tudo o que ele queria era que a noite chegasse logo ao fim para que aquela mulher fosse embora de sua casa e da vida de seu filho. Não poderia permitir que Andrew se casasse com ela, embora ele mesmo estivesse disposto a fazer isso. Inclusive, desejou muito que isso acontecesse, e teria feito tudo ao seu alcance para convencê-la a dizer sim. Ele ainda não tinha se recuperado de sua recusa. E agora havia essa cruel mudança de destino.

A ceia foi terrivelmente sofrida e silenciosa. John tomava sua bebida sem falar uma palavra com Angélique ou olhar nos olhos dela, conversando com o filho sobre questões comerciais, como se ela não estivesse ali. Andrew não tinha ideia do que estava acontecendo, mas Angélique se sentiu mal a noite toda e quase não comeu. E, assim que o jantar terminou, o pai se levantou e pediu para dar uma palavra com o filho em particular. John entrou na biblioteca e virou um touro furioso no momento em que Andrew fechou a porta e se virou para ele.

— O que está acontecendo? — Ele nunca vira o pai agir daquela forma antes, como um animal em uma gaiola.

— Você não pode se casar com essa mulher! — gritou John para Andrew. — Não vou permitir que isso aconteça! Você precisa terminar esse noivado imediatamente!

— Por quê? Não entendo. Você agiu como um louco a noite toda.

— Eu sei coisas sobre ela que você não sabe. Ela é uma prostituta, Andrew, nada mais do que isso. Está atrás de você pelo nosso dinheiro. — Mas John sabia que, se isso fosse verdade, ela teria aceitado a proposta que ele havia lhe feito em Paris. Ele só disse isso porque a última coisa que queria agora era que seu filho se casasse com a mulher que ele desejava, a cortesã de um bordel em Paris. Ele se considerava velho o suficiente para fazer uma escolha como essa, mas isso seria demais para o filho. A mãe de Andrew fora uma mulher respeitável, de uma das famílias mais tradicionais de Nova York. Angélique não era nada respeitável, por mais distinta que pudesse parecer. Na opinião de John, aquilo era um escândalo, mas certamente não grande o suficiente para impedir que o filho se casasse com ela. — Farei tudo o que puder para impedir esse casamento, Andrew. Você tem que parar com essa farsa agora.

— Não é uma farsa, eu a amo. Ela é uma pessoa maravilhosa. Você já a conhece?

— Não! — gritou o pai para ele, mentindo, pois era difícil demais para ele admitir a verdade: que ele a conhecera em um bordel e que havia pedido a mão dela em casamento. — Mas, agora, John estava preocupado com a possibilidade de Angélique confessar toda a verdade a Andrew. Era um risco muito sério para ele. Nunca quisera que o filho soubesse que ele teria se casado com ela. Se Angélique tivesse aceitado sua proposta, ele teria inventado uma história adequada, assim como ela mesma fizera para se casar com Andrew. — Você não sabe nada sobre a vida dela. Eu sei. Nunca a conheci — mentiu novamente —, mas ouvi muito sobre ela. Essa mulher é bem conhecida em Paris. O que ela lhe disse?

— Que tem dois irmãos que não gostam dela e a quem também odeia. Os pais morreram. Ela foi casada, e o marido morreu. Por isso veio para cá, para uma mudança de ares. E eu a conheci no navio. Por quê? O que você sabe que seja diferente disso? — Andrew parecia preocupado, mas não o suficiente para mudar de ideia. Estava muito mais chateado com o comportamento do pai do que a conversa que estavam tendo naquele momento. Tudo soava como uma mentira para ele. — Você está chateado porque ela é europeia, e não uma garota americana de uma família conhecida? — O homem era esnobe, então isso era bem possível. Andrew estava certo de que seu pai nunca teria se envolvido com uma mulher europeia. Mal sabia ele o que o John pretendia fazer.

— Não é nada disso, embora você não precise ir ao exterior para encontrar uma esposa. Há muitas garotas adequadas aqui. Ela irá destruir a sua carreira política e sua chance de ser importante. E eu posso lhe dizer uma coisa: vou fazer tudo o que estiver ao meu alcance para evitar que você se case com ela! — Ele ainda gritava, seus olhos estavam arregalados, e uma veia em sua testa não parava de pulsar. O homem estava enlouquecido. — Peça a ela que conte a verdade, e vamos ver se ela tem coragem! Posso lhe assegurar de que a verdade não bate com a história que você conhece. — Ele andava de um lado para o outro pela sala enquanto falava. Andrew não se moveu, apenas observava o pai.

— Ela é uma pessoa honesta e vai me contar se eu perguntar. Todos nós temos segredos que não queremos que os outros saibam. Se ela tiver algum, tenho certeza de que vai me dizer a verdade. Mas eu tenho 30 anos, pai. Você não pode me dizer com quem devo me casar ou me proibir de ficar com a mulher que amo. Não vou acabar como você e a minha mãe. Não quero ficar casado por trinta anos com alguém que odeio, me sentindo solitário e triste só porque me casei com alguém da família "certa". Prefiro estar casado com uma mulher de uma família desconhecida a viver com a pessoa errada, que foi o que você fez. E você não pode me dizer como devo conduzir minha própria vida. Eu estava noivo de uma garota que você considerava certa, e ela fugiu com meu melhor amigo depois de me enganar. — Andrew também estava com raiva. Nunca tinha visto o pai ter um comportamento tão abominável assim antes e estava profundamente triste por Angélique, que passara uma noite de tortura, mas, mesmo assim, mostrara-se digna e educada, embora parecesse estar prestes a chorar.

— Tenho certeza de que ela também vai enganar você, bem mais rápido do que imagina. E meu casamento com a sua mãe e os motivos para que ele tenha acontecido não são da sua conta.

— Passei minha vida inteira vendo vocês dois se odiarem. Vocês mal conseguiam ficar na mesma sala. Não quero isso para mim.
— Os dois sabiam que ele estava certo, mas John não disse nada, apenas olhava para o filho, lastimando a situação.

— Livre-se dela — disse John sem rodeios. — Você vai se arrepender se não fizer isso. E saiba que eu nunca mais a receberei em minha casa. Se você fizer uma loucura e ficar com essa mulher, não a traga aqui de novo.

— Não sei por que ela voltaria aqui depois do seu comportamento hoje — disse Andrew ao caminhar até a porta. — Boa noite, pai. Obrigado pela ceia.

Então ele saiu e bateu a porta. John ficou apenas olhando. Ele se sentou em uma cadeira e, de repente, se sentiu com 100 anos. Angélique o rejeitara e, agora, ia se casar com Andrew. Ele queria ser dono dela, possuí-la e lhe dar tudo o que tinha. E tinha feito todo o possível para convencê-la a ficar com ele. Estivera obcecado por aquela mulher, e ainda estava, mas fora Andrew quem a conquistara. E, nesse exato momento, ele não sabia quem odiava mais: se era Angélique, ou seu filho, por ter a mulher que ele desejava.

Capítulo 19

Andrew e Angélique voltaram para o hotel sem falar nada um com o outro. O rosto de Andrew estava duro como pedra. Ele não parava de pensar no pai e no que ele dissera, e Angélique tinha certeza de que o noivo estava furioso com ela, e estava morrendo de medo de perguntar o que o pai havia lhe dito. Sentada ereta na carruagem escura, com uma expressão séria, ela achava que nunca mais iria ver Andrew de novo. Ele não se casaria mais com ela, não depois do que o pai havia lhe contado. Angélique estava preparada para devolver o anel quando chegassem ao hotel. Ela não queria fazer isso na carruagem, com medo de deixá-lo cair no chão. Mas não tinha dúvidas de que seu noivado estava acabado e por isso lutava contra as lágrimas. Ela só queria ficar sozinha agora para chorar pelo fim do breve relacionamento. Era mais uma perda em sua vida, e das grandes.

Um recepcionista a ajudou a descer da carruagem, enquanto Andrew apenas olhava para ela, muito sério.

— Posso subir com você? — Ela assentiu. Angélique lhe devolveria o anel lá dentro. Ele não precisaria pedir. Ela entendia muito bem a situação. Não merecia aquele anel pois não dissera toda a verdade sobre sua vida a Andrew. Fora um golpe do destino incrivelmente cruel o fato de o homem que lhe pediu em casamento, em Paris, acabar sendo o pai de Andrew. Ela não podia imaginar nada pior, a não ser se tivesse dormido com ele. Graças a Deus, não tinha feito isso. Se isso tivesse acontecido, ela não teria forças para enfrentar Andrew. No momento em que os dois se viram no salão da suíte, Andrew segurou suavemente seus ombros e falou com gentileza: — Eu quero que você se sente para que possamos conversar. Meu pai diz que há coisas sobre você que eu não sei. Quero que você me conte tudo agora, não importa quanto ache ruim. Eu amo você, e isso não vai mudar nada para mim. Mas preciso saber, para que nada parecido volte a acontecer. Se eu vou me tornar seu marido, quero saber tudo sobre você. O amor não é sobre amar apenas as partes boas, mas as ruins também. — Lágrimas deslizaram por suas bochechas enquanto ele falava, e os dois se sentaram.

— Não mereço você — disse ela com uma voz sufocada enquanto ele segurava sua mão. — Você gostaria de ter seu anel de volta agora? — Ela começou a retirá-lo, mas Andrew a deteve.

— Não, não quero. Agora comece do início. Podemos pular a parte das fraldas e da sua primeira babá, mas quero ouvir o resto, então vou entender melhor as coisas. — Ele podia imaginar o que seu pai havia insinuado, mas não tinha certeza. E agora queria saber. — Quero toda a verdade. Não deve haver segredos entre nós.

— Minha mãe morreu quando eu nasci, ela era francesa. Você já sabe disso. Ela era Bourbon e Orleans, e a família dela foi morta na Revolução. O nome do meu pai era Phillip, ele era o duque de Westerfield, e também tinha parentesco com o rei. Ele me amava muito e foi maravilhoso para mim. — Seus olhos se encheram de lágrimas quando falou, especialmente depois daquela noite. — Morávamos em uma casa muito grande, conhecida como Castelo Belgrave, em Hertfordshire. É uma bela casa. E meu pai já havia sido casado antes de conhecer a minha mãe. Teve dois filhos no primeiro casamento, que odiavam minha mãe e mais ainda a mim. Passaram a vida inteira sentindo ciúmes de mim. Tínhamos também uma casa na Grosvenor Square, onde meu irmão morou nos últimos anos, antes de meu pai morrer. Ele é o mais velho, e seu nome é Tristan. Tem uma esposa insuportável chamada Elizabeth e duas filhas. Elas também me odeiam.

Andrew a estava ouvindo e podia imaginar a situação: primeiro casamento, filhos ciumentos, Angélique, a menina dos olhos do pai.

— De acordo com a lei na Inglaterra — continuou ela —, quando meu pai morreu, meu irmão mais velho herdou tudo. O título, a fortuna, o Castelo Belgrave, a propriedade da Grosvenor Square, tudo. Meu pai não podia deixar nada para mim, não legalmente. Ele queria que Tristan me deixasse morar em uma casa na propriedade quando morresse, mas meu irmão não permitiu isso, nem me deixou ficar em Belgrave. Eu tinha 18 anos quando meu pai se foi. Mas, no leito de morte, na noite anterior à sua partida, ele me deu uma boa quantia em dinheiro e as joias da minha mãe. Isso era tudo a que eu tinha direito, a menos que meu irmão quisesse ser mais generoso comigo.

Ele assentiu, e ela continuou sua história.

— Tristan, a família dele e meu irmão Edward apareceram assim que papai morreu e, na noite do velório, o novo duque me disse que eu seria um fardo para ele. Eu não tinha mais o direito de estar lá. Eles arranjaram uma família conhecida em Hampshire para quem eu poderia trabalhar como babá, então fui embora no dia seguinte. Disseram que eu era uma prima distante e me mandaram para a casa de pessoas muito ricas e mimadas. Eu passei a tomar conta de seis crianças e me tornei uma criada.

Andrew não fez nenhum comentário, mas seu coração começou a doer por ela à medida que ouvia a história. Era terrível. Ela era apenas uma menina quando foi mandada embora da própria casa para trabalhar como criada logo depois da morte do pai.

— Eu amava aquelas crianças. Elas eram maravilhosas, embora os pais fossem egoístas e cruéis. Fiquei lá por um ano e meio. — Então, ela contou sobre Bertie, que havia sido obrigada a mordê-lo para se defender e as mentiras que ele contou no dia seguinte para se vingar dela. — Fui demitida e mandada embora no mesmo dia sem uma carta de referência. No começo, não entendi o que isso significava, mas logo compreendi que não conseguiria qualquer tipo de trabalho quando fui para Londres. Ninguém poderia me contratar sem recomendação. — Andrew podia adivinhar o que aconteceu depois, ou pensou que podia. — Sugeriram-me que eu tentasse a França, onde talvez tivesse mais sorte. Mas não tive. Ninguém quis me contratar como babá, como criada, nem mesmo para limpar o chão. Sem referência, eu não conseguiria um emprego.

— Você não precisa me contar o resto — disse ele gentilmente, sem querer fazê-la passar por mais constrangimento e humilhação. Ele já sentia muita pena dela.

— Sim, preciso. Você disse que queria saber tudo. Hospedei-me em um hotel em Paris, tentando descobrir o que fazer. Conheci uma mulher que disse que eu deveria tentar vir para a América, mas estava com medo. — Ela então contou que encontrara Fabienne jogada na sarjeta, espancada por um "cliente". E todas as coisas que a jovem relatou a ela que fez com que Angélique sentisse pena de outras meninas como aquela moça. — Não consegui arrumar um emprego e não queria terminar como elas, exploradas por todos, suas cortesãs, seus cafetões, seus clientes, e sendo espancadas, sem ganhar nada. As cortesãs e os cafetões ficavam com todo o dinheiro que as meninas ganhavam — explicou ela, parecendo uma menina sabida, e ele sorriu.

— Já me disseram isso — falou ele, com uma expressão tênue. Parecia incrível que ela soubesse disso, levando em conta sua formação e sua educação.

— Então decidi usar um pouco do dinheiro que meu pai tinha me dado para criar um estabelecimento, uma "casa". Comprei móveis, encontrei as garotas com a ajuda de Fabienne, paguei-lhes de forma justa e criei a melhor casa em Paris, com as melhores mulheres, para os homens de prestígio. — Naquele momento, Andrew olhou para ela sem acreditar no que ouvia.

— Você abriu um bordel? — Ela finalmente o deixara chocado, não por ter feito algo imoral, e sim por sua bravura, sua coragem e seu espírito empreendedor que a levaram a fazer isso.

— Sim — respondeu ela em voz baixa. — Abri. E era incrível. A casa era linda. Funcionava perfeitamente bem. Os homens adoravam o lugar, as meninas ficaram felizes e nós ganhamos muito dinheiro, que compartilhei de forma justa com elas. Era a melhor casa de Paris — disse ela com orgulho, então Andrew balançou a cabeça e riu. Ele nunca teria adivinhado isso em um milhão de anos. Ela era tão recatada e aristocrática, além de ser muito jovem

— E você tinha 20 anos quando fez tudo isso?

— Sim. Funcionou perfeitamente bem por um ano e meio.

— Então, ela contou sobre o assassinato. — Todos os homens mais poderosos de Paris iam nos procurar, e eu conheci algumas pessoas importantes. O ministro do Interior se tornou um grande amigo meu. Ele me ajudou a resolver tudo naquela noite e me disse que precisávamos fechar as portas, então me orientou a sair de Paris por um tempo, seis meses ou um ano. Depois disso, eu poderia voltar e abrir a casa novamente. Se eu ficasse lá, havia um grande risco de escândalo. Ele me disse para reservar uma passagem em um navio e vir para a América, e assim o fiz. Pensei que ficaria aqui por seis meses e que depois voltaria para a França. Mas então conheci você no navio, nós nos apaixonamos e ficamos noivos. Escrevi para Fabienne e para as outras garotas para dizer que não voltaria mais. Achei que elas deveriam saber. — Angélique olhou para ele com seus grandes olhos inocentes, e ele sorriu para ela. — Você sabe de tudo agora. Não há mais nenhum segredo. — Exceto um último detalhe, e ele queria muito saber.

— Não tenho o direito de lhe perguntar isso, Angélique, mas prefiro saber e ouvir isso de você. Você também entretinha os clientes?... Do jeito que as garotas faziam?

Ela balançou a cabeça com veemência.

— Não, isso fazia parte do nosso acordo desde o início. Eu gerenciava a casa. Era a cortesã, mas nunca fiz sexo com ninguém. Ainda sou virgem — disse ela em voz baixa. — Alguns dos homens me chamavam de Rainha do Gelo. Eu conversava com eles na sala de estar, jogava cartas... Eu os conhecia bem, mas nunca fui além disso, e acho que eles me respeitavam.

— Essa é uma história de coragem e engenhosidade.

Andrew tinha certeza de que ela havia sido sincera a esse respeito. Confiava completamente nela e não estava errado em seu julgamento. O jovem a amava ainda mais por tudo o que ela tinha passado. Seu pai estava certo, ela havia mentido para ele, mas Andrew a respeitava ainda mais agora, depois do que tinha ouvido. E, se ele estivesse no lugar dela, teria mentido também.

— Me desculpe, tive medo de lhe dizer. Pensei em lhe contar, mas não sabia como. E a sua carreira política? Isso não pode acabar atrapalhando você? Se o seu pai ouviu falar sobre isso, acho que as pessoas sabem, mesmo aqui — disse ela, embora soubesse que isso não era verdade. John a conhecera no bordel. Ninguém havia "dito" nada a ele em Nova York.

— Poderia. Mas não estou preocupado com isso. Muita gente fez coisa pior aqui, e tudo foi esquecido. Estamos na América, onde há pessoas não muito boas, tanto nos negócios como no governo. Nem todos os homens são cavalheiros. E quem acreditaria nisso? Sua história é incrível! — Angélique assentiu com a cabeça ao ouvir isso, grata por Andrew não ter se levantado e saído da sala no meio da história. Ela começou a tirar o anel, e ele a deteve novamente. — Eu amo você, Angélique. Obrigado por ser sincera comigo. Quero me casar com você. Isso não muda nada para mim. Só quero que você me prometa que nunca mais terá medo de me contar a verdade.

Então, ele parou por um instante e pensou em outra coisa que queria perguntar a ela, só para ter certeza.

— Você chegou a ver o meu pai na casa? Ele já foi lá? — Ela olhou bem nos olhos de Andrew e hesitou. Sentiu que não tinha o direito de destruir o relacionamento deles, mesmo que John a odiasse. Ela não precisava fazê-lo se justificar, e o que acontecia no bordel era um segredo sagrado que nunca deveria ser contado a ninguém. Até mesmo um homem como John tinha o direito de guardar segredos do próprio filho. Ela prometera a si mesma, antes de responder, que seria a última mentira que contaria a Andrew. Ele não precisava saber de nada. Fora uma decisão generosa de sua parte, a de proteger as ilusões de Andrew sobre o pai. Ela seria superior a John.

— Não, eu nunca o vi lá — respondeu ela simplesmente, e Andrew assentiu.

— Só fiquei pensando... Não achei que ele iria a um bordel, mas nunca se sabe. Ele parecia muito indignado. Vou falar com ele amanhã. — Andrew a beijou, e ela olhou para ele com os olhos arregalados de surpresa e gratidão.

— Tem certeza disso? — perguntou ela suavemente. — Prometo que nunca mais vou mentir para você. — Angélique falava com todo o seu coração e sua alma.

— Tenho certeza absoluta disso. Eu amo você. — Andrew não conseguia parar de rir. — É bastante exótico. Vou me casar com uma cortesã e duquesa.

— Não sou duquesa — falou ela com firmeza. — A esposa do meu irmão foi quem ficou com o título. Mas eu era uma cortesã. — E então ela também riu. — Era dona da melhor casa de Paris. Queria que você tivesse visto — disse ela, parecendo uma menina novamente, e então ele a beijou com intensidade enquanto a abraçava.

Tudo o que ele queria era se casar com ela o mais rápido possível. No dia de São Valentim ou mais cedo, principalmente agora, que conhecia a verdade.

No dia seguinte, ele entrou no escritório do pai, pouco depois de John ter chegado, e parou na frente dele.

— Ela me contou tudo — disse Andrew, encarando o pai.

— Contou? — Ele ficou olhando para o filho, sério. — E o que foi tudo? — Ele estava aterrorizado com a possibilidade de Angélique ter revelado ao filho que ele frequentava o bordel.

— Que foi expulsa de casa pelo irmão quando o pai morreu, que trabalhou como babá, que foi para Londres e depois para Paris sem nenhuma carta de referência e que acabou abrindo um bordel na cidade. E parece que era um lugar interessante. — Os olhos do pai se arregalaram ainda mais e, então, ele os desviou, com receio de que o filho percebesse que ele tinha algo a esconder.

— Eu não saberia dizer. — Ele não se atreveu a perguntar ao filho se ela contara que o conheceu lá ou sobre as duas propostas que havia feito a Angélique: a primeira para ser sua amante e a outra para se tornar sua esposa. Mas Andrew não disse nada, o que o levou a pensar que, por algum milagre, ela o havia poupado desse constrangimento. Ele sabia que Andrew falaria, se ela tivesse lhe contado. — E quanto às suas ambições políticas? O que vai ser da sua carreira se alguém descobrir que está casado com uma prostituta?

— Ela não é uma prostituta — disse Andrew com raiva. — Era uma cortesã. E, para uma menina de 20 anos, filha de um duque, de uma maneira louca, acho que isso tudo é muito impressionante.

— Você está delirando. — Ele podia entender tudo perfeitamente bem. Também ficara louco por ela, e ainda estava. Ela era o tipo de mulher que levava os homens a desejá-la desesperadamente, ainda mais quando não podiam tê-la. — Mas eu não tenho certeza de que o mundo se importará com a distinção entre uma prostituta e uma cortesã. Para a maioria das pessoas, é a mesma coisa.

— Aparentemente não é. Ela apenas dirigia um negócio.

— Não vamos colocar panos quentes sobre isso, Andrew. Ela dirigia um bordel em Paris, independentemente de dormir com os clientes ou não. Isso não vai ajudá-lo a se tornar senador ou presidente, se é isso o que você quer. Se alguém descobrir, vai ser um escândalo, e isso vai acabar com os seus sonhos.

— Talvez eu não me importe com isso tanto quanto você. E vou assumir o risco. Ela vale a pena, e eu a amo. Vou me casar com ela, você aprovando ou não.

John Hanson ficou em silêncio por um longo tempo e depois se sentou de novo. Ele não queria perder o filho, mas nunca perdoaria Angélique por amar Andrew e não aceitar seu amor. John Hanson era um homem que nunca perdoava quando alguém o feria, e Angélique se tornara uma inimiga ao recusá-lo.

— Faça o que quiser, mas nunca mais a leve à minha casa. Nunca mais fale comigo sobre ela. Acho você um tolo por se casar com essa mulher, e não quero ter nenhuma ligação com ela. Não me relaciono com mulheres assim — mentiu ele para Andrew. — E você também não deveria fazer isso. Muito menos se casar com uma. Eu imploro a você que reconsidere sua decisão. — John não admitiria ao filho que ele mesmo teria se casado com Angélique se tivesse a chance. Ela era como uma bela joia que ele queria possuir. Mas Andrew realmente a amava, e não se importava com o passado de Angélique.

— Eu pediria o mesmo a você, para reconsiderar. Ela vai ser sua nora e a mãe dos seus netos. — Aquela ideia fez com que John se sentisse mal, e ele não disse nada.

Andrew foi embora e, naquela noite, jantou com Angélique no hotel.

— Como foi com o seu pai? — perguntou ela, nervosa. Angélique temia que ele pudesse ter confessado que já a conhecia e, então, Andrew saberia que tinha mentido. Era a única coisa sobre a qual Angélique não tinha sido sincera com o noivo, pois achou que seria melhor para ele. Mas, aparentemente, John não dissera nada, e ela agora achava que nunca o faria.

— Meu pai é um homem irracional às vezes — falou Andrew calmamente. — E, se ele não vai aceitar isso, não quero esperar para me casar. Vamos nos casar agora, na próxima semana ou daqui a alguns dias. Quero morar com você.

Angélique adorou a ideia, então eles organizaram um casamento simples para a véspera do Ano-Novo, com dois dos amigos mais íntimos de Andrew como testemunhas. Angélique os conheceu alguns dias antes e os adorou, e eles também ficaram loucos por ela. O casal ainda estava procurando uma casa para morar, pois o apartamento de solteiro de Andrew era muito pequeno para os dois.

Angélique e Andrew passaram um Natal tranquilo no hotel. Ele foi ver o pai e tomar uma bebida, mas não jantou com ele, e nenhum dos dois falou sobre Angélique.

Então, na véspera de Ano-Novo, com um vestido de cetim branco que trouxera de Paris, que havia usado uma vez no Boudoir, em um Natal, Angélique se casou com Andrew em uma cerimônia privada na St. Mark's Church in-the-Bowery, a exemplo da St. Martin-in-the-Fields Church em Londres. Os dois passaram a noite no hotel.

Eles partiram no dia seguinte em uma viagem de lua de mel por duas semanas para o luxuoso Greenbrier, na Virgínia. Quando voltaram, ela rapidamente se tornou conhecida como uma das mulheres mais bonitas e elegantes de Nova York.

Andrew não se encontrava com o pai desde antes do casamento e não tinha pressa em vê-lo. Ele e Angélique estavam nos jornais constantemente como o casal de ouro. E, um mês depois que voltaram da lua de mel, Angélique descobriu que estava grávida. Sua nova vida havia começado, seus sonhos estavam se tornando realidade, e Andrew dizia a ela todos os dias quanto a amava e que eles mereciam aquilo. E ela acreditou nele.

Capítulo 20

Angélique escreveu a Sra. White para lhe dizer que havia se casado, que estava feliz e tinha adorado Nova York. Depois, mandou outra carta quando soube que estava grávida. A Sra. White contou a novidade a Hobson, que ficou feliz em saber. Ele se sentiu aliviado ao ouvir que Sua Senhoria estava feliz e que tinha se casado com um homem bom.

Então, na primavera, uma carta da Sra. White trouxe a notícia sobre a morte de seu irmão Edward em um acidente de caça. O velório fora em Belgrave, e ele havia sido enterrado no mausoléu com os pais. Ela pensou em escrever a Tristan para lhe dar os pêsames, mas, depois de conversar com Andrew, decidiu não fazer isso. Ela não havia tido notícias do irmão desde a vez em que o vira na casa dos Fergusons, situação na qual ele a havia ignorado.

— Ele não merece nada que venha de você — disse Andrew, e Angélique acabou concordando com o marido.

Eles tinham acabado de encontrar uma casa na Washington Square, e Angélique ficou um bom tempo ocupada com a decoração. Planejavam se mudar em maio, e o nascimento do bebê estava previsto para o início de outubro. A gravidez estava indo muito bem, e Andrew achava a esposa mais bonita do que nunca, com o bebê deles crescendo em sua barriga.

Ela nunca mais viu John, embora Andrew o encontrasse de vez em quando. Sempre comentava sobre o bebê, o que só deixava o pai ainda mais irritado. Certo dia, John fora obrigado a lembrar ao filho que não queria ouvir nada sobre Angélique, nem sobre seus futuros filhos. A única relação que ele queria ter era com Andrew.

Andrew tinha muitas ambições políticas e planejava se candidatar ao Congresso em novembro, pois haveria uma eleição especial para substituir um congressista que tinha morrido. Era uma excelente oportunidade para ele. Foi seu primeiro grande passo na política, e Angélique também ficou animada pelo marido. Ela esperava poder estar ao seu lado nas semanas que antecediam a eleição, logo depois do nascimento do bebê.

Finalmente, quando Angélique estava com quatro meses de gravidez, os dois se mudaram para a nova casa, que era linda e representava tudo que o casal esperava. Eles recebiam amigos com frequência, e Andrew sabia que era um homem de sorte. Adorava sua mulher e a achava maravilhosa.

Em junho, Angélique recebeu uma carta de Fabienne, da Provença. Seu bebê havia nascido, e ela e Jacques estavam muito felizes. Era um menino, a quem chamaram de Étienne. Angélique prometeu escrever para a amiga assim que seu filho nascesse e mal podia esperar por isso. O berçário que preparara parecia um sonho. Ela e Andrew só haviam tido um desentendimento até então: Angélique queria cuidar da criança sozinha, mas ele insistia para que contratassem uma enfermeira. Andrew queria poder sair com a esposa e disse que ela não daria conta de fazer tudo sozinha. Eles concordaram em contratar uma jovem para ajudá-la, mas Angélique não tinha a menor intenção de ser uma mãe como Eugenia Ferguson, muito menos como algumas de suas amigas em Nova York, que nunca viam os filhos. Andrew queria ter muitos filhos, e Angélique estava disposta a lhe dar vários herdeiros. Na verdade, estava muito animada para se tornar mãe. Certamente seria mais fácil do que cuidar dos gêmeos de Eugenia, pois o médico garantia que havia apenas um bebê. Eles estavam esperando um menino, mas Andrew assegurou-lhe que teria ficado satisfeito com uma menina também.

O casal alugou uma casa em Saratoga Springs para o verão, onde ficou durante os meses de julho e agosto, até o Dia do Trabalho, na primeira segunda-feira de setembro. Andrew viajou algumas vezes a trabalho, e em função da campanha, então, em setembro, ficou bastante ocupado com jantares, eventos, reuniões e cumprimentando eleitores em todos os lugares aonde ia enquanto Angélique permanecia em casa na reta final da gravidez. Ela estava muito grande para sair e não tinha quase roupa nenhuma que coubesse nela. Reclamou que estava entediada, mas sentia-se mais cansada do que queria admitir e insistia em ter o bebê em casa. Estava tudo arranjado, e os dois ficavam mais apaixonados um pelo outro a cada dia.

No dia primeiro de outubro, ela estava dobrando algumas camisas do bebê no berçário com a ajuda de Claire quando sua bolsa estourou e as contrações começaram. Eles haviam contratado uma enfermeira de Boston que chegaria nos próximos dias, pois ainda trabalhava para uma família de lá.

Angélique voltou para o quarto, se deitou na cama e aguardou. Claire e a nova governanta, a Sra. Partridge, trouxeram pilhas de lençóis e toalhas e mandaram chamar o médico. Ele chegou uma hora depois e disse que estava tudo bem com mãe e bebê. Angélique estava progredindo bem e sentia pouca dor. Andrew estava em um jantar importante com alguns políticos e só voltaria para casa à noite. O médico achava que o bebê chegaria depois da meia-noite e prometeu voltar na hora da ceia. Ela chamou uma enfermeira para ficar com Angélique no quarto cronometrando as contrações. Nada mais havia acontecido. Quando Andrew voltou para casa, contou que o jantar fora ótimo.

— É tão cansativo esperar que algo aconteça — reclamou Angélique com o marido quando a enfermeira desceu para jantar e ele lhe fez companhia. Andrew também estava ansioso para que o bebê nascesse, embora fosse grato pela esposa não estar sofrendo de dor. Então, quando o médico voltou para vê-la, disse que as coisas estavam indo mais devagar do que ele esperava e falou que achava que o bebê só iria nascer no dia seguinte. Os dois ficaram desapontados quando ele foi embora.

— Talvez, se eu me levantar e caminhar um pouco, ele venha mais rápido — disse ela, mas Andrew parecia nervoso.

— Eu não acho que seja uma boa ideia. Você tem que ficar deitada. — E, assim que ele disse isso, o primeiro grande golpe de dor a atingiu, uma sucessão de contrações, uma após a outra. Angélique apertava a mão do marido e tinha dificuldade em recuperar o fôlego antes da próxima pontada de dor. As contrações vieram com muito mais intensidade do que ela esperava. A jovem se recostou nos travesseiros. Andrew falou que ia chamar a enfermeira, que estava no andar de baixo, tomando chá com a Sra. Partridge.

— Não, não me deixe. — Ela ofegou quando sentiu outra contração e se agarrou a Andrew como se sua vida dependesse disso. Parecia que um trem desgovernado estava vindo em sua direção. — Isso é pior do que eu pensava — admitiu ao marido, que parecia em pânico.

— Me deixe chamar a enfermeira. — Ele tentou sair, mas ela não soltava seu braço.

— Não, Andrew, não... — gritou Angélique enquanto sentia uma contração após a outra. Ela parecia aturdida quando conseguiu se recuperar um pouco. Assim que a enfermeira entrou no quarto, viu o que estava acontecendo. Ela sorriu e disse a Andrew que ele podia sair.

— Não — implorou Angélique —, não me deixe. — Os dois viram a enfermeira franzir a testa quando percebeu que tinha sangue na cama.

— Isso é comum? — indagou Andrew, enquanto a enfermeira balançava a cabeça e assegurava a ele que a Sra. Hanson estava bem. Em seguida, discretamente, a enfermeira saiu e pediu a Sra. Partridge que mandasse o cocheiro buscar o médico. Disse que precisavam dele de novo.

— Alguma coisa errada? — indagou a governanta, parecendo preocupada.

— Algumas mulheres sangram mais do que outras. Ela parece estar com uma hemorragia — explicou a enfermeira e voltou para o andar de cima, onde Angélique gritava de dor, pois sentia que suas costas estavam lhe matando. Ela falou que conseguia sentir o bebê descendo, e Andrew e a enfermeira viram que ela estava sangrando mais agora.

— Minha mãe morreu quando me teve. E se eu morrer também? — perguntou ela a Andrew com a voz rouca. O marido tentou parecer mais calmo do que realmente estava. O rapaz estava preocupado com todo aquele sangue, pois ninguém havia lhe dito que seria assim. Eles estavam usando vários lençóis e toalhas para conter o sangramento. Claire havia acabado de trazer mais. Angélique não conseguia parar de chorar e parecia cada vez mais fraca. A enfermeira estava dizendo a ela para empurrar, mas ela não conseguia. A cada vez que tentava, um jorro de sangue inundava a cama.

— Você não vai morrer — tranquilizou-a Andrew, rezando para que aquilo fosse verdade.

Naquele momento, o médico entrou no quarto.

— Bem, vejo que estamos bastante ocupados. Acho que eu estava errado. Parece que vamos ter um lindo bebê esta noite. — Mas, assim que disse isso, viu aquele sangue todo e franziu a testa. Andrew notou uma troca de olhares silenciosa quando ele acenou para a enfermeira, e soube, naquele instante, que havia algo errado. — Minha querida, vamos tentar tirar o bebê o mais rápido possível — falou o médico para Angélique. — Não há por que perder tempo quando você pode ter a criança em seus braços em um instante. Vou precisar que você empurre com toda a força que conseguir.

Mas Angélique se sentia muito fraca e tinha perdido sangue demais. Sofria para empurrar — tudo o que conseguia fazer era gritar e chorar de dor. O médico olhou para Andrew com uma expressão séria e disse:

— Preciso que você a ajude. Quando eu mandar, quero que pressione a barriga dela para baixo, na minha direção. Não tenha medo de empurrar.

Andrew assentiu, e veio outra contração. A enfermeira segurou as pernas de Angélique, e Andrew fez o que o médico lhe pediu. O doutor observava tudo o que estava acontecendo e tentava conter o sangue. Então, cinco minutos depois, um rosto minúsculo emergiu; logo em seguida, a cabeça inteira, os ombros e finalmente o bebê nasceu. Andrew estava chorando. O bebê também, e alto. Já a mãe da criança apenas levantou a cabeça, sorriu para o filho e desmaiou. Havia muito sangue na cama, seu rosto estava pálido, e Andrew não conseguia parar de chorar. Ele estava aterrorizado pensando que a estava perdendo. O médico rapidamente começou a cuidar de Angélique, enquanto a enfermeira levava o bebê dali, envolto em um cobertor, para limpá-lo. Ele nascera coberto pelo sangue da mãe.

— Doutor... — chamou Andrew com uma voz sufocada, em pânico.

— Ela perdeu muito sangue — informou-lhe o médico, mas isso, milagrosamente, se abrandou. Ele a observou por alguns minutos e depois colocou sais sob o nariz dela, reanimando Angélique. Ela estava pálida e parecia fraca, mas havia acordado e estava respirando.

— O bebê está bem? — perguntou ela aos dois homens.

— Está, sim — respondeu o marido. Ela lhe dera o maior susto de sua vida, e Andrew ainda suspeitava de que a esposa não estava totalmente fora de perigo. Mas, duas horas depois, o médico parecia satisfeito. Depois de lhe dar algumas gotas de láudano para ajudá-la a dormir e a diminuir a dor, de passar instruções para a enfermeira dar-lhe outra dose do medicamento dentro de algumas horas, ele saiu do quarto acompanhado de Andrew.

— Sua esposa tinha uma condição chamada placenta prévia — explicou. — Algumas mulheres sofrem de hemorragia até a morte. Acho que ela vai ficar bem, mas não pode se levantar da cama por um tempo. E vai precisar de alguns dias para se recuperar. — Então ele olhou para Andrew com uma expressão séria e disse: — Eu não deixaria que ela tentasse engravidar de novo. Você pode perdê-la na próxima vez ou o bebê pode não sobreviver. Ela teve muita sorte dessa vez.

Andrew assentiu, sentindo-se aturdido com o que acabara de ouvir e com tudo o que tinha visto nas últimas horas. Angélique podia ter morrido, mas tudo o que importava agora era o fato de que sua esposa estava viva, assim como seu filho. Ele voltou para o quarto e ficou olhando para a mulher. Ela estava dormindo mas, ao senti-lo ao seu lado, ergueu os olhos e sorriu para ele.

— Eu te amo... — disse, caindo no sono de novo.

— Também te amo — respondeu ele, falando isso com cada fibra do seu ser. Andrew não se importava se nunca mais tivessem outros filhos. Eles tinham um agora. E ele queria a esposa segura e viva ao seu lado pelo resto da vida. Eles haviam tido sorte naquela noite, mas Andrew não queria se arriscar de novo. Angélique era importante demais para ele.

Eles já haviam concordado em chamar o bebê de Phillip Andrew Hanson, em homenagem ao pai dela e a Andrew. Seu irmão Tristan não sabia, mas o futuro herdeiro do Castelo Belgrave, da propriedade e do título havia acabado de nascer. Com o irmão Edward morto e Tristan tendo apenas duas filhas — a menos que ele tivesse um filho antes de morrer, o que parecia improvável —, o bebê que Angélique dera à luz naquela noite era o herdeiro de Tristan e de seu pai. Ela havia explicado tudo a Andrew no caso de ter um menino e de algo acontecer com ela. Queria que o filho herdasse o que era seu por direito. Tristan deveria ser informado em algum momento, mas não havia pressa. O futuro duque de Westerfield nascera naquela noite, em Nova York.

Andrew sorriu consigo mesmo ao pensar no assunto. Aquilo fazia parte de um sistema antiquado, que enganava pessoas que não mereciam, especialmente mulheres, como a sua esposa. Mas era uma sensação estranha e boa saber que seu filho um dia seria duque. E agradou-lhe saber que o homem que fora tão cruel com Angélique tivera seu castigo justo da maneira mais natural, pelas mesmas regras e leis que ele usara para machucar a irmã. Sua Graça Phillip Andrew, o futuro duque de Westerfield, havia chegado.

Capítulo 21

Na eleição especial, Andrew acabou conquistando uma vaga no Congresso, seis semanas depois do nascimento do filho. Angélique ainda se sentia muito fraca para acompanhá-lo na noite das eleições, mas estava presente na posse, mostrando todo o orgulho que tinha do marido. Ele estava em êxtase e ganhou por uma margem bem ampla.

A única coisa que o deixava desapontado era o fato de que o pai se recusara a ver o neto, dizendo que não queria conhecê-lo. John odiava Angélique, era implacável e impiedoso com a nora e não a aprovava de forma alguma. Isso deixava Andrew muito irritado, mas não havia nada que ele pudesse fazer. O pai permaneceu inflexível. Fora isso, o casal estava feliz.

Eles batizaram o bebê em janeiro, quando Angélique já estava recuperada e linda, como sempre. Deram uma festa em casa para comemorar a chegada do filho. Estavam casados havia um ano. Angélique enviara a Tristan uma carta do advogado de Andrew em Nova York, informando ao irmão que o herdeiro de sua fortuna e futuro duque havia nascido. Ela teria adorado ver a reação dele ao receber a carta, mas só o fato de enviá-la já era o suficiente para deixá-la satisfeita. Tristan a banira de sua vida, mas seu filho herdaria o título e tudo o que restasse quando o irmão morresse, e não

Edward, se ainda estivesse vivo, e muito menos as filhas dele, que não teriam direito a nada, assim como acontecera com Angélique. Um dia, seu filho herdaria Belgrave. A justiça finalmente estava feita.

O tempo passou bem rápido depois disso. Andrew ganhou uma cadeira no Congresso no ano seguinte, em uma reeleição esmagadora Eles costumavam viajar muito para Washington e sempre levavam o bebê e a babá. Angélique odiava ficar longe do marido. O casal sabiamente seguiu o conselho do médico de não ter mais filhos. Andrew foi enfático em não colocar a vida dela em risco novamente.

Ela nunca mais vira John e já estava acostumada com isso. Assim era mais fácil. Angélique nunca dissera a Andrew que conhecera o pai dele em Paris nem que ele a havia pedido em casamento, duas vezes. Nem tinha a intenção de fazê-lo, por respeito aos dois, por mais que John merecesse ser desmascarado.

Três anos depois, Andrew ganhou as eleições especiais. No final de seu segundo mandato no Congresso, ele concorreu ao Senado. Foi uma disputa muito acirrada, e ele concorreu com um candidato muito cruel. Três semanas antes das eleições, a previsão de John Hanson antes do casamento se tornara realidade. Eles nunca souberam quem descobriu a verdade sobre Angélique, mas um repórter encontrou alguém que a conhecia de Paris, do Boudoir, e expôs toda a história à imprensa. Ela se perguntou se o pai de Andrew tinha alguma coisa a ver com aquilo, mas achava que ele não seria capaz de ir tão longe, pois não ia querer prejudicar o próprio filho. Agora, a história era conhecida por todos, e as eleições estavam perdidas. Andrew não viu alternativa a não ser se retirar da vida política com uma declaração digna sobre sua esposa extraordinária, devotada e amorosa. Fez tudo sem estardalhaço. John não pôde deixar de dizer ao filho que o havia alertado.

Andrew dizia a Angélique que não se importava com aquilo. Eles eram felizes juntos. Naquele época, ela já estava com 25 anos. Andrew tinha 34, e o filho, 3. Ele ficou três anos no Congresso e, após abandonar a política, voltou a advogar. Angélique ficou arrasada por ter atrapalhado os planos do marido.

— Eu não me importo — repetia ele.

Eles estavam bem, mas tinham muita curiosidade em saber quem a expusera. Andrew tentou investigar, mas o jornalista falou que não ia revelar sua fonte. E inúmeras pessoas iam ao Boudoir quando viajavam... muitos conheciam o estabelecimento que a suposta "duquesa" administrara. Ela havia sido famosa em Paris por um curto período de tempo. Mas, agora, estava longe de tudo aquilo. Parecia que tinha vivido um sonho quando pensava nisso. Às vezes se recordava de Thomas, seu mentor e protetor, e se perguntava como ele estaria agora, mas sabia que nunca poderia procurá-lo, pois não poderia correr o risco de envolvê-lo em um escândalo. Angélique se contentava em pensar nele com carinho e lhe desejava o melhor. Ela enviara um bilhete a ele na época de seu casamento e, desde então, nada mais. Thomas respondeu de maneira formal, desejando seus melhores votos, embora o bilhete confirmasse o que ele temia: ela havia encontrado uma pessoa na América e nunca mais voltaria a Paris. Ele não podia dizer isso a ela, mas continuava amando-a muito e sabia que levaria esse sentimento para o túmulo.

Angélique ainda tinha contato com algumas das meninas. Ambre se casara e tivera dois filhos, o que parecia não combinar nada com ela. Fabienne tivera um por ano e, agora, já estava com quatro. Philippine tentava a carreira nos palcos, Camille retomara sua antiga vida e Agathe arrumara um novo protetor. Com as outras havia perdido o contato.

A Sra. White ainda a mantinha a par do que acontecia em Belgrave. As duas filhas de Tristan haviam se casado com homens que tinham títulos de menor prestígio e alguma fortuna. O tempo havia castigado Hobson, que envelhecera rápido, mas continuava vivo e era o mordomo-chefe de Belgrave. Já a Sra. Williams estava planejando se aposentar. Mas alguns dos antigos funcionários com quem crescera ainda estavam lá. Markham, o devoto valete de seu pai, a essa altura, tinha se aposentado. Angélique achou divertido saber que Harry Ferguson descobrira sobre as infidelidades da esposa e a deixara por outra mulher. Todos ficaram chocados ao saber. Ele havia fugido para a Itália com uma condessa, e Eugenia estava fora de si. Angélique ficara sabendo de todas essas fofocas em uma festa em Nova York, por conhecidos em comum.

Andrew era incrivelmente amável com Angélique, como sempre. Ele não se importava que sua carreira política tivesse sido arruinada por causa da esposa. De certa forma, sentia até um alívio. Passaram o verão seguinte em Saratoga Springs, e o pequeno Phillip completou 4 anos no outono. Angélique teria adorado mostrar Belgrave ao filho, afinal, ele seria dono de tudo aquilo um dia, mas isso ainda não era possível. Tristan e seus advogados nunca haviam respondido à carta que ela mandara, mas o vínculo com ele era real e falaria mais alto no dia que o irmão morresse.

E então, pouco antes do Natal, Angélique recebeu uma carta da Sra. White dizendo que Tristan estava com sérios problemas financeiros e que estava demitindo muitas pessoas, mas que ela ainda permanecia lá, pois o irmão e a esposa precisavam muito dela.

Angélique queria contar tudo a Andrew, mas ele estava ocupado no trabalho. Já havia se passado um ano da campanha fracassada para o Senado, logo chegaria o Natal, e Angélique se viu ocupada na compra de presentes para todos e planejando uma grande festa de Ano-Novo, para comemorar seu quinto aniversário de casamento.

Ela mandou fazer um vestido especial para esse dia e mal podia esperar para que Andrew a visse arrumada. Contratou uma orquestra para a festa, pois queriam dançar depois da ceia. Haviam convidado uma centena de conhecidos para comemorar com eles.

Andrew ainda não havia voltado do trabalho, mas Angélique já estava se vestindo. Ele estava atrasado, como sempre, mas prometera chegar a tempo de se arrumar para a festa e receber os convidados. Angélique havia acabado de fechar o vestido, com a ajuda de Claire, e estava colocando os brincos de diamante que Andrew lhe dera em seu quarto aniversário de casamento, quando a Sra. Partridge entrou no quarto de vestir parecendo muito assustada. No mesmo instante, Angélique pensou que tivesse acontecido alguma coisa com o filho.

— Acho melhor a senhora descer agora — falou a governanta, e não ousou dizer mais nada.

E, quando Angélique desceu as escadas em seu novo vestido vermelho feito especialmente para a festa, se deparou com três policiais no corredor. Um deles olhou para ela com uma expressão séria.

— Posso falar com a senhora em particular, madame? — perguntou ele de forma respeitosa, e ela o levou até a biblioteca. Lá, ele tirou o chapéu e olhou para ela com pesar. — É o seu marido. Sinto muito... ele foi atropelado por uma carruagem desgovernada ao sair do escritório. Não havia ninguém dentro. Ele... sinto muito.

— Ele está no hospital? — perguntou Angélique, sem conseguir respirar, esperando que Andrew estivesse vivo. Para ela, não importava quanto estivesse ferido. O policial apenas balançou a cabeça.

— Havia testemunhas. Uma delas disse que ele não olhou quando atravessou a rua. Parecia apressado e não viu a carruagem se aproximando. O cavalo principal o atingiu e o jogou longe. Ele bateu com a cabeça no chão... está morto — falou o policial. Angélique se sentou em uma cadeira próxima, com o olhar atordoado, incapaz de acreditar no que havia escutado. Aquilo não podia ser verdade. Isso não podia estar acontecendo. Eles se amavam tanto... — Sinto muito mesmo, madame — falou o policial, achando que ela ia desmaiar. — Quer que eu chame alguém? Precisa de um copo d'água?

Angélique apenas balançou a cabeça. Por um longo momento, não conseguia nem falar. Logo depois, começou a chorar. Quem ela poderia chamar que não fosse Andrew? Quem era a outra pessoa que significava tudo para ela? Como poderia viver sem o marido? Como acordaria todas as manhãs, pelo resto da vida, sem ele? Ao pensar nisso, quis morrer. Não podia imaginar uma vida sem seu amor. Assim como não podia pensar em viver sem o pai, oito anos antes.

O policial permaneceu ao lado dela por um tempo, sem saber o que fazer e, então, sem dizer sequer uma palavra, deixou a sala. Angélique não parava de chorar. Ele contou à governanta o que tinha acontecido e foi embora com os outros policiais. A Sra. Partridge foi consolar Angélique na biblioteca e gentilmente a levou para o andar de cima. Depois ajudou-a a se deitar na cama e deixou Claire com ela.

A Sra. Partridge orientou o criado principal e, quando os convidados chegaram, foram avisados do que havia acontecido e dispensados. A ceia da festa foi distribuída entre os criados, e o que sobrou, enviado aos pobres. Uma coroa de flores foi colocada na porta. Antes de o policial ir embora, a Sra. Partridge perguntou a ele se o pai do Sr. Hanson já estava ciente da tragédia. O policial respondeu que iriam para lá em seguida. Primeiro precisavam falar com a esposa. Ele falou que elas precisavam preparar o velório, e entendeu que a Sra. Hanson enviaria alguém para cuidar disso pela manhã.

Angélique se deitou na cama, em choque, e ficou imóvel. Claire se sentou ao seu lado, vendo a patroa soluçar de tanto chorar. Não havia ninguém que Angélique quisesse ver, nem nenhum amigo para confortá-la. Desde o dia em que se conheceram, Andrew foi toda a sua vida.

O velório de Andrew fora sombrio, mas centenas de pessoas foram se despedir dele, amigos de escola, conhecidos da política e dos negócios. Todos os seus clientes compareceram. O pai dele e Angélique se sentaram em bancos separados e não falaram um com o outro em momento algum, embora tivessem se levantado ao mesmo tempo em certo momento, quase esbarrando um no outro. Ela estava de mãos dadas com o pequeno Phillip. O menino não entendia onde o pai estava, nem por que nunca mais iria vê-lo.

John Hanson e Angélique ficaram em lados opostos do caixão durante o enterro, evitando olhar um para o outro. O menino Phillip quase arrancou o coração de sua mãe do peito quando lhe perguntou se o papai estava naquela caixa. Angélique apenas assentiu. O avô não parava de olhar para o neto, mas não se dirigiu a ele nem a Angélique.

Ela não desceu quando os amigos passaram em sua casa depois do velório. Não conseguia. A única vida que ela sempre desejara havia acabado, e o homem a quem amava mais do que tudo no mundo havia partido. Não tinha vontade de continuar vivendo sem ele, embora soubesse que era obrigada a fazer isso, pois tinha um filho para criar.

A casa ficou parecendo um túmulo nos meses seguintes. Angélique raramente saía e, consequentemente, não via ninguém. Passava seu tempo apenas com o filho. Não falou com nenhum dos amigos e não tinha ideia do que fazer da vida. Andrew deixara tudo que tinha para ela: a casa, investimentos, uma fortuna considerável, mas não havia nada que ela quisesse fazer com isso, exceto passar tudo para o filho um dia. Graças ao marido, ela se tornara uma mulher muito rica, mas, no que lhe dizia respeito, sua vida não tinha sentido sem ele.

Em maio, ela recebeu uma carta da Sra. White que a despertou para a vida. Tristan admitira que estava arruinado. Ele não tinha mais nada, após as extravagâncias de Elizabeth e de suas próprias, além da má gestão da propriedade. Os olhos de Angélique quase saltaram do rosto quando ela leu que o irmão havia colocado Belgrave e a casa de Londres à venda. A Sra. White ainda lhe contou que Elizabeth estava furiosa com ele, e os dois mal se falavam. Tristan planejava se mudar para uma pequena casa em Londres quando as duas propriedades fossem vendidas, a menos que os novos donos permitissem que eles ficassem no Chalé, mediante um pequeno aluguel, é claro. Eles não tinham para onde ir, nem de onde tirar mais dinheiro, e precisavam de cada centavo da venda das duas propriedades para pagar suas enormes dívidas. A Sra. White disse que esperava que os novos proprietários a deixassem ficar — ela estava em Belgrave desde a infância. Hobson pretendia se aposentar quando Belgrave fosse vendida — ele dizia que era muito velho para se adaptar a novos proprietários que não tinham nada a ver com o lugar. Inevitavelmente, o título iria para Phillip por lei, mas não a propriedade, se fosse vendida.

Angélique leu a carta de novo, colocou imediatamente um dos vestidos de luto e foi consultar o advogado de Andrew no mesmo dia. Ele tinha outro compromisso, mas concordou em recebê-la quando leu uma mensagem dela que dizia que tinha um assunto extremamente urgente para tratar com ele. O advogado não a via desde a leitura do testamento de Andrew, em janeiro, e sabia que ela estava reclusa desde então. Quando a viu, ficou assustado. Angélique parecia muito magra, não estava com a melhor aparência, mas seus olhos brilhavam. Ela lhe contou tudo o que ficara sabendo pela carta da governanta de Belgrave.

— Vou viajar assim que puder e preciso de um advogado em Londres. Você pode me ajudar a encontrar um? — Ela estava energizada, nervosa e muito preocupada.

— O que você está tentando fazer? — perguntou ele, parecendo simpático. — Ajudar seu irmão a pagar as dívidas para que ele não precise vender as propriedades? — O homem não tinha ideia do que havia acontecido entre eles. Só Andrew sabia de tudo, e não contara a mais ninguém, embora seu advogado tivesse sido informado de que Phillip era o herdeiro do título e da propriedade de Belgrave. Fora esse mesmo advogado que enviara uma carta comunicando sobre o nascimento do sobrinho a Tristan, o duque de Westerfield.

— Certamente não — respondeu Angélique, com indignação, voltando a ser ela mesma. Ela não pretendia ajudar o irmão — Vou comprá-la, sem que ele saiba que sou eu, se possível. Não quero que ele saiba de nada até que a venda seja concretizada. — Patrick Murphy, o advogado, ficou assustado com aquele pedido incomum, mas concluiu que seria algo viável, se um profissional competente tratasse da compra de forma discreta.

— Vai comprar a casa da Grosvenor Square também?

— Não — respondeu ela, depois de refletir. — Não preciso de uma casa em Londres, e meu pai nunca gostou muito daquela propriedade. Mas eu quero que meu filho conheça a casa que vai herdar um dia e que aprenda a comandá-la bem antes disso. Posso cuidar de tudo até que ele cresça. — Ela planejava comprar Belgrave de Tristan. E seu pai a tinha ensinado muito bem quanto ao funcionamento da casa. Ela era muito mais competente do que o irmão na gestão da propriedade. — Gostaria que ele morasse lá — falou em voz baixa —, assim como eu morei quando criança. É um lugar maravilhoso.

— Vai desistir da casa em Nova York? — Murphy parecia surpreso.

— Não sei — respondeu Angélique com honestidade. — Não pensei nisso ainda. Tudo o que sei é que quero comprar o Castelo Belgrave antes que alguém o faça. — O advogado assentiu. E, ao pensar no que o advogado lhe perguntou, Angélique concluiu que seria muito doloroso viver sozinha na casa que ela e Andrew haviam comprado juntos, e que a vida do filho em Nova York era igualmente triste agora que o pai não estava mais entre eles. Ela nunca imaginou que seria possível voltar para casa, para Belgrave, mas, agora que sabia que era, só queria isso. — Por favor, vamos resolver isso antes que alguém a compre. Explique tudo ao advogado que você contratar em Londres. Independentemente do valor que qualquer outro comprador ofereça, posso cobrir a oferta. Não pretendo perder minha casa de novo.

Patrick Murphy não sabia a que ela estava se referindo, mas também não perguntou. Ele lhe assegurou que cuidaria de tudo e lhe daria o nome do advogado que encontrasse em Londres.

Angélique foi para casa e chamou Claire e a Sra. Partridge. Disse às duas que partiria para a Inglaterra o mais rápido possível com o filho e gostaria que Claire fosse com ela, se a criada quisesse. Claire respondeu que sim. Tinha sido feliz em Nova York, mas era jovem e não havia formado laços fortes na cidade em seis anos. Além disso, gostava da ideia de ir para a Inglaterra e ficar mais perto de seus parentes na França.

— E quando você irá voltar, madame? — perguntou a governanta, parecendo preocupada. Todos os criados da casa gostavam de trabalhar para Angélique e estavam com o coração partido por vê-la tão arrasada com a morte do marido. Eles se perguntavam o que ela iria fazer, se voltaria para a Europa ou se ficaria em Nova York. Mas, como Angélique mal saía de casa, achavam que ela não estava pensando em se mudar.

— Não sei — disse ela com tristeza. — Tenho algumas questões familiares para tratar na Inglaterra. Pode levar algum tempo. — Ela ainda não se sentia pronta para dizer que estava partindo de vez, pois não tinha certeza se era esse o caso. A governanta assentiu e, acompanhada de Claire, deixou a sala. Depois da conversa, Angélique pediu a um criado que preparasse a carruagem e foi ao escritório da Black Ball Line.

Ela descobriu que o barco a vapor da *North America* partiria para Liverpool em quatro dias e pretendia estar nele. Não queria perder tempo, pois temia que Tristan vendesse Belgrave na primeira oferta, por desespero. Inúmeras pessoas cobiçavam a propriedade havia anos e, até Tristan assumi-la, estava em perfeitas condições. Havia sido impecavelmente gerenciada por seu pai durante anos. Ela não tinha ideia de como a casa estava agora. Só sabia que o irmão havia ficado sem recursos financeiros.

Ela reservou passagens para ela, Claire, o filho e a babá. Pediu que a cabine de Phillip e da babá fosse ao lado da dela. Reservou uma cabine menor para a criada. Então, quando voltou para casa, informou tudo à babá, pediu a ela que arrumasse a bagagem do filho e disse a Claire que se encarregasse de preparar suas malas.

— Que tipo de roupas vamos levar? — perguntou Claire, insegura.

Sua patroa não saíra de casa nem recebera ninguém nos últimos cinco meses, muito menos usara seus vestidos elegantes. Ela ainda estava de luto por Andrew e usava apenas vestidos pretos mais simples.

— Ainda estou de luto — respondeu Angélique — e pretendo ficar assim o resto do ano. Mas vou precisar de algumas roupas para depois e talvez de alguns vestidos recatados.

— Vamos ficar na Inglaterra por muito tempo, madame? — Claire olhou para ela, surpresa, e Angélique foi honesta com a criada, mais do que havia sido com a Sra. Partridge.

— Provavelmente. Espero que sim. Voltaremos para a casa onde cresci — respondeu ela, lembrando-se de que o que dissera na última vez que embarcou num navio era verdade. Ela alegou ser viúva, o que havia sido uma mentira até então, mas agora se tornara realidade.

Angélique se deu conta, enquanto tirava as roupas dos armários e as colocava em cima da cama, que Claire a conhecia fazia um bom tempo, desde a época do Boudoir, mas nunca tinha dito uma palavra sobre isso a ninguém. Naquele momento, Angélique soube que sempre poderia confiar nela.

A babá estava fazendo as malas de Phillip e, nos três dias seguintes, a casa era um rebuliço de separar, arrumar bagagens e decidir o que levar ou não. Por outro lado, Angélique não estava mais morrendo na cama. Tinha um plano. Sentiu que Andrew teria ficado feliz em vê-la assim de novo e teria aprovado que ela estivesse tentando salvar Belgrave para o filho. Era seu direito de nascença.

Patrick Murphy apareceu para lhe dizer que havia escrito a um advogado em Londres, que tinha sido altamente recomendado, e esperava que sua carta chegasse ao destino antes de Angélique desembarcar na Inglaterra. Ela chegaria a Londres em três semanas.

Estava colocando os últimos pertences em um de seus baús, no dia seguinte, e havia acabado de empacotar todas as suas joias quando a Sra. Partridge veio lhe dizer que tinha uma visita lá embaixo.

— Quem é? — Angélique parecia distraída.

Ela não tinha ideia de quem poderia ser, e não queria ver ninguém antes de partir. Era muito doloroso ouvir as pessoas lhe dizerem quanto sentiam muito, quando, na verdade, não tinham ideia do tamanho de sua perda. Andrew e o filho eram tudo o que ela tinha.

— Não tenho certeza de quem é o cavalheiro — respondeu a Sra. Partridge, parecendo intrigada. — Acredito que seja o pai do Sr. Hanson, madame. Ele disse que se chamava John Hanson, mas nunca o vi aqui antes.

Angélique ficou assustada ao ouvir aquele nome e hesitou antes de descer as escadas. Por que ele estava ali agora? Ele nem sequer falara com ela no velório e nunca fora ver Phillip. Ele nem mesmo demonstrou interesse em conhecer o neto no velório do filho. Ela pensou em dizer que não iria recebê-lo, mas, depois de arrumar os cabelos e de se vestir, resolveu descer.

John estava na biblioteca, olhando a casa onde o filho e Angélique viveram por seis anos, onde ele nunca havia estado antes. Ele não fazia parte da vida de Angélique, apenas da de Andrew, desde que os dois haviam se casado. E ela estava certa de que a perda de seu único filho também tinha sido difícil para John. Angélique ficou chocada ao reparar quanto ele tinha envelhecido nos últimos seis anos e meio, desde que o conhecera. Havia notado isso no velório, mas pensou que ele estivesse apenas deprimido. De repente, ele se tornara um velho de 77 anos.

— Boa tarde — falou ela em voz baixa quando entrou na biblioteca. Ele se virou para olhar para Angélique e se sentiu abalado ao vê-la. Ela estava tão bonita quanto antes, embora muito magra, e com olhos profundamente tristes. Angélique estava tentando não ser rude e perguntar o que o levara ali. — Espero que você esteja bem.

— Patrick Murphy me disse que você está deixando Nova York.

— Além de seus criados, ele era o único que sabia daquilo.

— Estou, sim. — Ela ainda estava de pé e não o convidou a se sentar.

— Queria me despedir de você antes de partir. Há muito tempo que quero falar com você, mas nunca encontrei um momento adequado. Preciso me desculpar pela forma como me comportei quando Andrew disse que ia se casar com você. Não percebi, até ele morrer, que a minha revolta não era porque você tinha sido cortesã de um bordel em Paris, era pelo fato de ter recusado a minha proposta mas aceitado a dele. Nunca tive coragem de enfrentar isso. — Ele se sentou em uma cadeira, parecendo desolado. — Queria muito me casar com você. Depois de todos esses anos solitários, pensei que você fosse o amor da minha vida. E, então, você se casou com Andrew, e eu podia ver quanto vocês realmente se amavam. Estava com ciúmes do meu próprio filho. — Lágrimas deslizavam pelo seu rosto enquanto ele falava, e Angélique ficou atordoada.

Aquilo era um grande reconhecimento, e ela não sabia como responder. Esperava que ele não voltasse a repetir sua proposta agora que seu filho havia partido. Angélique prendeu a respiração e tentou apenas escutar o que John lhe dizia.

— A razão pela qual eu queria falar com você antes de sua partida — continuou ele — é para lhe agradecer... por nunca me expor a Andrew. Você nunca disse que me conheceu no bordel. Fiquei muito grato por isso. Você se mostrou muito digna não destruindo nosso relacionamento. Eu nem merecia tanto. Você foi honesta com ele enquanto eu mesmo não fui. Estou profundamente envergonhado agora. Isso provou que você era uma mulher boa e honrada, mas eu nunca consegui admitir isso. Você era mais honesta com ele do que eu fui nesses anos todos. E acabei desperdiçando muito tempo da minha vida sentindo raiva de você por estar com ele, e não comigo. Poderíamos ter ficado todos juntos esse tempo todo. Mas agora ele se foi, e você e o meu neto estão indo embora.

— Mas você estava certo quando afirmou que eu iria acabar com a carreira política dele — disse ela com pesar.

— Não acho que ele se importou — afirmou John Hanson com honestidade. — Ele nunca me pareceu infeliz, nem por um instante sequer, enquanto esteve casado com você. E as ambições políticas eram mais minhas do que dele.

— Obrigada por dizer isso — agradeceu-lhe ela. Angélique e John haviam passado a limpo o que acontecera. Ela poderia ir embora se sentindo menos culpada. A desavença havia acabado.

— Você vai voltar para Nova York depois? — perguntou ele, preocupado, e ela decidiu ser direta com o velho conhecido e dizer a verdade.

— Provavelmente não. Vamos ver se Phillip gosta de lá. Mas preferiria que ele crescesse em minha antiga casa. É um lugar maravilhoso para uma criança. Melhor do que Nova York.

— Mas você ainda pode voltar para cá, não? — Ele tinha a sensação de que a resposta seria não, pelo que Andrew havia lhe contado. E o advogado dissera apenas que estavam partindo, mas não explicou o porquê.

— Estou tentando comprar a propriedade do meu irmão — explicou ela.

Então John assentiu e olhou para ela com olhos suplicantes.

— Posso ver o menino? Ele é exatamente como o pai quando tinha a mesma idade.

Angélique hesitou, mas acabou concordando e saiu da biblioteca. O filho estava no berçário embalando seus brinquedos favoritos com a babá. Parecia animado com a ideia de viajar de navio.

— Filho, há alguém que eu gostaria que você conhecesse — disse ela a Phillip quando entrou no berçário e se sentou em uma pequena cadeira ao lado dele.

O avô tinha razão. O menino era a cara do pai. Isso a consolava agora. Poderia olhar para Phillip e saber que Andrew viveria através do filho. Ela podia olhar para ele todos os dias e ver o homem que amava.

— Quem é? — perguntou Phillip, curioso.

— Ele está lá embaixo e gostaria de conhecer você. É o seu avô, o pai do seu pai.

O menino pareceu surpreso. Ele não sabia o que significavam avós. Três deles estavam mortos, e o único que restara se recusara a vê-lo desde que ele nasceu. Phillip nunca soube que tinha um avô. Ninguém nunca havia falado com ele sobre o pai de seu pai. Não existia um avô em sua vida. Até agora.

— A gente já se viu antes? — perguntou ele.

— Ele estava no velório do papai.

— Por que ele não falou comigo lá?

— Ele provavelmente estava muito triste, assim como nós. Mas gostaria de conhecê-lo agora e eu queria que você descesse comigo. — Ela estendeu a mão para o filho, e ele a pegou. Quando desceram as escadas, Phillip entrou na biblioteca na frente de Angélique e parou quando viu John Hanson.

— Olá, rapazinho! — John sorriu para ele e lhe estendeu a mão. Então Phillip se aproximou. — Ouvi dizer que você vai fazer uma viagem em um grande navio.

— Vou, sim. — O neto sorriu e contou tudo sobre o assunto.

— Isso me parece muito divertido. E você vai para a Inglaterra.

Phillip assentiu enquanto conversavam.

— Vou ver a casa do meu outro avô. Um dia ela vai ser minha, e eu vou ser um duque — contou durante a conversa, como se isso fosse algo completamente normal. John apenas sorriu.

— Isso é muito impressionante. Você acha que vai usar uma coroa? — O avô o provocou, e Phillip riu.

— Não sei. Minha mãe não me falou nada sobre isso. — E então ele se virou para Angélique. — Vou, *mama*?

— Não. — Os três riram.
— Mas vou cavalgar e pescar em um lago.
— Isso parece muito divertido também. Você acha que eu poderia ir visitá-lo um dia? Ou que você talvez possa voltar aqui e me visitar?
— Se você for me ver, também vai ter que pegar um navio.
— Eu faço isso às vezes. Ou talvez você e a sua mãe possam ir a Londres algum dia para me ver, quando eu estiver lá trabalhando.

Phillip apenas assentiu, mas era muito pequeno para entender direito tudo o que estava acontecendo.

— Preciso terminar de embalar meus brinquedos agora. Estou levando muita coisa.

John estendeu a mão para o neto novamente, e Phillip a apertou, fez uma pequena reverência e depois correu pela biblioteca e subiu as escadas.

— Ele é um garoto incrível — disse John a Angélique. — Fui muito tolo desperdiçando todos esses anos.

— Você veio vê-lo agora. Isso já é um começo — respondeu Angélique, sensibilizada pelo encontro e por ele ter ido procurá-los e ter-lhe pedido desculpas.

— Posso entrar em contato com você quando for a Londres? Gostaria de ver o menino.

Angélique assentiu. Seria bom para Phillip ter pelo menos um avô, e John havia sido gentil com o neto. Ela sabia que Andrew teria ficado feliz com aquilo. Levou muito tempo para que os dois se aproximassem. Cinco anos e meio.

— Você está convidado a visitá-lo — disse ela, tomando o cuidado para que ele não entendesse errado. Sua aproximação explicava muitas coisas, mas também havia sido uma grande emoção. Nunca havia lhe ocorrido que ele estivera apaixonado por ela por todos esses anos. Angélique pensou que ele a havia esquecido, que tinha ficado apenas com raiva dela por ter se casado com Andrew.

John se levantou, e Angélique o conduziu até a porta.

— Obrigada por ter vindo e por ter colocado antigos fantasmas do passado para descansar. Isso tornará tudo mais fácil agora — falou ela, sorrindo para ele.

— Eu também acho — respondeu John, parecendo aliviado. — Cuide-se, Angélique — disse ele suavemente, beijando-a na testa antes de ir embora, lembrando-se da garota que conhecera em Paris anos antes e que desejara tão desesperadamente. Ele finalmente a deixara ir. E tudo o que sentia por ela agora era respeito.

Capítulo 22

A travessia de Nova York para a Inglaterra foi muito tranquila. Angélique não estava disposta a socializar com ninguém, ao contrário da viagem na qual conhecera Andrew, seis anos antes. Ela fez suas refeições na cabine, brincou com Phillip e fez algumas caminhadas pelo convés para tomar um pouco de ar, mas não falou com nenhum outro passageiro. Tudo o que queria era chegar à Inglaterra e cuidar dos negócios. Estava aterrorizada diante da possibilidade de que outra pessoa chegasse na sua frente e comprasse Belgrave por alguns trocados. Rezou para que isso não acontecesse.

Assim que chegaram a Londres, depois de desembarcarem em Liverpool, hospedou-se no Mivart's Hotel na Brook Street, em Mayfair, e foi direto ao encontro do advogado. Ele havia recebido a carta de Patrick Murphy dois dias antes e a esperava em seu escritório. A missão que ela estava lhe dando era clara.

— Entendo que você queira comprar a propriedade sem que o duque saiba que é você. — Pelo que ele soubera, era evidente que Tristan estava com sérios problemas financeiros, endividado até a alma. — Você não quer que ele saiba nunca ou apenas até que a compra seja concluída?

— Até a compra da propriedade estar concluída — respondeu ela. — Depois disso, eu não me importo.

— Posso perguntar por quê? — Ele estava curioso, mas não precisava de fato saber. De toda forma, ela contou.

— Porque tenho medo de que, se souber que sou eu a interessada, não venda a casa para mim e negocie com outra pessoa, mesmo que seja por um valor menor. — Ela achava que Tristan era capaz de fazer qualquer coisa para machucá-la. O ódio que ele sentia por ela era enorme, e seria pior agora.

— Ele seria tolo se fizesse isso. Não tem mais condições de manter a casa. E, pelo que o Sr. Murphy disse em sua carta, a senhora está disposta a pagar praticamente qualquer preço pela propriedade. E, francamente, ele precisa do dinheiro. Sabe quanto ele está pedindo?

— Não, não sei. Mas ele simplesmente me odeia e me mandou embora de casa há alguns anos. Ele não tem ideia da mulher que me tornei nem que agora eu posso comprar a casa.

— Ele tem muita sorte por você poder comprar a propriedade. Pelo que entendi, os credores dele estão ficando impacientes. Podem executar a hipoteca da propriedade.

— Pagaremos todas as dívidas para liquidar a hipoteca — disse ela, em voz baixa.

— Entendo. Será uma oferta difícil de recusar.

— Não se ele souber que sou eu. Saber que eu vou ficar com a propriedade irá matá-lo. Sei que nosso pai teria deixado Belgrave para mim, se pudesse, mas meu irmão ficou com tudo só porque era o filho mais velho. E ele me expulsou de casa sem pensar duas vezes.

— Então vou dizer a ele que um comprador americano que deseja permanecer anônimo está interessado na casa, e que ele só faz negócios dessa forma. Você acha que Tristan vai recusar sua proposta? — perguntou o advogado. Como todos os outros, ele ficara fascinado pela beleza e determinação da jovem.

— Ele o venderia a um gorila se fosse para ganhar dinheiro.

— E você tem certeza de que não quer fazer um acordo para a casa de Londres também? — Ela balançou a cabeça em resposta.

— Ele precisa vendê-la. Provavelmente faria um bom negócio pelas duas propriedades.

— Quero morar no campo. Não preciso de uma casa em Londres. Posso ficar em um hotel quando vier para cá ou comprar uma casa menor um dia, se eu quiser passar um tempo na cidade. Uma casa velha muito grande, com um exército de criados para cuidar dela, já é o suficiente para mim. E ainda tenho uma casa em Nova York. — Angélique estava pensando em vendê-la, mas não tinha pressa. Teve a ideia durante a viagem de navio e ainda estava decidindo o que fazer. Queria ver como as coisas se desenrolariam em Belgrave primeiro, depois de todos aqueles anos.

— Sei quem é o advogado de Tristan e entrarei em contato com ele na primeira hora pela manhã. Onde posso contatar a senhora?

— No Mivart's Hotel. Estarei esperando para saber o que eles têm a dizer. O que você vai fazer?

— Descobrir quanto estão pedindo e fazer uma oferta irrecusável. Não vou jogar com ele — respondeu o advogado, sério.

— Quero resolver isso o mais rápido possível — disse ela com firmeza, com uma vontade férrea nos olhos, o que também surpreendeu o homem. Angélique era uma mulher que sabia o que queria e, por isso, não mediria esforços para conseguir a casa.

— Compreendo. Faremos todo o possível para que isso aconteça.

— Obrigada. — Eles trocaram um aperto de mãos, e ela voltou para o hotel.

À tarde, ela caminhou um pouco pela cidade, admirando as vitrines das lojas e foi dormir cedo. Ficou agitada com o desenrolar da negociação até o dia seguinte, ao meio-dia. E, cinco horas depois, um funcionário da recepção levou um bilhete para ela informando que o Sr. Barclay-Squires estava na recepção. Ela autorizou o homem a subir e o conduziu até o salão da suíte. O aposento tinha vários quartos: para Claire, para a babá, para si mesma e para Phillip, além de um salão para receber convidados.

O advogado logo a tranquilizou.

— Correu tudo bem. O advogado dele foi bastante direto comigo, provavelmente mais do que seu irmão teria gostado. Disse que os donos estão desesperados para vender a casa. Tristan quer 30 mil libras, tudo incluído, o que cobriria as dívidas e lhe daria um pequeno lucro que precisa para sobreviver. E, aparentemente, há um chalé na propriedade que ele gostaria de alugar para morar, por um preço simbólico.

— De jeito nenhum — respondeu ela, com frieza no olhar.

— Imaginei que a senhora não iria deixar e já disse ao advogado que não será possível.

— Obrigada — respondeu ela, aliviada. — Então, quanto vamos oferecer?

— Vinte e oito. Eu teria oferecido um valor mais baixo, mas sei que a senhora quer resolver isso logo. Eles vão insistir nos trinta, e nós vamos concordar.

— Tem certeza de que é uma boa negociação? Devemos concordar com o preço dele?

— Acho que a estamos conduzindo bem — disse o advogado calmamente. — Ele falou que iria até Hertfordshire hoje e que falaria comigo amanhã, assim que retornasse. Seu irmão está tão ansioso para concluir essa venda rápido quanto a senhora. Acho que teremos uma resposta em breve.

— Existem outras ofertas? — perguntou ela, preocupada.

— Nenhuma, as dívidas assustaram a todos, exceto à senhora.

— Ela sorriu diante do comentário, e o homem prometeu que iria entrar em contato com ela no dia seguinte, assim que tivesse notícias do advogado de Tristan.

Angélique não precisou esperar muito tempo, embora achasse que havia se passado uma eternidade. Na tarde seguinte, Barclay-Squires estava novamente sentado em seu salão privado, de frente para ela.

— O que eles falaram? — perguntou Angélique, ansiosa.

— Trinta. Ele diz que não podem se dar ao luxo de vender por 28. Concordei e disse que eles receberão o dinheiro assim que os documentos forem assinados. Não acho que vai demorar. Ele perguntou quem era o comprador, em estrita confiança, e eu disse que estava sob a mesma confiança estrita e, por isso, não podia revelar o nome do novo dono. Não acho que ele realmente se importe com isso; só quer o dinheiro. Falei que era um americano rico que queria comprar um castelo, e ele revirou os olhos. — O advogado sorriu para Angélique. — E o advogado dele reforçou que a compra não inclui o título, mas ele disse que o venderia também. Eu falei que o título não era do nosso interesse.

— Você está certo — confirmou Angélique. — Meu filho o herdará quando meu irmão morrer. Podemos esperar. — Ela ficou enojada ao saber que o irmão teria vendido o título.

— Então estamos combinados — disse o advogado, admirando a força de vontade demonstrada por Angélique. Ela não havia herdado a propriedade, mas agora iria comprá-la e, felizmente, tinha dinheiro suficiente para isso.

Então, ao pensar no assunto aquela noite, percebeu que o dinheiro que seu pai lhe dera era mais do que o suficiente para comprar a propriedade, algo que Tristan nunca poderia imaginar. Na verdade, muito tempo depois de morto, seu pai estava comprando sua casa de volta, e o irmão estava muito feliz em vendê-la. E, se pudesse, a venderia "com o título". Era revoltante. Mas, felizmente para ela, Tristan estava cheio de dívidas.

Dois dias depois, os documentos assinados por Tristan, o duque de Westerfield, com seu selo, foram entregues no escritório de Murphy. O advogado de Angélique havia deixado bem claro ao outro que a compra incluía todos os móveis, as obras de arte e o conteúdo da propriedade, com o que Tristan concordara. Sua única pergunta era quanto tempo ele teria para sair da casa.

— Dez minutos — disse Angélique, sorrindo. Ela estava emocionada. — Quarenta e oito horas — falou, sendo mais razoável, mas sem piedade no olhar. Ela era uma mulher gentil e compassiva, mas não com o irmão. Ele não merecia consideração depois do que havia feito.

— Ele pode se recusar a sair nesse prazo — disse o advogado.

— Ele me deu uma noite, há nove anos, quando eu tinha 18, e me jogou no mundo, apenas alguns dias depois de meu pai ter morrido.

— Vou avisar a eles — disse Barclay-Squires em voz baixa.

Então, na manhã seguinte, todos ficaram surpresos com o fato de o rei William ter sucumbido à insuficiência cardíaca, aos 71 anos. E, sem filhos legítimos, ele seria sucedido por sua sobrinha, Victoria, que havia completado 18 anos apenas algumas semanas antes. Parecia curioso para Angélique que uma mulher assumisse o trono enquanto ela estava voltando, triunfante, para Belgrave. E, nem em um milhão de anos, Tristan esperava vê-la fazer isso. Ele não tinha ideia de quem havia comprado sua casa e provavelmente também não se importava com isso.

Angélique assinou os papéis com seu nome de casada e apenas sua inicial, sem usar o primeiro nome, a fim de preservar o anonimato. Ela os devolveu ao Sr. Barclay-Squires, que informou ao advogado de Tristan que o duque teria de se retirar da propriedade em 48 horas.

— Isso não é nada bom — disse o advogado de Tristan, nem um pouco feliz com aquele prazo.

— É a condição da venda, e ele assinou os documentos. Se quiser que o dinheiro seja transferido para ele, deverá desocupar a casa no tempo estabelecido — afirmou Barclay-Squires em um tom sério.

— Vou transmitir a mensagem a ele.

Pela terceira vez naquela semana, o advogado foi a Belgrave. Quando Tristan deu a notícia a Elizabeth naquela noite, ela gritou com o marido.

— Você está louco? Como eu vou conseguir arrumar tudo em dois dias?

— Se quisermos o dinheiro, não temos escolha. Não vou discutir com eles. Este é o melhor acordo que poderíamos conseguir. É uma pena que não nos tenham deixado ficar no Chalé, mas ainda temos a casa da Grosvenor Square por enquanto — ele tentou tranquilizá-la, mas todas aquelas dívidas haviam abalado o relacionamento do casal.

— Até que seus credores nos coloquem para fora de lá também. — Ela olhou para ele. — Você tem sorte de ter vendido a casa para esse americano. Disseram quem é?

— Não, e eu não dou a mínima para isso. Conseguimos o que precisávamos, Elizabeth, então pare de reclamar e vá fazer as malas.

Eles juntaram todos os seus pertences em montanhas de baús, que foram empilhados no salão da frente, no prazo estabelecido. Os criados corriam de um lado para o outro, carregando as carruagens com caixas e malas. Todos se mostravam muito apreensivos com a chegada do comprador misterioso, mas a partida do duque e da duquesa estava se provando ser uma tarefa tão desafiadora que ninguém teve tempo de pensar muito sobre o assunto.

Elizabeth partiu para Londres ao pôr do sol, e Tristan decidiu passar a noite em sua própria cama e sair da casa só na manhã seguinte. E, se o novo dono não gostasse, ele que se danasse! De qualquer maneira, provavelmente ninguém iria aparecer pelos próximos dias. Ele subiu as escadas e foi para o quarto, então os criados desceram para seus aposentos e ficaram especulando sobre as futuras mudanças que poderiam ocorrer em Belgrave e tentando adivinhar o que iria acontecer.

Angélique deixou o Mivart antes do amanhecer em uma carruagem alugada. Ela queria chegar ao castelo antes do filho, ver as condições do lugar e se certificar de que havia quartos confortáveis e em ordem para todos. Seu filho, a babá e Claire chegariam mais tarde naquele dia. E, graças a Sra. White, ao seu pessoal notável e a Hobson, Angélique tinha certeza de que o lugar estaria pelo menos limpo. Ela não tinha ideia das mudanças que o irmão e a esposa tinham feito, mas sabia que haviam sido muitas, pois dispuseram de dinheiro para isso.

Naquela manhã, o Castelo Belgrave, seus campos e suas terras, suas fazendas de arrendatários, o Chalé e a Dower House pertenciam a ela, e um dia tudo seria de seu filho. E, se uma menina de 18 anos iria se tornar rainha da Inglaterra, Angélique tinha certeza de que poderia dirigir a propriedade. Ela ficou triste com o fato de Andrew não estar lá para ver aquilo, mas esperava que o marido estivesse cuidando deles de algum lugar. Ela sempre sentia a presença dele, assim como a do pai, ao seu lado.

A viagem até Belgrave foi mais longa do que ela se lembrava, pois estava ansiosa para chegar. Ao meio-dia, a carruagem passou pelos portões principais. Ao avistar a familiar construção, lágrimas escorreram por seu rosto. Angélique achou que nunca mais voltaria a ver aquele lugar. Para ela, Belgrave estava perdida para sempre.

Assim que viram a carruagem se aproximar, os criados saíram da casa de maneira ordenada e ficaram esperando para cumprimentar seu novo proprietário. O cocheiro colocou os degraus na porta da carruagem, e Angélique juntou a saia com as mãos. Ela estava usando um vestido simples de linho preto com um chapéu combinando. Desceu as escadas e olhou para os vários rostos familiares que ainda estavam lá. A Sra. White levou a mão à boca, e os olhos de Hobson se arregalaram quando a reconheceram. Algumas das criadas, que eram meninas quando da partida de Angélique, agora eram mulheres. Uma das criadas mais antigas pegou o avental e enxugou os olhos. Angélique também estava chorando quando caminhou na direção deles para abraçá-los.

— Ah, minha menina querida. — A Sra. White não parava de repetir isso enquanto a abraçava. Hobson também correu para cumprimentar Angélique.

O tempo havia passado para os criados, e para ela também, que se tornara uma mulher. Angélique ainda era a mesma pessoa, mas havia amadurecido. Não era mais a garota assustada de 18 anos que fora banida pelo irmão. Havia sobrevivido a todas as mazelas do destino e voltara para sua casa novamente, como uma andorinha na primavera. E mal podia esperar para que todos conhecessem seu filho, e que Phillip visse sua nova casa, o lugar onde ela havia crescido.

O grupo inteiro estava chorando, rindo e sorrindo ao mesmo tempo, então Hobson abriu a porta para ela. Naquele momento, Angélique sentiu-se aliviada ao ver que muito pouco estava diferente. Era como viajar no tempo, voltar para onde tudo havia começado. Só que, desta vez, ela esperava nunca mais ter de ir embora.

Foi a todos os quartos no andar de cima, pensando no pai e sentindo a presença dele ali, quando ouviu passos na escadaria e saiu da biblioteca com os cabelos soltos ao redor do rosto e o chapéu na mão. Como a Sra. White dissera a Hobson, ela ainda parecia uma jovem.

Só que era mais do que isso agora.

Então, quando chegou ao corredor, Angélique viu-se frente a frente com o irmão finalmente pronto para deixar a casa.

— O que você está fazendo aqui? — questionou ele com raiva, incapaz de imaginar por que a irmã estava parada em sua frente como um fantasma. Pensou que ela tivesse voltado para assombrá-lo no último minuto. Nenhum dos dois ficou feliz com o reencontro, mesmo eles sendo irmãos, e depois de terem passado tanto tempo sem se ver.

— Não era para você estar aqui — falou ela, com a voz forte e firme.

— Por quê? O que a traz de volta aqui justamente neste dia? Nenhum de nós pertence mais a este lugar agora. Acabei de vender a casa para um americano — falou ele, regozijando-se do fato de que a privara da casa mais uma vez.

— Entendo — disse ela, calmamente. — Voltei para dar uma olhada.

— Bem, é melhor você sair antes que o novo proprietário chegue.

— O novo dono só chegará à tarde. — Angélique estava se referindo ao filho, pois havia comprado Belgrave para ele e para as crianças que um dia ele teria.

— E o que você sabe sobre o comprador? — Ele não contara nenhum detalhe da negociação a ninguém, exceto para o advogado e para os criados de Belgrave. — Vejo que você ainda tem espiões aqui. Não vai adiantar nada. — Mas ela já não estava mais prestando atenção ao que Tristan dizia. Sentia-se tão feliz em estar de volta que só conseguia lamentar o fato de que o irmão ainda estivesse ali. Mas nem mesmo ele conseguiria estragar sua felicidade agora. A vitória era dela, e Tristan ainda não fazia ideia disso. — Ouvi sobre suas façanhas em Paris — falou ele, soando prepotente enquanto caminhava na direção da irmã. — Não me surpreende que tenha acabado em um bordel. Sempre soube que isso iria acontecer. — Ela se perguntou como ele ficara sabendo do Boudoir, mas não disse nada. Na verdade, aquilo não tinha a menor importância. — Assim como a sua mãe, aquela prostituta francesa que seduziu o meu pai. Ele estava dominado por ela, assim como ficou por você depois. — Tristan destilava todo o seu veneno.

— Você vai sentir falta de tudo isso? — perguntou Angélique, sorrindo para ele com frieza, ignorando o comentário do irmão, não o honrando com uma resposta. — É uma pena que você não possa vender o título também. Aliás, o dono da casa agora não precisa do seu título. Ele tem o dele. — Ao dizer isso, Tristan olhou para ela com ódio, queria colocar as mãos em seu pescoço e enforcá-la, mas Angélique já não tinha mais medo dele. Estava zombando do irmão. Então, de repente, ele se deu conta do que ela estava querendo dizer e entendeu por que Angélique estava ali.

— Você... você é... — Agora ele entendia, só não tinha ideia de como Angélique havia conseguido dinheiro para comprar Belgrave. Nunca pensara na hipótese de o americano misterioso ser uma mulher e, pior ainda, sua própria irmã. Para ele, era como vê-la se levantar do túmulo.

— Comprei Belgrave para o meu filho. Bom, você deve estar indo embora agora, não? Deveria ter ido ontem à noite, na verdade.

— Irei quando bem entender — disse ele, com a sua habitual arrogância.

— Não, Tristan, saia da minha casa agora ou mandarei chamar a polícia. Este lugar não pertence mais a você. Nunca pertenceu. — Parecia que ele estava prestes a dar uma bofetada nela, mas não se atreveu. — E, se quiser o seu dinheiro, fique longe de mim e da minha casa. Belgrave não é mais sua.

Tristan passou por Angélique e caminhou até a porta. Virou-se uma última vez para encarar a irmã com ódio nos olhos. Ele estava sem palavras, pela primeira vez na vida. Pensou que tivesse se livrado dela para sempre, mas havia se enganado. Angélique voltara e ganhara no final. Ele se virou, saiu e bateu a enorme porta pesada atrás de si. Angélique soltou um suspiro de alívio. Nove anos depois, o pesadelo finalmente tinha acabado. Tristan tentou tirá-la de sua casa, a banira de seu mundo, mas, apesar de todas as maldades, a justiça fora feita. Ele se fora. E ela ganhara.

Angélique passou o resto do dia reparando em todas as mudanças que eles haviam feito na casa. Algumas haviam sido boas, mas outras, não, e poderiam ser desfeitas. Ela não tinha certeza do quarto que iria escolher para si. Certamente, não seria o do seu pai. Finalmente, decidiu por seu antigo conjunto de quartos perto do dele, escolheu um cômodo ensolarado perto do dela para Phillip e a babá. Ela não queria que o filho ficasse no berçário, longe dela, especialmente em uma casa nova. Notou também que o número de criados fora reduzido.

— Mandaram muita gente embora quando o dinheiro acabou — explicou a governanta, e Angélique apenas olhou para ela, pensativa.

— Sabe, se você não tivesse mandado uma carta para mim avisando quando eles tinham colocado a casa à venda, eu nunca teria conseguido comprá-la, e outra pessoa acabaria sendo dona de Belgrave. Mas, graças a Deus, você me comunicou. — A empregada sorriu para ela, ainda impressionada com os últimos acontecimentos e com o fato de Angélique estar de volta. Parecia um sonho.

— Sinto muito pelo seu marido — disse a Sra. White com delicadeza.

— Ele era um homem maravilhoso. Você o teria adorado — afirmou Angélique. — E ele teria gostado daqui também. Mal posso esperar para mostrar tudo ao meu filho. Ainda há cavalos nos estábulos? — perguntou.

— Alguns. Os melhores foram vendidos, mas ainda restaram boas montarias.

Angélique queria ensinar Phillip a cavalgar e mostrar a ele toda a terra. Ele tinha muito a aprender para que, um dia, pudesse administrar a propriedade. Angélique também, na verdade, porque, por enquanto, era ela quem estava à frente de Belgrave. Ainda se lembrava de tudo o que o pai lhe ensinara sobre a propriedade durante a vida toda.

Elas saíram quando ouviram uma carruagem chegando, e Hobson as acompanhou. Quando o cocheiro abriu a porta da carruagem, Hobson foi logo ajudar o menino a saltar.

— Boa tarde, meu lorde — disse ele, formalmente. — Bem-vindo a Belgrave. — Ele sorriu para o menino, e Phillip sorriu com cautela para a mãe e a abraçou.

— Eu já sou um duque, mamãe? — perguntou ele, fazendo a mãe sorrir.

— Não, ainda não. E provavelmente não será por muito tempo.

Ela conduziu o filho até a porta, então, com os criados os seguindo, começou a lhe mostrar sua nova casa. Parecia grande e assustadora para ele. E, enquanto caminhavam juntos, Angélique lhe contou histórias de sua própria infância. Falou sobre o avô ao filho, contou que costumavam cavalgar juntos e pescar no lago e enumerou todas as coisas que os dois iriam fazer a partir de agora.

Depois, foram para o quarto que seria dele. O menino correu para a janela e ficou na ponta dos pés para ver a paisagem.

— Olha, mãe, lá está o lago! — disse ele alegremente enquanto ela ficava ao lado dele. — Tudo isso nos pertence?

— Sim — respondeu ela de forma delicada. Ela nunca poderia imaginar que aquilo fosse acontecer. — E um dia vai pertencer a você. — E a seus filhos e netos, assim como pertenceu aos seus antepassados há centenas de anos. E ela esperava que Belgrave fosse de sua família por muitos anos. Eles faziam parte de uma longa geração, que existia havia séculos. Seus antepassados, as crianças que viriam no futuro, cada um contribuía com o que podia antes de passar a propriedade para a geração seguinte.

— Gostei daqui — declarou Phillip, virando-se para a mãe e sorrindo. Angélique conseguia imaginar o homem que ele se tornaria um dia, quando herdasse o título de seu pai. Ela era a ponte entre os dois, o passado e o presente. Inclinou-se para beijá-lo e o abraçou.

— Fico feliz com isso. Eu também gosto daqui.

As coisas eram exatamente como deveriam ser. O destino a trouxera de volta para Belgrave, lugar ao qual ela pertencia. E, ao olhar pela janela juntos, os dois sabiam que estavam em casa.

Este livro foi composto na tipografia Adobe
Garamond Pro, em corpo 13/16, e impresso
em papel off-white no Sistema Cameron da
Divisão Gráfica da Distribuidora Record.